ALI HAZELWOOD

Traduzido por Thaís Britto

NO FUNDO É AMOR

Título original: *Deep End*

coordenação editorial: Gabriel Machado
produção editorial: Ana Sarah Maciel
preparo de originais: Beatriz D'Oliveira
revisão: Carolina Rodrigues e Rachel Rimas
diagramação: Gustavo Cardozo
capa: Vikki Chu
ilustração de capa: lilithsaur
impressão e acabamento: Lis Gráfica e Editora Ltda.

CIP-BRASIL. CATALOGAÇÃO NA PUBLICAÇÃO
SINDICATO NACIONAL DOS EDITORES DE LIVROS, RJ

H337n
Hazelwood, Ali, 1989-
No fundo é amor / Ali Hazelwood ; tradução Thaís Britto. - 1. ed. - São Paulo : Arqueiro, 2025.
464 p. ; 23 cm.

Tradução de: Deep end
ISBN 978-65-5565-759-3

1. Romance italiano. I. Britto, Thaís. II. Título.

CDD: 853
24-95314 CDU: 82-31(450)

Meri Gleice Rodrigues de Souza - Bibliotecária - CRB-7/6439

Rua Artur de Azevedo, 1.767 – Conj. 177 – Pinheiros
05404-014 – São Paulo – SP
Tel.: (11) 2894-4987
E-mail: atendimento@editoraarqueiro.com.br
www.editoraarqueiro.com.br

Este tem que ser para as AmsterDAMNs.

NO FUNDO É AMOR

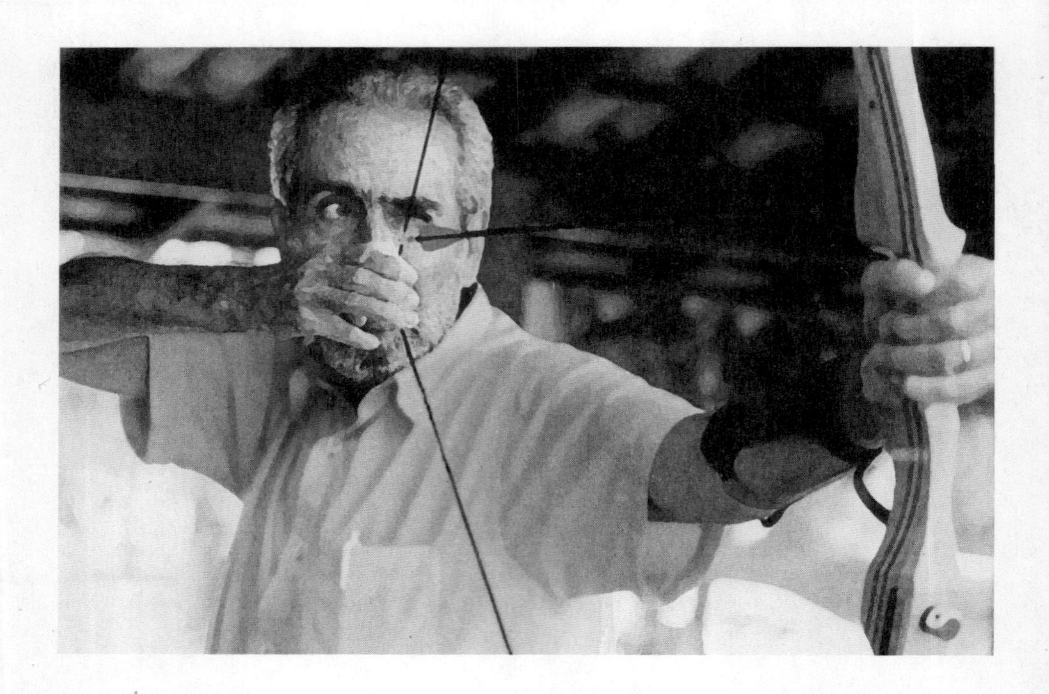

O Arqueiro

Geraldo Jordão Pereira (1938-2008) começou sua carreira aos 17 anos, quando foi trabalhar com seu pai, o célebre editor José Olympio, publicando obras marcantes como *O menino do dedo verde*, de Maurice Druon, e *Minha vida*, de Charles Chaplin.

Em 1976, fundou a Editora Salamandra com o propósito de formar uma nova geração de leitores e acabou criando um dos catálogos infantis mais premiados do Brasil. Em 1992, fugindo de sua linha editorial, lançou *Muitas vidas, muitos mestres*, de Brian Weiss, livro que deu origem à Editora Sextante.

Fã de histórias de suspense, Geraldo descobriu *O Código Da Vinci* antes mesmo de ele ser lançado nos Estados Unidos. A aposta em ficção, que não era o foco da Sextante, foi certeira: o título se transformou em um dos maiores fenômenos editoriais de todos os tempos.

Mas não foi só aos livros que se dedicou. Com seu desejo de ajudar o próximo, Geraldo desenvolveu diversos projetos sociais que se tornaram sua grande paixão.

Com a missão de publicar histórias empolgantes, tornar os livros cada vez mais acessíveis e despertar o amor pela leitura, a Editora Arqueiro é uma homenagem a esta figura extraordinária, capaz de enxergar mais além, mirar nas coisas verdadeiramente importantes e não perder o idealismo e a esperança diante dos desafios e contratempos da vida.

Querido leitor,

Mais uma vez, muito obrigada por escolher um dos meus livros. Este talvez seja o meu favorito entre os que já escrevi, e fico muito feliz que enfim esteja no mundo! Antes de mergulhar, quero que você saiba que esta obra explora alguns tipos de fetiche, consensuais e negociados – em particular, relacionados a dominação e submissão. Se decidir ler, espero que goste da experiência.

Com amor,
Ali

PRÓLOGO

Tudo começa quando Penelope Ross se debruça sobre a mesa de madeira do restaurante, levanta o dedo indicador e faz a seguinte declaração:

– Décimo círculo do inferno: você encontra o amor da sua vida, mas o sexo é totalmente *meh*.

Na frente da equipe inteira de saltos ornamentais de Stanford.

Às 11h15 da manhã.

Durante o brunch de comemoração do meu aniversário de 21 anos.

Há quatro segundos, estávamos tendo uma daquelas conversas bem desnecessárias sobre nossos problemas intestinais, e a mudança brusca de assunto chega a ser desconcertante. Eu estava aproveitando meu recém-adquirido direito legal de tomar bebida alcoólica, mas nenhuma quantidade de álcool é capaz de me impedir de soltar um:

– O quê?

Não foi um dos meus momentos mais diplomáticos. Por sorte, minha incredulidade foi abafada pelas reações do resto do time: Bree cuspindo a bebida, Bella tendo um sobressalto escandalizado e Victoria fazendo seu comentário cético:

– Mas o *Blomqvist* não é o amor da sua vida?

– Com certeza. – Pen assente.

Dou um gole generoso na minha mimosa, chegando a ficar com a boca cheia. O gosto é bem pior do que o de suco de laranja puro, mas a onda que dá é *muito* bem-vinda.

– Pen. Querida.

Bree limpa respingos de expresso martíni dos óculos usando a barra da camisa da irmã, Bella, que não protesta. Coisa de gêmeas, acho.

– Quantos drinques você tomou? – pergunta Bree.

– Tipo, metade daquela jarra.

– Ah. Talvez a gente devesse...

– Mas a mimosa entra e a verdade sai. – Pen se debruça um pouco mais. Faz um gesto com a mão e baixa a voz: – Estou confiando em vocês, meninas. Estou me abrindo. Estamos tendo um *momento*.

Victoria suspira.

– Pen, eu te amo, vou estar sempre do seu lado, iria até os confins de Mordor contigo e toda essa merda, mas não estamos tendo um *momento*.

– Por quê?

– Porque você está inventando coisas.

– *Por quê?*

– Porque Blomqvist *sabe trepar*.

Eu me recosto na cadeira em um estado de semiconfusão e me forço a pensar em Lukas Blomqvist – uma atividade rara para mim. As pessoas acham que sou fascinada por tudo que envolve piscina, mas isso não é verdade. Os únicos esportes que considero remotamente interessantes são os saltos ornamentais e os saltos no chão (ou, como as pessoas normais chamam, ginástica artística). O resto está fora do meu radar. Tem sempre muita coisa rolando nos esportes aquáticos. Não consigo acompanhar nem os times de polo de Stanford, que dirá os de natação.

Ainda assim, Blomqvist é um cara difícil de ignorar. Talvez por causa do caminhão de medalhas. Dos recordes mundiais. Além disso, se a capitã do meu time é parte integrante de um casal de atletas fenomenais, cabe a mim conhecer a outra metade. E Pen e Blomqvist já namoram há séculos. Que eu saiba, foram prometidos um ao outro desde o nascimento para consolidar as relações diplomáticas entre Estados Unidos e Suécia.

Fecho os olhos para trazer à superfície minhas parcas memórias a respeito dele. Sunga preta. Tatuagens. Cabelo castanho curto e repicado. Uma envergadura acima da média. Aquele físico majestoso e meio improvável que todo nadador de elite tem.

Victoria tem razão. Podemos apostar com segurança que, sim, Blomqvist *sabe* trepar.

– Eu não disse que ele não sabe. Ele é ótimo. Só não é...

Pen faz uma careta, algo tão atípico para sua personalidade confiante de sempre que até me tira do torpor causado pela mimosa.

Acontece que Pen é incrível. Inspiradora. O tipo de pessoa que sabe instintivamente como deixar os outros à vontade. Ela te lembra de beber água. Oferece o elástico no pulso quando seu cabelo começa a colar nos lábios. Lembra seu aniversário. Eu poderia fazer aulas de desenvolvimento pessoal até os 50 anos *e* deixar uma equipe de analistas de dados me reprogramar, e ainda assim jamais teria um terço do charme de Pen, porque carisma como o dela vem diretamente da base de cromossomos. E agora ela está roendo as unhas, como se tivesse acabado de descobrir o que é ansiedade social? Não estou gostando nada disso.

– Só não é... o que eu quero. E, para ser sincera, vice-versa – acrescenta ela, num murmúrio.

– E o que você quer?

Ainda bem que a Victoria perguntou, porque eu não tenho coragem. Ela é a pessoa extrovertida e sem filtro de que todo time precisa.

– Ai, meu Deus. Eu só quero... sabe, às vezes... – Pen bufa.

De repente, fico tensa.

– Se Blomqvist estiver forçando você a...

– Não. Meu Deus, *não*. – Ela balança a cabeça, mas eu não devo parecer muito convencida, porque ela continua: – Não. Ele nunca faria isso.

Todo mundo já abandonou a conversa: as gêmeas estão discutindo para decidir de quem é cada drinque, Victoria está acenando para o garçom.

– Luk não é assim. É só que... Como é que se fala para um cara que você precisa de algo diferente?

Por que ela está perguntando *para mim*? Por acaso está escrito na minha testa *já pedi para levar uns tapas*?

Para ser sincera, já pedi mesmo.

– Os escandinavos não têm a mente superaberta?

– Talvez? Ele sem dúvida tem mente aberta quando o assunto é...

Ela para de falar, porque um pequeno grupo de garçons desafinados aparece cantando "Parabéns" e muitas coisas acontecem ao mesmo tempo.

Eu assopro a única vela meio mal posicionada em cima do bolo. Elas me entregam o presente do time: um kit de elásticos extensores. Fico emocionada por um momento ao perceber que alguém cronicamente introvertida como eu encontrou pessoas tão *legais*. Victoria se levanta para ir ao banheiro. Pen recebe uma ligação da tia. Bree pergunta que aulas vou fazer no próximo trimestre.

É muita coisa em pouco tempo. Acabamos nunca voltando ao assunto da vida sexual misteriosamente imperfeita de Penelope Ross e Lukas Blomqvist – e é melhor assim. Qualquer que seja o problema entre eles, deve ser algo trivial. Ela não gosta da marca de camisinha que ele usa. Ele se recusa a dormir de conchinha. Os dois ficam cansados depois do treino e discutem sobre quem vai ficar por cima. Não é da minha conta, então deixo o assunto deslizar da minha mente feito uma enguia.

Até algumas semanas depois, quando tudo muda.

CAPÍTULO 1

A coisa que eu mais temia ao começar o terceiro ano de faculdade acontece numa quarta-feira de manhã, algumas semanas antes do início do trimestre. Está marcada no meu calendário do Google, no horário de dez às onze, uma única palavra que pesa muito mais do que a soma de suas letras.

Terapia.

– Isso é meio atípico – diz Sam em nosso primeiro encontro, sem qualquer julgamento ou curiosidade em seu tom de voz.

Ela parece ter dominado a ciência da neutralidade em todos os aspectos da vida – o terninho bege, o aperto de mão nem muito fraco nem muito forte, um visual elegante e jovial de alguém que pode ter entre 40 e 70 anos. Está muito cedo na nossa relação para eu já querer *ser* ela?

– Sempre pensei que o departamento de esportes de Stanford tivesse a própria equipe de psicólogos esportivos.

– E tem – respondo, passando os olhos pelas paredes do consultório. Tem mais diplomas do que fotos pessoais, quatro a zero. Talvez Sam e eu *já* sejamos a mesma pessoa. – Eles são ótimos. Me consultei com eles nos últimos meses, mas... – Dou de ombros, torcendo para que fique claro que a culpa por não ter dado certo foi minha. – Eu tive algumas questões, uns anos atrás... que não têm a ver com os saltos. Na época, a terapia cognitivo-comportamental funcionou bem para mim. Conversei com meu treinador e, já que é a sua especialidade, decidi tentar os serviços de atendimento psicológico.

Abro um sorriso como se tivesse plena confiança nesse plano. Quem me dera.

– Entendi. E no passado, quando você fez terapia cognitivo-comportamental, quais eram as questões...

– Nada relacionado ao esporte. Era... coisa de família. Minha relação com meu pai. Mas isso tudo já está resolvido.

Eu me dou conta de que falei um pouquinho rápido demais, e fico esperando que Sam conteste a óbvia mentira mal contada, mas ela só me observa e me analisa, o rosto fechado.

Muita atenção direcionada a mim de uma vez só. Estremeço na cadeira, sentindo a dor perpétua em meus músculos. A dor não me acalma, exatamente, mas estou aqui para ser *consertada,* e não *confortada*.

– Entendi – diz ela, por fim.

Abençoada seja a TCC e sua abordagem direta ao ponto. *Você faz essa coisa que te prejudica. Vou te ensinar a* não *fazer isso, seu plano de saúde vai me pagar e cada um segue feliz em seu caminho. Traga o seu trauma. Os lencinhos são por minha conta.*

– E, só para confirmar, Scarlett, você *quer* estar aqui?

Eu faço que sim enfaticamente. Posso não estar ansiosa para passar pela agonia que é expor as partes mais vulneráveis da minha alma, mas também não sou nenhuma detetive clichê de uma série dos anos 1980 que se recusa a fazer terapia. Terapia é um privilégio. Tenho sorte de poder fazer. E, mais do que isso, eu preciso dela.

– Preciso admitir que não sei muita coisa sobre saltos ornamentais – comenta Sam. – Parece requerer um tipo bem complexo de disciplina.

– É verdade.

Muitos esportes de competição demandam um equilíbrio delicado entre a força física e a mental, mas os saltos... os saltos treinaram por muito, muito tempo para se tornarem o mais perturbador de todos.

– Será que você pode me explicar?

– Claro.

Eu pigarreio e olho para minha calça e minha camisa de compressão.

Preto e vermelho. *Stanford Natação & Saltos: Tema a Árvore.* A pessoa que faz o design dos nossos uniformes claramente quer que nossa identidade seja reduzida ao desempenho atlético. *Nunca esqueça: você é a sua pontuação.*

– Pulamos de coisas. Mergulhamos em piscinas. Fazemos umas acrobacias no meio do caminho.

Era para ser uma piada, mas Sam não é muito propensa a risadas.

– Imagino que haja mais coisa.

– Muitas regras. – Mas não quero entediá-la nem ser uma paciente difícil. – Eu sou atleta da Divisão I da Associação Atlética Universitária Nacional. Participo de competições em duas modalidades. Uma é no trampolim, aquela tábua de fibra de vidro que balança... – Faço um movimento para cima e para baixo com a mão estendida. – Que fica a três metros de altura.

Do tamanho de um avestruz, lembro a voz do meu primeiro treinador falando.

– E qual é a outra?

– A plataforma. Essa fica a dez metros de altura.

Duas girafas.

– E não balança?

– É estática.

Ela assente.

– A pontuação funciona como na ginástica artística?

– Basicamente, sim. Um painel de jurados fica observando os erros e vai subtraindo os pontos.

– E quantos saltos você faz por competição?

– Depende. E não é... não é exatamente quantos. – Eu contraio os lábios. Ela espera, mas se mantém atenta. – É o grupo.

– O grupo?

– O... tipo de salto, digamos.

– E são quantos grupos?

– Seis no total. – Eu mexo, inquieta, no meu rabo de cavalo. – Frente. Costas. Pontapé. Parafuso. Equilíbrio.

– Entendi. E, no seu e-mail, você disse que está se recuperando de uma lesão, certo?

Terapia é um privilégio. Mas eu não gosto.

– Correto.

– Quando foi isso?

– Há uns quinze meses. No fim do primeiro ano.

Cerro os punhos debaixo das coxas e espero que ela peça os detalhes sangrentos, pronta para recitar minha lista.

Sam, no entanto, me poupa.

– Você disse que são seis grupos de saltos?

– Isso.

Fico surpresa com a mudança de assunto e baixo a guarda.

Um erro de proporções catastróficas.

– E essa sua lesão, Scarlett... tem alguma coisa a ver com o fato de que só listou cinco?

CAPÍTULO 2

– Você fez merda – diz Maryam durante a primeira semana de aulas.

E tudo que consigo pensar para além do desespero zunindo em meus ouvidos é que eu merecia um pouco mais de consideração da minha colega de quarto.

Eu a ajudei a limpar manchas de sangue de incontáveis malhas de luta greco-romana. Será que não mereço nem um pouco de compaixão? Ou no mínimo uma bronca mais discreta?

– Eu sou um quarto alemã – contesto. – Minha mãe nasceu lá. Eu devia ser boa nisso.

– Sua mãe morreu quando você tinha 2 anos, Vandy. Sua madrasta, que foi quem te *criou*, é de um fim de mundo qualquer no Mississippi.

Pesado. Mas justo.

– Minha composição genética...

– É irrelevante e não te credencia a tirar nota boa o suficiente para passar em alemão – diz ela, com o desdém de quem já cresceu bilíngue.

Não lembro exatamente qual é a parte do cérebro que controla a habilidade de aprender novas línguas, mas a dela certamente está girando a todo vapor. Uma excelente fonte de energia renovável, pronta para abastecer um pequeno país europeu.

Enquanto isso:

– Eu não sou boa nessas coisas – reclamo. E *por que* eu deveria ser? – É ridículo que faculdades de medicina exijam conhecimento de língua estrangeira.

– Não é, não. E se você decidir se juntar aos Médicos sem Fronteiras e sua chance de salvar a vida de alguém dependa de saber se "bisturi" é masculino ou feminino?

Coço a cabeça.

– *Die Skalpellen?*

– Pronto, o paciente morreu. – Maryam balança a cabeça. – Você fez merda, amiga.

Uma merda influenciada pelo conselho do meu orientador acadêmico. *Pegue as matérias de pré-medicina primeiro*, disse ele. *Você vai precisar desses conhecimentos para passar no teste de admissão da Faculdade de Medicina*, acrescentou. *É a melhor escolha*, concluiu ele.

E eu acreditei. Porque tudo que eu queria era estar *em pleno controle dessa merda toda*. Porque sou uma estudante atleta e minha agenda é uma mistura de torre de Jenga e tutorial de shibari. Espontaneidade? Só se for previamente combinada. Fiz um planejamento para os quinze anos seguintes no dia em que me formei no ensino médio e sempre tive a intenção de segui-lo: no mínimo um título na liga universitária, faculdade de medicina, ortopedia, noivado e casamento, felicidade compulsória.

Claro, eu estraguei esse plano quando enfiei uma sequência de químicas e biologias no primeiro e no segundo ano – sem pensar que as aulas de ciências nunca foram o meu fraco. Cheguei ao terceiro ano e minha nota média tremeu na base. Psicologia é perturbadoramente vago. O dativo alemão me assombra nos meus pesadelos mais sangrentos. Nas aulas de redação em inglês, querem que eu construa argumentos convincentes a respeito de assuntos absolutamente etéreos e abstratos – tipo poesia, ética no controle de pragas, tempo-limite dos mandatos de governantes, se as pessoas existem quando não conseguimos vê-las.

Acho mais fácil quando as bolinhas caem dentro das cestas corretas. Preto e branco, certo e errado, carbônico e inorgânico. Este ano, tudo é um grande cinza, e as bolinhas estão jogadas no chão, com uma poça de óleo de língua alemã se alastrando por baixo.

Eu costumava ser uma estudante que só tirava dez. Costumava ter controle das coisas. Viver em busca da excelência. A esta altura do campeonato, só estou tentando evitar fracassos retumbantes. Não seria maravilhoso se eu parasse de decepcionar as pessoas ao meu redor o tempo inteiro?

– Muda para outra língua – sugere Maryam, como se eu já não tivesse considerado todas as rotas de fuga possíveis.

– Não dá. É como as telhas de um telhado: todas estão sobrepostas a alguma outra coisa.

Tipo os exercícios matinais. O treino da tarde. E qualquer outra dos milhões de atividades para as quais Stanford me recrutou. E este devia ser o ano em que eu ia atingir o meu potencial atlético máximo. Se eu ainda tiver algum, pelo menos. Se é que algum dia tive.

Definitivamente parecia que eu tinha quando estava na escola, lá no fim do mundo (é no Missouri, mas já desisti de corrigir Maryam). Meia dúzia de técnicos universitários se engalfinhou para me atrair para suas faculdades porque eu era uma ex-atleta olímpica mirim, membro do time nacional, medalhista de campeonato mundial mirim. Topo da lista de recrutamento. Todos os técnicos que tive desde os 6 anos me colocavam para cima: *Você é excelente nisso, Vandy. Vai ter grandes conquistas, Vandy. Uma jovem saltadora promissora, Vandy.* E eu me deixei levar, feliz como um pássaro – até a faculdade, quando finalmente coloquei os pés do chão.

Na verdade, mal fiquei de pé.

Meu cérebro deve ter resolvido me dar uma colher de chá, porque eu não tenho qualquer memória dos trinta segundos que mudaram a minha vida. Sortuda como sou, a coisa toda foi gravada e está disponível para qualquer um assistir, porque aconteceu na final dos saltos ornamentais da liga universitária nacional. Tem até comentários.

– E aí está Scarlett Vandermeer, da Universidade de Stanford, medalha de bronze na Olimpíada Mirim. Sem dúvida a maior novidade desta temporada, e com chances de bater um novo recorde na plataforma. Quer dizer, antes *desse salto.*

– Pois é, ela tentou um salto com duplo e meio mortal revirado em posi-

ção carpada que tinha conseguido fazer perfeitamente durante a qualificação nesta manhã. Ela até conseguiu notas na casa dos oito e nove. Mas desta vez alguma coisa deu muito errado desde a saída.

São sempre aqueles em que você mais confia.

– É. Sem dúvida foi um salto falho... vai levar nota zero dos jurados. Mas ela também entrou na água no ângulo errado, então vamos torcer para que não tenha se machucado.

No que meu corpo respondeu: *Dane-se a sua torcida.*

É engraçado de um jeito absolutamente sem graça. Eu me lembro claramente da raiva – da água, de mim mesma, do meu próprio corpo –, mas não tenho qualquer memória da dor. No vídeo, a garota que sai mancando da piscina é uma sósia que roubou meu corpo. A longa trança caindo por cima do maiô vermelho pertence a uma impostora. As covinhas quando ela força os lábios para dar um sorriso? Um mistério. E por que é que aquele pequeno vão entre os dentes da frente se parece exatamente com o meu? A câmera segue implacavelmente atrás daquele caminhar meio tonto, mesmo quando o treinador Sima e seus assistentes correm para ajudar.

– Vandy... você está bem?

A resposta é ininteligível, mas o treinador adora contar a história de como a garota respondeu:

– Estou, mas vou precisar de um Advil antes do próximo salto.

No fim das contas, ela tinha razão. Ia *mesmo* precisar de um Advil antes do próximo salto. E de cirurgias. E reabilitação. O resultado?

Concussão.

Tímpano perfurado.

Pescoço torcido.

Lesão labral no ombro esquerdo.

Contusão pulmonar.

Torção de pulso.

Torção de tornozelo.

Algo pesado e viscoso se aloja em meu peito toda vez que assisto a esse vídeo e imagino pelo que ela deve ter passado – até me lembrar que aquela garota sou *eu*.

Todo cara com quem dei match nos aplicativos de relacionamento me perguntou: *Salto é basicamente a mesma coisa que natação, não é?* Mas, assim como boxe, hóquei no gelo e lacrosse, os saltos ornamentais são um esporte de contato. Cada vez que entramos na água, o impacto vai direto em nossos ossos, músculos e órgãos internos.

Chupa, NFL.

– Você precisa se preparar para a possibilidade de nunca mais poder saltar – disse Barb antes da cirurgia.

É difícil considerar as palavras da sua madrasta um disparate pessimista quando a dita madrasta é uma cirurgiã ortopedista brilhante.

– Só queremos que você recupere totalmente os movimentos do ombro.

– Eu sei – respondi, e chorei feito um bebê, primeiro no ombro dela e depois sozinha na cama.

Mas Barb foi superprecavida... e eu tive sorte. No fim das contas, foi possível me recuperar. Fiquei no banco durante o segundo ano. Descansei. Tomei meus remédios. Fiquei firme na dieta anti-inflamatória. Foquei em fisioterapia, alongamentos e reabilitação, tão zelosa quanto uma freira fazendo suas orações noturnas. Visualizei meus saltos, lidei com as minhas dores, fui assim mesmo para o treino e fiquei assistindo ao resto do time, com o cheiro de cloro grudado em meu nariz, o azul brilhante da piscina a poucos metros de distância e, ainda assim, tão longe.

E aí, dois meses atrás, fui liberada para treinar. E tem sido...

Bom, estou fazendo terapia por um motivo.

– Acho que tenho uma ideia para resolver seus problemas com língua estrangeira.

Olho desconfiada para Maryam. Mas ainda assim me inclino para a frente, toda ouvidos, olhos e esperança.

– Vai me dizer para mergulhar em ácido, é isso?

– Só me escuta: Latim 2.

Eu me levanto.

– Vou embora.

– Pensa só como vai ser útil quando os Médicos sem Fronteiras te enviarem para a Roma Antiga!

Bato a porta e saio quarenta minutos mais cedo para o treino, tudo para evitar matar a minha colega de quarto.

Fomos colocadas juntas durante o primeiro ano e, apesar da grosseria impassível de Maryam e da minha inabilidade de substituir os rolos de papel higiênico, de alguma forma nós não conseguimos mais viver separadas. No ano passado, fomos morar juntas (voluntariamente?) num apartamento fora do campus e acabamos de renovar (voluntariamente?) o contrato de aluguel, nos condenando a mais 24 meses na companhia uma da outra. A verdade é que nossa convivência é simples e requer pouco esforço emocional. E, para alguém como eu (uma perfeccionista controladora que só pensa em metas e gosta de exceder expectativas), encontrar alguém como Maryam é um presente.

Não exatamente um *bom* presente, mas eu aceito.

O Centro Aquático Avery é a melhor instalação onde já treinei. Fica ao ar livre, tem quatro piscinas e uma torre de saltos, e é lá que treinam todas as equipes de esportes aquáticos de Stanford. Hoje, o vestiário feminino está mergulhado num agradável silêncio. É um raro momento intermediário: os nadadores já foram treinar; os saltadores ainda não chegaram. Os jogadores de polo aquático foram recentemente expulsos para outro prédio, e muitos derramaram lágrimas de gratidão.

Visto o maiô. Coloco uma camiseta e um short por cima. Ajusto o alarme, me sento no banco de madeira desconfortável e contemplo minhas escolhas de vida. Exatamente dez minutos depois, o celular vibra, e eu me levanto sem ter alcançado nenhuma paz interior ou iluminação. Estou a caminho da lavanderia para buscar uma toalha quando ouço uma voz familiar.

–... não funciona – diz Penelope.

Ela está parada a alguns metros no corredor, mas não me vê.

– Não *mesmo* – continua ela, a voz embargada.

Eu reconheço esse tom daquela competição em Utah, quando ela errou um salto carpado para a frente, entrou de barriga na água como se fosse um esquilo voador e caiu da primeira para a nona posição.

– Não para nós.

A resposta vem numa voz mais baixa e mais grave. Menos angustiada. Lukas Blomqvist está parado diante de Pen, sem camisa, braços cruzados, óculos de natação pendurados no pescoço e a touca pendendo entre os dedos. Deve ter acabado de sair do treino, porque ainda está pingando. A testa levemente franzida é difícil de interpretar – pode ser um olhar carrancudo ou apenas sua expressão sueca de sempre. Não consigo ouvir o que ele diz, mas não importa, porque Pen o interrompe:

– ... não tem motivo para isso, se...

Mais uma resposta num tom de voz grave e baixo. Dou alguns passos para trás. Não tenho nada a ver com essa conversa. Não preciso *tanto* de uma toalha.

– É melhor assim. – Pen chega mais perto dele. – Você sabe que é.

Blomqvist respira fundo, seus ombros molhados se contraindo, fazendo-o parecer ainda mais alto. Percebo a tensão em seu maxilar, a virada repentina da cabeça, os músculos retesados em seu braço.

Perigoso. Ameaçador. Assustador. É isso que ele é. Ao lado dele, Pen parece tão pequena e atordoada que meu cérebro vira uma chave.

Não me importo que a conversa não seja da minha conta. Eu me aproximo, lançando um olhar fulminante a Blomqvist. Meus dedos tremem, então cerro os punhos junto ao corpo e, embora provavelmente ele seja quatro vezes mais forte do que eu e Pen juntas, embora seja uma péssima ideia, eu pergunto:

– Pen, está tudo bem?

CAPÍTULO 3

Minha voz faz eco no piso de ladrilhos. Pen e Lukas se viram para mim, igualmente surpresos.

Engulo em seco e me forço a perguntar de novo:

– Precisa de alguma coisa, Pen?

– Vandy? Não sabia que você estava...

Pen franze as sobrancelhas, parecendo confusa. Então provavelmente percebe minha expressão desconfiada na direção de Lukas, porque arregala os olhos e abre a boca.

– Ai, meu Deus, eu... Ah, não. Não, ele não estava... Estávamos só...

Ela solta uma risada rouca e se vira para o namorado para compartilhar aquele mal-entendido engraçado. Mas Lukas continua com o olhar fixo em mim.

– Está tudo bem, Scarlett – diz ele.

Não estou muito inclinada a acreditar, mas ele não me parece na defensiva, chateado, nem mesmo com raiva por eu claramente ter pensado que ele estava ameaçando Pen.

Além disso, tudo indica que ele sabe meu primeiro nome. Embora toda a comunidade esportiva me chame de Vandy desde que eu tinha 6 anos. Fascinante.

– Não queria interromper – digo, nada arrependida.

Talvez situações como essa me deixem muito à flor da pele – tudo bem, um monte de situações me deixa muito à flor da pele –, mas tenho meus motivos, e prefiro pagar de idiota e errar por excesso de cuidado do que... seja lá qual for a outra opção.

– Só estava conferindo se...

– Eu sei – diz Lukas, baixinho, aqueles olhos azuis ainda fixos em mim. – Obrigado por cuidar da Pen.

O tom casual e elogioso em sua voz me deixa confusa por um segundo. Quando me recupero, ele já está dando um aperto carinhoso no ombro de Pen e passando por mim. Acompanho com os olhos o movimento dos músculos de suas costas até ele virar a esquina, os cabelinhos secando em sua nuca, o delineado em tinta preta que contorna seu ombro esquerdo e serpenteia ao longo do braço. A tatuagem fecha seu braço todo, mas não entendo muito bem o que são. Árvores, talvez?

– Merda – diz Pen.

Olho de volta para ela. Pen está esfregando o rosto.

Eu *sem dúvidas* exagerei.

– Desculpa. Não estava querendo me intrometer...

– Não é você, Vandy.

Seus olhos verdes estão marejados, prestes a transbordar. Eu estava totalmente disposta a ser o escudo de Pen, caso necessário, mas fazê-la parar de chorar? Duvido que eu seja capaz disso.

– Você... quer que eu chame a Victoria?

As duas estão no último ano e ela é a melhor amiga de Pen na equipe. Não que haja muita escolha: as gêmeas estão sempre grudadas, e eu não estive muito presente ultimamente.

– Ou peço para o Lukas voltar?

– Me chamar para quê?

Victoria aparece. Óculos de aviador, dentro do prédio. Um smoothie roxo. O mullet cacheado e castanho que deveria ser uma aberração, mas que fica *espetacular* nela.

– Já te falei, não vou ser cúmplice no assassinato de mais nenhuma aranha... Ei, o que...?

Tudo acontece tão *rápido*. Pen cai no choro. Victoria tem um sobressalto escandalizado. As vozes do time de polo aquático preenchem o corredor. Antes que eu possa fugir do que está acontecendo ali, nós três nos escondemos numa sala de equipamentos.

A porta se fecha com um estalo atrás de Victoria.

– O que foi que aconteceu?

Ela olha para Pen (com preocupação) e para mim (com... ódio?), e de repente sinto uma leve pena de Lukas. Talvez as pessoas *não devessem* lançar olhares fulminantes indiscriminadamente assim, afinal de contas.

– Tive uma briga com o Luk.

Pen seca a bochecha com as costas da mão.

– Ai, amiga. Brigaram por quê? – pergunta Victoria.

– Vou deixar vocês conversarem – murmuro, e estendo a mão para a maçaneta.

Pen segura a minha mão.

– Não, fica aqui. Não quero que você pense que o Luk seria capaz de...

Ela funga. Eu me remexo e penso com saudades no vestiário, numa banheira de hidromassagem, numa fábrica de bonecas de porcelana bizarras – em *qualquer lugar*, menos aqui e agora.

– ... de me tratar com violência ou crueldade. Ele é a melhor pessoa que eu já... É só porque estamos no processo de...

– Ai, meu Deus. Isso é sobre o negócio do término? – pergunta Victoria. De um jeito muitíssimo *menos* gentil.

Não é da minha conta. Não é da minha conta. Não é da minha conta mesmo.

Mas Pen assente, com lágrimas nos olhos.

– Escuta. – Victoria respira fundo, como se elas já tivessem discutido o assunto. – Amiga. Meu bem. Eu entendo, você e Lukas estão juntos desde, sei lá, os 12 anos...

– Quinze.

– ... perderam a virgindade juntos, e agora você está imaginando como será que é um pau que não foi circuncidado...

Uma fungada.

– Na verdade, na Suécia a maioria das pessoas não...

– Informação demais. A questão é: que porra você está fazendo?

Sempre achei a franqueza de Victoria deliciosa, mas isso me parece um pouco pesado demais. E Pen deve concordar, porque o choro se transforma numa cara fechada.

– Era para você ficar do *meu* lado.

– Eu estou do seu lado – afirma Victoria. – E como alguém que está do seu lado *e* está solteira há dois anos, tendo que sair para conhecer gente, eu te digo: você não quer perder aquele homem. Tem muito babaca por aí e Lukas é um cara gostoso, inteligente e decente que abaixa a tampa do vaso e nunca teve sífilis. Isso é muito mais raro do que você pensa.

– Mas eu não estou feliz. E ele também não está tendo o que ele quer nesse relacionamento.

– Pen. Pelo amor de Deus. Se ele já falou que está tudo bem não fazer aquelas coisas...

– Ele só está resignado. Assim como eu. Se ficarmos juntos, vamos nos casar, comprar uma casa no subúrbio, ter 2,5 filhos bilíngues que eu não vou compreender, e sempre vamos ficar pensando no que perdemos. Eu não vou saber o que é ter sido jovem e livre, e ele vai ficar amargurado por ter desistido daqueles malditos fetiches de bater nas pessoas, amarrar e mandar elas fazerem coisas.

Fico paralisada. Eu realmente não devia estar aqui, mas não posso sair, porque meus pés pesam uma tonelada e cada gota de sangue do meu corpo está sendo direcionada para minhas bochechas.

– Eu entendo. – Victoria está exasperada. – Mas você precisa decidir...

Alguém bate à porta. Todas nos sobressaltamos.

– Oi? Tem alguém aí?

Victoria grita:

– Tem, só um segundo!

– Deixei minha bolsa de equipamentos aí dentro, então se vocês puderem transferir a orgia para o chuveiro...

Victoria revira os olhos, mas abre a porta. Passamos pela Garota dos Equipamentos – Victoria com uma expressão desafiadora; Pen, ainda secando as lágrimas; e eu, evitando contato visual. A conversa poderia ter sido retomada, mas as gêmeas vêm em nossa direção.

– Onde vocês estavam, meninas? – pergunta Bella.

Eu entro em pânico, mas Victoria improvisa uma história sobre uma toalha perdida – porque, para ela, mentir não requer de dois a três dias úteis de preparação cuidadosa –, e todas nós vamos nos aquecer como uma grande família feliz.

Ainda estou corada. Consciente das batidas do meu coração. As engrenagens girando na minha cabeça. Tudo que consigo pensar é: Pen sempre foi *tão* legal comigo.

Depois da minha terceira cirurgia, quando Barb já não conseguia tirar mais de uma semana de folga sem seu campo da medicina colapsar, Pen apareceu todos os dias para me visitar. *Para garantir que aquela sua colega de quarto má não está fazendo cintos com o seu couro*, dissera ela com uma piscadinha, mas na verdade ela é só uma pessoa naturalmente atenciosa mesmo. E teve aquela vez em que ela se sentou do meu lado depois da minha primeira competição universitária para me lembrar de que espirrar um pouco de água no mergulho não fazia de mim uma saltadora ruim, que às vezes a gente fica com muita coisa na cabeça, e ela já tinha passado por isso também – aquela sensação caótica de quando você pensa demais e a plataforma começa a parecer uma corda bamba e transforma seu corpo num narrador não confiável. Aquele momento em que o foco vira pânico e em que o salto já está condenado a fracassar de modo irreversível mesmo antes de começar.

Aquilo foi muito importante para mim naquele outono do primeiro ano. Tudo era novo e muito grande, mas Penelope Ross, medalhista mundial e pan-americana, campeã da liga universitária, segurou a minha mão e disse que sentia o mesmo que eu.

Penso nisso durante o pilates, no treinamento fora da água e enquanto subo os degraus infinitos da torre de saltos. Penso nisso ao alongar cada um dos meus músculos, tomando cuidado especial com meu estúpido ombro sensível, aquele que os médicos insistem que está curado, mas nos meus pesadelos se quebra em pedacinhos como uma taça de champanhe pelo menos duas vezes por semana.

Quando o treino acaba, já tomei uma decisão. E, enquanto o restante do time conversa lá longe, no vestiário, eu me aproximo dela, tomo coragem e pergunto:

– Será que podemos tomar um café depois? Só eu e você.

CAPÍTULO 4

Achei que ia ser difícil falar em voz alta, principalmente porque nunca fiz isso antes, pelo menos não para alguém que não estivesse... *intimamente* envolvido na questão. Mas as palavras fluem, tão suavemente quanto um salto perfeito. Sem soluçar, sem gaguejar, apenas uma entrada direta e perfeita na água. Imagino um painel de sete jurados sorridentes, levantando as placas com notas dez idênticas.

Nota máxima, Srta. Vandermeer. Esse relato do seu histórico sexual foi executado impecavelmente. Agora pode ir para o chuveiro.

Não vou mentir, estou me sentindo bem orgulhosa. Infelizmente, Pen não está muito impressionada.

– Você gosta *disso*?

Ela parece atônita e se vira para olhar ao redor, no Coupa Café. As aulas começaram esta semana e o campus está lotado. Alças de mochilas em ombros bronzeados, garrafas de água cheias de adesivos e uma nova leva de calouros que chega em duas versões: os invencíveis e os apavorados. Eu comecei na primeira opção, mas a mudança para a segunda foi *rápida*.

Pen apoia os cotovelos na mesinha de madeira, satisfeita com o nível de privacidade que temos ali.

– Você gosta das coisas que o Luk gosta.

– Bom, não posso ter certeza.

– Mas você falou...

– Existem muitas, *muitas* facetas dentro do universo dos fetiches e do BDSM.

– Certo.

– Eu nunca tinha conversado com Lukas antes de hoje. Não tenho a menor ideia do que ele gosta.

– Será que eu te conto? Ele...

– Eu... Não, isso não é... – Pigarreio. Começando a me arrepender um pouquinho. – Isso não vem ao caso, hã, nessa conversa.

– Ah.

– Você não precisa explicar nada do que vocês... mas eu estava presente – *contra minha vontade* – quando você e Victoria comentaram a situação, e ela não me pareceu muito, hã, solidária...

– Eufemismo dos grandes. Continua, por favor.

– Eu só queria oferecer uma ajuda, como alguém que tem experiência... nisso.

– E "isso" seria...?

– Um relacionamento no qual apenas uma das pessoas tem interesse em fetiche. Tentar descobrir algo que os dois possam aproveitar e consentir – explico. – Se for isso que você quer, claro – acrescento, com um sorrisinho.

Ela se recosta na cadeira para me examinar, e sei o que está vendo: cabelo escuro molhado, olhos escuros desconfiados, histórico sexual inesperado. Eu nunca parei para refletir muito sobre o que me excita – se Pen quisesse me colocar numa lâmina para microscópio e me rotular como uma *Aberração Sexual,* eu não ia nem me abalar. Ainda assim, é legal ver mais curiosidade do que julgamento quando ela assente.

– Lukas gosta de ficar no controle. É disso que você gosta também ou...?

Balanço a cabeça.

– O contrário, na verdade.

– Ah.

Pen enrola uma mecha ruiva no dedo. A cor do cabelo de Pen foi a primeira coisa que reparei nela, ainda na época do circuito de competições. Como ela era linda – e generosa também. Nas competições, entre um salto e outro, os atletas em geral evitam olhar uns para os outros. Mas Pen, não. Ela sempre tinha um sorriso gentil. Nunca era arrogante, embora fosse a melhor dentro da nossa categoria de idade, por muitos pontos. A porta-bandeira da Olimpíada Mirim. Saltava com o cabelo rosa, depois azul. Pulseirinhas da amizade feitas pelos fãs. Desenhos nas unhas. Eu a achava incrível. Nunca vou deixar de me sentir pelo menos um pouquinho intimidada por ela.

– Como foi que você descobriu? – pergunta Pen.

– Como eu descobri...?

– Que gostava disso.

Um cara muito parecido com o professor assistente babaca do Dr. Rodriguez, que me tirou um ponto da prova final de química orgânica porque escrevi a data errada, passa ali perto. Aposto que ele ia adorar ouvir a conversa.

– De alguma forma, eu sempre soube. Quer dizer, eu não saía comprando máscaras de couro na internet quando estava no ensino fundamental, mas quando comecei a... hã... me interessar por sexo, eu sempre tive... fantasias. Ideias.

Dou de ombros e não acrescento que *eu sentia que era aquilo. Ainda* sinto *que é aquilo.*

– Entendi. – Pen assente, pensativa. – E como foi que você acabou colocando isso em prática mesmo?

– Eu e meu namorado do ensino médio ficamos juntos por três anos.

Eu pulo a parte em que éramos vizinhos, depois viramos melhores amigos, e aí nos apaixonamos. Eu confiava nele, e foi uma conversa fácil, tão fácil quanto todo o resto com Josh. Todo o resto, menos aquela ligação no primeiro ano da faculdade. O tom de voz deprimido dele ao explicar: *Não é só por causa dela... Para falar a verdade, a distância pesa muito. E talvez nossas personalidades sejam muito diferentes para essa relação durar?* Essa conversa, sim, foi difícil.

– Eu contei a ele que tinha interesse nisso.

– E ele... tinha interesse também?

Eu formulo a frase com cuidado:

– Não nas mesmas coisas. É por isso que acho que minha experiência pode ajudar você e Lukas.

Porque Lukas Blomqvist gosta de fetiche. Lukas "medalhista de ouro olímpico, queridinho do mundo da natação, tesouro escandinavo detentor de recordes" Blomqvist. Que mundo é esse?

– E como foi que você abordou a situação?

– Eu disse a ele o que eu achava excitante. Josh fez o mesmo. Então nós comparamos nossos gostos e vimos o que tinham em comum.

O diagrama de Venn que resultou daí não incluía muita coisa, mas ainda assim...

– Isso é tão *Cinquenta tons*, Vandy.

– Não é?

Nossos olhares se encontram, e compartilhamos um sorrisinho diante da improbabilidade de tudo isso. Pen parece bem mais à vontade.

– Você consegue me explicar por que gosta de deixar outra pessoa assumir o controle?

Será que eu consigo?

– São muitas coisas juntas.

A facilidade que é pré-negociar uma interação social. Ter instruções específicas, pelo menos em um aspecto da vida. Silenciar o caos sem fim que é meu cérebro. A satisfação de fazer alguma coisa certa, de ouvir alguém dizer que acertei. Me desconectar do resto do mundo e só seguir o fluxo. E sim: não sei muito bem *por que* minha cabeça funciona assim, mas dor e prazer sempre se misturaram um pouco para mim, e é muito gostoso quando alguém em quem confio belisca meus mamilos. Às vezes, é simples *assim*.

– Para mim, tem a ver com liberdade – falo.

Ela dá uma risadinha.

– A liberdade de... ter alguém te dizendo o que fazer?

– Eu sei que parece contraintuitivo, mas eu sempre penso demais nas coisas. Fico tentando desesperadamente não errar e acabo tendo um ataque de pânico.

Estou ocupando espaço demais? Entediando você? Decepcionando você? Será que você preferia estar em outro lugar, com outra pessoa?

– Sou esmagada pelo fardo de ficar me perguntando se estou fazendo certo.

– Fazendo o que certo?

Dou uma risada.

– Nem sei direito. Sexo, mas também, de modo mais geral, sei lá, me comportar como um ser humano?

Dou de ombros, porque o problema é esse, não é? Não existe um jeito certo ou errado de existir. A vida real não vem com manual de instruções. Felizmente, o sexo pode vir. Meu tipo de sexo.

– Se alguém com quem me sinto segura estiver me orientando...

– Você gosta de ter uma estrutura.

– Essa é uma boa maneira de descrever. – Sorrio. – Não posso falar pelo Lukas ou pelas pessoas do lado mais... *dominante* da coisa.

A palavra oscila entre nós de um jeito bizarro. A verdade é que também não me sinto totalmente confortável com os termos do BDSM. Como em qualquer outra comunidade, tenho muitas dúvidas se realmente possuo as características necessárias para fazer parte dela. Certos rótulos precisam ser conquistados, e parece que sempre me falta alguma coisa.

– Mas obviamente eles também veem vantagens daquele lado – completo.

– Obviamente. E você e seu namorado ainda estão juntos? – O olhar dela fica mais direto. – Tenho a impressão de que sei tão pouco sobre você...

Que coincidência, eu também sei bem pouco sobre mim.

– Nós terminamos.

– E o cara com quem você está saindo agora...?

– Não estou. Saindo com ninguém, quero dizer.

– Mas não é por causa do que você curte, né?

– Não exatamente.

Pelo menos, não só por isso. Gosto de dizer a mim mesma e a quem pergunta – Barb, na maioria das vezes – que estou muito ocupada e focada na minha carreira para namorar. Mas minha fase celibatária está rolando há tanto tempo que já não sei mais se é voluntária, e prefiro nem comentar que, depois do que aconteceu com meu pai, às vezes pode ser bem desconfortável conviver com homens.

– Acho que eu não deveria perguntar desse jeito, mas não faço ideia de que palavras usar, então só vou... Seu ex te machucava? Durante o sexo, quero dizer.

Eu faço que sim.

– Às vezes – respondo. – Um pouco.

– E tudo bem por você?

– Com certeza. Tudo era pré-combinado. Sempre conferíamos um com o outro se estava tudo bem e também tínhamos uma palavra de segurança.

– Meu Deus, é muito *Cinquenta tons*. Alguma vez você já se sentiu...

– O quê?

– Como se estivesse jogando setenta anos de feminismo no lixo?

Ela faz uma careta de culpa diante do questionamento, mas não é nada que eu nunca tenha me perguntado.

– Para mim, escolher ser sexualmente submissa não tem nada a ver com igualdade de gênero. E não é como se eu estivesse abrindo mão dos meus direitos. Josh sempre parava quando eu pedia, e o contrário também. – Dou de ombros outra vez. – Eu entendo que discutir essas coisas faz a gente se sentir muito vulnerável. Você. Lukas também. Além do mais, pessoas que gostam de fetiche costumam ter essa má reputação, como se fôssemos pessoas agressivas, predadoras...

– Sei que você não é – diz ela às pressas, as mãos abertas. – Não sou puritana, juro. Não acho que Lukas seja um pervertido ou perturbado por querer essas coisas.

Meu alívio é genuíno.

– Que bom.

– O problema é mais que *eu* não gosto disso.

– E você está inteiramente no seu direito.

Coço a nuca, onde esqueci de passar hidratante antes do salto. Olá, alergia a cloro, minha velha amiga.

– E se você disse ao Lukas que não está interessada em explorar essa dinâmica sexual e ele continua insistindo, isso é um sinal de alerta *imenso* que...

– Essa é a questão – diz Penny. – Ele *não* está insistindo. Nós tentamos. Porque era... bom, era óbvio que ele queria. Então sugeri que a gente fizesse.

Ela pega seu copo intocado de latte gelado, mas não bebe.

– É só que eu odeio. Ser mandada. Pedir permissão. Já tenho os comentários incessantes do treinador Sima sobre as minhas técnicas de salto zunindo no meu ouvido. Não quero ouvir "você está fazendo isso ou aquilo muito bem, Pen" enquanto estamos transando. – Ela revira os olhos. – Uma *palhaçada* condescendente. Sem querer ofender.

De tudo que já ouvi até hoje, essa talvez seja a declaração com a qual eu *menos* consigo me identificar.

– Não me ofende. Você já disse a ele que não curtiu?

– Já. E ele parou na hora. Nunca mais tocou no assunto. Mas ele ainda quer. Eu sei que quer.

Essa conversa está fazendo uma curva, saindo de Introdução ao Fetiche e virando mais uma coluna de conselhos sexuais de revista. Talvez esteja ficando além das minhas capacidades.

– Então ele tomou a decisão consciente de colocar a relação de vocês *e* o seu bem-estar à frente das preferências sexuais dele, o que é louvável...

– É *burrice*.

A palavra sai como um sibilo frustrado. Ela chega mais perto, os olhos mais uma vez num tom de verde reluzente.

– Eu o amo. De verdade. Mas... – Pen engole em seco e se empertiga. – Eu quero viver outras coisas também. Quero ir numa festa e flertar livremente. Quero levar uma cantada sem sentir que estou traindo alguém. Quero me divertir. – Ela respira fundo. – Quero transar com outras pessoas. Ver como é.

Tudo isso me parece tão divertido quanto raspar o sovaco com um abridor de latas. Mas Pen não sou eu. Pen é extrovertida e engraçada. Pen sabe equilibrar o trabalho e a vida pessoal. Pen sabe o que fazer e quando fazer. Todo mundo gosta da Pen.

– E como Lukas se sente a respeito disso? Está com raiva? Ciúmes?

Ela revira os olhos.

– Lukas é confiante demais para sentir essas coisas.

Não tenho nem ideia de como é *isso*.

– E você? *Você* ficaria com ciúmes se ele transasse com outras pessoas?

– Acho que não. Lukas e eu temos uma história. Nós nos amamos. Para dizer a verdade, mesmo se a gente terminar, acho que vamos nos reencontrar no futuro. Acho que somos feitos um para o outro.

Onde é que essa galera arranja esse poço sem fim de autoconfiança? Fica num pote no fim do arco-íris?

– Feitos um para o outro... a não ser pelo sexo *meh*? – pergunto.

– Não é... O sexo é bom. – Pela primeira vez nessa conversa bastante constrangedora, Pen fica com o rosto corado. – Luk é... é muito focado. A questão é mais...

O celular dela vibra e balança a mesa inteira. Pen para no meio da frase e olha para o aparelho, distraída. Depois olha de novo, dessa vez com atenção.

– Merda.

– Tudo certo?

– Meu grupo de estudos de Comércio Exterior. Esqueci que a gente ia se encontrar.

Ela se levanta e arruma as coisas com pressa. Engole o latte gelado com uma rapidez digna de quebra de recorde e joga o copo na lata de lixo.

– Desculpa. Sei que é a maior grosseria. Passei vinte minutos despejando meus problemas em você e...

– Não tem problema nenhum. Vai lá fazer suas coisas.

– Está bem. Merda, tenho que ir correndo até a casa da Jackie.

A voz dela vai sumindo conforme ela sai do café, e fico ali sozinha, contemplando a pura *bizarrice* que foi aquela tarde, a pura *idiotice* de me colocar naquela situação e a pura *impenetrabilidade* da relação entre Penelope Ross e Lukas Blomqvist.

E então Pen volta e para do meu lado.

– Ei, Vandy.

Olho para cima.

– Esqueceu alguma coisa?

– Só queria dizer... – Ela abre um sorriso enorme, que me faz perceber o quanto os sorrisos anteriores foram tímidos. – Obrigada por tirar um tempo para conversar comigo. Por ser bacana e não me julgar. Estou feliz que você esteja curada e de volta ao time.

Eu mal consigo assentir e ela já está correndo de novo, e fico ali imaginando se alguém antes na vida já tinha usado a palavra bacana para se referir a mim.

CAPÍTULO 5

Na semana seguinte, começo a ver a luz no fim do túnel acadêmico.

Redação não é impossível (meu professor não se importa se minhas opiniões são válidas ou não, mas sim se as defendo com todo o coração). Psicologia não é tão vago quanto eu imaginava (existe método na insanidade que é o comportamento humano). Biologia computacional é molezinha (ainda que a eterna cara fechada do Dr. Carlsen seja *de fato* um pouco intimidadora). E aí tem o alemão. Um pântano homicida com tentáculos, infestado com tubarões, tarântulas e currywursts sencientes, todos prontos para me atacar.

– Não tem nenhum programa de tutoria para as pessoas que são... um pouco menos talentosas com idiomas? – pergunta Barb durante nossa ligação semanal, depois que despejo meu discurso de propaganda antigermânica durante trinta minutos de completo desespero.

– Nada que se encaixe nos meus horários. Eu devia ter buscado ajuda antes. – Tipo quando estava no útero. – Mas acho que vai ficar tudo bem.

Tirei dois no primeiro trabalho e três no segundo. Já estou melhorando.

– Tenho certeza de que vai, Scar.

Depois que ela se separou do meu pai, depois da batalha para conseguir minha guarda, depois que nossas vidas viraram mesmo *nossas*, Barb se mudou comigo para St. Louis, onde comanda o departamento de cirurgia ortopédica como se fosse uma autocracia. O trabalho dela é incompreensivelmente delicado, paga um salário quase milionário e a mantém ocupada por tanto tempo que uma das minhas professoras do ensino fundamental suspeitou que eu tivesse fugido de casa e estivesse morando sozinha escondida.

Ela é, sem sombra de dúvida, o motivo de eu querer ser médica. É meio clichê, eu sei, mas também não foi algo que surgiu do nada. Sempre tive mais inclinação para as ciências, mas foi só quando comecei a fazer o dever de casa no consultório de Barb que me dei conta de como seu trabalho era admirável. Como ela fazia diferença. A amplitude do seu conhecimento e a profundidade de seu cuidado.

– Por que o Dr. Madden ou o Dr. Davis não podem cuidar da sua paciente? – resmunguei uma vez, quando ela disse que não ia poder me encontrar.

Ela baixou a voz até um sussurro:

– Porque o Dr. Madden é um cuzã... um ânus, e o Dr. Davis é tão incompetente que nunca sei se ele está do lado do paciente ou da doença. A Sra. Reyes está sentindo dor há muito tempo. Merece ser tratada por alguém que não seja medíocre e que vai levar o problema dela a sério. Você concorda?

Eu tinha 14 anos na época, mas aquilo fez todo o sentido para mim. Não apenas eu tinha muito orgulho de como Barb era fantástica, mas tudo que eu queria era ser uma médica não medíocre que levava as pessoas a sério.

E, agora, aqui estou eu. Sonhando com uma insuficiência renal para poder escapar do teste de admissão da faculdade de medicina.

– Aliás – diz Barb –, encontrei o treinador Kumar outro dia.

Eu estremeço. Ele foi meu treinador no ensino médio.

– Como ele está?

– Está bem. Mandou lembranças. Perguntou de você.

– E você mentiu e disse a ele que já fui campeã da liga universitária doze vezes e estou cotada para as Olimpíadas?

– Pensei nisso, mas aí lembrei que existem registros públicos dessas coisas. Tipo on-line. A uma busca no Google de distância.

Eu suspiro.

– Ele ficou chocado? Estou levando desonra para meu antigo time?

– O quê? Não. Você não é um advogado de crimes de colarinho branco na folha de pagamento da indústria farmacêutica, Scarlett. Você teve uma lesão grave. Todo mundo está torcendo por você.

Mal posso esperar para decepcioná-los de novo.

– E como está o amor da minha vida?

– Neste momento, ocupada se lambendo, como de costume.

– Muito importante.

– Espera aí, acho que ela quer falar com você.

Pipsqueak, a mistura de husky com pug que achamos no marketplace do Facebook por causa de seu "mau comportamento" (intrigas, calúnias) e "um hábito incorrigível de correr pela casa" (ainda a ser corrigido), solta seus latidos cheios de amor por mim e tenta lamber meu rosto no telefone da Barb. Falo com ela com voz de criança durante quinze minutos e depois vou para o treino.

Estamos na pré-temporada, o que significa... condicionamento. Refinamento de habilidades. Saídas, entradas, posições do corpo, rotações, correções – horas na academia, na piscina, na sala de musculação, e depois mais horas em casa, na aula ou na cama com a preocupação torturante de que todo esse treinamento não será *suficiente*.

Eu sou uma boa atleta. Já assisti a meus saltos o bastante para saber disso. Meu corpo está forte e saudável, enfim. Já minha mente...

Minha mente me odeia às vezes. Principalmente quando estou numa plataforma, dez metros acima do resto da minha vida.

Porque dez metros é *bem alto*, mas as pessoas não têm noção disso até subirem os cinquenta degraus da torre. Elas chegam lá em cima, olham para baixo e de repente sentem aquele frio na barriga. É um prédio de três andares. Uma verdadeira mansão que se estende entre você e a água. Muita coisa pode acontecer em dez metros – incluindo o corpo chegar à velocidade de cinquenta quilômetros por hora e a água se transformar numa superfície difícil de quebrar, tipo a casca de ovo mais dura do universo.

Na plataforma, as punições são rápidas e impiedosas. O espaço para errar, inexistente. Um salto ruim não é apenas grosseiro e humilhante – é o fim da carreira de um atleta. É o último salto.

– A piscina fecha às oito, mas sem pressa, Vandy! – grita o treinador Sima.

Eu sorrio, as palmas apoiadas na borda áspera, e aos poucos levanto as pernas para ficar em parada de mão. Meus ombros, barriga e coxas, tudo dói daquele jeito contraído e bom que significa *controle*. Fico parada ali, numa linha reta perfeita, só para provar a mim mesma que consigo. Que tenho os atributos necessários. É um alívio ver o mundo redimensionado. É libertador ver como todo mundo parece insignificante daqui de cima, pequeno e irrelevante.

– Pode ficar aí! Não estou nem um pouco entediado aqui!

Solto um suspiro e deixo o restante do salto fluir de mim: posição carpada. Meia pirueta. Um mortal. Outro. Entro na água levantando apenas umas poucas bolhas. Quando volto à superfície, o treinador está agachado na borda da piscina.

– Vandy.

Eu saio da piscina segurando meu ombro. Não dói. Não sangra. Ainda intacto.

– Oi?

– Esse aí está pronto para a liga universitária – diz ele.

Eu espremo a água da minha trança.

– Só tem um problema: esse não foi o salto que pedi para você fazer.

Olho ao redor. Onde foi que joguei minha toalha?

– Vandy. Olha para mim.

Eu olho. Tenho que olhar.

– Você pode continuar fazendo seus saltos de conforto emocional, sim. Mas precisamos focar em outras questões também. – Ele cutuca o espaço entre meus olhos com o nó dos dedos, como se estivesse testando cocos no mercado. – Precisa trabalhar o que está aqui dentro.

– Eu sei.

– Então faça o que eu digo e não mude o maldito salto quando estiver lá em cima. – Ele respira fundo e balança a cabeça. – Está tudo bem, garota. Nós temos tempo. Vá se trocar. Vocês vão todos lá para casa hoje.

O churrasco. Tradição anual para integrar o time. Ele dá uma piscadinha para mim, e as rugas no canto do seu olho se multiplicam por dez.

– Não tem festa igual às do treinador Sima – declara ele.

Tragicamente, é verdade. Porque as festas dele são compulsórias.

Vou até o vestiário e dou uma última olhada no salto grupado para a frente que as gêmeas estão treinando no trampolim. Eu fazia salto sincronizado também, lá em St. Louis, mas somos cinco na equipe de Stanford, logo fico sobrando. Bella e Bree competem juntas (duas atletas que fazem o mesmo salto simultaneamente e ainda por cima são idênticas? Os juízes amam essa merda). Pen e Victoria já são parceiras há três anos e se entendem muito bem. Talvez ano que vem haja uma nova pessoa na equipe para fazer par comigo. Ou talvez eu morra sozinha em um vale de lágrimas, agarrada a cartões de estudo com o pretérito perfeito do alemão. Quem sabe?

Pego carona para a festa com Victoria, que passa o caminho me atualizando do recente caso confirmado de peste bubônica em um ser humano. Nós somos as últimas a chegar e as únicas duas fracassadas a aparecer sem um acompanhante.

– Adoro esse gostinho de como vão ser meus feriados de Ação de Graças pelos próximos cinquenta anos – resmunga ela, colocando um sorriso no rosto e indo dar um abraço na Sra. Sima.

Eu converso com Leo, o filho de 13 anos do treinador, que é tão tímido e desajeitado quanto eu, até que ele finge se lembrar de um dever de casa importantíssimo e volta a se esconder dentro de casa. Então saio em busca de algo para beber – e dou de cara com um muro.

No caso, um muro chamado Lukas Blomqvist.

Ele não chega a se destacar entre nadadores universitários de elite. A maioria é alta. A maioria é musculosa. Muitos são bonitos. As proporções dele – ombros largos, braços e torso compridos, mãos e pés enormes – são basicamente um desenho didático do corpo humano. Tudo isso para dizer: não é por causa da *aparência* dele que a minha cabeça entra em curto-circuito.

– Desculpa.

Sou fisicamente incapaz de abrir um sorriso. Paralisia temporária do sétimo nervo craniano. Mas tudo bem, porque ele também não sorri.

Os olhos dele me prendem no lugar.

– Sem problemas.

Ele tem uma bela voz, grave, ressonante. Familiar, mas só vagamente, como se fosse um anúncio no meio de um podcast: você já ouviu antes, mas não prestou muita atenção. Deve ser porque ele orbitou a periferia da minha vida pelos últimos dois anos, já que a piscina onde os nadadores treinam é de frente para a piscina de saltos.

– Onde você conseguiu isso?

Aponto para a bebida que parece estranhamente pequena na mão dele. Com o queixo, Lukas indica o cooler que eu poderia muito bem ter encontrado sozinha. Se não fosse uma idiota.

– Certo. Obrigada.

Lukas assente, apenas uma vez. Eu me pergunto se ele veio com Pen, se os dois se resolveram, mas não a vejo por perto. Ele e eu estamos, de um jeito meio hilário, usando calça jeans e a mesma camiseta cinza do time de natação e saltos de Stanford – só que ele está *descalço*. *Por que* ele está descalço no jardim do meu treinador? E por que está me olhando fixamente? E por que estou olhando de volta?

Não consigo desviar o rosto, e acho que é por causa dos olhos dele. São examinadores. Focados. Concentrados. Sobrenaturalmente azuis. Em algum lugar do mar Báltico, há um peixe saltando sobre um trecho de água exatamente dessa cor e...

Será que Pen contou a ele sobre *mim*? Será que Pen contou a ele que *me* contou sobre *ele*? É por isso que Lukas parece tão... não sei. Curioso? Absorto? *Alguma coisa*.

– O que você estava dizendo sobre o Aberto da Suécia, querido? – pergunta a Sra. Sima.

Lukas se vira para ela, e percebo que atropelei a conversa deles. Ou, para ser mais precisa, o interrogatório dela a Lukas. Eu já estive nessa situação algumas vezes ao longo dos anos e não é moleza.

– Quando é?

– Ano que vem. Na semana seguinte ao campeonato da liga universitária.

– Ai, meu Deus. E você vai ter que ir para se qualificar para as Olimpíadas de Melbourne, certo?

– Não preciso mais, depois do campeonato mundial.

Ele tem um pouco de sotaque, um leve toque do norte da Europa. Não sei direito quais letras ele fala diferente, mas de vez em quando consigo perceber.

– Ah, sim, no começo deste ano. E você ganhou, então já está garantido na Austrália ano que vem?

Ele faz que sim, indiferente, como se ser um atleta olímpico não fosse nada de mais. O rosto dele é... Seu maxilar me faz pensar em saltos de penhasco, e a fenda em seu queixo... é um clássico de astros de cinema. Ele podia ser o Capitão América.

Capitão Suécia. Tanto faz.

– Isso é fantástico, querido. Agora vamos torcer para que Penelope se qualifique também. Ela ganhou o bronze no Pan-Americano do último verão, mas com *tantos* erros ultimamente...

Típica alfinetada da Sra. Sima. Ela adora insinuar que o time de saltos é um bando de gente sem talento que não é digna das habilidades de treino de seu marido. Eu protestaria, mas até que ela não estaria tão errada em relação a mim.

Lukas, felizmente, não compartilha dessa opinião sobre nossa equipe.

– Ela ainda estava se recuperando de uma lesão.

– Ah, sim. Sim, é claro. – Uma risada nervosa. – Bom, ainda assim... *Você* ganhou todas as suas competições, não foi?

A resposta dele é um grunhido evasivo.

– Aposto que sua mãe tem *muito* orgulho de você – continua ela.

Lukas não diz nada, mas sua postura muda, como se ele estivesse flexionando todos os músculos. Talvez a relação dele com a mãe seja tão encantadora e incontestável quanto a minha com meu pai?

– Ela vai pra Melbourne também?

O rosto de Lukas parece um dos megálitos da Ilha de Páscoa.

– Aposto que ela mal pode esperar para torcer por você.

Um leve tremor no maxilar, como se ele estivesse a apenas uma pergunta de explodir. *Vamos lá, Sra. Sima. Olhe a cara do sueco.*

– Se fosse um dos meus filhos, eu levaria a família inteira...

– Aliás, Lukas – interrompo –, Pen estava te procurando quase agora.

Os olhos dele se cravam nos meus.

– Ela estava me procurando – repete ele.

Não é exatamente uma pergunta. Ele sabe que é mentira.

– Pois é.

Voa, passarinho. Liberte-se.

– Com licença – diz ele, na direção da Sra. Sima.

Eu me sirvo de água de coco, mas, quando dou uma olhada para me certificar de que Lukas escapou em segurança, ele está prestando atenção em mim mais uma vez e...

Talvez Pen tenha contado sobre nossa conversa para ele e seja por isso que Lukas está tão interessado. Será que ele quer conversar comigo? Desabafar? Encontrar alguém solidário? Ele quer ter uma conversa íntima, de fetichista para fetichista?

Talvez eu devesse virar terapeuta de casais. Uma boa alternativa à faculdade de medicina. De repente me liberam de saber uma língua estrangeira.

– A primeira leva está pronta! – grita o treinador lá da churrasqueira. – Pessoal, venham se servir!

Como meu hambúrguer de frango devagar, em silêncio, enquanto as conversas vão rolando. Pen está sentada na minha frente, o centro das atenções, distribuindo histórias engraçadas e afeto. Lukas está ao lado dela, os braços cruzados, falando pouco, sorrindo menos ainda. Ele parece um cara quieto, reservado. Juntos, são lindos de um jeito quase incompreensível e que chega a ser cruel. Eu não me acho feia, de jeito nenhum, mas tive meus anos de aparelho nos dentes e espinhas, que não foram há tanto tempo assim. Esses dois claramente nunca foram nada menos do que radiantes. É difícil de lidar, na verdade.

Pela primeira vez, todo mundo na equipe tem mais de 21 anos. O treinador distribui sua cerveja artesanal, murmurando que é melhor que seja a última gota de álcool da temporada. Eu o imagino mexendo e fermentando aquele líquido na mesma banheira onde Leo descobriu a masturbação e dispenso a oferta. Lukas e Victoria, que vieram dirigindo, param depois da primeira garrafa. As gêmeas bebem duas cada uma e comentam que é bem mais forte que as cervejas comuns. Pen... Eu não sei. Talvez ela também não saiba. Sua risada está meio alta, mas ela continua encantadora como sempre.

Depois do jantar, vou para o pátio com Bree, Bella, Devin e Dale e faço um grande esforço para não demonstrar que estou chocada porque duas gêmeas univitelinas namoram gêmeos univitelinos.

Isso foi planejado previamente? Como eles se conheceram? Um dos casais encontrou o amor verdadeiro e obrigou o outro a se relacionar também? Tem fetiche envolvido? E por que estou tão curiosa a respeito da vida íntima dos outros? Meio audaz para alguém que gosta de ser amarrada como um saco de limões. É um grande alívio quando Pen chega cambaleando para "roubar Vandy por um segundo" e sussurra para mim:

– Meio estranho, não é? Gêmeas namorando gêmeos?

– Eu estava pensando exatamente a mesma coisa e me senti meio mal por isso.

– Eu sei, eu também.

– É meio errado até pensar nisso, mas se cada casal tiver um filho...

– Eles podem ser gêmeos quaternários!

– Ai, meu Deus, sim!

Nós fazemos um *high five* como se tivéssemos decifrado o genoma humano e acabamos indo para os fundos da casa, perto de uns balanços que o treinador deve ter pendurado ali quando os filhos eram pequenos.

– Está tudo bem? – pergunto quando nos sentamos.

Balanço um pouquinho para checar se a estrutura está firme.

– Sim. – Ela dá uma risadinha. Está com os olhos brilhando. – Só que essa cerveja de banheiro do treinador me pegou legal. Preciso só ficar quieta um pouquinho. Parecia que você também precisava.

Quando é que eu não preciso?

– Quer que eu procure o Lukas e peça para ele te levar em casa?

– Meu Deus, ótima ideia.

Eu começo a me levantar, mas ela me interrompe. Pega o celular.

– Vou mandar uma mensagem. Lukas só veio mesmo porque eu já tinha falado para o treinador que ele viria.

– Ah. Vocês então...

– Terminamos? Sim. Estou livre como um pássaro.

Suas palavras saem um pouquinho arrastadas. Ela não parece exatamente feliz.

– Você quer, hã, conversar sobre isso?

Não sei se tenho as ferramentas necessárias para ajudá-la, mas a ideia de Pen querer conversar comigo é um peso quentinho e acolhedor no peito. Em meio à lesão e à minha inabilidade de parar de trabalhar até atingir a perfeição (ou seja, nunca), não fiz muitos amigos na faculdade. Nem antes da faculdade.

– Eu quero? – Ela dá uma risada forçada e meio trêmula. Depois, seu olhar foca em algo atrás de mim, e ela repete, mais alto. – Eu quero?

Eu me viro. Lukas vem andando em nossa direção, e meu primeiro pensamento é que ele não precisava ter vindo aqui. Eu ia levar Pen até ele. Até o carro.

Mas ele não vacila em sua caminhada descalça. O sol forma um halo indistinto ao redor de seus cabelos curtos quando ele pergunta:

– Quer que eu te leve em casa?

Pen dirige um olhar afetuoso a ele por um longo tempo, de um jeito meio letárgico – tão longo que começo a me perguntar se ela está muito mais bêbada do que eu tinha pensado.

– Vandy, você nunca foi apresentada oficialmente ao meu *ex-namorado*, foi?

E aí vem meu *segundo* pensamento: esse é claramente um término complicado e doloroso que ainda está em negociação. E eu não quero me meter nisso.

– Foi, sim. – O olhar impassível de Lukas encontra o meu. – Na viagem de recrutamento.

Não tenho nenhuma memória disso, mas faço que sim, feliz por não ter me levantado para apertar a mão dele.

– Ah, que legal. – Ela dá de ombros. – Sim, Luk, pode me levar para ca...

Pen para de repente e solta um arquejo que se transforma num sorriso maníaco, e eu sinto um arrepio.

– Ai, meu Deus, gente. Acabei de ter a melhor ideia do universo!

Ela olha para Lukas, depois para mim, e para Lukas de novo. Ela vai sugerir algo ridículo que só faz sentido para um bêbado. *Vamos para o Taco Bell. Vamos ligar e passar trote para os nossos professores do fundamental. Vamos raspar a sobrancelha.* Já estou desesperada em busca de um argumento para dissuadi-la de ir para um karaokê...

Mas o que Pen diz, na verdade, é:

– Vocês dois deviam transar!

CAPÍTULO 6

Seguro a corrente do balanço com tanta força que ela deixa uma marca na palma da minha mão.

Olho para Pen, chocada, boquiaberta. Então me viro para Lukas, que parece tão abismado quanto eu.

Ele se recupera rápido. Cruza os braços e dá um sorrisinho resignado.

– Pen – diz ele num tom de bronca divertida, como se a ex fosse uma criança bagunceira. Ou um gato tentando abrir a gaveta de petiscos. – Vou te levar para casa.

Ela o ignora.

– Não, não... É *genial*!

– É mesmo?

– É. É! Você não percebe? Ai, meu Deus. *Claro* que você não percebe. É porque você não *sabe*.

Ela ri e gesticula de um jeito meio desajeitado. Suas bochechas brilham, rosadas, em seu rosto pós-treino sem maquiagem. Será que o treinador coloca MD na cerveja?

– Luk, por favor, não fica bravo, mas... Eu tive que contar para a Vandy sobre as coisas que você gosta de fazer. Porque estava tudo muito confuso e eu precisava conversar com alguém. *Desculpa*, está bem? – exclama Pen, embora Lukas não pareça particularmente chateado por eu saber da sua vida íntima. Até que: – Mas escuta só: a Vandy gosta das mesmas coisas que você!

É nesse momento que eu percebo que Pen *não* tinha contado de mim para Lukas. Porque ele se vira para mim e me encara *infinitamente*, os lábios entreabertos, como se de repente eu tivesse me transformado em algo novo. Algo instantaneamente compreensível.

Eu o encaro, sem conseguir respirar.

E aí Pen continua:

– Por isso, vocês dois *deviam*... bom, ninguém *devia* transar. Mas já que estamos todos solteiros aqui, pensei que...

Lukas desvia o olhar do meu.

– Pen – diz ele com firmeza, exalando uma espécie de paciência condescendente. – Vamos embora.

Ela franze a testa.

– O que foi? Eu acho uma ótima ideia.

– Claro.

Lukas parece tão tranquilo que me deixa ainda mais perturbada. Por que *ele* não está mortificado? Eu estou usando todo o estoque de constrangimento existente na América do Norte?

– Vou te levar para casa.

– Não! Luk, ela é. Ela é sub.

Submissa.

Meu Deus. Eu *não* devia estar aqui testemunhando a conversa sexual do casal de ouro dos esportes aquáticos.

– Faz sentido – insiste ela, se desequilibrando no balanço. – Pensa bem!

– Tudo bem. Vamos pensar. – Ele assente, como se estivesse realmente considerando a questão. – Eu e você terminamos, e uma semana depois você vem me recomendar alguém para eu transar. – Ele se vira para mim. Olhos frios. Examinadores. – E aí faz a mesma coisa com a Scarlett. Por pura bondade sua.

– Só achei que seria legal se todo mundo pudesse...

– Ser feliz com seus parceiros sexuais escolhidos por decreto governamental?

– Luk – diz Pen, irritada. – Você tem dezenas de recordes mundiais, é uma figura pública, não pode simplesmente fazer um perfil em um aplicativo de relacionamento e escrever uma lista de fetiches.

– Mas você resolveu esse problema ficando bêbada e me oferecendo sua companheira de equipe. Que, aliás, já está há mais de um minuto sem respirar.

Ele tem razão. Eu inspiro um pouco de ar.

– Ah, por favor, Luk, eu sei que você acha a Vandy gostosa. Você já disse isso.

Silêncio.

– E eu vejo como você olha para ela.

Um zumbido incômodo explode no fundo da minha cabeça.

– Como é que eu olho para ela? – pergunta ele.

– Você *sabe*.

Ele cruza os braços.

– Algo mais que eu deva saber sobre o futuro da minha vida sexual? Onde eu e Scarlett vamos nos encontrar? O que vamos fazer primeiro?

Pen se levanta, vai cambaleando até Lukas e enfia o dedo indicador em seu peitoral.

– Luk, se você não consegue compreender a minha *visão*... – Ela cai na gargalhada. – Dane-se. Vamos para casa.

Ela passa pela gente, mas, depois de uns quinze metros, se joga no jardim do treinador e fica deitada, pegando sol.

– Gente, eu adoro esse horário do dia!

Lukas balança a cabeça e respira fundo, os pés grandes em meio à grama. E ali, no subir e descer de seus ombros, eu finalmente enxergo. A tensão de um relacionamento que está se desfazendo. Consigo imaginar as conversas de madrugada, a incessante troca de mensagens, as brigas que levaram ao término.

– Ela não devia ter me contado dos seus... não sem a sua permissão – falo. – Talvez seja melhor você pedir a ela para não fazer mais isso.

Um tanto presunçoso achar que esse atleta de beleza clássica, cidadão de um país que tem sistema de saúde universal, poderia precisar do meu conselho. Mas me lembro de como meu pai agia comigo e com Barb. Como ele nos atormentava e corroía cada camada, até que nossos desejos não tivessem mais qualquer importância e o mundo girasse ao redor dele. Nunca vou partir do pressuposto de que todo mundo tem a habilidade de dizer não.

– Não me importo – diz ele de um jeito quase reconfortante.

O "não se preocupe" está implícito. Ele tem uma presença muito calma, firme, de quem resolve todos os problemas, e isso deixa bem claro para mim que ele deve ser muito bom em... Bom, naquelas coisas todas que nos colocaram nessa situação constrangedora.

– Eu não fazia ideia de que ela ia falar nada disso – confesso.

– Imaginei. Você parecia prestes a desmaiar.

– Foi quase.

Trocamos um sorriso leve e cansado. Só com os olhos, na verdade.

– Duvido que Pen soubesse que ia falar também – diz Lukas. – Ou que vá se lembrar disso amanhã.

– Ainda assim... Sinto muito. Eu contei a Pen sobre a minha experiência achando que podia ajudar, mas não queria me meter na vida de vocês ou...

– Luuuk, podemos ir para casa agora? – interrompe ela.

Ele morde o lábio e se vira para mim uma última vez.

– Tchau, Scarlett.

Eu aceno e fico observando-o se afastar, os passos relaxados, os cabelos castanhos quase dourados sob o sol. Quando ele e Pen somem atrás da casa, eu inclino a cabeça para trás e olho para o céu. Para tentar tirar da cabeça "Onde eu e Scarlett vamos nos encontrar?" – a pronúncia quase perfeita, o *s* que denuncia o sotaque. Para deixar o coração desacelerar até a velocidade normal e dizer a mim mesma que, daqui a algumas décadas, quando eu for uma velhinha frágil e amargurada, e a enfermeira de IA que estiver me dando couve-de-bruxelas no vapor perguntar "Qual foi a coisa mais doida que já aconteceu na sua vida?", meu cérebro vai voltar instantaneamente para essa conversa.

Eu nem imagino como estou errada.

CAPÍTULO 7

— Desculpa, o que você disse?

A cada sessão, há muitos silêncios entre mim e Sam. Porque ela faz perguntas difíceis que não consigo responder e não muda de assunto até receber algum tipo de resposta.

Acho que é assim que a terapia funciona.

– Eu perguntei se isso já aconteceu com você antes.

– Você quer dizer...?

– Esse seu bloqueio.

– Certo. – Eu balanço a cabeça. – Não, nunca aconteceu.

– Nem em menor escala?

– Acho que não.

Ela olha para o caderno.

– Eu fiz uma pesquisa. Parece que a síndrome da perda da noção de movimento é um fenômeno típico em atletas. Uma inabilidade súbita de desempenhar uma tarefa que você já tinha feito com perfeição antes.

Ela recita essa última parte, como se fosse uma definição que leu em algum lugar, então me encara através dos óculos com armação tartaruga.

– Essa descrição bate com o que você está vivendo?

Eu demoro o máximo de tempo que consigo e então assinto. Talvez, quanto mais eu adiar a resposta, menos verdadeiro se torne.

– Twisties – digo, depois de um tempo. – Ou YIPS. É assim que nós, saltadores, chamamos.

CAPÍTULO 8

PENELOPE: Olha que engraçado.
PENELOPE: Acordei hoje de manhã com uma baita dor de cabeça. Não conseguia entender por quê. Então me lembrei do que aconteceu ontem à noite e comecei a rezar para meus ossos se transformarem em lava.
PENELOPE: Não tenho nem palavras pra descrever minha idiotice. Acho que só bebi duas cervejas... não tenho ideia de como fiquei tão bêbada. E isso nem é desculpa. Sinto muito, Vandy.

E ela devia sentir mesmo.

SCARLETT: Acho que essa cerveja artesanal do treinador deve ser mais forte que as normais. As gêmeas também ficaram bem chapadas, e eu acabei dirigindo o carro da Victoria.
PENELOPE: Aposto que a liga universitária ia ADORAR saber disso.

SCARLETT: Mas, no futuro, por favor, não saia falando pra todo mundo sobre a minha vida sexual.
PENELOPE: Meu Deus, eu prometo! Eu juro que não sou escrota assim normalmente. E, sinceramente, eu sou a capitã do time. O que eu fiz foi 100% assédio sexual, e você tem todo direito de me denunciar.
SCARLETT: Tá tudo bem. Eu te perdoo dessa vez. Além do mais, essa história toda vai nos dar uma ótima vantagem em futuras partidas de "Eu nunca".
PENELOPE: Kkkk em partidas de "Duas verdades e uma mentira" também.
PENELOPE: "Eu faço xixi na piscina", "Eu odeio tomate", "Eu já fiquei tão bêbada que tentei convencer meu ex e minha colega de equipe a transar".
SCARLETT: Bem preocupada aqui, porque já te vi comendo tomate.
PENELOPE: Eles colocam tanto cloro lá!
SCARLETT: Estou oficialmente desvendo essa mensagem. Nunca mais fale sobre isso.
SCARLETT: Lukas ficou com raiva?
PENELOPE: Liguei pra ele hoje de manhã pra implorar desculpas, mas ele só fez pouco caso da situação. É impossível deixar Lukas com raiva. Ele é literalmente o ser humano mais imperturbável do universo.

Alguns dias antes, eu teria achado o oposto – que ele é do tipo que dá gelo, rabugento, com tendência a se irritar. Mas era só um palpite baseado no meu pressuposto geral de que homens podem ser assustadores e imprevisíveis.

Nem todos os homens, tenho certeza. Talvez nem a maioria. Mas, devido ao meu passado, sempre desconfio deles até que me deem motivo para o contrário. Lukas Blomqvist, no entanto, parece razoavelmente irrepreensível.

Eu não sei muito sobre a personalidade dele, mas, depois do churrasco do treinador, ele meio que se tornou uma espécie de pensamento intrusivo, e eu me pego esquecendo a estrutura das frases em alemão para... reunir informações sobre ele. Na maioria das vezes, usando minhas próprias memórias.

Por mais que eu tente, não consigo me lembrar dele na minha viagem de recrutamento, mas há pequenos pedacinhos dele aqui e ali, como confetes grudados no meu cabelo numa festa de Ano-Novo. Não pretendia levá-los para casa, mas agora tenho a oportunidade de examiná-los, o que me deixa feliz.

Primeiro ano, festa de Halloween, quando uns garotos invadiram a piscina de saltos e jogaram ovos e papel higiênico na água. Lukas, que já era capitão do time, ofereceu a equipe masculina para limpar. Quando eles começaram a reclamar, bastou um leve arquear de sua sobrancelha para todo mundo ficar quieto.

Ou aquela vez que um cara confundiu a cobertura da piscina com o chão e caiu lá dentro, com mochila, roupa e tudo. Uma imagem ressurge: o braço tatuado de Lukas puxando-o para fora. O mesmo braço que, no ano passado, separou dois veteranos que se envolveram numa briga, empurrou-os para longe um do outro e imprensou-os na parede para ter uma conversinha.

E aí tem os pedaços que vieram através de Pen. Algo sobre ele ter recebido ofertas de patrocínio, mas ter se recusado a "vender xampu e xarope de milho cheio de frutose". Postagens de aniversário de namoro no Instagram dela, fotos dos dois ao longo dos anos, o rosto fechado de Luk e o sorriso aberto de Pen. A forma meio displicente como ela contou nunca ter ido para a Suécia visitá-lo: *Muito ocupada, sabe?*

Essa é toda a abrangência das minhas memórias, mas não importa. Porque, agora que Pen tentou nos enfiar nesse triângulo amoroso bizarro, agora que estou atenta a ele, noto sua presença em *todos os lugares*. Fazendo alongamento na beira da piscina. Com os fisioterapeutas, na sala de recuperação. Levantando uma quantidade ridícula de peso. Naqueles encontros chatos de sábado, atrás da torre de saltos – embora ele fique sempre quieto nessas situações. Os nadadores se revezam comemorando e anunciando suas conquistas da semana, mas Lukas Blomqvist, cinco vezes medalhista de ouro olímpico (duas delas por revezamento, o que torna as coisas um pouquinho menos humilhantes), nunca tem nada para compartilhar.

Talvez ele esteja entediado. Talvez deteste falar em público. Talvez seja o jeito dos suecos.

Eu nunca me preocupei muito em mapear as relações pessoais ali nos esportes aquáticos, mas ele parece se dar bem com os companheiros de equipe. Eles o chamam de "Gringo" e não "lindo", como eu tinha entendido antes. A ficha cai quando estou fazendo exercícios na barra, então fico pendurada ali na sala de musculação por alguns segundos, dando umas risadinhas ofegantes, até que Bree me pergunta se estou tendo um colapso nervoso.

Eu o flagro empurrando o outro cara sueco do time na água e soltando uma risada de deboche quando a única coisa que rompe a superfície é um dedo do meio.

Eu o vejo caminhando pelo campus com os outros dois veteranos que também são atletas olímpicos: Hasan, um cara inglês legal que me chamou para sair no primeiro ano, e Kyle, uma das grandes esperanças da natação dos Estados Unidos, que tem a aparência genérica de uns vinte moleques de fraternidade batidos num liquidificador e espalhados sobre uma fatia de pão.

Eu observo Lukas nadando. A princípio, só de curiosidade. Depois, porque não consigo parar, completamente descrente que eu e ele sejamos feitos da mesma matéria – carbono, hidrogênio, oxigênio –, mas o corpo dele consiga fazer *aquilo*.

Ele provavelmente é um cara legal – ou pessoa, líder, nadador, qualquer que seja a palavra da moda para a liga universitária. Às vezes, nos cruzamos e trocamos acenos de cabeça. Um sorrisinho irônico. Um momento compartilhado de "lembra aquela vez em que a sua ex sugeriu que a gente transasse?". Mas, na maior parte do tempo, ele parece muito concentrado nos treinos para prestar atenção em mim.

E eu também estou. Vinte horas de treino por semana, mais aulas, dever de casa, preparação para o teste de admissão em medicina, e essa coisinha que me disseram ser necessária para pessoas que querem se manter vivas por mais do que alguns meses. "Dormir", é como chama o treinador. Já ouvi maravilhas a respeito da prática. Adoraria experimentar um dia.

– A gente nem sequer escolheu os esportes bons – lembra Maryam durante o jantar.

Olhamos desanimadas para nossos pratos de espaguete, conscientes de que temos pelo menos umas três horas de estudo pela frente.

– Luta greco-romana? *Saltos ornamentais?* – prossegue ela. – Ninguém investe nisso. Ninguém *dá a mínima* para isso. Nenhuma possibilidade de fama e glória. Até meus globos oculares doem, e para quê?

– Pelo menos você tem a opção do WWE.

– Talvez. Mas aí precisaria de um nome de lutadora.

– Que tal The Rock?

– Esse já não foi usado?

– Não. É todo seu.

Mas o esforço compensa. A pliometria. A malhação extenuante de braços, abdômen e pernas. Os exercícios de visualização. Estou em boa forma, principalmente levando em conta que mergulhei tão pouco no ano passado. Estou mesmo...

– Você está me sacaneando, Vandy? – pergunta o treinador Sima numa sexta-feira à noite, uma semana depois do churrasco.

Ele aparece do nada enquanto estou me secando e quase me faz ter um ataque cardíaco.

– O que foi aquele último salto?

– De costas com duas e meia…

– E o que foi que eu te pedi para fazer?

Dou um passo para trás. Não tenho medo do treinador Sima – ele é mal-humorado, meio bruto, mas é gentil. Ainda assim, estou morrendo de medo do que ele está prestes a dizer.

– Desculpa.

Desvio o olhar por um segundo. Quando me viro de novo para ele, sua expressão está mais suave.

– Como está indo com a psicóloga?

– Estamos… – Seguro a toalha com força. – Estamos chegando lá. Prometo.

Ele examina meu rosto em busca de mentiras.

– Tudo bem. Tudo bem. – Ele assente, mas não parece muito convencido. – Só continua avançando, está bem? Qualquer coisa que eu puder fazer, me avisa.

Eu relaxo de alívio quando ele se volta para os saltos sincronizados de Pen e Victoria. O impulso no trampolim está saindo de alturas diferentes. As piruetas não estão bem cronometradas. E as duas estão fazendo o oposto de *cravar* aquela posição carpada.

– Só para ter certeza, vocês duas *estão* tentando fazer o mesmo salto, não é? – grita o treinador.

Eu me poupo das piadinhas passivo-agressivas, visto roupas secas, pego uma barrinha de proteína na mesinha de lanches e vou me alongar.

Minha fisioterapeuta me passou uma série de exercícios para evitar que meu ombro lesionado me ferre de novo. Três vezes por semana, durante uma hora. Quando ela me disse que, se eu não fizesse esses exercícios, teria uma nova lesão, desejei uma morte rápida, mas acabei aprendendo a gostar deles. São lentos, suaves, um pretexto para ser gentil com meu corpo. Para *não* ultrapassar seus limites físicos e, em vez disso, seguir o que ele pede. O sol já se pôs quando termino. O Avery está deserto e, quando passo meu cartão de identificação, a porta do vestiário não abre, não importa quantas vezes eu tente.

E são *muitas* vezes.

Minhas chaves de casa, meu computador, minha carteira, tudo está lá dentro. Maryam está viajando para um encontro esportivo. Eu me sinto mal por ligar para Pen, mas os capitães dos times têm a boa e velha chave física da porta.

– Oi – digo quando ela atende.

Tem barulho no fundo. Tomara que ela ainda esteja no campus.

– Oi! Tudo bem?

– Mais ou menos. – Acho que ouço música. – A porta do vestiário está dando aquele problema de novo e não encontrei nenhum funcionário.

– Ah, merda. Espera aí. Eu vou... Me dá um segundo.

O que vem a seguir é um som abafado, como se o microfone do celular roçasse o tecido de sua camisa. Consigo distinguir uma conversa entre Pen e uma voz grave masculina, mas só entendo duas palavras: *outra* e *pessoa*.

– Vandy? Ei, será que você podia... ligar para o Luk? Ou para algum dos outros capitães? Todos nós temos a chave.

Mas o Lukas não está com você?, eu quase pergunto. Antes de fazer isso, no entanto, a ficha cai.

– Ah. – Fico em silêncio por tempo demais. – Claro, ligo, sim – digo, sem nenhuma intenção de ligar.

Em primeiro lugar, não tenho o número dele. Em segundo, vai se *foder*.

Meu envolvimento involuntário nesse relacionamento já está passando dos limites. Não vou ligar para o Lukas porque Pen está...

– Na verdade, vou mandar uma mensagem pra ele com seu número e pedir pra ele te ligar, está bem? – diz ela.

Merda.

– Não quero incomodar.

– Ele é o capitão. Faz parte da função. Espera só um pouquinho, já, já ele chega aí.

Trinta segundos depois, estou pensando em me afogar na piscina quando meu celular apita com uma mensagem de um número desconhecido.

CAPÍTULO 9

DESCONHECIDO: Estou a caminho

Encaro o abismo contido naquelas três palavras – e, minha nossa, o abismo me encara de volta.

Será que Lukas sabe por que Pen não veio pessoalmente me ajudar?

Fecho os olhos, me recosto na parede e respiro fundo várias vezes. Isso vai acabar já, já. Um pequeno constrangimento que será compensado pela quantidade obscena de yakisoba com a qual vou me fartar quando chegar em casa.

Eu posso ser corajosa. Eu posso ser *qualquer coisa* para me recompensar com yakisoba.

Lukas chega em menos de dez minutos, o cabelo úmido caindo na testa, duas chaves penduradas no indicador. Ele se aproxima com aquele caminhar relaxado e lento de alguém que está em paz com o universo. Eu o encaro e ele me encara, e não sei muito bem como quebrar o contato visual.

O fato notável do dia: ele está de sapato.

Eu me dou conta de que talvez um de nós deva dizer alguma coisa – *oi* ou *como vai?* ou *você estragou minha noite, sua idiota* –, mas, por alguma razão indecifrável, que não tem exatamente a ver com nervosismo ou desconforto, nenhum de nós fala nada durante muitos segundos. Até que:

– Quer resolver logo a questão? – pergunta ele.

Profunda. É isso que eu diria sobre a voz dele. Estrondosa, talvez.

– Que questão?

– O elefante na sala.

Engulo em seco. Ele está se referindo a...?

– Aquele com uma mordaça na boca – diz ele.

Deixo uma risada escapar.

– Uau. Mordaça?

Ele dá de ombros.

– Não é muito a minha praia, na verdade.

Eu reprimo a vontade de dizer "Nem a minha", porque, afinal, ele não deve *dar a mínima* para minhas preferências. Ainda assim, a tensão entre nós afrouxa um pouco.

– Talvez o elefante só esteja... vendado? – arrisco.

Ele assente devagar.

– E amarrado.

– E obedecendo a ordens.

Ele parece achar isso mais interessante.

– Que elefante bonzinho.

Sinto o rubor tomar minhas bochechas. Desvio o rosto para não sentir o peso daquele olhar.

– Beleza – falo. – Que bom que superamos o constrangimento de mal termos trocado duas palavras na vida e, ainda assim, sabermos o tipo de fetiche de que o outro gosta.

– Eu não sei do que você gosta – diz ele, quase como se tivesse se segurado para não dizer o resto.

Um *ainda*. Ou um *mas gostaria de saber*. Ou um *infelizmente*. Ou talvez tenha sido apenas sua entonação. Inglês não é sua língua materna.

Eu pigarreio.

– Obrigada por ter vindo.

– Sem problemas.

Ele abre a porta e a segura para mim, tomando o cuidado de manter distância – e eu fico grata por isso. Corredor deserto. Homem grande. Não sou muito fã dessa situação.

– Vou esperar você sair – diz Lukas.

– Não precisa.

– A porta está prendendo dos dois lados.

– Tudo bem. Vou ficar bem.

Ele olha para mim, não se move e... tudo bem. Ótimo. Obrigada. Pessoas decentes e educadas que se preocupam com sua segurança – como não odiá-las? Corro para pegar minhas coisas. *Jantar*, digo a mim mesma. *A minha recompensa. Minha terra prometida.*

É claro que, no fim das contas, ele tinha razão. A porta não abre por dentro também. Sou obrigada a bater. Pedir que, por favor, ele me deixe sair, como se fosse meu carcereiro.

– Odeio isso – murmuro.

– Vou mandar outro e-mail para a manutenção – diz ele.

Muito mais gentil do que *eu avisei.*

Coloco a mochila no chão para prender o cabelo num rabo de cavalo e, quando levanto a cabeça, ele está olhando para mim. Com a minha bolsa nas costas.

– Não precisa...

– Vamos lá.

Caminhamos até a saída. Em geral, fico confortável com silêncios – tenho que ficar, já que nunca sei muito bem como quebrá-los –, mas esse em específico está me incomodando. Talvez porque não consigo parar de pensar em Pen. Na voz masculina. No que Lukas talvez não saiba.

– Desculpa, eu teria ligado para algum dos outros capitães, mas...

– Está tudo bem, Scarlett.

Seu tom de voz é simples, firme, e não permite mais nenhum tipo de contrição da minha parte, então apenas calo a boca e observo seu perfil – a sombra em seu maxilar, como se ele não se barbeasse há um tempinho, algo típico dos nadadores na pré-temporada, mas que nele, em vez de parecer displicente, fica meio capa de revista. E aquelas sardas não deviam ser nada de mais, mas são lindas. Eu me pergunto se ele é considerado bonito na Suécia ou se é só mais um cara comum. É uma bela taxa de conversão – alguém nota três em Estocolmo virava nota dez nos Estados Unidos?

– O que tem de errado com seu ombro? – pergunta ele.

– *Nada*.

Minha reação é automática – em parte um desejo de que seja verdade, em parte a boa e velha negação dos atletas. Mais calma, acrescento:

– Como é que você sabe que tem algo de errado com ele?

Ele me olha com uma expressão meio confusa, meio debochada. Então dá um risinho discreto.

– Ah, é. Eu esqueci.

– Esqueceu o quê? – pergunto.

– Que você não se lembra de ter me conhecido.

Fico vermelha. Era tão óbvio assim?

– Eu devia ter me apresentado – continua ele. – Sou nadador.

– Ah. Eu sei.

– Do mesmo time que você, aliás.

– Eu sei.

– Uma daquelas pessoas que usam sunga e touca.

– Eu *sei*.

Meu olhar fulminante não o incomoda.

– Por que você fica massageando seu ombro o tempo todo? – pergunta ele.

Eu fico?

– Achei que suas cirurgias tinham dado certo e que você já estivesse curada.

Como é que ele... Pen deve ter contado.

– Elas deram. Eu estou.

Saímos do Avery, e Lukas mantém distância, me dando um pouquinho mais de espaço que o habitual, como se soubesse que me assusto fácil. Talvez ele não queira que eu me sinta ameaçada – andando por aí com um *pervertido sexual* depois do anoitecer. Mas eu sou tão depravada quanto ele, e a praça está cheia de gente, sem dúvida a caminho de algum programa divertido.

Eu os observo com um pouco de inveja, mas a ideia de passar maquiagem e me arrastar para um bar parece ainda mais exaustiva que um decatlo – um sentimento muito normal, claramente superadequado para alguém de 21 anos.

Enquanto isso, Lukas poderia estar em qualquer lugar. O mundo é sua ostra, e eu roubei sua pérola da sexta à noite.

– Lesão labral, não é? – pergunta ele.

Faço que sim.

– De modo geral, meu ombro está curado. Mas eu abusei dele hoje. – É difícil me acostumar a um novo corpo. Novos limites. Novas regras. – E você? Alguma lesão?

– Na coluna, um tempo atrás. Mas nada muito grave ainda.

Ainda. Como se fosse só uma questão de tempo. A água é uma amante cruel e tudo o mais.

– Chega aqui mais perto – manda ele.

Lukas para um pouco atrás de mim. Eu me viro para ele e franzo a testa.

– Por quê?

– Porque estou pedindo, Scarlett.

Pode parecer meio contraditório, dadas as minhas... preferências, mas eu realmente não gosto que alguém mande em mim sem ter autoridade para isso. Só que alguma coisa no tom de voz sério e sem rodeios de Lukas funciona para mim como o oposto de um alerta vermelho. Então eu dou um passo na direção dele. Seu cheiro me envolve, uma mistura de cloro, sabonete e algo quentinho.

E agora?

Ele coloca as mãos em mim, uma no pulso e outra no ombro. Elas são firmes, e mais algumas outras coisas sobre as quais *não* vou pensar. Ele me vira com facilidade, me deixa de costas para ele e prende meu pulso contra a minha lombar, com gentileza, mas de modo inflexível, certificando-se de que minha coluna fique ereta e...

Nossa, o alongamento em meus músculos é gostoso. Muito, *muito* gostoso. Fecho os olhos e solto um pequeno gemido. Isso aqui eleva muito o padrão para alongamentos em dupla. Enquanto isso, a ex-dupla de Lukas está em algum lugar se alongando com...

– Por que você está tão nervosa, Scarlett?

– Eu? Não estou – minto.

– É porque se sente desconfortável comigo...

– Não, eu...

– Ou porque acha que não sei onde Pen está?

Sinto um buraco se abrir no meu estômago. Tento olhar para Lukas, mas ele me mantém presa na posição em que estou.

– Calma. – Sua voz é muito equilibrada. – Sabe que não precisa se sentir culpada por nada disso, não é? Você foi arrastada para essa história. Só fico feliz que aquele tempo todo que você ficou sem respirar na semana passada não tenha causado nenhum dano cerebral.

Solto uma risada meio ofegante. Ele é tão franco. Direto. É difícil não responder do mesmo jeito.

– E você sabe onde ela está? – pergunto em voz baixa.

Como é que ela conheceu o cara? Nós somos atletas de elite. Sempre exaustos. Não muito bons em socializar com outros alunos. Talvez ela use aplicativos de relacionamento? Talvez esteja saindo com outros nadadores?

– Não perguntei – diz Lukas.

– Não quer saber?

– Não.

– E você está... você está bem com isso?

– Com a minha ex transar com outra pessoa? De que importa se *eu* estou bem com isso?

Lukas poderia ter preenchido essas palavras com recriminação e autopiedade, mas ele é direto demais para isso. Detecto apenas uma confusão genuína.

Ele e Pen eram realmente perfeitos um para o outro. Reservado e extrovertida. Rabugento e solar. Frio e acolhedora. Eles me lembram um pouco de mim e Josh – só que, no caso, *eu* era o Lukas da relação.

– Vocês terminaram faz pouco tempo. Não está mesmo com ciúmes?

– Não.

– É uma coisa sueca isso?

– Talvez? Vou perguntar aos meus irmãos. Talvez eles tenham uma explicação.

Vejo um sorrisinho pelo canto do olho, o que me relaxa o suficiente para perguntar:

– Você ainda gosta dela?

Isso não é *nem um pouco* da minha conta, mas ele me responde.

– Claro. Passamos por muita coisa.

Não é bem uma resposta, mas condiz com o que Pen falou. Eu me pergunto o que é que conecta os dois, afinal. Pacto de sangue? Corpo na mala do carro? Fazem parte do mesmo grupo espião?

Eu devia dizer a ele que estou melhor, que ele pode me soltar, mas meu ombro está tendo centenas de pequenos orgasmos. Deve ser por isso que simplesmente solto a pergunta que está martelando minha cabeça há dias.

– Se Pen não tivesse... Se vocês não tivessem terminado, você ia simplesmente continuar fazendo sexo baunilha pelo resto da vida?

Ele resmunga alguma coisa bem baixinho.

– Falando assim, parece até...

Ele solta uma risada, mas continua me segurando do mesmo jeito.

– Triste? – sugiro.

– Frustrante. – Uma pausa. – Mas, sim, eu teria continuado.

– Porque você a ama tanto assim?

– Porque eu tinha um compromisso com ela.

Isso é muito mais teimosia do que nobreza, penso. Ou talvez eu tenha dito em voz alta, porque ele dá uma risadinha, e sinto minhas bochechas arderem.

– Quero dizer... não acho que se contentar com uma vida sexual insatisfatória só porque você leva seus compromissos a sério automaticamente te faça uma pessoa melhor do que a Pen, que...

– Eu entendi, Scarlett.

O polegar dele pressionando meu trapézio está tão gostoso que até esqueço o constrangimento.

O negócio é o seguinte: eu adoro ler livros eróticos de máfia, e minha atração por personagens fictícios que fazem cenas de ciúme absurdas e exageradas é uma das minhas características mais tóxicas. Mas o ciúme nasce muito mais da insegurança do que do amor. E me intriga o modo como Lukas obviamente gosta de Pen, mas sem ser possessivo.

Sua confiança serena parece surpreendentemente madura. Os garotos com quem eu convivo parecem.... bem, garotos. Mas talvez Lukas já seja um homem.

– Então... você vai... – começo. Lukas enfim me solta. Meu ombro implora para ele continuar, mas não digo nada e me viro para encará-lo. – Começar a sair com outras pessoas? Amordaçar alguém ou... seja lá o que você prefere.

O sorriso continua lá, no canto de sua boca.

– Ainda estou pensando – diz ele.
– Por quê?
– É complicado.
– Você está solteiro. Isso não é simples?
– Não sei. É?
– Você provavelmente poderia ir a um bar agora e encontrar umas quinhentas opções.
– Quinhentas.
– Bom... muitas. Várias.
Ele assente, como se fosse um bom argumento, mas então pergunta:
– E você?
– Eu?
– Está saindo com alguém?
– Ah. Não.
– Então está livre para transar com quem quiser.
Um tipo incomum de calor brota como uma faísca no meu estômago. E se espalha pelo peito.
– Acho que sim.
– Você pode ir a um bar. Encontrar várias opções.
– Quinhentas? – Sorrio.
Ele, não.
– Realisticamente, não. Mas várias. Muitas. Pode procurar alguém que te dê o que você precisa.
Calor. Calor.
– É, eu poderia.
– Vai fazer isso?
– Não é tão...
– Simples?
Eu caí como um patinho. Eu me remexo e tento pensar numa resposta espertinha, mas meu cérebro é um deserto. Lukas sorri.
– Acho que você não estava nervosa por causa do encontro da Pen, afinal – declara ele.
– Eu acho que era.
– Já dissecamos essa questão e você continua nervosa. – Ele inclina a cabeça. – É comigo? Ou com homens em geral?

Nossa, ele sempre sai dizendo o que pensa assim? Narrando o mundo exatamente como o vê? Será que algumas coisas não poderiam ficar implícitas?

– Preciso ir – digo, e estendo a mão até que Lukas devolva minha mochila.

É o que ele faz, mas continuo parada ali por um bom tempo, até perceber que estou querendo que Lukas diga mais alguma coisa.

Que me faça mais uma pergunta, talvez.

Que me peça para...

Ai, meu *Deus*. Aquela tagarelice bêbada de Pen deve ter se infiltrado no meu córtex pré-frontal.

– Obrigada mais uma vez. Agradeço mesmo por ter vindo.

– Vou te acompanhar até em casa.

E aí? Vamos conversar amigavelmente sobre as dificuldades do esporte universitário? Acho que não quero fazer isso. E prefiro nem pensar no que *ele* quer.

– Não precisa, obrigada. Tenha uma boa noite, Lukas.

Eu saio andando e, depois de alguns passos, olho para trás e ele ainda está lá, as mãos nos bolsos da calça jeans, as luzes da rua emoldurando seu corpo. Ele é invencível. Dourado. E está totalmente concentrado em mim.

– Desejo de verdade que você tenha uma boa noite – murmuro.

Falo baixo demais para ele ouvir, mas ainda assim lhe desejo algo... bom. É muito estranha a afinidade que sinto com esse homem com quem troquei apenas algumas palavras.

Vou embora, sigo para casa e caio no sono antes de jantar. Acordo na manhã seguinte, faminta, e vejo um e-mail que recebi pouco depois da meia-noite. Na linha de assunto, está escrito apenas *O que você precisa*. O corpo da mensagem:

Se decidir ir atrás disso, acho que devia ser comigo.

CAPÍTULO 10

Na segunda-feira de manhã, somos torturados com treino de força. Pen cantarola alegremente pelo vestiário. Victoria não é uma pessoa matinal, e seu mau humor é tão feroz que chega a ser palpável.

– São seis e quinze da manhã – resmunga ela. – Vamos, por favor, diminuir essas demonstrações inconscientes de felicidade.

– Ah, por favor. Está um dia tão bonito.

– Você errou a pronúncia, se diz *hediondo*.

– Mas a gente tem treino sincronizado. – Pen se aproxima de Victoria e lhe dá um beijo de surpresa no rosto. – Sei que você gosta.

– Eu gosto é de ficar no sofá sentindo meus átomos apodrecerem enquanto sucumbo à entropia.

Na teoria, eu e Victoria somos a mesma pessoa: duas atletas promissoras que renderam altas expectativas ao treinador Sima e depois nunca fizeram jus a elas. Eu me machuquei, mas o talento de Victoria simplesmente... definhou. Falta de sorte, ansiedade pré-competição, habilidades que nunca se encaixaram... Tudo conspirou contra, e ela nunca se qualificou para o campeonato da liga universitária. Sua rabugice constante é a máscara que ela começou a usar desde que seu desempenho nos saltos degringolou. Sei disso porque há algumas semanas eu a ouvi admitir para Pen o quanto *precisava* de uma temporada bem-sucedida neste seu último ano para poder sair por cima.

E quanto a Pen... ela está sempre animada, mas não vou tentar adivinhar de onde vem esse brilho extra de hoje, porque não é da minha conta. Enfio esse pensamento no mesmo cantinho da minha cabeça onde guardei com cuidado o e-mail de Lukas – é uma má ideia, ele é o ex da capitã do meu time, talvez só queira se vingar dela, fazer ciúmes, má ideia, do que *será que ele gosta, do que será que eu preciso, má ideia.*

Eu me concentro no treino. Lido com as perguntas do treinador Sima sobre as minhas "questões" e seu pedido para que eu "pare de mudar os saltos no último minuto. O que é isso aqui, aula de improvisação?". Ouço Pen e Victoria se bicando como se fossem um golden retriever e um gato preto em meio aos exercícios de musculação, e fico maravilhada em testemunhar essa amizade inusitada.

Imagino como deve ser ter uma amizade assim. Eu e minha antiga parceira de salto sincronizado nos dávamos bem, mas ela era mais velha do que eu. Saltamos juntas apenas durante um ano, fora isso não tínhamos muita coisa em comum. Eu nunca sofri bullying nem fui excluída de um jeito maldoso, e raramente *não* me dou bem com as pessoas. Infelizmente, quase nunca me dou bem o suficiente para me transformar em algo mais do que uma conhecida. E, claro, meu *melhor amigo*, Josh, não fala comigo há mais de um ano.

Passo a hora seguinte concentrada na aula, mas faço uma careta no final quando Otis, o professor assistente do Dr. Carlsen, devolve os trabalhos da semana anterior. Biologia computacional deveria ser o meu porto seguro neste semestre, mas aqui estou eu, folheando as páginas sem encontrar minha nota. Disfarço e dou uma espiada no trabalho do cara na minha frente, cujo cabelo tem um redemoinho do tamanho de uma orca.

D, está escrito em letra vermelha no trabalho. Abaixo: *Ainda dá tempo de você largar essa matéria. AC*

O Redemoinho de Orca enterra o rosto nas mãos. Procuro freneticamente por alguma frase motivacional similar no meu trabalho e a encontro na parte de baixo da penúltima página.

Me encontre depois da aula. AC

Meu corpo todo fica quente, depois gelado, depois úmido. Todo estudante sabe que só existe uma infração grave o suficiente para justificar uma convocação dessas.

Plágio.

O Grande Delito Passível de Expulsão.

Estou prestes a ser acusada de *plágio*. Mas *não* sou culpada. E eu posso *provar*.

Ainda tenho o arquivo de Word. Posso passá-lo por um software de detecção de plágio. Já teria feito isso se o Dr. Dinossauro Triássico Destruidor da Camada de Ozônio Carlsen não exigisse uma cópia impressa.

Caminho decidida até a sala dele. Todas as portas do departamento de biologia estão totalmente abertas, menos a do Dr. Adam J. (de Jumento?) Carlsen, que está encostada o suficiente para não ser considerada fechada. Claramente um jeito de burlar as regras do departamento.

Bato à porta com a mão trêmula, um pouquinho belicosa, mas muito apavorada. Meus saltos, minhas outras matérias, meu teste de admissão em medicina, minha falta de conexões sociais profundas, minha colega de quarto malvada, meu cachorro à distância – tudo na minha vida está uma merda, ou é doloroso, ou está fora de controle, *a não ser a droga da biologia computacional*. Não posso ser expulsa dessa aula.

O Dr. Carlsen me olha por três nanossegundos e depois se volta para o computador.

– Meus horários de atendimento são na quinta-feira, de...

– Eu sou Scarlett Vandermeer.

Ele me olha e mal consegue disfarçar o ar de "e isso me interessa porque...?".

– Você me pediu para vir te ver.

E isso me interessa porque...?

– Da aula de biologia computacional?

– Ah. Entre, por favor. Pode sentar.

Não quero ficar sozinha com esse homem assustador e autoritário. Deixo a porta bem aberta e me sento na ponta da cadeira.

– Eu posso provar – digo.

– Provar o quê?

– Que não plagiei o trabalho.

Ele franze as sobrancelhas.

– Claro que não plagiou.

Ué?

– Mas preciso saber se escreveu sozinha – continua ele.

– Como assim?

– Pedi que vocês escolhessem um problema científico e o solucionassem usando a biologia computacional. Você propôs classificar diferentes tipos de células pancreáticas usando aprendizagem profunda *e* detalhou quais seriam as redes neurais adequadas. Foi ideia sua? É uma pergunta simples, para responder com sim ou não. Não me faça perder tempo.

Eu faço uma careta diante da audácia dele, ficando vermelha de raiva. É claro que foi minha ideia. Por que ele sequer perguntaria...

– Já vi que foi. – Ele parece… satisfeito? – Estaria interessada em seguir adiante com isso?

– O quê?

– Com o algoritmo de aprendizagem profunda. Gostaria de participar de um projeto de pesquisa?

– Então é… é por isso que me chamou aqui?

Ele faz que sim.

Eu me recosto na cadeira e devo passar tanto tempo saboreando o alívio de ter escapado da prisão por plágio que ele insiste:

– O projeto de pesquisa.

– Ah, sim.

Será que eu quero? No meu plano acadêmico cuidadosa e meticulosamente desenhado, eu teria alguma experiência com pesquisa no próximo verão, bem a tempo de pedir ao meu orientador que me escrevesse uma carta de recomendação. As faculdades de medicina amam essas coisas.

– Talvez? – falo.

– Talvez.

Ele arqueia a sobrancelha, confuso, como se tivesse se deparado pela primeira vez com o conceito de indecisão.

– Bom, eu tenho bolsa de atleta, e esse semestre está...

A sobrancelha levantada parece dizer: *Por acaso eu perguntei alguma coisa?*

Não, não perguntou. Foi mal.

– Seria incrível. Mas não sei se sou boa o suficiente para...

Deixo a frase morrer, porque agora ele está escrevendo algo num post-it, que depois me entrega.

É um quadrado laranja. No canto superior, está impresso *Abóbora e Especiarias*. Embaixo, há um copo de café com uma carinha sorridente e pequenos corações ao redor. No meio, ele escreveu um endereço de e-mail.

– Se decidir que está interessada, entre em contato com a minha colega.

– Ela vai saber quem eu sou?

– Vai – responde ele.

Sem nenhuma explicação. Tenho tantas perguntas que demoro demais para decidir qual delas vou fazer.

– Pode ir – diz ele, mais austero que uma governanta vitoriana.

Vou às pressas até a porta... e então paro.

– Dr. Carlsen?

Ele continua digitando e não dá qualquer sinal de ter me ouvido.

– Não tinha nota. No trabalho.

Ele me olha novamente e parece genuinamente confuso.

– Vou receber uma nota? – pergunto.

– Você fez um projeto de estudos de nível de pós-graduação e descreveu extensivamente suas falhas e possíveis soluções, mostrando um domínio do assunto que oitenta por cento dos meus colegas professores nunca vão ter. A maior parte dos alunos copiou e colou os projetos deles da Wikipédia e não se deu nem o trabalho de tirar os hiperlinks. Se o seu tema não estivesse muito mais alinhado com a pesquisa da minha colega, e se ela não fosse tão... persuasiva, eu teria recrutado você para o meu laboratório.

– Ah.

Uau. Apenas... uau.

– Acredite, a nota é... – Percebo sua expressão de desespero. Tenho certeza de que ele *adoraria* se livrar do redemoinho mortal de distribuir notas. – Irrelevante.

– Mas, se não se importar, eu gostaria de ter um A+.

A boca dele se curva.

– Vou avisar ao Otis.

Dou uma risadinha. Dessa vez, o Dr. Carlsen se despede com um aceno de cabeça. O resultado é uma coisa meio pomposa e artificial, como se ele tivesse cumprido um item numa lista de Como Agir de Forma Educada que alguém escreveu para ele em um post-it laranja, mas eu aceito.

Estou morrendo de fome, mas minha caminhada até o refeitório dos atletas é vagarosa, porque estou ocupada escrevendo um e-mail para uma certa Dra. Olive Smith.

CAPÍTULO 11

– Vamos voltar por um momento para aquele grupo de saltos que você mencionou. Reverso.

– Revirado?

– Isso.

Sam solta um suspiro profundo, como se estivesse perdendo a paciência consigo mesma por não conseguir decorar a nomenclatura. É bem fofo, devo dizer.

– Mais uma vez, desculpa.

– Não tem problema. Os nomes são estranhos mesmo.

– Então, quando sua lesão aconteceu, você estava fazendo um salto revirado. Correto?

Eu faço um esforço deliberado para não me remexer. Sam, imagino, percebe esse tipo de coisa.

– Correto.

– E, pelo que entendi, sua lesão já está totalmente curada.

– Está.

– Existe alguma sequela da lesão que torne o salto revirado particularmente desafiador para você?

Queria poder dizer que sim. Queria *muito*. Em vez disso, evito responder que "não" pelo máximo de tempo que posso e, dessa vez, não consigo disfarçar o incômodo.

CAPÍTULO 12

– Eu odiava o dia de tirar foto, na escola e odeio o dia de produzir conteúdo na faculdade. Não dá para dizer que não sou consistente.

Eu duvido que Victoria, ou qualquer outra pessoa, já tenha enunciado palavras com as quais eu concorde mais, ainda que Pen dê de ombros e responda, animada:

– Eu acho divertido.

É uma quinta-feira depois do treino. O time inteiro está usando o uniforme de gala preto e amontoado ao redor do espelho do vestiário – aquele nada lisonjeiro que magicamente realça todos os nossos poros ao mesmo tempo. Temos apenas uma superfície com reflexo, duas lâmpadas de luz fria, três tomadas em péssimos lugares, quatro modeladores de cabelo, cinco saltadoras e vinte minutos para fazer o mundo acreditar que somos um pouquinho mais do que cabelos emaranhados e cheios de cloro.

– Se isso é divertido, então eu odeio diversão – resmunga Victoria.

Ela se vira para Bree e Bella, que estão discutindo sobre técnicas de delineado.

– Vocês duas nunca conseguem fazer nada individualmente? – questiona, irritada.

As gêmeas lhe lançam um olhar tão ultrajado que me surpreende que Victoria não derreta e vire uma pilha de elastano.

– Tá, tudo bem, e o que *vocês* vão fazer de maquiagem? – pergunta ela para Pen e para mim.

Estou segurando grampos de cabelo com os dentes, mas aponto para o rímel.

– Pensei em passar glitter no corpo inteiro, só para ver a cara do treinador – responde Pen. – Mas acho que vou refazer a mesma maquiagem natural de quando saí na semana passada.

– Encontro com o Blomqvist? – indaga Victoria.

– Ah... é. Foi.

– Que bom que você desistiu daquela maluquice de término.

– É.

Pen pigarreia.

Bree solta um arquejo.

– Espera aí... Você estava querendo terminar com o Lukas?

Vejo que elas escolheram o delineado de gatinho.

– Eu... pensei nisso por um momento.

– Por quê?

Pen dá de ombros.

– A felicidade de ser solteira. A emoção de correrem atrás de você, sabe?

– De repente, na próxima vida você vem como um pato – diz Victoria.

– Quá-quá.

Pen sorri e me lança uma olhada discreta. Ela não é muito boa em mentir, e eu não sei o que me surpreende mais: que esteja escondendo alguma coisa ou que as outras não tenham percebido.

Para falar a verdade, dada a reação de Victoria algumas semanas atrás, eu compreendo a decisão dela de não dizer nada. Além do mais, Pen e Lukas são um casal bem famoso no campus. Talvez estejam planejando fazer algum tipo de anúncio.

Como sempre, Pen consegue ser a primeira a ficar pronta, ajuda todas as outras a passar base *e* conduz todo mundo pontualmente para o encontro com a equipe de mídias. Fico parada entre a tela verde e as luzes abrasadoras do estúdio, as palmas das mãos suadas, e faço o que o fotógrafo manda. *Sorria, mostre o bíceps, abra os braços, jogue as pernas para trás, pule.* Tento dar aos coitados dos gerentes de mídias sociais algo de útil para o caso de um dia eu ganhar alguma competição – pouco provável, considerando que o salto revirado que tentei hoje de manhã acabou virando uma bola de canhão no meio do caminho. Sob o olhar descontente do treinador.

Talvez escrevam um daqueles textos emocionantes sobre o fundo do poço que é minha carreira esportiva. Minha foto vai acabar indo parar num daqueles folhetos que mandam para os ex-alunos de Stanford para promover o espírito universitário e pedir doações. *Conheça a garota que foi diagnosticada com cérebro de geleca por uma equipe de neurologistas certificados. E nos dê dinheiro.*

Mesmo depois de sair dos holofotes, ainda me sinto desconfortável e vulnerável. Passo a maior parte do tempo usando roupas de banho sempre prestes a entrar na bunda, e os esportes aquáticos deixam pouco espaço para inibição, com atletas se secando à beira da piscina sob a luz do sol inclemente, cada uma de suas imperfeições expostas para serem avaliadas. Mas, na piscina, meu corpo é uma máquina – tudo que importa é o que consigo executar. Aqui, me sinto exposta de um jeito quase obsceno. Como uma coisa que pode ser dividida, cutucada e desmontada em pedaços.

Sem contar que, ultimamente, meu corpo tem conseguido executar muito pouco. Ser uma boa atleta, uma boa aluna, atingir a perfeição... isso é a base do que *eu* sou. Agora que estou tendo dificuldade em quase tudo, será que ainda tenho uma identidade? Ou sou apenas um conjunto de pedaços de carne a serem vendidos separadamente numa liquidação?

– Vandy?

Pen segura a minha mão, seu esmalte vermelho contrastando com minha pele. Ela me puxa de volta para a tela verde e entrega óculos em formato de coração para o time inteiro. Ela coloca o meu bem no alto do meu nariz.

– Fotos de equipe!

O fotógrafo pigarreia.

– Nós já fiz...

– Mas não fizemos as *divertidas*.

Ele coça o pescoço.

– Acho que esses adereços não foram aprovados...

Mas Pen é uma avalanche de charme. É difícil resistir a ela, e mais difícil ainda dizer não. Depois das fotos com os óculos, vêm fotos com chapéus de lantejoulas e poses de *As Panteras*.

– Vamos tirar mais uma, como se a gente fosse uma boy band dos anos 1990, por favor.

E, no fim das contas, todo mundo está rindo, inclusive o fotógrafo, e me sinto mais à vontade.

Se você passasse mais tempo com as suas amigas, ficaria menos preocupada com tudo, diz a voz gentil de Barb em meus ouvidos.

Tudo bem. Claro. Tá certo.

– Vandy, quer jantar comigo depois? – pergunta Pen. – Vamos gravar as entrevistas com os capitães, mas vai levar quinze minutinhos no máximo.

– Aconteceu alguma coisa?

– Por quê? – Ela sorri, sua expressão divertida. – Porque quero sair com você?

– Não, é só... – Acho que entreguei o status da minha vida social. – Eu tenho um compromisso e... – Olho o celular. O tempo voa quando se está recriando a foto de capa de *Abbey Road*. – Já estou atrasada, na verdade.

Fico realmente decepcionada por recusar o convite, mas o sorriso de Pen não morre.

– E amanhã depois do treino?

Provavelmente é meio patético o quanto esse simples gesto aquece meu coração.

– Eu adoraria.

Do outro lado do cômodo, é a vez do time masculino de natação passar pelo suplício da produção de conteúdo. Quando passo por eles ao sair: há uma pequena confusão, risadas, "Você vai pela direita" e "Pegamos ele, pegamos ele". Lukas está bem no meio da agitação, com três nadadores tentando segurá-lo enquanto um quarto empunha a bandeira dos Estados Unidos atrás dele. A bandeira sueca, amarela e azul, está no chão.

A câmera dispara, e eles começam a cantar o hino. Todo mundo ri, inclusive Lukas. Um aluno do segundo ano – Colby? – se junta a Kyle, e os dois colocam a bandeira sobre os ombros de Lukas. Mais risadas, mais confusão. Esse tipo de brincadeira física, com todo mundo falando alto, às vezes é um gatilho para mim, então dou um passo para trás. Respiro fundo.

– Quanto você quer para sumir com essa foto? – pergunta Lukas ao assistente do fotógrafo, depois de se soltar.

– Quanto é que vale uma medalha de ouro olímpica se a gente derreter?

– Sei lá, cara, mas é sua – diz o assistente.

– Combinado.

Lukas balança a cabeça. Durante o movimento, seus olhos azuis encontram os meus.

O tempo desacelera.

Curioso, paciente, então para.

Minha respiração fica presa em algum lugar ao longo da traqueia.

Devia ser comigo.

Forço um pequeno sorriso, me viro e saio correndo pelo campus, o coração acelerado, e não apenas pela corrida. Chego à reunião com dois minutos de antecedência, mas, ao dar uma olhada pela porta do escritório, vejo que a conversa já está animada.

A Dra. Smith – Olive, como nunca vou chamá-la, apesar de seus pedidos constantes – não *parece* muito mais velha que eu, mas, quando *fala*, ela soa como um repositório de centenas de anos de conhecimento da biologia das células de câncer de pâncreas. A sala dela é uma mistura de caos suave com aromas de outono, e os mesmos post-its que vi na sala do Dr. Carlsen estão espalhados pela maioria das superfícies, com recados quase incompreensíveis. Crítica da Lancet. Subir tarefa 405. Chá de bebê Anh. Documentos seguro. Consulta veterinário. Resumo SDB. Ligar coordenador projeto. Que tal teias de aranha???

Deve ser o material de papelaria oficial do departamento de biologia.

– Eu sinto como se já te conhecesse, por causa do seu trabalho! – diz ela, toda animada.

Então recita passagens inteiras do texto e me apresenta a um dos seus alunos de pós-graduação, Ezekiel. ("Se você me chamar de qualquer outra coisa além de Zach, eu te denuncio para o RH."). Ele é animado e gente boa. Charmoso. A Dra. Smith vai orientar meu projeto, mas sua agenda parece um terror.

– Então, se não conseguir falar comigo, Zach estará aqui para te ajudar.

– Pode passar lá na minha sala quando quiser. Estou sempre lá. Basicamente não tenho vida.

Ele tem um sorriso gentil, mas o combo "encontro a sós e homem desconhecido" não é dos meus favoritos.

– Eu tenho bolsa de atleta, então provavelmente vou fazer a maior parte do meu trabalho à noite e sozinha... – explico. – Minha agenda não é muito flexível.

A Dra. Smith dá uma risadinha.

– Uma estudante atleta! Então temos dois.

Eu me viro para Zach.

– Você é...?

– O aluno da graduação que está trabalhando nesse projeto é atleta. Ele está coletando e classificando as amostras iniciais de células. Já fez um trabalho preliminar com os algoritmos também. – Ela inclina a cabeça. – Por acaso você é nadadora?

Sinto um embrulho no estômago.

– Saltadora.

– São esportes diferentes, né? Mas vocês vão se dar muito bem. Ele é... – Uma batida de leve na porta. A Dra. Smith se vira na cadeira. – Entre!

A porta se abre, e vejo a Dra. Smith erguer os olhos – e erguer mais, mais, e *mais* os olhos. Ela abre um sorriso, e então sinto um cheiro familiar de sândalo e cloro.

– Lukas, estávamos falando de você agora mesmo. Queria te apresentar a Scarlett Vandermeer.

CAPÍTULO 13

O corredor que leva à sala da Dra. Smith está silencioso. Eu me remexo e olho para as paredes brancas com cartazes de conferências antigas, um quadro de cortiça em que estão fixados folhetos de programas de intercâmbio e recrutamento de estudantes. Entrando pela janela mais próxima, a luz do pôr do sol se espalha sobre eles.

No fim das contas, nós quatro tivemos uma boa conversa. Eu dizendo timidamente: "Lukas e eu já nos conhecemos." Ele explicando em voz baixa: "Natação e saltos fazem parte do mesmo time." A Dra. Smith, animada: "Perfeito, então!" Zach, brincando: "Deve ter alguma coisa na água que transforma as pessoas em biólogos, hein?"

– Dano cerebral causado pelo cloro – murmurei.

Todos riram.

Menos Lukas, que ficou me encarando.

Nós três permanecemos no corredor por alguns minutos. A princípio, fazendo planos para nosso primeiro encontro de pesquisa, e depois Zach engata um papo com Lukas. Ele me lembra Josh – a adorável mistura de beleza e nerdice. Os óculos de aro grosso. O corpo alto e atlético. Cabelos pretos volumosos. Um sarcasmo um tanto autodepreciativo. Ele deve ser uns bons anos mais velho que nós, mas parece um *garoto* ao lado de Lukas, e isso nem tem a ver com o tamanho.

Caminho ao lado deles em silêncio enquanto os dois conversam sobre algum esporte obscuro. Lukas deve ter percebido o grande vazio em meus olhos.

– É o Fantasy da NFL – explica ele.

Eu faço que sim, fingindo que essas palavras fazem algum sentido para mim. Então Zach vai embora, e ficamos sozinhos.

Estamos os dois superarrumados para o dia de produção de conteúdo – calça preta, casaco vermelho, árvore de Stanford. Até nosso zíper está fechado na mesma altura, e eu adoraria fazer uma piada sobre isso, mas não tenho certeza nem de que *eu mesma* a acho engraçada, então apenas levanto a cabeça e olho para ele, que olha para mim, durante um tempo muito mais longo do que o socialmente aceitável.

Sinto um calor agradável percorrer todo o meu corpo. Assentando na barriga.

– Bem... – digo.

– Bem... – repete ele.

– Então...

– Então...

Há certa diversão em seu tom de voz. Nas ruguinhas no canto dos olhos.

Como é que saímos de zero interação ao longo de dois anos para *isso*? A presença dele causa uma sensação tão... brutal. Não sei que outras palavras usar – ele apenas está agressivamente, inabalavelmente aqui. Exigindo atenção.

Qualquer traço de humor some de seu rosto.

– O e-mail que eu mandei.

Meu coração vem à boca.

Devia ser comigo.

– Eu não fazia ideia de que a gente ia trabalhar junto num projeto, senão não teria mandado – continua ele. – Se estiver desconfortável, eu posso sair. Podemos dizer a Olive que...

Olive. Eu quase me encolho.

Ele percebe.

– O que foi?

– É só que... você usou o nome dela.

Um olhar confuso.

– Íntimo demais – explico.

Ele inclina a cabeça.

– Você pretende chamá-la de Dra. Smith o semestre inteiro?

– Claro.

Ele abre um sorrisinho, como se estivesse achando graça da situação. O espetáculo: eu.

– O que foi? – pergunto, na defensiva.

– Você gosta *mesmo* de figuras de autoridade, não é?

Eu solto um arquejo de indignação. E depois... dou risada.

– Sério?

Ele dá de ombros, todo alto e musculoso, e se recosta na parede, cruzando os pés. O formato de seus ombros, as mãos no bolso... ele é a imagem do relaxamento. É *quase* desleixado.

Do meu lado do corredor, também me recosto na parede e imito a pose dele. É a terceira vez que estamos sozinhos juntos, e acho que vou passar Lukas para o nível Apenas Levemente Intimidante. Em geral, levo mais tempo para fazer isso.

– Então – falo com calma –, vamos mesmo... fazer isso?

– Fazer o quê?

– Deixar claro que sabemos um pouco demais das preferências sexuais um do outro toda vez que nos encontrarmos?

– A não ser que isso te incomode – responde Lukas. – Prefere que eu finja que não sei das suas perversões?

– Você é tão pervertido quanto eu.

– Ah, não.

Levanto a sobrancelha.

– Eu sou bem mais – acrescenta ele. – Te garanto.

Dou uma risada. Coloco as mãos nos bolsos, assim como ele. Nossos olhares se encontram, elétricos, conectados.

– Tudo bem, você tem razão – falo. – Vamos tratar com naturalidade.

– Vamos.

– Um de nós tem tesão em... chicotear?

– A outra, em chamar as pessoas de doutor.

– Apenas dois esquisitos comuns.

– Nenhuma novidade.

Um pequeno sorriso trocado. Particular.

– Vai ver Pen tinha razão – brinco.

– E nós fomos feitos um para o outro?

Eu faço que sim. É uma piada, mas o olhar dele fica sério.

– A gente não vai saber enquanto não tentar – diz ele em voz baixa, e o calor na minha barriga desperta novamente, sobe pela coluna e alcança minhas bochechas.

Devia ser comigo.

Baixo a cabeça, de repente entretida pelo cadarço solto do tênis.

– Há quanto tempo você trabalha com pesquisa? – pergunto.

– Trabalho com a Olive... com a *Dra. Smith*... há alguns anos.

– Sério? Qual é seu curso?

– Biologia humana.

– Pré-medicina?

Ele faz que sim. Eu teria chutado administração ou contabilidade – é o que muitos nadadores costumam estudar. Um interessante diagrama de Venn.

– Eu também – digo.

Depois me arrependo. Será que ele liga para isso?

– Imaginei.

Como? Ele já me viu no Avery, babando em cima das apostilas de estudo para o teste de admissão? Talvez eu estivesse roncando também.

– Relaxa – diz ele, como se lesse a minha mente. – Você fez a mesma aula de física que eu, no ano passado. Química orgânica também. Estávamos sempre nas mesmas palestras.

– Tem certeza?

Ele sorri, como se achasse uma graça minha completa ausência de memória.

– Eu nunca... reparei em você.

– Eu sei. – Uma pequena risada autodepreciativa, e então a expressão dele fica mais suave. – Você estava passando por poucas e boas, não é?

– Como assim?

– Uma época difícil.

– Não estava, não. – Sou uma ótima aluna. Ou pelo menos era. – Tirei A nas duas matérias...

– Não estou falando das notas, Scarlett.

Passo os braços ao redor do corpo, apreensiva.

– Eu estava bem.

As palavras saem por reflexo, vindo da parte de mim que não consegue admitir quantas vezes precisei me trancar na cabine do banheiro ano passado só para *respirar*. Mas Lukas me olha com algo que parece compreensão. Como se também *tivesse passado por isso* e entendesse.

– E você? – pergunto. – Vai ficar constrangido trabalhando comigo? Eu sou amiga da Pen. E sei da sua...

– Devassidão sexual?

As palavras soam *tão bem* na voz dele.

– Humm. Isso.

– Nada. – Ele balança a cabeça sem nem pensar duas vezes. Zero hesitação. – Ela é ótima, aliás.

– Pen?

Um sorriso curva sua boca.

– Ela também. Mas estava falando da Olive. Ela é a melhor no que faz. Me ajudou muito quando me inscrevi para a faculdade de medicina.

Lukas está no último ano. Deve ter começado o processo de inscrição no início do semestre – isso além da natação, das competições, das aulas, do projeto de pesquisa, da namorada. Além de ser Lukas Blomqvist, deus do nado livre, ele também é uma semidivindade da faculdade de pré-medicina. Que irritante.

– Onde é que você encontra tempo para fazer tudo isso *e ainda* treinar? – digo, pensando alto.

– Onde *você* encontra?

Eu bufo.

– Eu não sou medalhista olímpica.

– Medalhas têm muito pouco a ver com o quanto se treina.

É mesmo? Para mim, têm bastante. Por exemplo, a minha inabilidade de ganhar alguma medalha só pode ser causada por alguma falha moral. Não fiz o suficiente, portanto, falhei.

Mas é difícil pensar sobre isso agora, com ele tão concentrado em mim, o olhar deslizando pelo meu rosto como se enxergasse *tudo*. Ali, sob os últimos raios de sol do dia, nós examinamos um ao outro, sem piscar, colados cada um numa parede. Uma mulher passa entre nós e murmura um "com licença". Não olhamos para ela.

– Não é – digo, enfim.

Lukas engole em seco. Ajeita o corpo.

– O quê?

– Desconfortável. Para mim. Trabalharmos juntos no projeto. Se não for estranho para você...

Um momento de silêncio. Ele se afasta da parede, e eu me apresso a fazer o mesmo.

– Vamos lá – diz ele. – Vamos jantar. Eu te atualizo de tudo o que já fizemos até agora.

– Não precisa. Tenho certeza de que você tem coisa melhor para fazer.

– Na verdade... – Sinto o toque muito leve de sua mão nas minhas costas. O toque suave de seu dedo no topo da minha coluna. É bem leve, mas me guia na direção da escada. Sussurra exatamente para onde devo ir. – Não tenho absolutamente *nada* melhor para fazer.

CAPÍTULO 14

Stanford tem um refeitório exclusivo para atletas, mas somos tantos que quase nem faz diferença. Estamos bem no meio do horário mais movimentado do jantar, o que significa multidões e muito barulho. Lukas, uns bons centímetros mais alto que a maioria das pessoas, enxerga uma mesa, me diz para segurar nele e nos conduz até lá, nossos pratos e bebidas todos amontoados em sua bandeja.

Olho para meus dedos grudados à barra do casaco dele como se fosse uma tábua de salvação. É como se nós fôssemos amigos. Como se eu tivesse o direito de conviver com ele. Tenho um leve momento de dissociação e me imagino narrando este episódio para os treinadores de natação do meu antigo time. *Então Lukas Blomqvist pediu um refogado de legumes com arroz, agradeceu à moça que lhe serviu uma porção generosa, e a multidão se abriu para ele como se fossem as águas do Mar Vermelho durante o êxodo...*

– Você está bem? – pergunta Lukas.

Faço que sim, ocupando o assento diante dele e pegando meu prato. Eu sou boa de garfo – não tem como ser diferente, por causa do regime de treinamentos –, mas fico tão chocada com a montanha de comida no prato dele que desvio o olhar. Aposto que os jornalistas vivem perguntando a

Lukas sobre sua dieta. Deve ser irritante essa curiosidade das pessoas sobre o que ele faz para manter e aprimorar a máquina de velocidade que chama de corpo. No mínimo, é intromissão; no pior dos casos, objetificação.

– Você não parece bem – diz ele.

Eu me obrigo a espetar alguns pennes.

– O que você estava falando sobre a linha celular?

Conversamos durante vinte minutos sobre o projeto. Ele está muito empolgado, e fica nítido que é um trabalho que ama – mas também fica nítido que está empacado e que construir algoritmos não é seu forte.

– É porque você está usando uma rede recorrente – explico.

– Tem um elemento sequencial...

– Mas são dados espaciais.

Lukas se recosta na cadeira e tamborila na mesa.

– O que você faria, então?

– Uma rede neural convolucional, com certeza. É um milhão de vezes melhor.

– Um milhão.

– Eu... é *bem* melhor. É feedforward. E os filtros e as camadas de pooling fariam... – Ele franze a testa como se não estivesse me entendendo. – Espera aí.

Procuro uma caneta na bolsa e olho ao redor em busca de algum pedaço de papel. Considero escrever nas costas da *minha* mão.

Mas a do Lukas é bem maior.

– Aqui. – Puxo a mão dele pelo pulso. – Tem a entrada de dados, certo?

Começo a desenhar sob o polegar dele e sigo com o resto do esquema.

– Você passa para a primeira camada, a convolucional, e captura os recursos espaciais. Aí vem o pooling. Depois, vem outra...

Um estrondo de vozes, cadeiras se arrastando, e eu recuo instintivamente. Quando ergo os olhos, três pessoas se sentaram na nossa mesa e Kyle Jessup está do meu lado.

– Luk, seu merdinha. – Ele rouba uma das minhas uvas da bandeja de Luk. – Você saiu para o seu *negócio* e eu tive que lidar com o treinador Urso e a saga das raias de separação.

– Ele me disse que a gente podia usar as raias macias – argumenta Lukas.

– Disse para *você*, mas, assim que você saiu, ele voltou atrás.

Lukas aperta a ponte do nariz.
– Vou falar com ele amanhã.
– Aproveita e fala sobre a questão do sensor...
Ele deixa a frase morrer e se vira para o nadador que se sentou ao lado de Lukas. Hunter alguma coisa, que está tossindo tão alto que as pessoas ao redor começam a olhar.
– Que porra é essa, H?
– Eu engoli tipo um galão de água no treino com balde. Minha barriga *e* minhas bolas estão doendo.
Lukas dá uns tapas fortes nas costas dele.
– Um atleta de elite.
Ele diz isso olhando para *mim*, um toque de cumplicidade em seus olhos, como se eu fosse uma amiga com quem ele compartilha piadas internas. O lado ruim é que isso faz com que as pessoas percebam a minha presença.
A mudança de foco é física, tangível.
– E quem é essa aqui? – pergunta Kyle. – Achei que fosse a Pen.
Não chega a ser inconcebível. Ela e eu temos o mesmo tipo físico – saltadoras de plataforma como nós tendem a ser altas e esguias. Nós duas temos cabelo comprido. Mas é basicamente só isso.
Bebo um gole de água para ganhar tempo. Então, por cima da borda do copo, digo:
– Surpresa.
– Nossa pequena Scarlett Vandermeer – diz o garoto. – Há quanto tempo não te vejo.
Eu me obrigo a sorrir. Kyle é barulhento, mas sempre foi legal comigo.
– Oi.
– Como você está, Vandy? Senti falta dessas covinhas.
Não fique tensa.
– E eu senti falta desse... – Vasculho o rosto largo dele em busca de alguma característica notável. – Nariz?
Hunter cai na gargalhada.
– A merda do seu *nariz.*
Ele bate palmas e quase cai da cadeira, como se eu fosse uma palhaça disposta a fazê-los rir. Meu Deus, como são barulhentos. Eu mal consigo evitar ter sobressaltos.

– Ela quis dizer que meu nariz é bonito, seu imbecil.

Kyle ri também, mas chuta Hunter por baixo da mesa.

– Cara, vai ver é por isso que você é tão lento na água. Seu nariz *te atrasa.*

– Sou mais rápido que *você.*

– Hoje de manhã não foi, não.

– Eu me *machuquei*…

– Ei – interrompe Lukas. – Será que os idiotas aí podem ir comer em outro lugar?

Ele monta a frase como uma pergunta, mas não está exatamente *pedindo.*

Os dois começam a se levantar, mesmo enquanto Kyle murmura:

– Por quê?

– Scarlett e eu temos uns assuntos para conversar.

– E nós não podemos ficar aqui?

– Não.

Kyle faz um beicinho falso.

– Isso me magoa, cara.

– Eu te dou um beijinho mais tarde para curar, *cara.*

– Mal posso esperar…

– Que assunto vocês têm para conversar? – pergunta uma voz feminina.

Eu ergo o olhar e... acho que o nome é Rachel. A terceira nadadora. Estava sentada do outro lado de Kyle, por isso não reparei nela. Lembro vagamente dela na minha viagem de recrutamento. Nado de costas. Longas distâncias. Tinha um cabelo loiro e comprido, que agora está cortado bem curtinho, estilo pixie.

Acho que ela é amiga da Pen. O sorriso em sua boca não alcança os olhos.

– Biologia – responde Lukas.

– Estão fazendo um projeto juntos ou algo assim?

– Algo assim.

– Hã. – Ela olha para as costas da mão dele. Para o desenho que fiz. – E cadê a Pen?

O tom de voz dela... não é exatamente acusador, mas sinto minhas bochechas corarem e interrompo o gole de água para começar a me explicar. Antes que eu possa falar algo totalmente constrangedor (*Não é o que parece e, mesmo que fosse, eles terminaram e foi tudo ideia da Pen, e eu também não pedi para nascer,* só *me deixa em paz, tá bem*), Lukas dá de ombros.

– Não faço ideia.

Rachel quer insistir no assunto, mas Kyle passa o braço ao redor dos ombros dela.

– Vamos lá, nós fomos dispensados. Te vejo em casa, Gringo.

Kyle a leva embora. Hunter aponta para o próprio nariz em silêncio, faz um gesto de joinha entusiasmado para mim, joga um beijo para Lukas e se afasta atrás deles.

Abafo um suspiro de alívio. Seguro o garfo com força.

– Você e Kyle moram juntos? – pergunto, já colocando a comida na boca.

Lukas não responde, então levanto a cabeça.

Ele está recostado na cadeira, o prato abandonado, me examinando. O peso silencioso do seu olhar já me é familiar. Assim como a curvinha que seus lábios fazem: ele está observando alguma coisa; tirando conclusões. Sinto um calor e um frio na barriga.

– Achei que fosse só comigo – diz ele. – Mas é com homens em geral, não é?

– O quê?

– Você fica nervosa.

Meu garfo cai no prato e faz um barulho que é abafado pelos sons ao redor.

– Como você...?

– Mais cedo, lá no corredor, você ficou toda hora colocando alguma barreira entre você e o Zach. Eu, na maioria das vezes. E a cara que você fez quando Kyle e Hunter chegaram. Não é tão difícil perceber, quando você se importa o suficiente para prestar atenção.

Meu coração vem à boca. *E você se importa?* É uma pergunta sincera. Eu e ele tivemos pouquíssimas interações, e sempre por causa de algum motivo de força maior – portas travadas, coincidências acadêmicas, Penelope Ross. *O que é que estamos fazendo aqui?* parece uma pergunta que devemos fazer um ao outro. Em vez disso, para meu próprio horror, respondo:

– Eu tive algumas questões com meu pai, na infância. Não fui... Não foi *tão* ruim assim, mas... – Eu respiro fundo. Silencio as vozes gritando na minha cabeça. *Pare. De desabafar. Com Lukas. Blomqvist.* – Eu só não gosto de barulhos muito altos. E lugares muito lotados. E...

Não é que mulheres não sejam barulhentas, mas homens sempre parecem tão imprevisíveis, com suas vozes graves, movimentos abruptos e comportamento impetuoso. Atletas homens, ainda por cima, tendem a ocupar muito espaço. Sei que não é muito justo, mas as minhas questões não são racionais. Meu terapeuta da época do ensino médio usava expressões como *resposta ao trauma* e *transtorno do estresse pós-traumático*, palavras que me pareciam muito *complexas*, como se eu não tivesse direito a usá-las. Elas são para repórteres de guerra e médicos da emergência, não para meninas com pais de merda que davam muitas ordens e diziam que elas nunca seriam nada na vida.

No fim das contas, dizia o terapeuta, *a medida para saber se está bem é: a sua condição te impede de viver uma vida plena?* E eu sei a resposta.

– Mas eu consigo ser bem funcional – afirmo, com o queixo empinado e um ar meio desafiador desnecessário.

– Eu não duvido disso.

– Está bem. Ótimo.

Ele volta a comer, rápido, porém meticuloso, mas os olhos seguem fixos em mim.

– Eu sei que parece... – começo.

Será que quero mesmo entrar nesse assunto?

– Parece o quê? – pergunta Lukas.

– Que alguém que gosta do que eu gosto não deveria ser tão... medrosa.

Josh sempre ficava confuso com isso. *Você tem questões com homens agressivos e autoritários no dia a dia, mas quer fazer sexo agressivo e autoritário?* Ele não me julgava, mas também não *entendia*.

Lukas termina de mastigar e limpa a boca com um guardanapo.

– Na verdade, eu ainda não sei do que você gosta – afirma ele.

Meu estômago dá uma cambalhota.

– A não ser pelo fetiche com *doutores*.

Viro o rosto para esconder um sorriso.

– De qualquer forma, não – continua Lukas. – Acho que não faz sentido comparar a violência do dia a dia com o tipo de coisa de que você... de que *nós* gostamos. Na verdade, acho que as duas coisas não estão nem um pouco relacionadas. – O olhar dele é firme. – O que nós queremos tem a ver com confiança. Nós decidimos participar. Parece que o que aconteceu com você não foi bem decisão sua, não é?

Isso. O calorzinho aparece de novo, dessa vez no meu peito. *Você entende. Obrigada por compreender*. E:

– Obrigada por pedir aos seus amigos para irem embora para me deixar mais à vontade.

Ele assente, sem fingir que não foi exatamente isso que fez.

– Obrigado por tirar a Sra. Sima da minha cola, naquele dia do churrasco, para eu não ter que falar sobre a minha mãe.

Tem a ver com confiança, disse Lukas. E eu não vou trair a dele perguntando por que não queria falar sobre isso.

– A primeira saída de emergência foi por minha conta, na próxima vou cobrar – falo.

Ele solta o ar em um riso leve, e eu deixo um silêncio confortável se instalar entre nós pelo restante da refeição.

CAPÍTULO 15

Naquela semana, seguindo o calendário de instruções gentilmente oferecido por meus nobres ancestrais (ou seja, pessoas que entraram na faculdade de medicina e sobreviveram para contar a história), termino de escrever o primeiro rascunho da minha carta de apresentação.

E prontamente o arrasto para a lixeira. Também considero a possibilidade de me atirar em um buraco com passagem direta para os portões do inferno. Segundo Maryam, está ruim *nesse nível.*

– "Desejo seguir os passos dos meus heróis, como Hipócrates de Kos... e foi assim que percebi que minha bactéria favorita era *Bordetella parapertussis*... e quando vi a rainha Amidala morrendo na tela, decidi que seria médica para ajudar pessoas como ela a sobreviverem e terem a chance de ver seus gêmeos dotados com a Força crescerem..." – Maryam está com os olhos arregalados. – Quem é você?

Pego uma almofada e entrego para ela.

– Você pode, por favor, segurar isso sobre minhas vias respiratórias pelos próximos sessenta a noventa segundos?

– Sério mesmo, que sopa de letrinhas é essa? Você botou uma arma na cabeça de um aluno repetente do ensino fundamental e o obrigou a escrever isso? Foi gerado por IA? Qual foi o comando? "E se a gente pudesse transformar cheiro de cueca num texto"?

Eu solto um resmungo e me jogo de volta no sofá.

– É tão difícil assim de acreditar que eu só não sou boa com palavras?

– Você poderia ser um louva-a-deus analfabeto e ainda assim minha resposta seria um retumbante *sim*. – Ela bufa. – E nada disso é verdade, de todo modo. Apenas seja sincera. "Oi, meu nome é Vandy McVandermeer e sou uma estudante atleta neurótica, perfeccionista e muito bem-sucedida, que memorizou o funcionamento do sistema musculoesquelético aos 9 anos, mas até hoje é incapaz de substituir o rolo de papel higiênico. Um dos meus hobbies é ficar encarando minhas notas A no histórico acadêmico. Quero ser médica porque eu amo minha madrasta. E porque sou muito controladora e esse trabalho é o mais perto que vou chegar de dominar a vida e a morte. Tirando, talvez, saber os códigos de uma bomba nuclear. Vocês sabem se tem uma vaga aberta para *esse* trabalho?"

Eu *poderia* fazer isso. Eu *poderia* ser sincera. Mas, se seguisse por esse caminho, teria que admitir que estou com C em alemão, que venho acumulando *fracassos* e que sou incapaz de controlar *qualquer coisa*.

Vou para o treino de sábado me lamuriando sobre minha prisão de ventre linguística. Há alguns serviços de orientação a estudantes a que eu poderia recorrer, mas eles são úteis para pequenos ajustes na redação, não para a reestruturação completa da qual eu preciso. Eu devia falar com Barb, mas ela entrou na faculdade de medicina há quase três décadas. Será que Lukas compartilharia o texto dele comigo? Eu tenho o seu número. E o e-mail, é claro.

Devia ser comigo.

Não. Melhor não.

O Centro Aquático Avery é maior do que minha escola inteira de ensino médio – uma piscina de mergulho, outras três piscinas, e um milhão de estruturas complementares – e hoje está completamente lotado. Sigo a música e os gritos até a piscina de competição, onde o treinador Sima observa a multidão com uma expressão indignada.

– O que está acontecendo? – pergunto a ele.

– Guerra das Piscinas.

– Ah, verdade. Sempre esqueço que tem isso.

– Não vale a pena lembrar mesmo. Totalmente desnecessário.

O ressentimento do treinador com o time de natação é lendário, e se deve principalmente ao fato de eles receberem muito mais recursos do que a equipe de saltos. Mas ele tem razão: competições internas *são* uma perda de tempo.

– Já está acabando? – pergunto.

– É a porcaria de um pentatlo.

Acho que isso significa que os nadadores fazem cem metros para cada modalidade, além dos medleys individuais. Mas não tenho certeza. E também: não me importo.

– Quando é que termina?

– Parece que essa chatice vai durar o dia inteiro.

Dou um tapinha no ombro dele.

– Coitadinho.

– O resto do time de saltos está por ali. – Ele aponta para debaixo da arquibancada. – Quiseram ver a bateria dos medleys. E aparentemente seria muito tirânico da minha parte *exigir que a gente comece o treino na hora.*

Ele levanta a voz, embora ninguém além de mim tenha como ouvir.

– Vamos começar o treino fora da água assim que isso aqui acabar, o que espero que seja *logo*.

Dou mais um tapinha em seu ombro e vou até meus colegas.

– Se algum de vocês se atrasar, vou fazer com que corram ao redor da piscina! – grita ele atrás de mim.

Uma ameaça frequente que jamais foi posta em prática.

Pen fica muito feliz em me ver, reação geralmente reservada apenas a Barb e Pipsqueak. Ela pede que o nadador ao seu lado abra espaço para mim, depois entrelaça o braço ao meu. Nós jantamos juntas ontem à noite, só eu e ela. Conversamos por horas sem mencionar saltos nem Lukas Blomqvist. Não foi nada de mais, mas já está no meu top cinco momentos favoritos em Stanford.

Quem estou tentando enganar? Top três.

– Acho que é a primeira vez que te vejo numa competição de natação – diz Pen.

– Acho que é a primeira vez que vejo uma desde que estava no ensino médio e pegava carona para casa com a mãe de um dos meninos do nado de costas.

Ela ri.

– Em sua defesa, você pega tantas matérias e... – Ela para, como se tivesse se lembrado de alguma coisa. – Ouvi falar do projeto com Luk! Vai ser ótimo ter isso no currículo quando você for se inscrever na faculdade de medicina!

– Espero que sim. – Um par de olhos desconfiados de repente me volta à mente. – Eu... Foi a Rachel quem te contou?

– Rachel? Qual Rachel, Hale ou Adrian? – Ela franze a testa. – De qualquer forma, foi o Luk que me contou. Por que a pergunta?

Por nada, quase digo. Mas é a Pen e... sei lá. Eu confio nela. Tenho uma intuição.

– No outro dia, eu estava jantando com o Lukas no refeitório e ela me olhou como se eu estivesse fazendo algo de errado.

– Errado como? Ah... – Pen arregala os olhos. Então ri. – Não, Rachel só é meio fria mesmo. No primeiro ano, ela me tratava como se eu estivesse entrando de penetra nas festas dos nadadores ou distraindo Luk só por *existir*. – Ela bate o ombro no meu. – Além do mais, ele está solteiro. E fui *eu* quem ficou bêbada e quis bancar o algoritmo do Tinder e juntar vocês, lembra?

– Humm. – Eu estreito os olhos. – Não. Já tinha esquecido. Definitivamente *não* ficou marcado no meu cérebro.

Pen ri.

– Não se preocupe com a Rachel. Ela não tem a menor ideia do que está acontecendo.

Um nó de tensão que eu nem sabia existir de repente se dissolve.

– Mas ela vai ficar sabendo? – Eu me lembro das perguntas de Victoria no dia da produção de conteúdo. – Você e Lukas pretendem contar para as pessoas que terminaram?

Pen suspira.

– Por enquanto, só você sabe. Ainda estamos tentando entender a logística de não ser um casal, sabe? As pessoas têm uma visão bizarra e idealizada da gente, e sei que vão fazer o maior caso disso tudo. Você sabe como as fofocas são invasivas na vila dos atletas. – Ela revira os olhos. – Além disso, nossos círculos sociais se misturam. Não queremos causar situações constrangedoras, porque ainda somos melhores amigos e estamos juntos o tempo todo. E não vou mentir... é bom ser vista como a namorada do Luk.

No primeiro ano, antes de as pessoas saberem, muitos caras davam em cima de mim e aí ficavam agressivos quando eu dizia não. A existência do Luk os afasta na mesma hora.

Eu entendo que deva ser uma questão chata mesmo, quando se tem a aparência de Pen e se é uma pessoa amada por todo mundo.

– Sem contar que ele é muito sueco com essas coisas – continua ela.

– Como assim?

– Reservado, sabe? Muito determinado a não se abrir com ninguém. Tipo naquela vez que um jornalista da ESPN perguntou se ele tinha namorada.

– O que ele disse?

– Ele só perguntou, muito calmo: "Você tem outras perguntas relacionadas a esporte, já que é jornalista de esportes?"

A imitação dela é perfeita, até no sotaque leve. Ela o conhece como a palma da mão.

– Ele tinha 16 anos e foi a última vez que alguém perguntou a ele sobre sua vida pessoal. *Superconstrangedor*.

Fascinante também. Sei que Lukas tem a nossa idade, mas tenho a impressão de que ele pulou a fase da insegurança. É resoluto. Determinado. Sabe o que, onde e quando ele quer ser. Aposto que escreveu a carta de apresentação para a faculdade de medicina em vinte minutos.

– Ele é um cara legal – diz ela, mais séria, os olhos na piscina. – Sei que ele parece... distante, e raramente se preocupa em ser charmoso, mas ele é ótimo.

Não sei muito bem se *distante* é a impressão que tenho dele, mas, antes que eu possa fazer uma observação a respeito disso, Pen continua:

– Ele merece levar a vida sexy, depravada e fetichista de que gosta.

Os atletas caminham para o bloco de partida e as pessoas ao nosso redor começam a aplaudir.

– Você está, hã, levando a vida sexy, nada depravada e nada fetichista de que gosta?

Pen se vira para mim e chega mais perto.

– Tem um cara...

Um apito soa bem alto. Pen se levanta num salto. Seus gritos de "Vai, Luk! Vai, vai, *vai*!" se perdem em meio aos vivas da multidão. O barulho repentino me assusta e preciso respirar fundo para me recuperar.

Lukas vence, mas fica à frente de Kyle por pouco. Ele não dá um tapa na água, não dança sobre a raia de separação nem faz nenhuma dessas palhaçadas que eu era obrigada a testemunhar no meu antigo time quando mais nova e que acabaram para sempre com meu tesão em nadadores. Apenas se esquiva da tentativa de Kyle de afogá-lo (de brincadeira?) e sai da piscina. Pen me puxa pela mão para irmos para o treino e...

Não. Estamos indo para a lateral da piscina.

– Ali está ele. – Pen acena. – Luk!

Lukas está conversando com outro nadador, mas, quando o alcançamos ele já encerrou a conversa, se despedindo do colega com um abraço rápido. Pen abre um sorriso radiante para ele.

– Parabéns!

Lukas assente. Se está feliz por ganhar, não dá para saber.

– Você pode, por favor, parar de ser sempre o melhor no que faz? – brinca Pen, se preparando para abraçá-lo.

– Estou todo molhado.

– Desde quando você liga para isso?

Ele não se abaixa, então é Pen quem precisa se esforçar para alcançá-lo. Desvio o olhar por reflexo, as bochechas esquentando. Mais uma vez estou aqui me intrometendo na vida desse não casal. Eu não deveria estar aqui. *Vá para o treino. Pen vai logo atrás.* Mas foi ela que me trouxe aqui. E ela é minha amiga. E estou fazendo um projeto com Lukas e... *não* tem motivo para ser sempre tão estranha, Scarlett.

Espero alguns segundos, e então olho para eles de novo, claramente subestimando a duração do abraço. Os braços de Pen ainda estão em volta do pescoço de Lukas, mas não é recíproco. Em vez disso, vejo que ele me encara por cima do ombro dela.

Não há sorriso em seu rosto. Sua expressão é séria, pesada, e eu...

– Você é uma maldita *máquina*.

O treinador-chefe dos rapazes dá um tapão no ombro de Lukas. Pen o solta e eu respiro aliviada.

– Já viu as parciais? Nem acredito que você fez isso *sem o traje especial*. Pen, não sei o que você dá para esse garoto comer, mas continue.

– Ele come sozinho, treinador Urso.

– Também sou treinado para não fazer xixi no chão – diz Lukas, sério.

Dou um passo para trás, sem querer me intrometer na conversa, quando o treinador pega um iPad e começa a comentar cada microaspecto dos movimentos de Lukas. Aproveito a oportunidade também para analisá-lo, dessa vez *sem* ser analisada de volta.

Natação e saltos ornamentais são esportes irmãos apenas por conveniência. Os dois precisam de piscinas, vestiários e muitos metros de poliéster, mas as similaridades acabam por aí. Basta dar uma boa olhada nos atletas para entender.

Os saltos requerem equilíbrio e controle em meio a surtos intensos de movimento. Na natação, o que importa é a redução do atrito com a água para aumentar a velocidade. Todos nós somos musculosos, mas os dois esportes têm demandas distintas, e os corpos dos nadadores tendem a ter um formato diferente dos corpos dos saltadores. E Lukas... bem. Lukas é um dos nadadores mais rápidos do mundo. Sua aparência é condizente.

Eu sei, racionalmente, que não tem nada de mais nisso. Cresci em piscinas, cercada de costas musculosas e ombros largos antes mesmo de saber o que era sexo. *A bunda daquele cara numa sunga devia ser exposta no MOMA*, comentou alguém certa vez, e eu assenti, nada abalada, querendo sentir a atração, mas sem qualquer friozinho na barriga.

Com Lukas, porém, acho que compreendo o apelo. O cabelo bagunçado pela touca recém-tirada, a largura do seu pulso quando ele enrola os óculos ali, as tatuagens que se estendem pelo ombro, tríceps, antebraço. É uma floresta, eu acho. Estrelas num céu noturno. Neve. Alguma coisa voando atrás da montanha que é o bíceps. Nenhum sinal de cinco círculos entrelaçados, como cem por centro dos atletas olímpicos que eu conheço. Ele assente para alguma coisa que o treinador diz, pensativo, a palma da mão roçando o maxilar, e sim.

Eu entendo mesmo.

Mas talvez seja só por causa da afinidade que sinto com ele. Talvez Pen tenha entrado na minha cabeça, e agora estou imaginando de que maneiras ele poderia usar toda essa força. Talvez eu finalmente tenha chegado à puberdade na idade geriátrica de 21 anos.

Devia ser comigo.

– A questão é a seguinte – diz o treinador Urso para Pen. – Esse cara acabou de melhorar o tempo do medley dele em quase um segundo, comparado com o tempo que ele estava fazendo no meio do ano. Nunca vi um progresso tão rápido.

Pen abre um sorrisão e aperta o braço de Lukas.

– O que é isso? – pergunta o treinador Urso, apontando para as costas da mão de Lukas.

Ele é um homem de meia-idade, corpulento e absolutamente apegado ao pouco cabelo que ainda tem. É muito amado e considerado uma espécie de gênio na arte de estimular talentos. E também é, segundo Pen, completamente maluco.

Deve ser por isso que Lukas faz uma cara de quem está se preparando para o pior. Pega uma tolha que outro aluno entrega a ele e agradece com um aceno de cabeça.

– É a minha mão, treinador. Nada de mais.

– Não... O que você escreveu nela?

– Não lembro.

Não é o esquema que eu desenhei, né? Não. Não pode ser. Isso já tem *dias*.

– Bom, garoto, tenta lembrar – insiste o treinador Urso. – Porque foi isso aí.

– Isso aí o que?

Lukas seca a barriga, confuso. *Garoto*, eu penso, achando graça, ao ver aquele V musculoso abaixo de seu abdômen.

– As circunstâncias perfeitas – responde o treinador. – Para recriar. Para vencer.

– Ah, sim. Claro.

– Lembra do roteiro da sorte da última temporada?

– Está falando de ficar colocando um band-aid de princesa da Disney no meu dedão o ano inteiro?

– Foi assim que você ganhou a liga universitária e o campeonato mundial.

– E o treinamento não teve nada a ver com isso.

– Está de sacanagem comigo, Blomqvist? Você sabe que eu não percebo sua ironia. De qualquer forma, está tudo certo. Já achamos seu roteiro da sorte. Nosso trabalho aqui está feito. *Ad majora*, garoto.

O treinador o cumprimenta e se afasta, mas então volta e aponta o dedo para ele.

– A mão. Não esquece de tirar uma foto.

Lukas balança a cabeça e seca o rosto com a toalha.

– Ele vai fazer questão que você desenhe um monte de coisa na mão em toda competição – diz Pen.

– Pois é.

– E o que é isso? Parecem uns quadradinhos e rabiscos?

– Basicamente.

Ai, merda.

– Olha, boa sorte.

Na ponta dos pés e com a mão na barriga dele para se equilibrar, Pen lhe dá um beijo no queixo. Eu percebo que Lukas não se abaixa para facilitar.

– Temos que ir, ou o treinador Sima vai ter um ataque.

Lukas assente. Olha para mim.

– Tchau, Scarlett.

Estou corada. Não sei bem por quê.

– É. Tchau. E... parabéns.

O sorriso dele é fraco, meio torto, quase íntimo. Rápido. Mas fica grudado em mim durante a tarde inteira, como um pedaço de fita adesiva colado na sola do sapato, e eu não quero. Não tem motivo para isso. Tento me concentrar na conversa com Pen, no aquecimento, nos exercícios de core, mas estou distraída. O treino fora da piscina é o de que menos gosto, e dar cambalhotas sobre um fosso de espuma enche o saco muito rapidamente. Concentrar-se na parte aérea do movimento sem dúvida tem benefícios... mas a que *custo*.

– Se eu quisesse pular de um trampolim e aterrissar em pé num tapete de proteção, eu teria virado ginasta – resmunga Victoria quando termino minha série de mortais em pontapé, o nariz franzido de desgosto.

– Pelo menos o treinador não trouxe a corda.

– Nem o cinto rotativo.

Ela faz um som de ânsia de vômito e vai para sua série. Só temos quatro plataformas de salto, o que me dá um intervalo compulsório. Bebo um gole de água. Pego meu celular. Escrevo uma mensagem para um número que não salvei.

SCARLETT: Por favor, me diz que outra pessoa desenhou uma rede neural convolucional na sua mão nos últimos dois dias.

A resposta é imediata.

DESCONHECIDO: Está me chamando de promíscuo computacional?
SCARLETT: Como é que o desenho ainda não se apagou?
DESCONHECIDO: Alguém usou uma caneta permanente.

Merda.

DESCONHECIDO: Parece que vou precisar de você por perto este ano.

Merda de novo.

SCARLETT: Tá dizendo que vou ser responsável por desenhar uma RNC na sua mão antes de toda competição?
DESCONHECIDO: Não, não.

Graças a Deus.

DESCONHECIDO: Só das internacionais. E da Pac-12. E da liga universitária.

Meu Deus.

SCARLETT: Quer mesmo ser lembrado da minha superioridade computacional com tanta frequência?
DESCONHECIDO: Quero. Tenho uma queda por mulheres mais inteligentes que eu.

Meu coração dá um pulo.

SCARLETT: Não estou pronta para a responsabilidade de fazer parte do seu roteiro da sorte. Se você perder, o rei da Suécia vai ficar irritado comigo?

DESCONHECIDO: Meu país é uma democracia parlamentarista.
SCARLETT: Você é um homem da ciência. Não é supersticioso de verdade, é?
DESCONHECIDO: Talvez eu seja.

Solto um suspiro.

SCARLETT: Por um lado, quero dizer que isso é ridículo. Por outro, meu pior salto aconteceu no dia em que roubaram minha toalha tie-dye.

Estou prestes a admitir que, no que diz respeito às evidências da eficácia de rituais complementares à competição, há pouca coisa... é então que ouço um grito assustador.

Largo o celular e corro na direção do som. Quando chego à plataforma portátil mais distante, sinto uma pontada no coração. Porque Victoria está deitada no chão. Seus olhos estão cheios de lágrimas e seu tornozelo está virado num ângulo pouco natural.

CAPÍTULO 16

O que fica impregnado em mim feito fumaça ao longo dos dias seguintes é algo que Bella fala assim que o treinador Sima desaparece dentro do centro de treinamento carregando uma Victoria aos prantos nos braços: *Ela tinha acabado de comprar um novo tratamento capilar para cloro. Estava tão animada que o cabelo não ia ficar parecendo uma palha este ano.*

Penso nisso enquanto estou malhando, comendo, fazendo os trabalhos de alemão, brigando com Maryam por causa da máquina de lavar. O tom de voz resignado e abatido de Bella. Ela sentada no banco dos treinadores ao lado de Bree, a bochecha apoiada no ombro da irmã. Eu me sentei também e abracei as pernas, apoiando o queixo nos joelhos, olhando para a piscina de saltos vazia enquanto os gritos irritantes da Guerra das Piscinas e a brisa do fim de tarde me davam calafrios.

– E como ela está agora? – pergunta Sam na manhã de quarta-feira.

Eu me sinto culpada por ocupar nossa sessão com uma conversa que não tem nada a ver com saltos revirados. Mas é o que está na minha cabeça no momento.

– Não sei. A família dela está na cidade. O treinador Sima foi meio vago. Eu... Ela está no último ano.

E é isso. Há muita coisa não dita por trás dessas cinco palavras que talvez Sam não compreenda, mas que pesa muito sobre o time. Ontem, no clima sombrio do treino. Hoje, no vestiário silencioso demais.

– Está com receio de que a lesão a tire da temporada?

– Espero que não.

Mesmo em seus melhores momentos, Victoria nunca foi excelente. Ela não é como Pen, que quase certamente vai se profissionalizar depois da formatura. Tudo que ela podia fazer era ter esperança de que a próxima temporada fosse melhor. Mas se não houver uma próxima temporada...

– Espero que não – repito.

– Vocês são muito amigas?

– Não sei se ela me consideraria uma amiga. Eu gosto muito dela.

Sam hesita, como se tomasse nota do comentário, um assunto para retomar depois. Mais coisas para explorar... que ótimo.

– Como você se sente sobre a lesão dela?

– É só... uma merda.

– É mesmo – concorda Sam. – Mas você não respondeu minha pergunta. Como *você* se sente?

Eu odeio essa parte da terapia de Colocar Tudo Em Palavras. O que é um problema, já que basicamente essa é a definição de terapia.

– Triste que ela talvez esteja sentindo dor. Com raiva por ter acontecido com ela. Ansiosa pela sua recuperação.

– E com medo?

– De quê?

– Você se machucou feio. Agora a mesma coisa aconteceu com uma amiga. Isso valida os seus medos?

– Nossas situações são completamente diferentes. Victoria não estava nem na piscina.

– Mas isso não solidifica a ideia de que os saltos são inerentemente perigosos?

– Victoria tropeçou num tapete. Podia ter acontecido andando numa rua de paralelepípedo.

– Você está dizendo então que *não* tem medo de saltar e dos perigos que os saltos apresentam?

Estou começando a ficar um pouco impaciente com essa linha de raciocínio.

– Saltar tem riscos. O que estou dizendo é que eu sabia deles bem antes da lesão da Victoria ou da minha.

– No entanto, antes da sua lesão, você não tinha um bloqueio mental. Alguma coisa deve ter mudado de lá para cá.

– Eu sei, mas...

Mas...? Minha boca fica entreaberta por alguns segundos e então se fecha. Fuzilo Sam com o olhar, os lábios cerrados. Caí numa emboscada, como uma órfã ingênua nas histórias dos irmãos Grimm, atraída por uma trilha de migalhas para o abatedouro.

– Eu não salto com um medo constante de me machucar – digo com firmeza, sabendo que é verdade.

– Não duvido disso, Scarlett. Eu acredito que o medo de lesões *não* é o que está causando as suas questões. – Sam inclina a cabeça. – Mas então preciso perguntar: se não está com medo de se machucar, *do que* é que você tem medo?

CAPÍTULO 17

A primeira reunião do projeto da Dra. Smith é naquela noite, na Biblioteca Verde. Ao chegar, procuro os e-mails de Lukas para conferir o local, e dois resultados aparecem: as mensagens que estamos trocando com Zach e o *outro*.

O que você precisa

Sinto um ardor nas bochechas.

Eu não reli o e-mail desde que ele chegou. E nem preciso, porque está marcado no meu lobo occipital. Eu não *pretendia* memorizá-lo, mas foi instantâneo. Não consigo marcá-lo como lido – isso me deixaria louca, porque não consigo existir a menos que *todas* as minhas notificações de *todos* os dispositivos estejam lidas. Eu poderia arquivá-lo. Deletar. Marcar como spam.

Não é como se eu fosse *responder* algum dia. Seria muito esquisito e...

Sinto um cutucão suave no braço.

– A sala é para lá, gnomo – diz uma voz grave acima do meu ouvido esquerdo.

As pernas longas de Lukas não diminuem o passo e, quando chegamos lá em cima, estou sem fôlego – e ainda tentando entender se eu imaginei aquela última palavra.

– Hum – diz ele, segurando a porta.

– O que foi?

– Você está ofegante demais para alguém que passa o dia subindo escadas.

Sua expressão é gentil, ligeiramente implicante. Sinto um calor dentro de mim e aceno para Zach ao entrar na saleta. Tem três cadeiras, uma mesa e um projetor. Não sei muito bem o que isso diz a respeito do show de horrores que é minha vida social, mas a reunião que se segue é um dos meus momentos mais divertidos nos últimos tempos.

– Você entende bastante de redes neurais – diz Zach durante um intervalo.

Posso estar sendo influenciada por todo o papo sobre algoritmos de aprendizado profundo, mas meu cérebro já classificou Zach como Razoavelmente Inofensivo. Estou relaxada o suficiente para tirar os sapatos e rir de verdade da péssima piada que Zach faz sobre estatística não paramétrica. Lukas está no bebedouro lá fora, enchendo nossas garrafas de água. Ele deixou a porta aberta e fez questão de que eu soubesse que estava me vendo pela porta de vidro.

Ah, o suplício extenuante que é alguém te conhecer de verdade.

– Fiz umas aulas on-line – explico para Zach colocando os pés descalços na cadeira de Lukas para alongar os tendões da coxa. – E também fiz parte do clube de bioinformática, no ensino médio. E fui para um acampamento de pesquisa em biologia computacional, no terceiro ano.

– Uau. Atleta *e* nerd.

Eu rio e intensifico o alongamento, segurando meus pés e encostando o rosto nas canelas.

– Colecionar arquétipos é a minha paixão.

– Não pare por minha causa. Claramente você é ótima nisso.

Ele aponta para o quadro branco, onde desenhei os passos para a frente e para trás da minha rede neural.

– Você está no último ano?

– No terceiro.

– E quais são os planos para depois? – Ele ri da minha cara de sofrimento. – Vai virar profissional?

– De saltos? Acho que não. Estou tentando entrar na faculdade de medicina.

– Já fez o teste de admissão?

– Nesse fim de semana.

– Você vai se dar bem.

– Não sei, não. Minha carta de apresentação está uma merda. E acho que os trabalhos de alemão que ando entregando devem ser o equivalente a queimar a bandeira da Alemanha.

Lukas volta e me entrega a minha garrafa de água.

– Você está fazendo alemão?

– Para a infelicidade de todos.

Antes que eu possa liberar a cadeira, ele levanta meus tornozelos com uma das mãos, se senta e coloca meus pés descalços no colo.

Olho para ele, atônita. Depois para sua mão. A pegada fica mais leve contra a minha panturrilha esquerda, mais solta. Ele tem unhas curtas e lixadas. Os dedos são longos e envolvem toda a circunferência do meu tornozelo.

Sinto uma onda de calor irradiar pelas minhas pernas.

– Por quê? – pergunta ele.

Meus olhos encontram os dele. *O que você está fazendo?*

– Por que alemão? – repete ele, sem se abalar.

Minhas bochechas queimam.

– É só...

Tire as pernas, ordeno a mim mesma. *Ele* não *está te prendendo*. Na verdade, Lukas está totalmente relaxado na cadeira. Apenas vagamente interessado nas histórias dos meus erros acadêmicos. Seu polegar áspero de cloro acaricia sem pressa o ossinho do meu tornozelo. Será que ele sequer tem *noção* do que está fazendo?

– Faculdades de medicina gostam de línguas estrangeiras – respondo.

Minha voz sai meio rouca, como se estivesse com a boca seca.

– *Você* gosta de línguas estrangeiras?

Ele me encara. O peso de sua mão assenta sobre minha pele como se ali fosse o seu lugar, incontestavelmente.

Consigo balançar a cabeça, meio confusa. A resposta *Não, não gosto de línguas estrangeiras* já está tão fora do meu alcance quanto a Galáxia Cartwheel. Sinto minha pulsação latejando nos ouvidos. Entre as minhas pernas.

– De repente você podia fazer norueguês – brinca Zach.

Com a mesa entre nós, ele não enxerga o que está acontecendo.

– Assim o Lukas poderia te ajudar.

– Sueco – corrijo, por reflexo.

Lukas segura meu calcanhar numa carícia prolongada.

– Ah, merda. Desculpa, cara – diz ele para Lukas.

– Tranquilo. É a mesma península.

Ele aperta o arco do meu pé com o polegar, com força, intenção. Eu mordo o lábio inferior. Desconcertada.

Zach, que parece ter o hobby de perguntar a todo mundo sobre seus planos para os próximos cinco anos, diz:

– Vai voltar para lá quando acabar a faculdade?

– Vamos ver – responde Lukas.

– Sua namorada mora aqui, não é? Espera... você não namorava uma saltadora? – Zach se volta para mim. – Não era você, era?

– Não.

Eu pigarreio. Me obrigo a respirar mais devagar à medida que a mão de Lukas sobe até a barra da minha legging.

Zach assente.

– Entendi. – Ele ri. Então, após uma pausa meio constrangedora, diz: – E você? – Ele aponta para mim com o lápis. – Está namorando um nadador?

– Eu? Eu...

De repente, a mão de Lukas é como uma algema ao redor do meu tornozelo, como se eu fosse algo que ele pode segurar, controlar e prender. Meu cérebro entra em parafuso. Tenho certeza de que todo mundo – Lukas, Zach, a recepcionista da biblioteca lá embaixo – consegue ouvir as batidas irregulares do meu coração.

– Não está, não – responde Lukas, os olhos fixos nos meus, a voz grave e calma.

A mão dele é como um torno e...

É simplesmente a maneira como fui programada. Está escrito nos meus neurônios o quanto gosto da força com que ele me segura. Do tamanho dele. Da facilidade com que poderia me subjugar. Lukas poderia me *obrigar* a fazer coisas, e saber disso me dá uma pontada no ventre. Mas ele não vai fazer isso, a menos que eu lhe dê sinal para continuar, e *esse* é o tipo de coisa que me causa um calor e deixa a pontada ainda mais forte.

Não é moralmente *errado*. Não machuca ninguém. Não há vítimas aqui, mas talvez seja meio maluquice? No mínimo, é tão... sei lá, heteronormativo da minha parte. Tão conformista com papéis de gênero. Reacionário. Estereotipado. *Banal*. Eu odeio.

Eu *amo*.

– Um saltador, então? – brinca Zach, meio sem jeito, e preciso retomar o rumo da conversa.

Se eu estou namorando um nadador. Ou um... ah.

– Não – respondo, e Zach assente, como se eu tivesse dado a resposta correta.

Ele pede licença, dizendo um "volto já", e Lukas e eu ficamos sozinhos ali, seu toque suave novamente. Abro a boca para perguntar o que ele está fazendo, por que agora, por que *aqui*, mas... nem chego a abrir a boca.

Apenas o encaro, os pulmões e o coração funcionando num ritmo esquisito.

– Ele estava tentando descobrir se você está solteira – diz Lukas.

Seus carinhos casuais continuam, com padrões suaves.

Eu engulo em seco. Me recomponho.

– Eu sei.

– Sabe? Mesmo?

Na verdade, não. Mas não foi porque sou idiota, e sim por causa das mãos dele.

– Não sou tão desatenta assim.

Ele bufa. A essa altura, já o conheço bem o suficiente para saber que ele discorda.

– Você se lembra do Kent Wu?

– Não... espera. Nadador?

– Borboleta. Longas distâncias. Estava no último ano quando você entrou no time.

– Acho que lembro?

– Ele tentou chamar você para sair duas vezes.

– O quê? – Franzo a testa. – Como é que... Como é que *você* sabe disso?

– Nós éramos amigos. Ainda somos. – Ele passa os dedos pela parte de trás do meu pé. – Ele reparou em você. Nós conversamos sobre isso.

Conversaram sobre isso? Como assim? Lukas deve estar me confundindo com outra pessoa. A natação e os saltos são mais incestuosos do que a gente gosta de admitir, principalmente porque as agendas caóticas batem, e aí dá para encaixar umas transas.

– Você está confundindo esse garoto com o Hasan. Hasan me chamou para sair quando eu ainda estava com meu ex, um milhão de anos atrás...

– Um milhão?

– Dois. *Dois* anos atrás. – Mordo a parte interna da boca. – Você é muito literal.

Seus lábios se curvam de leve.

– E você tem tendência ao exagero.

– É uma figura de linguagem, também conhecida como...

– Hipérbole, sim.

Ele acaricia minha pele, e quase estremeço. Lukas parece estar me avaliando como se eu fosse um pedaço de carne.

– Kent foi depois do Hasan. Mais para o fim da temporada.

– Eu não...

– Não se lembra. Porque você nunca reparou. Não se preocupe, Kent está noivo e feliz, recebi outro dia o convite para o casamento.

Desvio o olhar. A pele de Lukas ainda está quente contra a minha, assim como a onda que parece subir pela minha coluna, mas o que ele falou me abala bastante.

– Eu não sou tão desatenta assim – repito.

– Não é, só se mantém afastada. Se concentra no que pode controlar e apaga o máximo que pode do resto ao redor sem deixar o mundo desmoronar. Certo?

Eu solto o ar.

– Só porque Pen te contou uma coisa sobre mim que nunca devia ter contado, não significa que você me conhece.

A frase sai segura e firme. Estou orgulhosa. Só que a reação de Lukas não é de arrependimento, e sim de diversão, e o começo daquele sorrisinho surge em seus lábios, e eu não...

– Prontos para recomeçar? – pergunta Zach.

Faço o que deveria ter feito há cinco minutos: tiro os pés do colo dele e me sento em cima das minhas pernas dobradas.

– Pronta.

Abro um sorriso para Zach sem olhar para Lukas nem esperar que ele também responda.

CAPÍTULO 18

Na quinta-feira de manhã, depois de ter treinado à exaustão todos os outros grupos de saltos básicos, eu paro na beira do trampolim de três metros, a cabeça baixa, os olhos fechados, duas palavras martelando na minha cabeça.

Revirado.

Grupado.

Revirado.

Grupado.

O dia está nublado. Meio enevoado. A brisa da manhã roça meus músculos tensos demais e me dá calafrios.

Levanto os braços sobre a cabeça, mas os abaixo de novo, molengas como macarrão. Giro os ombros para eliminar a tensão e, depois de respirar fundo, me coloco de novo na posição. De costas para a água.

O número é 401C.

Um dos saltos mais simples e entediantes.

Eu o aprendi quando tinha uns 7 ou 8 anos, quando mal tinha peso suficiente para ganhar a elevação necessária para encaixar o grupado. Seu grau de dificuldade é tão baixo que já não está mais na minha lista de saltos desde o ensino médio. *Seria um desperdício de pontuação*, disse o treinador Kumar na época.

E agora, aqui estou eu. Os deltoides tremendo, o coração na boca. Quase chorando.

Se não está com medo de se machucar, do que *é que você tem medo?*

A voz de Sam é provocadora, insistente e muito alta, e apenas uma coisa pode fazê-la se calar. Eu salto, a corrente de ar engolfando todos os outros barulhos, a água engolindo todas as minhas dúvidas.

Quando saio da piscina, Bree está lá, segurando minha toalha.

– Foi bonito. Sério mesmo, Scarlett, sua entrada limpa é uma das melhores que eu já vi. Quase nenhum respingo.

Sorrio ao enxugar o rosto. Ela é a gêmea mais gente boa. Bella continua sendo um mistério distante para mim.

– Os dedos dos pés estavam bem firmes também. Adoro seu salto de costas grupado.

Costas.

Grupado.

Eu quase falo. *Quase* admito que esse não era o salto que eu queria fazer. Sempre há muita gente na piscina ao mesmo tempo e o treinamento é corrido, então não tenho certeza de que alguém além do treinador percebeu que nesses dezesseis meses desde a minha lesão eu não consegui fazer nenhum salto revirado.

– Vandy, vem cá.

O treinador Sima gesticula, me chamando, e vou até lá, me preparando para um lembrete (gentil?) de que, se eu não resolver meu salto revirado antes do início da temporada, nem preciso me dar o trabalho de competir. *Não estou querendo te pressionar, porque a pressão já está aí... Como vai a terapia?*

Se não está com medo de se machucar, do que *é que você tem medo?*

– Terminou o treino? Vamos no meu escritório um minutinho.

Meu coração quase sai pela boca. O treinador não é do tipo que exige privacidade. Ele adora fazer piada, colocar todo mundo na berlinda e ficar vendo a gente se encolhendo de vergonha. Toda correção, crítica e conversa é pública.

O escritório é para as notícias *ruins*.

Eu concordo, impotente, enrolo a toalha no corpo e vou com ele até o escritório, onde me sento na cadeira que ele puxa para mim. Aperto os olhos com força, e o treinador vai até o outro lado da mesa. Quando ele se senta, estou quase calma.

– Olha, Vandy. Isso não vai ser fácil de ouvir.

Tento engolir, mas minha boca está seca.

– Eu sei – falo. – Eu sei e... estou trabalhando nisso. Minha terapeuta me passou uns exercícios mentais que...

– Exercícios? Ah, *isso*. Não, tudo bem. Não é disso que quero falar.

Franzo a testa.

– O que é, então?

– Victoria está fora. É oficial.

Baixo os olhos e respiro fundo. Eu sabia que era uma possibilidade, mas ouvir essas palavras assim em voz alta é devastador, desconcertante.

– Ela vai ficar no banco?

O treinador nega com a cabeça. Não estou surpresa. Victoria até *poderia* ficar de fora dessa temporada e voltar para competir na liga universitária num possível quinto ano, mas ela teria que adiar a formatura, e já tem uma vaga de emprego garantida na startup onde fez estágio no verão.

– É uma lesão grave, Vandy.

Acabou, então. Victoria passou a vida inteira treinando, horas por dia, toda semana, todo mês, todo ano. Viajando para competições. Um corpo constantemente machucado, sempre acordando cedo, e todos os *Desculpa, não posso sair esse fim de semana*. Basta um buraco entre um trampolim portátil e um tapete de ginástica, e tudo vai por água abaixo.

Pisco para afastar as lágrimas. Não tenho direito de chorar. A lesão não é *minha*.

– As outras já sabem?

– Pen está contando agora para as gêmeas.

As gêmeas e... é isso. Porque só sobramos nós quatro. Como se um tubarão tivesse arrancado um dos membros. Sinto meu maxilar tenso.

– Que merda, isso é tão *injusto*.

– Olha o linguajar, Vandy.

Ele se recosta na cadeira e esfrega o rosto. Eu me pergunto quantas vezes isso já aconteceu com ele. Quantas carreiras interrompidas. Saltadores devastados e talentos que não alcançaram seu potencial.

– Mas sim, que merda, é *muito* injusto – concorda ele.

Eu engulo em seco e me recomponho. O foco não sou *eu*.

– Sabe onde ela está? Adoraria falar com ela...

– Vandy, estou te contando isso em separado por um motivo. Quero que você considere a possibilidade de fazer dupla com a Pen no salto sincronizado.

– O quê?

– Vocês não vão ter muito tempo para treinar juntas, mas acho que pode funcionar. Vocês duas são melhores na plataforma do que no trampolim, e sua altura e tipo físico são quase idênticos. Os juízes adoram isso.

– O meu revirado...

– Olha só. – Ele me encara, sério. – Se você não resolver seu revirado até o início da temporada, vamos ter outros problemas mais sérios do que o salto sincronizado.

É doloroso, mas ele está certo.

– Você não é obrigada a aceitar. Como sabe, Pen vai muito bem em todas as competições individuais e nem precisa fazer o sincronizado. Mas acho que existe um potencial aí.

– Mas e... Não gosto da ideia de substituir a Victoria.

– Não vai ser assim. Você e Pen terão a própria lista de saltos e a própria parceria. Você não vai substituir ninguém... Vocês vão começar do zero.

Eu coço a têmpora.

– Ainda assim, como a *Victoria* vai se sentir com isso?

O rosto redondo e desgrenhado dele abre um sorriso triste.

– Não está entre você e a Victoria, Vandy. É você ou ninguém.

CAPÍTULO 19

No sábado, eu passo pelo teste de admissão para medicina.

Ou talvez seja ele quem passa *por mim*. Não sou nenhuma linguista, mas depois do teste fico deitada com a cara enterrada no sofá enquanto Maryam vai formando uma pilha considerável de livros na minha bunda. ("Jengabunda, o novo jogo do verão.") Não pude fazer nada para impedi-la.

Os resultados ainda vão demorar um mês para sair, mas meu cérebro deu branco tantas vezes durante o teste que acho que não fui bem. Eu *poderia* refazer a prova, mas as faculdades de medicina ainda teriam acesso à minha nota ruim anterior, e a próxima avaliação vai ser em janeiro, bem no meio da temporada, e... por que é que não tenho nenhuma memória da parte de lógica e análise crítica? Dissociei, claramente. Apaguei e me esfreguei no inspetor para garantir mais uns pontinhos.

Meu cérebro parece mingau de aveia, do tipo semipronto, para fazer no micro-ondas. E, numa reviravolta chocante, eu tenho compromisso esta noite.

– Vai ser bom, você vai se distrair do teste – diz Maryam, com um brilho maléfico nos olhos, e depois ri quando faço cara feia.

Ela sabe muito bem que a junção da exaustão acadêmica com a exaustão social só vai me deixar à beira da insanidade. Só quer me flagrar dando amassos com a vassoura no armário da despensa.

– Por que você está com essa cara de quem acabou de doar metade do pâncreas para um museu de órgãos? – pergunta Pen quando me sento no banco do carona do carro.

– Nossa, esse é um resumo *perfeito* de como estou me sentindo.

Ela joga o cabelo para trás.

– Bom, sim, eu *estou* fazendo aulas de escrita criativa.

Vamos para a festa de aniversário das gêmeas, que vai ser na casa dos gêmeos Shapiro, que as duas *ainda* estão namorando. O carro de Pen é uma bagunça acolhedora, cheio de copos, embalagens vazias de barrinhas de proteína e uns doze bichinhos de crochê meio malfeitos pendurados no retrovisor.

– Minha priminha mais nova faz para mim e, sim, eu sei que são um perigo para quem está dirigindo, Luk já me falou diversas vezes.

Ela sorri para mim ao som das batidas da playlist de K-pop.

– Você está doente? – pergunta.

– Não, eu só fiz o TAM hoje.

– O que é... Espera, é aquele teste de admissão em medicina que dura sete horas?

– Isso.

– Meu Deus. Lukas fez no ano passado. – Ela sai com o carro. – Ficou *podre* depois.

– Estou começando a suspeitar que é uma conspiração das farmacêuticas para nos obrigar a buscar ajuda psiquiátrica.

Recosto a cabeça no assento e não tenho nenhum motivo para perguntar, mas pergunto assim mesmo:

– Lukas foi bem?

– Acho que sim? – Ela dá uma olhada nas orientações para chegar à festa. – Ele ficou *satisfeito*, algo inédito. Acho que ele tirou 525.

Quase engasgo com a minha própria língua. Lukas Blomqvist e seus 525 pontos que se explodam. É pedir demais que o medalhista de ouro olímpico e bilíngue *não* acerte 99 por cento no teste em que eu me ferrei?

– Na verdade, tenho certeza de que foi isso mesmo. Porque nós comemoramos e, hum, teve calda de chocolate envolvida. *Minha* ideia, claro.

Ela me dá uma olhadinha meio orgulhosa, e não consigo evitar uma risada, embora sinta uma pontada de algo que não sei muito bem como nomear – uma mistura lamacenta de inveja acadêmica, um tesão meio vago e uma saudade melancólica de ter alguém com quem compartilhar as vitórias.

– Ei, posso te contar uma coisa?

Se ela começar a discorrer sobre os detalhes do ménage entre ela, Lukas e os ingredientes de um sundae, vou ter que pedir para ela parar o carro.

– De parceira para parceira de salto sincronizado? – acrescenta Pen.

Ah, é. Agora tenho mais um item para acrescentar à lista cujo título é Coisas Nas Quais Provavelmente Vou Falhar. Eu me sinto uma completa impostora, mas assinto mesmo assim.

– Eu tenho um encontro – diz ela, tamborilando no volante, animada. – Amanhã.

– Com...?

– Um cara que conheci na aula de microeconomia avançada. Ele é um PNNA.

Levo um segundo para entender a sigla: pessoa normal não atleta.

– Primeiro encontro?

Ela aperta os lábios.

– A gente tem saído, na verdade. Mais como amigos. E fora do campus... Estou tentando ser discreta, sabe?

– Para evitar seus amigos e do Lukas?

– Hum. É, por isso também.

Ela passa a mão pelo cabelo, meio nervosa.

– Ele está no último ano?

O silêncio dura tanto tempo que eu fico em dúvida se Pen me ouviu. Estou prestes a repetir a pergunta quando ela diz:

– Na verdade, ele era o professor assistente. – Ela se apressa em acrescentar: – *Mas* ele é aluno do doutorado e, tipo, só três anos mais velho que eu, e a matéria já acabou, e ele é muito gato e usa, tipo, um coque, que é *muito* o meu ponto fraco, por algum motivo que nem sei explicar, e...

Ela para de falar e me olha, suplicante, como se estivesse esperando que eu dissesse que isso não é um problema.

Eu fico em silêncio. Pego o celular dela.

– Vandy? Por favor, diz alguma coisa.

Continuo em silêncio. O que faço é vasculhar seu aplicativo do Spotify.

– Acho que não estou fazendo nada, tipo, antiético. – Sua voz soa mais aguda que o normal. – Sempre gostei dele. *Eu* que fui atrás dele. Não é como se estivesse pegando o cara para tirar notas boas ou...

Largo o celular e a bateria de "Hot for Teacher", do Van Halen, começa a tocar – uma música sobre ter tesão no professor.

– Ai, meu Deus. – Ela se vira para mim e solta uma risada indignada. – Vandy, eu te odeio tanto.

Faço um beicinho.

– Só porque não sou eu que corrijo suas provas de macroeconomia?

– É micro, e... – Ela me dá um tapa no braço. – Ai, meu *Deus*.

Suspiro de um jeito bem dramático e bato o dedo no queixo.

– Talvez eu devesse avisar à esposa do treinador Sima.

– Avisar *o quê*?

– Sobre esse seu apetite insaciável por educadores mais velhos, é claro.

Ela dá mais uma risada e, quando chegamos à festa, a música já tocou duas vezes e estamos as duas chorando de rir.

CAPÍTULO 20

Alguns estudantes atletas conseguem tirar notas altas, se sair muito bem em seus esportes e ainda manter um calendário social animado para cultivar amizades duradouras.

Não é o meu caso.

No ensino médio, o meu bordão era "Desculpe, estou ocupada", a ponto de vários amigos de Josh terem *se assustado* quando apareci com ele no baile de formatura. Ainda me lembro do desconforto quando ouvi amigas dele comentando, de dentro da cabine do banheiro, entre risadas: *Ela não tinha o compromisso de se jogar de um penhasco hoje?*

Não levei para o lado pessoal. Josh era extrovertido, gentil e tinha um monte de amigos que eu nunca me dei o trabalho de conhecer. Eles deviam me considerar mais uma atleta arrogante, e talvez não estivessem errados. Naquela época, eu me sentia invencível, como se só precisasse fazer meu trabalho e logo fosse colher as recompensas. Eu me sentia *no controle*, feita de aço, e as pessoas que zombavam da minha dedicação aos saltos, aos estudos ou a *ter sucesso*, jamais iam chegar aos meus pés.

Mas aquela armadura já não existe mais, desapareceu com o tempo, a lesão e a compreensão dolorosa de que merecer e obter são verbos muito diferentes. Quando entro na casa dos Shapiro atrás de Pen e vejo Kyle arregalar os olhos, chocado, é um pouco doloroso.

– ScarVan? – grita ele por cima da música pop genérica que está tocando. – Aparecendo numa *festa*?

Ele parece um bibliotecário de livros infantis vendo sua autora favorita aparecendo sem avisar: feliz, mas chocado.

– É assim que as pessoas me chamam? – cochicho no ouvido de Pen.

– As pessoas? Não. Kyle? Ele ficou me chamando de PenRo durante metade do segundo ano. Não deixa ele perceber que você não gosta, senão o apelido pega para sempre e ele vai usar no seu funeral. E, sim, ele vai dar um jeito de discursar no seu funeral. Ele é *desses*.

Aceito o conselho e abro meu sorriso mais despreocupado.

– Oi, Kyle.

– Olha só para você. – Os olhos dele percorrem meu suéter e o short. – Não te vejo com roupas de civil há anos.

– Ela estava cumprindo o período de luto tradicional da religião dela – diz Pen, com a voz solene.

Kyle leva a mão à nuca, surpreso.

– Nossa, cara, desculpa. Quem foi que você, hã, perdeu, se não se importa que eu...

– Ela se importa – rebate Pen.

O garoto faz uma careta, rouba uma latinha de Budweiser fechada de um calouro que está passando e me entrega.

– Aqui. Fica bem, ScarVan.

– Não ri – diz Pen no meu ouvido, beliscando minha barriga. – Kyle, cadê o Luk?

– Ele e Hasan estão falando de futebol... sem ser o americano... em algum lugar lá na sala. O papo está tão europeu que tive que sair antes que meu pau se transformasse num bidê.

– Até mais, KyJess.

Pen me pega pela mão e vai me puxando pela casa. Devem ter umas trinta ou quarenta pessoas aqui, e embora eu provavelmente só saiba o nome de um quinto delas, a maioria dos rostos me é familiar.

– Todos os nadadores vieram – comenta Pen, sorrindo, como se fosse algo *bom*.

E é, eu acho. Eles são bem unidos. Saem juntos todo fim de semana nesse período de pré-temporada. É legal, só que...

– Lá está o Luk – diz ela, me puxando por entre uma multidão de corpos gostosos demais.

Ele está no sofá junto com Rachel e alguns outros, segurando uma garrafa escura e totalmente concentrado no que Hasan está dizendo. Lukas ri, balança a cabeça e faz muitos gestos ao explicar alguma coisa. A memória da mão dele em minha pele é tão visceral que sinto meu coração quase explodir.

– Banheiro – digo para Pen. – Já volto.

Apenas não estou no clima para isso. E com *isso* quero dizer o modo como Lukas olha para mim, como se conseguisse enxergar aquele papel bem dobradinho lá no fundo da minha cabeça, onde escrevi todos os meus segredos. Como se conseguisse desdobrá-lo facilmente para ler todas as palavras.

Ele é irritante. E é também algumas outras coisas com as quais prefiro não lidar.

Vou até a cozinha. Vários dos nadadores sorriem e me cumprimentam, mas não consigo concluir se eles não sabem muito bem quem eu sou ou se estão surpresos em me ver. Dou um gole na cerveja e tento não ficar criando fanfics na minha cabeça baseada nas menores expressões faciais das pessoas até me convencer de que todas me odeiam. Queria tanto só poder pesquisar isso no Google.

Quando foi a última vez que fui a uma festa desse tipo? Talvez na viagem de recrutamento, quando um veterano botou uma lata de White Claw na minha mão e eu fiquei apavorada – em parte com medo de que alguém dedurasse para os treinadores que eu tinha bebido e em parte que... dedurassem que eu era covarde demais para beber.

Bree me encontra logo depois, e desejo feliz aniversário, retribuindo o abraço dela meio sem jeito.

– Estou muito feliz em te ver aqui – diz ela. – Bella está arrasada porque Victoria não vem.

– Estou muito feliz de estar aqui também.

Não é verdade, mas passar os vinte minutos seguintes conversando com ela ajuda a melhorar as coisas. Nos quinze minutos depois disso, a conversa é com um nadador que fez dupla comigo numa aula de química do ano passado, durante sua viagem de recrutamento, mas ele está obviamente querendo ficar com um outro cara do time. Quando fica óbvio que estou atrapalhando os dois, dou a desculpa do banheiro mais uma vez e saio dali. No andar de cima, encontro um pequeno solário e me jogo numa poltrona Poäng da Ikea – exatamente igual à que Maryam e eu montamos ano passado numa comédia de erros macabra que quase acabou em assassinato mútuo. Nem acredito que conseguimos superar aquilo.

Dou uma olhada no celular e, nossa, que erro. A vida social de Herr Karl Heinz deve ser tão animada quanto a minha, porque há quatro minutos ele publicou os resultados da nossa última prova de alemão. Eu sei muito bem que não deveria olhar, mas faço isso e estrago o resto do meu dia.

Porque é um C. E veio com uma mensagem.

> Scarlett - posso te chamar de Scharlach? Me avise se quiser conversar sobre formas de melhorar seu desempenho. Eu adoraria ver você se saindo bem, e não há vergonha alguma em pedir ajuda. Viel Glück!

Cruzo as pernas na poltrona Poäng e enterro o rosto nas mãos.

Houve uma época, não muito tempo atrás, em que eu não *precisava* de ajuda.

Eu era uma saltadora competente.

Eu tinha um namorado e tirava boas notas.

Houve uma época em que tudo estava sob controle. E então eu devo ter tirado o livro errado da torre do Jengabunda, porque tudo está desmoronando e...

– Noite difícil?

Não preciso olhar para saber que é Lukas, mas olho mesmo assim, detestando o rubor que imediatamente toma minhas bochechas. Ele ocupa todo o batente da porta de uma maneira que mal compreendo, ameaçador, iluminado por trás, de um jeito que realça as linhas fortes de seu rosto devastadoramente lindo. Os braços musculosos seguram os dois lados do batente, e ele está descalço mais uma vez, embora ninguém tenha pedido isso aos convidados.

– Está tudo bem, é só...

Ele levanta a sobrancelha, curioso, e eu paro de falar.

– Pen estava te procurando – diz ele.

– É? Ela está... estamos indo embora?

– Só para ver se estava tudo bem. – Ele abre um sorriso gentil. – Ela é meio protetora com você.

Ela tem sido um amor, realmente. Me colocou debaixo da asa. Eu me pergunto por que foi *Lukas* quem veio me procurar, mas, como sempre, ele lê a minha mente.

– Eu só estou tentando evitar que me ofereçam cocaína pela terceira vez – diz Lukas.

– Os agentes de doping iam adorar.

– Até considerei cheirar uma carreira, só para eles terem assunto.

Dou uma risada silenciosa. Sinto um pouco da tensão se dissipar.

– Eu já ia voltar lá pra baixo – falo. – Só estou... estou cansada, eu acho.

– O teste deixa a gente assim mesmo.

Como é que ele...?

– Pen te contou? – pergunto.

– Você contou.

– Quando... ah. – Na quarta-feira. O Dia. O Dia Em Que Ele Me Tocou. – É tão *selvagem*.

– É.

– Sinto que eu poderia dormir umas cem horas.

– Hipérbole?

Rio com deboche.

– Dessa vez, não.

– Imaginei. Acha que foi bem?

– Acho que eu preferiria arrancar meu próprio fígado, como Prometeu, a ter que fazer de novo, então é melhor que eu tenha ido bem. Mas duvido. E ainda tirei um C na prova de alemão – acrescento, embora não devesse, porque ele não perguntou.

Tento soar autodepreciativa, como se não me importasse muito com essa minha recém-adquirida inabilidade de... de ser *funcional*.

É claro que ele percebe.

– Muitas faculdades de medicina não têm língua estrangeira como requisito, Scarlett.

É tão irritante e cativante o modo como meu nome é distorcido pelo sotaque que sai *de dentro* da boca de Lukas.

– Mas pega bem.

– Assim como uma média quase perfeita.

– Eu não tenho...

– Tem, sim.

Eu aperto os lábios.

– Como é que você sabe...

– Não sei. Mas você não é o tipo de pessoa que deixa isso ao acaso.

Eu faço que sim, querendo que ele vá embora – ou que entre de uma vez. É confuso isso de ele estar bem no limite da porta. *Ele* me confunde.

– Por que você fez aquilo? Na quarta-feira?

Essa pergunta é muito mais obra da Budweiser do que minha. Mas enquanto ela paira no ar entre nós, percebo o quanto preciso da resposta. Se ele fingir que não entendeu, eu vou gritar. Alguma coisa louca e perversa vai sair da minha garganta e fazer com que todas as pessoas desta casa subam as escadas correndo. Vai ser muito libertador.

Lukas, no entanto, não me dá essa satisfação.

– Porque parecia... que você estava precisando ser tocada.

Eu o encaro. Atônita.

– E que estava solitária – acrescenta ele.

Ele se afasta do batente da porta e *enfim* entra. Meu cérebro está zunindo, e então fica completamente em branco.

– Um pouco faminta também – conclui Lukas.

Ele não está falando de comida.

– Você...

Eu balanço a cabeça. *Cadê* o filtro desse homem? Ele nasceu sem? Como é que Pen se acostumou com isso?

– Você nem me conhece – completo.

– Não conheço. E mais ninguém aqui te conhece também, o que prova meu argumento.

Ele para a cerca de um metro de mim e o cômodo encolhe para a metade do tamanho original.

Eu tenho dois caminhos a seguir. Posso fazer a indignada, sarcástica, jogar um "Quem você pensa que é?", e estaria totalmente no meu direito. Mas, cansada como estou, só quero compreendê-lo.

– A forma como você age comigo... como agiu na quarta-feira. É algum tipo de jogo? Não consigo entender se você está dando em cima de mim ou só... É porque eu não aceitei a proposta daquele e-mail? Está tentando me convencer de que cometi um erro?

– Não tenho nenhum interesse nisso.

Devo parecer cética, porque ele continua:

– O que eu quero de você exige consentimento entusiasmado, e não *convencimento.*

Esfrego os olhos, tentando compreender essa confusão.

– Está tentando me usar para se vingar de Pen por ter terminado com você?

Ele parece achar graça.

– Seria uma maneira muito ineficaz, já que foi ela quem sugeriu que eu e você fizéssemos isso.

– É uma coisa de ego, então? Eu sou a primeira pessoa que já rejeitou você na vida? Eu sei que com todas as medalhas, sua aparência... mas a questão é que nem *toda* garota te acha gato...

– Mas você acha.

Dessa vez, solto um arquejo ultrajado.

– Ah, fala sério. – Ele dá um sorrisinho fraco. – Você está sempre corando ou se remexendo. Ou faz o maior esforço para não olhar para mim, ou então fica me encarando.

– Eu só sou esquisita mesmo...

– Você é. E também fica desconfortável perto de homens. Mas isso aqui é diferente. Não preciso ter um ego estratosférico para perceber, não quando a sua cara... Você não é boa em esconder as coisas, Scarlett. Dava para perceber quando você nem sabia que eu existia, e deu para perceber quando você começou a me notar.

Sinto um buraco no estômago e quero tanto, mas *tanto* negar que minha garganta até coça. Em vez disso, enterro o rosto nas mãos e finjo que isso aqui, as últimas duas semanas, os últimos dois *anos*, não aconteceram. Vou dormir aninhada no abraço gostoso dessa poltrona Poäng e acordar de novo como caloura, no dia das finais da liga universitária.

Uma nova chance. Não vou errar aquele revirado, nem cortar aquela franja horrorosa, e *nunca* perceber a existência de Lukas Blomqvist.

Que neste momento está segurando meus pulsos e baixando minhas mãos. Ele se ajoelha diante de mim, mas ainda assim consegue ser imponente. Não sou uma criaturinha frágil, mas suas mãos envolvem meus antebraços por completo, e sinto um calor se espalhar pelo meu corpo. Fica pior quando ele estende a mão e, com o nó do indicador, levanta meu queixo, me obrigando a encará-lo.

Fico esperando um olhar de triunfo, talvez até de zombaria, mas ele parece genuinamente confuso.

– Por que está com vergonha disso?

Solto um grunhido.

– Talvez porque eu não queria colocar mais lenha na fogueira da arrogância já bem grande de um cara?

– Não é isso.

Fecho os olhos com força.

– Isso nunca me aconteceu – falo.

– O que nunca aconteceu?

Eu engulo em seco. Essa conversa toda é tão... *direta*.

– Eu nunca me senti atraída por alguém por quem praticamente todas as outras pessoas do universo também se sentem.

– Você acha que eu *ligo* se outras pessoas se sentem atraídas por mim? – pergunta ele.

Ele parece quase ofendido pela ideia. Mas...

– Acho?

– Por que eu ligaria?

– Eu... Porque sim?

– Não, falando sério. – O sotaque dele parece ficar um pouco mais forte. – Por que eu me importaria se *todas as pessoas do universo* se sentissem atraídas por mim? O que eu ganharia com isso?

– A certeza de que esse saco de pele e músculos com o qual você caminha sobre as terras verdes de Deus é interessante para elas, e que elas... sei lá, transariam com você se você quisesse?

Ele segura meu rosto pelo maxilar, seu polegar bem embaixo dos meus lábios.

– Fala sério, Scarlett. – Ele dá um sorrisinho. – Você sabe muito bem com quem eu quero transar.

Sua voz grave faz meu corpo todo acender e não deixa qualquer espaço para mal-entendidos.

– Olha só para você. – A expressão dele fica mais serena, quase afetuosa. – É tão difícil de acreditar que eu te vi e achei que você precisava ser tocada?

Não consigo respirar.

– Como você chegou a essa conclusão?

– Não tenho a menor ideia. Mas eu te vi e fez sentido para mim. E quanto mais eu te olhava, mais entendia o quanto você se esforçava. O quanto todo o seu trabalho compensava, até que parou de compensar. O quanto você detesta caos. Você quer ter controle sobre todos os aspectos da sua vida e, ainda assim, está saindo dos trilhos. E isso tudo foi *antes* de saber que você curtia fetiche.

Seu polegar pressiona meu lábio, irradiando uma eletricidade por todo o meu corpo. Respiro fundo, o cheiro de sândalo, cloro e cerveja invadindo meus pulmões e meu cérebro.

– Sabe o que me deixa maluco? – Deve ser uma pergunta retórica, porque ele continua: – Você está à vontade comigo. Não sei se você percebe, mas sua tendência é se aproximar de mim quando há outras pessoas em volta. Às vezes você procura por mim, como se quisesse se sentir segura. E estamos sozinhos agora, sem qualquer sinal de angústia ou aflição, e... em algum momento, você escolheu *confiar* em mim. Entende por que isso mexe tanto comigo?

A voz dele parece começar no peito, subir pelos nossos braços e terminar no rubor das minhas bochechas, espalhando-se no meio das minhas pernas.

Para pessoas como eu, como ele – como *nós* –, a confiança é a moeda mais valiosa que existe. Eu assinto, meio tonta.

– Porra, ainda bem – diz ele.

Ele solta o ar, e meus lábios se abrem sob seu polegar, meio sem querer.

Isso lhe dá uma ideia, ou talvez fosse seu plano desde o início. Ele enfia o dedo na minha boca, dobrando-o sobre os meus dentes, grande, quente e salgado sobre a minha língua. Arfo, meio engasgada, e noto a sensação em mim, eletrizante, doce. Lukas poderia fazer o que quisesse comigo e eu deixaria. Enfiar o dedo mais fundo na minha boca. Levantar, abrir o cinto, as calças, me segurar pelo cabelo e...

Ele se afasta, e é como o primeiro salto do treino da manhã – a água gelada batendo no corpo e me acordando. Ele se levanta, vai até a porta e se recosta no batente. Cruza os braços, tranquilo, despreocupado. Eu estava, e talvez ainda esteja, pronta para fazer coisas indizíveis para ele. Num cômodo aberto. Com umas trinta ou quarenta pessoas a uma escada de distância. Era só ele pedir.

A vergonha corrói o tesão em meu ventre.

Acho que estou desesperada *nesse nível*. Acho que eu até me jogaria no meio do trânsito da interestadual.

– Tudo bem.

A voz de Lukas me tira dessa espiral de culpa e vergonha. Seu olhar é autoritário. De quem está tomando decisões. Estabelecendo um roteiro de acontecimentos.

– Nós temos que... Vamos fazer o seguinte. Você tem duas opções. É só não dizer nada, e nunca mais vamos falar nesse assunto. Eu e você vamos nos encontrar no Avery, trabalhar juntos no projeto da Olive, como você quiser. Mas essa conversa e as anteriores nunca aconteceram. Pen nunca ficou bêbada, nunca me contou sobre você. Eu nunca notei a sua existência. Nunca te toquei.

Nesse assunto, disse ele. *Assunto*. Tão vago. Mas eu entendo exatamente o que ele está dizendo.

– E a outra opção? – pergunto, surpresa com a firmeza da minha voz.

– É só você dizer e...

O maxilar dele fica tenso. Fico maravilhada ao ver como a luz marca os traços de seu rosto.

– Vamos decidir um lugar e um horário para nos encontrarmos.

É uma mudança sutil, mas ele pressiona o punho sob o cotovelo, os nós dos dedos brancos. É um sinal, uma *promessa*. Sinto arrepios.

– E vamos negociar.

Ele me dá todo tempo do mundo para responder, e ainda mais um pouco. Fica relaxado, sem pressa, tranquilo, e estou chocada com o quanto quero falar alguma coisa, com o quanto é difícil. Não consigo pensar com clareza em meio aos batimentos acelerados do meu coração. Sinto uma mistura de medo de cometer um erro, medo de *não* cometer um erro, e medo puro instalado bem no meu peito.

Ele me dá todo o tempo de que preciso e, quando eu o encaro num silêncio impotente, Lukas mantém sua palavra. Há um breve momento de tensão em seu rosto, mas ela se dissipa de imediato. Ele abre um sorriso acolhedor.

– Te vejo por aí, Scarlett.

E então ele vai embora, descalço, confiante como chegou.

Eu, no entanto, sou uma covarde.

Fico me martirizando durante cinco minutos e levo mais dez para me recuperar e descer as escadas. As luzes estão mais baixas e a festa inteira está reunida na sala, ao redor de um bolo decorado com velas demais.

– ... como pensou nisso? – pergunta alguém.

– Sei lá... Como Bree está fazendo 22, e Bella está fazendo 22...

– Você colocou *quarenta e quatro* velas no bolo?

– Não é assim que funciona, Devin.

Kyle dá um tapinha nas costas de Devin.

– Fala sério, Dale, deixa o garoto mostrar que sabe matemática.

– Já está na hora de cortar esse bolo *incrível*? – grita uma garota perto de mim.

Não há cadeiras suficientes para todo mundo, e Pen está sentada na perna de Lukas, inclinada para a frente conversando com Rachel. Atrás, Lukas está novamente conversando com Hasan. É como se nunca tivesse saído dali.

Idiota, digo a mim mesma. *Idiota, idiota, idiota.*

– Na verdade, tem uma surpresa que estamos ensaiando há um tempo.

Devin abre espaço no centro da sala e olha para Kyle, que está com o celular em punho.

– Fizemos uma *coreografia* para vocês – diz Dale.

A sala é preenchida por gritos, resmungos, assobios e palmas. Bree se levanta correndo e quase derruba o bolo no chão.

– Ai, meu Deus, é do BTS?

Mais gritos entusiasmados.

– Mal posso esperar para responder à pergunta do treinador sobre *como* foi que eles distenderam o quadríceps e ficaram de fora da temporada – diz Lukas.

– Só não coloca o BTS no meio – sugere Hasan. – Fala que eles estavam fazendo uma *lap dance*.

– Calem a boca, seus idiotas – ordena Pen. – Vai ser incrível!

– Obrigado, Pen. – Dale acena para ela. – Pelo seu apoio e por nos ajudar a melhorar essa coreografia durante vários ensaios. Você é uma amiga de verdade, ao contrário do seu namorado e do namorado *dele*.

– Gente, o prazer foi meu.

Lukas e Hasan trocam acenos de cabeça e...

Eu estou sempre à margem, sempre afastada do que está acontecendo. Nunca me importo com isso. Mas esta noite, ao ver Lukas rindo com os outros, algo ganancioso se abre em meu estômago.

Um pouco faminta também, disse ele lá em cima. Mas acho que é mais do que um pouco.

Acho que estou com uma *fome voraz*.

A música começa e, junto com ela, alguns passos de dança bem questionáveis. Risadas. Quase todo mundo pega o celular, e eu faço o mesmo. Só que não para filmar. Não estou nem assistindo. Em vez disso, abro um e-mail antigo, aperto em responder e digito três palavras:

Quando e onde?

Devin e Dale rebolam. O celular de Lukas acende em cima da mesa. Vejo que ele dá uma olhada distraída. Então olha de novo quando entende do que se trata.

Ele nem precisa procurar na multidão. Levanta os olhos diretamente para mim e, quando assente, eu finalmente consigo abrir um sorriso verdadeiro e genuíno.

CAPÍTULO 21

O treino na piscina nas manhãs de segunda-feira costuma ser bem relaxado, com os atletas retomando o ritmo aos poucos depois do dia de folga. Mas, *nesta* manhã de segunda, o clima no centro aquático está tenso.

– São os cortes na equipe de natação – conta Bree, o rosto franzido enquanto enrola a fita no pulso. – Estão terminando a lista da escalação.

– Mas já?

– Me surpreende todo ano também.

No vestiário, a animação dos nadadores parece forçada, e fico me perguntando como eles conseguem lidar com isso. Eu sou a única que chora no chuveiro, que está sempre com falta de ar e que abre a geladeira na esperança de abrir um portal para alguma sociedade tipo Nárnia, de onde os esportes de competição foram banidos?

E o alemão também.

A caminho do café da manhã, eu ouço:

– Scarlett. Tem um minutinho?

É Lukas. Claro que é. Mais ninguém me chama pelo meu nome. Paro na entrada do Avery e tento não ficar com o rosto corado nem me lembrar de quantas vezes conferi meu celular, e-mail e até a caixa de correio física durante o dia de ontem, esperando que ele entrasse em contato. Maryam me perguntou se eu tinha cheirado cola, o que levou a uma briga de vinte minutos para determinar se a agência antidoping dos Estados Unidos consideraria isso condenável.

Eu *poderia* fingir que mudei de ideia nas 24 horas que ele passou me ignorando, mas provavelmente isso só o faria rir.

– Claro – respondo.

Vou até ele. Noto seu cabelo, ainda molhado do treino. As sardas que pontilham seu nariz e maçãs do rosto. A camisa de compressão que ele usa e faz maravilhas por seus braços grossos, e é ainda mais lisonjeira com seu peito.

– Tudo bem?

– Você conhece o Johan?

Ele aponta para o cara ao seu lado, que reconheço como O Outro Sueco. Ele poderia ser primo de Lukas, só que loiro.

– Sou a Scarlett, prazer em te conhecer.

Sorrio e estendo a mão. Ele me cumprimenta e diz:

– Prazer em ver você também, mas já nos conhecemos.

Merda.

– Ah. Hã, é, claro, eu...

– Não leva para o lado pessoal, Johan. Ela também não se lembrava de ter me conhecido.

O sorriso de Lukas, algo entre terno e sarcástico, me deixa com as bochechas coradas. Ele e Johan têm um breve diálogo em sueco que termina com Johan assentindo e depois sorrindo para mim como se fôssemos mais do que meros conhecidos que se esbarraram uma – não, *duas* vezes. Como se ele soubesse *alguma coisa* a meu respeito.

Ergo os olhos para os dois. Poderiam estar falando sobre o mercado de ações, sobre seus pentâmetros dactílicos favoritos ou o tamanho dos meus peitos. Não tenho como saber. Será que ouvi a palavra *gnomo*?

– O que foi isso? – pergunto quando Johan vai embora.

– Ele me perguntou se estamos juntos.

Será que ele sabe que Lukas e Pen terminaram?

– E o que você respondeu?

– A verdade.

– Que é?

Estou começando a desconfiar que as conversas com Lukas Blomqvist terminam a seu bel-prazer, porque ele não responde. Em vez disso, enfia a mão no bolso e me entrega um papel dobrado duas vezes. Eu abro e...

Ai, meu Deus.

Com as bochechas em chamas, aperto o papel contra o peito. Bem onde meu coração bate *muito acelerado.*

– Sabe o que é isso? – pergunta ele casualmente, como se estivesse calculando um orbital molecular, e não...

– Tchau, Luk!

Um pequeno grupo de nadadores passa por nós.

– Até mais, Gringo – diz outro grupo vindo mais atrás.

– Bom trabalho hoje, pessoal – responde Lukas. Depois, ainda olhando para os companheiros de time, mas em voz baixa, ele diz: – Respira, Scarlett.

Estou tentando. Estou *tentando*, mas não é fácil.

– Vamos ter que trabalhar nisso – comenta ele.

– No-no que? – gaguejo.

– Nessa sua tendência de deixar seus órgãos vitais entrarem em greve quando acontece alguma coisa inesperada. Seus neurônios não vão aguentar tantos eventos anóxicos.

Estamos no meio do hall de entrada do nosso local de trabalho. A voz de Lukas é calma e baixa. E na minha mão...

Na minha mão há uma lista das coisas mais depravadas que duas pessoas podem fazer uma com a outra.

– Sabe o que é isso? – repete ele, paciente.

Eu assinto e me obrigo a respirar fundo. *Aqui, cérebro, toma um pouquinho de oxigênio, glicose e... pornografia?*

– Estou familiarizada, sim.

Só fui pega de surpresa. E não é minha culpa se a primeira coisa que li foi *cumplay*, brincadeiras com sêmen. É uma mudança de cenário bem dramática: pulamos de falar sobre sexo nos termos mais vagos possíveis para um pedaço de papel onde se lê *Daddy Dom, Little Girl.*

– Já usou uma dessas?

– Na verdade, não. Eu...

Para ser sincera, eu já pesquisei tudo isso. E li bastante a respeito. E considerei mostrar para Josh. E então me dei conta de que alguém que ficava chocado com a simples ideia de usar grampos nos mamilos provavelmente não ia curtir uma lista de BDSM que incluía coisas como *fisting anal*, *amarras em crucifixo* e *cinto de castidade*.

– Não – concluo.

– Tudo bem para você usar agora?

– Sim. Tudo.

Muito Cinquenta tons, diria Pen com um sorrisinho.

Pen. Meu Deus. Será que a Pen sóbria ainda vai concordar com isso?

– Me manda uma mensagem quando terminar de preencher – diz ele, muito concentrado.

– E a sua lista? – pergunto.

– Eu já fiz a minha.

– Posso ver?

Um daqueles sorrisinhos.

– Está querendo copiar meu dever de casa? – indaga Lukas.

– Bom, poderia ajudar.

– E aí você não precisaria ter o trabalho de admitir os seus próprios desejos, não é?

Ele tem *toda* a razão. E estou envergonhada por ter pedido.

– Tudo bem. Eu... Obrigada por me dar isso – falo. – Te aviso quando terminar.

Faço menção de sair, mas Lukas engancha o dedo na alça do cinto da minha calça jeans e me puxa. Para perto.

– Ei – diz ele, a voz calma. – Eu preciso saber do que você precisa, Scarlett. E se eu posso te dar.

Devia ser comigo.

– E se...

– Escuta.

Ele segura meu queixo com o indicador e o polegar e o levanta. Seus olhos são de um azul calmo e impossivelmente lindo.

– Eu passei os últimos anos com alguém que não tinha o menor interesse nisso, e tenho bastante experiência em lidar com desejos sexuais que não combinam. Eu vou saber lidar se você não quiser as mesmas coisas que eu, e jamais vou te julgar pelas coisas de que você gosta. Porra, tem cada coisa que *eu* quero...

Ele solta uma risada não exatamente divertida. Passa as mãos pelo cabelo, que fica um pouquinho bagunçado.

Eu me dou conta de que talvez também seja difícil para ele admitir tudo isso. Nós dois já tivemos questões a respeito de sermos sinceros sobre o que nos excita. E, o mais importante, eu *quero* saber tudo sobre os desejos dele, então é natural que ele queira o mesmo.

– Tudo bem. – Meu sorriso é tímido, mas sincero. – Vou fazer o mais rápido possível.

– Não tenha pressa. Pense bem.

Dou uma risadinha.

– Estou me sentindo a mais lerdinha do trabalho em grupo. A última a fazer sua parte.

– Hum. Não deixa de ser verdade.

Dou uma cutucada nele. Meu dedo indicador toca a lateral de sua barriga e, por um momento, não consigo nem processar a *totalidade* do que estou sentindo. O músculo sólido, a firmeza, o choque de calor.

Porque ele pode já ter me tocado, mas eu nunca tinha tocado *nele* antes. E Lukas sabe disso também, porque o silêncio que vem a seguir é longo e carregado.

– Como vai o alemão? – pergunta ele em voz baixa.

Deixo a cabeça pender. Ele dá uma risada baixa e rouca.

– Tão bem quanto minhas outras aulas – respondo. – Não sou boa nessas coisas.

– Que coisas?

Faço um gesto meio vago.

– Enunciar Foucault? Mergulhar no mercado das ideias? Saber as diferenças entre as ondas do feminismo? *Opinar*. – Dou de ombros. – Análise de texto é muito mais difícil do que diferenciação logarítmica.

Ele me encara como se eu fosse... meu Deus. Como se eu fosse *fofa*? Não sou muito fã desse olhar condescendente. Pelo menos não deveria ser. *Toda caótica*. Sim, essa sou eu.

– Alguma coisa que eu possa fazer? – oferece ele.

– Não sei. Você fala alemão?

– Apesar do que vocês, americanos, pensam, a Europa não é um único país onde todo mundo fala...

Ergo o dedo do meio para ele em silêncio, e Lukas ri como se eu tivesse feito exatamente o que ele queria. Depois vem um outro silêncio, mais curto, mais tranquilo, até que ele diz:

– Me manda mensagem, então.

Não foi uma pergunta, mas eu faço que sim e sinto um calor pulsar e se espalhar pelo meu corpo, que tem a ver com a lista e também com... não sei bem o quê.

– Vai lá, Scarlett. Você precisa tomar café.

Certo. Sim. Eu disse a ele para onde estava indo? Não importa.

Sinto seu olhar em mim ao longo de todo o caminho até o refeitório, ainda que isso seja fisicamente impossível.

💧💧💧

Meu primeiro treino de salto sincronizado é naquela tarde.

Tento fingir costume, que não é nada de mais, mas, no ano passado, enquanto Pen e Victoria ficavam em sexto lugar nas finais do Pac-12, eu estava... em casa, provavelmente cortando as unhas do pé. Talvez maratonando *The Great British Bake Off* também. Eu sou a novata aqui, e tenho completa noção disso enquanto paro ao lado de Pen, do treinador Sima e de dois técnicos voluntários que eu adoraria que não tivessem decidido testemunhar minhas inevitáveis falhas.

Aposto que eles também adorariam estar em outro lugar, principalmente depois de trinta minutos e umas cinquenta saídas em que Pen e eu tentamos sincronizar os impulsos mais simples sem o menor sinal de sucesso. Também não ajuda o fato de termos começado fora da piscina, e de não conseguirmos olhar para a quarta plataforma portátil sem ver Victoria e seus ligamentos rompidos.

Eu sei que ela quis se afastar, e entendo que não queira ser inundada por condolências enquanto passa pelo luto da perda do esporte, mas não consigo deixar de desejar que ela estivesse aqui para fazer uns comentários sarcásticos sobre a futilidade das formas de vida orgânicas.

– Pen – diz o treinador Sima em meio a suspiros descontentes –, você está indo rápido demais. Seu impulso está uns dez centímetros mais alto do que deveria, e ainda está feio. Vandy, você está...

– Devagar demais?

O treinador coça a têmpora.

– Eu nem sei direito o que há de errado com a sua técnica. Digamos que é tudo e vamos partir do zero, está bem? Façam um intervalo, as duas. Bebam uma água. Pensem nos seus ancestrais e se perguntem se eles ficariam orgulhosos do seu desempenho hoje.

Salto sincronizado é um bicho de sete cabeças apavorante. Os pares não são avaliados apenas pelo sucesso de seu salto individual, mas também pela harmonia. Há *tantas maneiras* de perder pontos, e Pen parece estar pensando a mesma coisa. Nós nos sentamos lado a lado na beira da piscina, as cabeças baixas sobre as garrafas de água, e eu quero pedir desculpas a ela. Quero dizer que sou um caos no momento e que é tudo culpa minha. Que sinto muito não ser a Victoria, mas vou me esforçar mais, e, por favor, não me odeie.

Mas ela está em silêncio, e fico em silêncio também. Tento não ficar olhando quando ela pega o celular e começa a digitar, e me pergunto se está chateada comigo e...

As primeiras notas de "Hot for Teacher" preenchem o ar.

Minha risada é tão repentina que chego a engasgar com a água.

Todo mundo se vira para a gente com um olhar curioso, mas Pen está com os olhos fixos em mim e, depois de alguns segundos, caímos na gargalhada como se não tivéssemos acabado de levar a maior bronca da nossa vida.

O treinador não parece achar graça, mas o peso no meu peito está uma tonelada mais leve.

CAPÍTULO 22

Levo dois dias para analisar a lista.

Adoraria dizer que é porque nunca ouvi falar de alguns dos itens e precisei fazer muita pesquisa, mas a verdade é que pouca coisa dali eu não conhecia. Talvez tenha precisado passar um tempinho no Google para entender o que é *shrimping* – e saído da busca sem ter muito sucesso na empreitada –, mas já sabia o que era um masturbador sybian desde que aprendi a usar a guia anônima do navegador.

Pervertida, blá-blá-blá.

Levo esse tempo todo para analisar a lista porque cada item exige um nível absurdo de introspecção. Nunca tive a chance de ser totalmente sincera a respeito das minhas fantasias, e o resultado é que não sei muito bem quais são. Minha vida sexual com Josh era ótima: ele fazia questão de me proporcionar todos os orgasmos que eu quisesse, me ajudava a me sentir bonita e sexy, e nós ríamos *muito*. Tipo na vez em que fiquei morrendo de vergonha de contar a ele que estava menstruada e usei tantos eufemismos que ele achou que eu tinha câncer terminal. Ou quando ele comprou sem querer uma camisinha dos Minions. Seus urros de dor quando tentei bater uma punheta para ele depois de passar álcool em gel nas mãos. Esse tipo de coisa.

Mas, quando eu pedia que ele fosse mais bruto comigo, Josh sugeria que eu discutisse aquilo com a minha psicóloga para saber "se é uma boa ideia ou, sei lá, um negócio edipiano que vai estragar sua cabeça para sempre?". Depois disso, tentei fingir que não tinha certos desejos, e ele dava uns tapas na minha bunda sem muito entusiasmo de vez em quando.

Então, eu demoro 48 horas, mas na quarta-feira à noite mando uma mensagem para Lukas: Feito.

E, enfim, salvo o nome dele no meu celular.

Marcamos de nos encontrar naquela noite. Depois, na manhã seguinte. E aí, na noite seguinte. Toda vez, ele cancela em cima da hora. A única explicação: Um negócio urgente.

Eu o vejo no treino, o que significa que não está doente, lesionado nem foi expulso de Stanford por crime de atentado ao pudor. Estou começando a suspeitar que ele mudou de ideia – e aí ele falta à nossa reunião com Zach e a Dra. Smith.

– Ele não vem hoje – diz ela. – Disse que tinha... obrigações de capitão? Na hora me veio à mente o velhinho na embalagem do Cap'n Crunch. Nossa, não como esse cereal há um tempão.

Ela morde o lábio, escreve *Comprar Capitão Crunch* num de seus post-its e então passa os 45 minutos seguintes sendo fantástica em tudo que diz respeito à biologia do câncer.

Não tenho notícias de Lukas até a noite de sexta, depois de um treino difícil que me deixa de mau humor. Eu e Pen estamos sozinhas no vestiário e estou há tanto tempo tentando desembaraçar o cabelo que toda a parte superior do meu corpo dói.

– Tem planos para hoje? – pergunta ela.

Nego com a cabeça, então digo:

– Tenho uns... exercícios que minha terapeuta me mandou fazer.

– Ah, é?

Ela me olha pelo espelho. Está aplicando base no rosto, o que é um pouco exagerado para uma arrumação pós-treino.

– Pra quê?

– Meus filhos mais ingratos.

Ela franze a testa, confusa, e eu explico:

– Meus saltos revirados.

Ela arregala os olhos, como se tivesse compreendido. Não conversei com ninguém do time sobre minhas questões, mas Pen é minha parceira de salto sincronizado e deve ter percebido que não treinamos nenhum salto revirado.

Não me importo. Sei que ela entende que nossos cérebros às vezes não conseguem evitar falhar.

– E como são os exercícios?

– A maioria é de visualização. A ideia é... reprogramar meu cérebro. Substituir os sentimentos negativos que eu associo automaticamente a alguns saltos por sentimentos mais neutros.

Eu só preciso fazer o salto revirado mais básico, *mais merdinha*. O sarrafo está tão lá embaixo que chega a estar subterrâneo.

Pen larga o pincel de maquiagem. Ela segura e aperta minha mão, e eu amo, amo, *amo* que não diga bobagens tipo *Você consegue. Acredite em si mesma. Vai ser moleza. Pensamento positivo*. Ela só fica ali ao meu lado, em silêncio, os olhos verdes cheios de compreensão e uma compaixão que não é pena, e é tudo de que preciso.

Aperto a mão dela de volta. Tem algo entalado na minha garganta que preciso engolir antes de perguntar:

– E você? Tem planos?

– Na verdade... – Os lábios se curvam num sorrisinho. – Vou sair com o Professor Gato. Ele vai... fazer um jantar pra mim e... Vandy, por favor, retome o controle desse seu queixo.

Eu tento. Não é fácil.

– Como foi o último fim de semana?

– Bom. Ótimo. Nós conversamos. Falamos sobre nossas vidas. Nos pegamos. Sabe, essas coisas.

Solto algo entre um arquejo e uma risada, me divertindo.

– Vocês *se pegaram*.

– Claro que você se concentrou no único item impróprio para menores da minha lista.

Ela está rindo, visivelmente eufórica. Apoiamos os ombros no espelho, uma de frente para a outra.

– Eu gosto muito, *muito mesmo* de ficar com ele – diz ela em voz baixa, séria. O sorriso diminui um pouco, mas Pen não parece triste. – Acho que foi uma boa escolha terminar com o Lukas.

É a minha vez de segurar a mão dela.

– Estou tão feliz que você esteja feliz.

Quando o celular dela toca, Pen arruma as coisas correndo, me dá um abraço rápido e desaparece num surto de energia que é tão *ela* que não consigo parar de sorrir mesmo depois que já foi embora.

E, mais uma vez, *não* contei a ela sobre mim e Lukas.

Tentei fazer isso na segunda-feira, com aquela lista queimando no bolso do meu short. Na quarta, quando passamos um tempinho na frente do Avery e contamos histórias sobre nossos saltos da época do ensino médio. Durante o café da manhã de hoje, depois que a ajudei com o dever de química orgânica e ela leu meu trabalho de literatura.

Conte a ela, ordenei a mim mesma.

Mas contar *o quê*? Que Lukas e eu trocamos folhas de papel A4? Para depois *talvez* começar um relacionamento sexual, *se* formos compatíveis, *se* conseguirmos encaixar horários, *se* não tiver mudado de ideia, *se* não encontrar outra pessoa? É tudo tão hipotético que tocar no assunto a esta altura parece só uma forma de criar estresses desnecessários.

Rumo para casa e me pergunto se Maryam vai fazer seu showzinho de sempre caso me flagre no meio do exercício de visualização: cortar duas rodelas de pepino e botar nos meus olhos fechados. Mas recebo uma mensagem que me faz parar no meio da calçada da Stanford Way:

Livre?

É do Lukas. Minha pulsação acelera, mas rapidamente volta ao normal. Inclino a cabeça para o lado e respondo.

SCARLETT: Na Suécia eles te cobram por palavra quando você manda uma mensagem?
LUKAS: Tem uma taxa extra para emojis, mas vou abrir uma exceção pra você:
LUKAS: 🖕

Dou uma risada – um som alto que me faz olhar ao redor para checar se alguém percebeu.

LUKAS: Você está livre esta noite, Scarlett Vandermeer?
SCARLETT: Para alguém que usa a gramática corretamente? Sempre.
LUKAS: Me encontra na Verde em dez minutos.

Por que ele quer me encontrar na biblioteca? Será que é para o projeto da Dra. Smith? Será que eu... entendi errado?

Quando chego lá, Lukas já está encostado na parede ao lado do elevador. Olhos fechados, pescoço grosso, sardas aleatórias. Está usando uma calça preta e uma camiseta vermelha, mais uma vez quase a réplica da roupa que *eu* estou usando, e parece... cansado. Algo entre curiosidade e admiração me faz parar para observá-lo – *ele* e a energia ao seu redor.

– É esse o cara que ganhou as Olimpíadas? O nadador? – sussurra um garoto para um amigo.

Três meninas passam por ele, vindas da direção oposta, e lançam olhares que vão ficando cada vez menos furtivos.

Eu adoraria ganhar um ou dois títulos da liga universitária, imagina nas Olimpíadas, mas não invejo essa parte do sucesso de Lukas. Ter tanto destaque. Uma admiração genérica de gente que só se lembra da existência da natação a cada quatro anos.

– Oi – digo.

Ele abre os olhos devagar, como se estivesse voltando à vida. Por um momento, parece tão exausto que meu instinto é gritar: *Vai pra casa, pra cama, agora!* Então seus lábios se curvam num sorriso, só porque *eu* estou *aqui*, e sinto meu coração acelerar.

– Vem.

Vou atrás dele, em silêncio, até a sala de estudos, que não oferece muita privacidade com suas paredes de vidro. Todas são construídas assim – porque, imagino, bibliotecários têm diploma e coisas melhores a fazer do que flagrar adolescentes se pegando. Ou limpar camisinhas usadas.

Paro ao lado de uma cadeira, sem me sentar. Observo enquanto Lukas tira um pedaço de papel dobrado da mochila, joga sobre a mesa na minha direção e fica parado no canto oposto ao meu.

Na mesma hora sinto um calor. Ou talvez seja frio.

– Por que a biblioteca? – pergunto, os olhos fixos no papel.

– Podíamos ir para a minha casa, mas imaginei que você não fosse querer Kyle e Hasan ouvindo tudo.

Faço que sim e tento me acostumar com o fato de que a lista dele está bem *ali*. Eu poderia simplesmente pegar e *saber*.

– Scarlett. – Lukas se inclina para a frente, nitidamente se divertindo. – Nós conversamos sobre isso.

– Sobre o quê?

– Você precisa respirar.

Inspiro fundo. Encho os pulmões.

– Sim, certo. Estou bem. Eu... O que eu devia...?

– Antes de a gente começar, quero saber uma coisa.

Dou outra olhada para o papel dobrado.

– Sim?

– O que houve com seu pai?

Meus olhos buscam os dele. Sinto como se Lukas tivesse me agarrado pelo pescoço sem nenhum aviso.

– Meu pai? Que diferença isso faz? – Penso numa possibilidade horrenda. – Por favor, não diga que você está procurando algum trauma profundo que explique as coisas de que eu gosto.

Ele arqueia a sobrancelha.

– Acho que eu mereço um pouco mais de crédito que isso.

– Então por quê?

– Não precisa me contar. Não vai ser determinante. Mas claramente você tem gatilhos, e entender o que aconteceu pode ajudar a passar longe deles.

Lukas não precisa saber da história completa para isso, mas nós já fomos tão abertos um com o outro que não me importo de ele saber. *E* eu não tenho nenhum motivo para sentir vergonha. Então endireito os ombros, olho nos olhos dele e tento ser o mais objetiva possível.

– Ao longo dos anos, meu pai foi ficando cada vez mais abusivo comigo e com a minha madrasta. Já no fim, ele rastreava todos os nossos movimentos, monitorava nossas interações, nos isolou do resto do mundo e uma da outra. Ele nos diminuía. Criticava. Gritava sem motivo. Controlava as finanças. Não sei muito bem como foi que chegou a esse ponto, só sei que foi aos poucos. Barb e eu éramos ótimas em fingir que estava tudo normal e que meu pai só estava tendo uma sequência de dias ruins. Aí um dia, quando eu tinha 13 anos, Barb foi me buscar na escola. Eu comecei a chorar e implorar para não ir para casa, e ela decidiu dar um fim na situação. Ela se separou do meu pai, conseguiu minha guarda e nós duas começamos a fazer terapia.

Anos de terror condensados em algumas dezenas de palavras. Anos nos quais minha única felicidade era saltar.

– No geral, eu consigo lidar com meus gatilhos – continuo. – Não gosto de vozes alteradas, mas não é nada impraticável. E eu de fato *gosto* de ser tratada de um jeito mais bruto. Controle. Disciplina. Desde que seja em contextos específicos.

Pelo olhar de Lukas, vejo que entende o que quero dizer. Faz sentido para ele, assim como para mim.

– A única coisa que meu pai fazia... – Desvio o olhar. – Eu sei que existe fetiche em humilhação e jamais vou julgar... mas, se você quiser me chamar de feia, nojenta ou inútil...

– Meu Deus, Scarlett.

– ... então provavelmente não vamos poder...

– Ei. – Ele levanta meu queixo. – Olha para mim.

Estou olhando, quero responder. Só que baixei o olhar sem nem perceber.

– Não tenho nenhum interesse em humilhar você. Está bem?

No rosto dele não há nenhuma decepção, apenas uma promessa. Ele não me solta até eu assentir e, quando estou livre de novo, engulo em seco. Pego meu celular no bolso. Bem devagar, na esperança de que ele não perceba minhas mãos trêmulas. Tiro a capinha do telefone.

Quando Lukas vê o papel ali dentro, abre um pequeno sorriso.

– Guardou com cuidado, hein?

Coloco o papel na mesa, ao lado do dele. Não sei bem explicar esse calor pegajoso, eletrizante, que espalha felicidade por todos os meus membros toda vez que penso na lista *ali*. Todos os meus segredos. Todas as perguntas dele. O potencial para esta coisa improvável e vertiginosa entre nós, sempre ali pertinho do meu corpo.

– Como você quer fazer isso? – pergunto, um tanto ofegante demais para alguém que quer soar objetiva. – Quer colocar uma ao lado da outra e comparar ou...?

Ele estende a mão, pega meu papel e abre antes mesmo de eu terminar de formular o raciocínio, os olhos esquadrinhando a página de um lado a outro. Não há qualquer brusquidão nem pressa em seus movimentos, mas observá-lo é como estar diante de um desastre natural, algo irreversível que eu posso olhar, mas não interferir.

Eu me remexo enquanto ele lê e a pequena sala parece encolher ao nosso redor. O ar está abafado, tão quente quanto as minhas bochechas.

Pega a lista dele, digo a mim mesma. *E lê. Empata o jogo*. Mas não consigo. É o mesmo tipo de paralisia aterrorizante que me invade quando tento dar o salto revirado.

E se... não funcionar?

E se... eu fizer merda de novo?

E se... eu desperdiçar essa chance?

E se eu não for boa o suficiente?

– Eu não... – Mexo no cabelo, nervosa. – Eu experimentei um pouco com meu ex, mas não fiz muitas dessas coisas.

Ele sabe. Há uma coluna dedicada a isso no formulário, e eu a preenchi. Completei a tarefa. Mas ainda assim continuo:

– E tem algumas coisas que... dependem de como você quer abordar. Coloquei asteriscos nessas.

Lukas abaixa o papel e me olha por cima dele, perturbadoramente indecifrável. Eu engulo em seco, nervosa.

– E não entendi o que...

Não consigo terminar a frase. Porque Lukas Blomqvist dá um passo largo, me aperta contra a parede e me beija.

CAPÍTULO 23

Eu sinto primeiro nos meus ombros, repentinamente pressionados com muita força contra a parede. Podia ter acontecido o mesmo com a minha cabeça, mas as mãos de Lukas a protegeram do impacto, uma segurando minha nuca e a outra em volta do meu maxilar.

Começa bem simples – lábios colados, o peito dele junto ao meu até onde é possível, dada a nossa diferença de altura. Quando sua língua toca a minha, sinto a eletricidade percorrer meu corpo. Hesitante, gentil, experimentativo.

E então, de repente, não é mais.

De uma vez só, vira algo indecente. Profundo. Feroz. Os lábios de Lukas estão quentes. Sua língua está quente. Seus dedos segurando meu rosto estão quentes.

Meu corpo inteiro está em chamas.

Ele ouve minha respiração falhar e se aproveita disso, inclinando mais minha cabeça em um ângulo impossível para poder controlar o beijo, lamber o interior da minha boca, sem deixar passar nem um pedacinho.

Isso me toma por completo. Minha mente fica em branco. Envolvo o pescoço dele com os braços, zonza e atordoada, e ele consegue me puxar para ainda mais perto. Lukas murmura *alguma coisa*, mas não é na minha língua. Então eu me concentro em sua mão, que passeia pelas minhas costas, espalmada, como se ele quisesse sentir cada pedaço de mim, sem perder nem um centímetro. Chega até onde a barra da camisa toca a base das costas, levanta o tecido devagar, e sua pele enfim – *enfim* – toca a minha.

Enfio as unhas em seu ombro.

Um gemido sobe pela minha garganta. Um grunhido ecoa da dele.

Respiramos rápido e pesado, as bocas coladas, e a mão dele desce até meu quadril, bruta, exigente, começa a entrar pela barra da minha calça... até que ouvimos barulho lá fora.

Um carrinho sendo empurrado. Uma pilha de livros caindo. Alguém pedindo desculpas. Ficamos os dois paralisados, com os corpos tensos, por tempo suficiente para recobrar o bom senso.

Ou pelo menos *eu* recobro o bom senso. Solto os ombros dele e recuo, me recostando na parede para abrir espaço entre nós. Lukas parece ter mais dificuldade em me soltar. Mesmo depois de tirar as mãos da minha cintura e do meu rosto, ele não está disposto a se afastar. Continua ali, assomando sobre mim, como uma jaula feita de ossos, músculos e olhos famintos, os punhos cerrados contra a parede, dos dois lados da minha cabeça. As tatuagens retesam e relaxam.

Ele está tentando se controlar, mas ainda não conseguiu.

Toco as sardas que preenchem o espaço abaixo de sua maçã do rosto, e ele solta uma risada contida, pouco mais que um suspiro úmido e quente, contra a minha têmpora. Sinto um sorriso se formar dentro de mim em resposta e levanto o queixo para beijá-lo novamente. Dessa vez é lento, ainda que o coração dele esteja acelerado contra a minha pele. Seus lábios deslizam pelos meus, devagar, de um jeito quase doce, e eu seguro o tecido de sua camisa, como se dissesse em silêncio: *Estou aqui, estou com você.*

Saboreio a sensação de ter seu rosto enterrado no meu pescoço, a cosquinha provocada pela barba por fazer, o gemido grave que ele solta ao sentir o cheiro da minha pele. Seu calor, seu cheiro e seu tamanho imenso pressionados contra mim. É estranho como isso começou de um jeito louco e frenético e acabou evoluindo para algo lânguido. Tão facilmente.

– Temos que parar – digo, calma, e passo a mão pela nuca dele.

Quando Lukas se afasta, seus olhos estão abertos e sinceros. Ele puxa uma cadeira, o cabelo meio bagunçado. É um convite para eu me sentar e lhe dar um pouco de espaço.

– Você está bem? – pergunto, quando estamos os dois sentados à mesa.

Ele assente rapidamente. Quando sorrio, ele sorri de volta. Um sorriso tenso, talvez, mas sincero.

– Preciso ler a sua lista? – pergunto, os olhos no papel ainda dobrado. – Podemos só... pular essa parte?

Ele franze a testa.

– Não.

– Não, eu não tenho que ler...?

– Não, não podemos pular essa parte.

– Quem disse?

– As regras.

Inclino a cabeça.

– Quem fez as regras? – pergunto.

– Eu.

Inclino um pouco mais a cabeça.

– Acho que você não se importa com isso, Scarlett – diz Lukas.

Inclino ainda *mais*.

– É difícil acreditar que você não quer que eu tome as rédeas – continua ele –, depois do que acabei de ler.

Suas palavras são calmas, mas sinto minhas bochechas arderem. Ele tem razão. De certo modo, talvez me conheça melhor do que qualquer outra pessoa no mundo.

Não sei muito bem como lidar com isso.

– Você sabe que eu não sou uma otária manipulável, não é? – falo. – Estamos falando de sexo. Não quero ninguém mandando em mim 24 horas por dia.

O olhar dele fica mais duro.

– Scarlett, você *precisa* ler a minha lista porque a única maneira de fazermos isso de um jeito saudável e coerente é se os dois souberem o que esperar. – Ele me encara, me estudando. – Do que você tem medo? Que haja coisas na lista que *eu* quero e *você* não, e que eu vá pedir que faça mesmo assim?

Desvio o olhar.

– É o oposto, então – conclui ele.

Ele solta um suspiro e estende a mão sobre a mesa, tocando a minha num gesto carinhoso. Sinto uma onda elétrica, uma faísca, que viaja por todos os meus nervos. Estou convencida de que Lukas vai segurar minha mão, mas ele recua quase imediatamente.

Uma atitude sábia, levando em conta toda a situação. Talvez não devêssemos nem ficar sozinhos.

Ele se recosta na cadeira, os ombros mais uma vez relaxados.

– Scarlett, você...

Um celular – o celular de Lukas – toca. Ele confere quem está ligando e joga a cabeça para trás com um resmungo exausto. Mais uma vez, não é em inglês.

– Está tudo bem?

Ele coloca a ligação no mudo.

– Tenho que ir.

– Ah.

Uma mistura de alívio e decepção surge na minha barriga. Por um lado, é um respiro. Por outro, não sei se quero *não* estar com ele nesse momento.

– Tem algo que eu possa fazer? – pergunta.

Ele nega com a cabeça e esfrega o olho esquerdo.

– Dezoito pessoas foram cortadas do time esta semana.

– *Dezoito*?

– Pois é, está um caos. Alguns dos caras já haviam sido informados que tinham a vaga garantida e não estão nada felizes com isso. Os treinadores são os vilões da história, então nós é que estamos conversando com eles para tentar encontrar uma saída.

Todos os cancelamentos. *Obrigações de capitão.*

– Sinto muito.

Ele assente e se inclina para a frente, cotovelo sobre a mesa.

– Olha só, fica com a minha lista. Pode levar o tempo que precisar, mas vai ter que ler antes de nós...

Ele não termina. Mas eu entendo mesmo assim.

– Está bem.

– Não sei quando essa confusão dos cortes vai passar, mas preciso que você saiba de duas coisas.

Faço um esforço enorme para não me contorcer diante do olhar dele.

– Se você disser *pare*, eu vou parar.

Eu faço que sim. É legal da parte dele me lembrar de que...

– Não, Scarlett – continua ele. – Com certeza vamos passar por processos de tentativa e erro, mas preciso que entenda que não importa como ou onde. Se você disser *pare*, eu paro.

Fico com a boca seca.

– Repita para mim – ordena ele.

Talvez eu tenha esquecido como respirar, mas consigo dizer:

– Quando eu disser *pare*, você vai parar.

Ele assente, satisfeito.

– Quer outra palavra de segurança?

Penso a respeito do assunto e então nego com a cabeça. Sei que palavras de segurança tendem a ser peculiares e esta talvez não seja a melhor maneira de fazer isso, mas estou confiante de que não vou falar *pare* a não ser que seja isso mesmo que eu quero.

– E qual é a segunda coisa? – pergunto, escondendo minhas mãos trêmulas no colo.

Ele solta uma risadinha e se levanta, as mãos segurando com força a alça da mochila.

– A segunda coisa é que eu li a sua lista. E não tem *nada* que você queira que eu não queira mais ainda.

Ele se inclina e me dá um beijo que é ao mesmo tempo inocente e demorado. Quando ele se afasta, estou tonta e aturdida por seu cheiro e seu calor.

– Isso você não precisa repetir para mim – diz ele.

Observo-o se dirigir à porta. Um pensamento me ocorre assim que ele segura a maçaneta.

– Lukas?

Ele se vira.

– E a Pen?

Seu rosto não demonstra qualquer expressão.

– O que tem a Pen?

– Ela vai se incomodar?

– Você tem *mesmo* uma memória horrível. – Ele levanta a sobrancelha, achando graça. – Pen e eu não estamos mais juntos.

– Eu sei, mas ela também é minha amiga. Quero ter certeza de que está tudo bem por ela. Preciso que ela saiba que não estou querendo... que vai ser só sexo. Não estou querendo começar um relacionamento sério com o ex da minha amiga.

Por um momento, acho que ele vai contestar, mas, quando meu coração parece prestes a afundar, ele promete, com o rosto insondável:

– Deixa comigo.

♦♦♦

É só bem, bem mais tarde – depois do jantar, dos meus exercícios mentais e de passar duas horas assistindo a um filme de thriller político que só homens republicanos de meia-idade e Maryam parecem gostar – que eu me permito pensar na lista de Lukas novamente.

Deitada na cama, com o gosto doce da pasta de dente na boca, a exaustão do dia me puxando para o sono, e... é bom estar cansada demais para entrar em pânico. Abrir o papel e ler a letra bonita de Lukas não parece um grande problema. É até divertido.

Ele levou minha lista ao sair, então não posso colocar as duas lado a lado e passar horas fazendo uma comparação detalhada. Mas isso nem é necessário, porque eu me lembro de tudo que escrevi. E a lista de Lukas... é tipo a imagem espelhada da minha.

O que quero que façam comigo é exatamente o que ele quer fazer.

Ah, penso.

Ah.

De repente, o beijo na biblioteca faz todo o sentido. Me viro para o lado, sorrio, e pego no sono assim.

CAPÍTULO 24

O ponto alto do meu treino de sábado de manhã são os aplausos do treinador Sima depois do meu salto triplo e meio mortal de costas na posição grupada, um dos mais difíceis do meu repertório.

– Acho que talvez esse tenha sido o melhor salto que já vi na minha carreira como treinador universitário – diz ele da beira da piscina enquanto ainda estou dentro da água, secando os olhos.

Sorrio para ele, e uma onda de orgulho que não me permito sentir há meses neutraliza o frio da água.

– Isso é ótimo – continua o treinador –, já que você precisa compensar a fileira de notas zero que vai receber pelos saltos revirados.

– Uau. – Apoio o cotovelo na borda para sair da piscina. – Não acredito que eu caí nessa.

– Nem eu, Vandy. Nem eu.

Ele programou treinos individuais para hoje, portanto as gêmeas chegam bem na hora em que estou saindo do Avery. Eu me pergunto se depois delas vai ser a vez de Pen – e então recebo uma única mensagem dela.

PENELOPE: Precisamos conversar.

O ponto-final no fim da frase *não* parece muito afável. Eu devo ter feito algo muito errado e só pode ser uma coisa – que por acaso tem bem mais de um metro e oitenta e rima com Bukas Llomqvist. Encaro a foto de Pipsqueak na tela do celular e me proíbo de entrar em pânico.

Me dê forças, Pip.

Pen está sentada na grama verde-apesar-do-tempo-seco em frente ao refeitório, comendo uma maçã. De óculos escuros, sua expressão é difícil de decifrar, mas sua boca está contraída numa linha séria.

– Ei.

Tento abrir um sorriso e me sento ao lado dela, com o rosto na direção do sol.

– Como você es...

– Vandy.

Ela não olha para mim, mas segura a maçã com mais força. Seu tom de voz... não é muito promissor.

– Não sei como dizer isso sem soar como uma escrota.

Merda.

– Sei que provavelmente é injusto da minha parte, mas não vou conseguir superar até falar o que tenho para falar. – Ela se vira para mim. – E você me deve isso, me ouvir. – Ela abaixa os óculos escuros, o rosto sério. – Porque...

Ela balança a cabeça, e o peso no meu coração é tão imenso que vai me puxar para debaixo da terra, bem lá no centro do planeta, onde eu mereço queimar, porque Pen, que eu começava a considerar uma amiga muito próxima, está...

Rindo?

– Eu te avisei. Eu te avisei. Eu te avisei... *Eu te avisei.* Quem te avisou? Eu. Moi. Penelope Diana Ross, porra, senhoras e senhores e amigues não bináries, *fui eu*!

Ela começa a fazer os passinhos de dança mais descoordenados a que já tive o desprazer de assistir.

Eu vou matar a Pen.

– Eu te odeio *tanto* – sibilo, sentindo uma onda de alívio.

– Odeia nada, você me *amaaaaa*.

– Acabei de perder doze anos de vida!

– É melhor assim. A mudança climática vai destruir o planeta mesmo, e os czares das máquinas vão nos subjugar e cortar nossos dedos. Enfim, não quero me repetir, mas... eu te avisei.

Eu solto um grunhido e enterro o rosto nas mãos.

– Lukas te contou? – pergunto.

– Contou. Ele me ligou hoje de manhã e disse: "Seu desejo de bêbada vai se realizar, Penelope", e adivinha como eu respondi?

– "Eu te avisei" umas 73 vezes?

– Exatamente.

Abro um sorriso cauteloso.

– Está mesmo tudo bem por você seu ex transar com *sua parceira de salto sincronizado*?

– Falando desse jeito, de fato parece estranho. – Ela dá uma risadinha. – Posso ser sincera com você? Tipo, total, 100% sincera, sem direito a julgamentos?

Eu faço que sim. Um novo peso ameaça se expandir na minha barriga, mas o sorriso de Pen é sereno.

– Fui eu quem tomou a iniciativa de terminar e estava meio preocupada com ele. Lukas tem dificuldade com a vida de solteiro, e odeio a ideia de ele estar sozinho enquanto estou me divertindo por aí. Ele é ótimo. Quando mais ninguém queria nada comigo e eu achei que minha carreira nos saltos tinha acabado, ele ficou do meu lado. Ele é leal. Gentil. Ainda é meu melhor amigo. Mas tenho que admitir que ele não é exatamente... passional. Acho que é difícil, para alguém frio como ele. Mas parece que vocês estão mais interessados no sexo e nas coisas de que vocês gostam... – Ela abaixa a voz. – É difícil romantizar levar umas chicotadas, não é?

Eu hesito. Ela acabou de...

– Adoro o fato de que vocês dois vão poder ser pervertidos juntos – diz Pen. – Parabéns, minha amiga.

Para ser sincera, ela tem razão. Eu gosto muito de Lukas e sem dúvida não o vejo como uma pessoa fria, mas também não tenho energia emocional suficiente para desenvolver sentimentos por ele. Nada além de tesão, pelo menos.

– Enfim... – diz Pen. – Já que estamos falando de safadezas... Como você sabe, eu também adquiri um novo amante.

Eu me retraio.

– Que frase *horrível.*

– Não é? Já que Luke é meu melhor amigo, você é a única pessoa para quem posso contar minhas aventuras sexuais.

Eu saboreio isso, o prazer tranquilo de que alguém queira compartilhar segredos comigo.

– E como vão as coisas?

Ela se deita na grama, e eu faço o mesmo. Olhamos para o céu por um minuto, em silêncio, até que ela fica de bruços e se apoia nos cotovelos. O brilho do sol vem direto nos meus olhos, e eu levanto a mão para protegê--los, como se fosse uma viseira.

– Quando eu e Lukas começamos a transar, éramos novinhos e não tínhamos a menor ideia do que estávamos fazendo. Teve uma curva de aprendizado, sabe? Mas com o Theo...

– Theo, o Professor Gato!

– É. Theo, o Professor Gato. – Ela dá um sorrisinho. – É como se tudo tivesse se encaixado. Eu gosto que ele seja um pouco mais... – Ela suspira. – Eu gosto muito dele. Luk é tão *avassalador*, às vezes. Mesmo quando está tentando ativamente *não* ser. Às vezes, ele só está sentado estudando e ainda assim consegue absorver todo o ar da sala, e eu... meio que fico perdida ali. Me esqueço de mim mesma. Me esqueço de ser meu próprio planeta e começo a orbitar ao redor dele. E acho que, para ele, isso parece normal, ser esse monólito de energia *hostil*, mas Theo é muito mais tranquilo e... – Ela morde o lábio. – Ele me chama de "meu bem".

– Ah. E isso é bom?

Ela dá de ombros, meio envergonhada.

– É meio batido, eu sei, mas Luk nunca me chama de nada a não ser *Penelope*. – Ela pronuncia o nome com um leve sotaque sueco. – Não é da natureza dele ser afetuoso. Já Theo, o Professor Gato, é. E eu dormi, *dormi* mesmo, na casa dele.

– Você não dormia na casa do Lukas?

– Não muito. Não se a gente pudesse evitar. Nós dois somos chatos para dormir. Mas com Theo foi legal.

Eu faço que sim. Estou feliz por ela. Estou feliz que Pen tenha conseguido o que queria. Olhamos uma para a outra, seu cotovelo tocando meu ombro, o silêncio da tarde de sábado do campus suave sobre a nossa pele. Há risadas à distância, passarinhos, um farfalhar de folhas.

E então me lembro de uma coisa.

Eu me sento. Quase me engasgo com a minha própria saliva.

– Seu nome é Penelope *Diana* Ross?

CAPÍTULO 25

É um belo sábado, porque não tenho nada marcado para fazer.

Depois de almoçar com Pen, vou para casa, tomo um banho demorado até conseguir convencer minha pele e meu cabelo de que não fui gerada num tanque de cloro, e então vou lavar roupa e fazer uns exercícios. Herr Karl-Heinz, que os dois lados de seu travesseiro sempre estejam quentinhos e sua fanfiction favorita seja atualizada toda noite, jogou uma luz sobre a obscura estrutura de frases do alemão. Saí do escritório dele semana passada me sentindo... ainda na merda, mas menos sozinha.

Olha só para mim. Admitindo minhas fraquezas. Aceitando ajuda.

É difícil até para os nativos, disse ele. *Sua graduação é em ciências, não é? Tente enxergar as regras como se fossem as leis básicas da biologia. Às vezes, só é preciso aceitá-las. E eu posso te ajudar.*

Consegui não cair no choro diante das implicações existenciais e muito abrangentes dessas palavras, mas decidi fazer uma anotação mental para a Scarlett do futuro. *Altamente suscetível a mensagens inspiradoras. Não pode DE JEITO NENHUM entrar para um culto.*

Estudo os materiais para a aula do Dr. Carlsen. Termino um ensaio de literatura e consigo até elaborar minha opinião sobre por que os professores deveriam ganhar mais, e em vez de apenas escrever um *porque sim, dã*, faço um texto semicoerente, de vários parágrafos, com argumentos razoáveis. Faço meus exercícios de visualização bem devagar. No fim da tarde, decido me recompensar trabalhando um pouquinho no projeto de biologia.

Não parece muito legal, mas não tem nada que eu preferisse estar fazendo. Seria legal se Lukas mandasse uma mensagem, mas obviamente ele ainda está apagando os incêndios da semana passada e, de qualquer forma, minha vida sexual no último ano e meio foi quase inexistente. Posso esperar mais alguns dias por... seja lá pelo que vem pela frente.

Zach manteve sua promessa e minha carteira de estudante me dá acesso ao laboratório vazio da Dra. Smith. Me faz gostar dela ainda mais o fato de nenhum dos seus alunos de pós-graduação sentir que precisa estar ali trabalhando feito louco numa tarde de sábado. Caminho entre as bancadas, lembrando a sensação de estar num laboratório – minha parte favorita da química orgânica. Trabalhar com compostos químicos. Cromatografia. Sintetizar aspirina. Seguir protocolos de experimentos e ver o que acontece. Mal posso esperar para me tornar uma médica eficiente, incrível e que muda a vida das pessoas, como Barb, mas espero poder fazer umas pesquisas em paralelo. Observar coisas explodirem e cristalizarem nunca vai deixar de ser divertido.

No fundo do laboratório, vejo o computador que Zach me orientou a usar. Antes que eu possa ligá-lo, ouço um barulho atrás de mim e me viro.

Lukas está sentado em um banco na ponta de uma bancada e, pela primeira vez, não parece estar vindo *do*, indo *para* ou *no* treino. Os cabelos estão clareados pelo cloro, mas não bagunçados. Sem marcas de óculos ao redor dos olhos. Calça jeans e uma camiseta escura sem o logo de Stanford.

É... perturbador. Ele é um atleta, e a maioria das nossas interações aconteceu mais ou menos nesses termos. Mas ele também é uma pessoa com interesses, hobbies e uma vida, e eu sei muito pouco sobre *esse* Lukas.

Ainda assim, abro um sorriso.

– Oi?

– Oi.

– Onde você... Você entrou atrás de mim?

Ele nega com a cabeça.

– Hum, está bem. Eu vim para... – Aponto para o computador atrás de mim.

– Pegar as imagens para os dados de entrada?

Faço que sim.

Ele levanta a mão esquerda e mostra o pendrive entre o polegar e o indicador.

– Ah, ótimo – falo. – Vamos ter que...

– Mudar a orientação das imagens.

– E...

– O tamanho também.

Ele completa minhas frases sem pressa, como se terminar meus pensamentos fosse algo natural. Nós nos encaramos por um momento de silêncio. Parece uma competição e, quando curvo os lábios primeiro, percebo que ele ganhou.

– Acho que Pen tem um bom argumento – pondero.

– Tenho certeza de que ela tem vários – diz Lukas. – Esse especificamente é sobre o quê?

– Você é um pouco avassalador.

Ele ri baixinho, parecendo se divertir.

– Só um pouco?

– Talvez ela estivesse minimizando. Para eu não sair correndo.

– Ela é uma ótima cupido, então.

– Parece que sim.

Por que ela te considera distante? Por que não consigo conciliar o Lukas que conheço com o Lukas de quem ela fala? Mas eu não pergunto nada disso. Ando na direção dele devagar, olhando para o laboratório. É tão grande. E estamos tão sozinhos.

– O que você ia fazer com esse pendrive?

– Olha o seu celular.

Pego o telefone no bolso, e há uma mensagem dele, de alguns minutos atrás.

LUKAS: Livre?

Sorrio.

– Acabaram? – pergunto. – As obrigações de apoio emocional?

– Espero que sim. Kyle e Nate estão fazendo algumas reuniões hoje.

Certo. Os cocapitães. Chego mais perto e paro ao ver uma foto presa com um ímã na parte de cima da bancada.

– Esse é você?

Ele segue meu olhar até o menino com cabelos ao vento. Há outros três homens na foto, todos altos e fortes, com os braços ao redor uns dos outros.

– Isso.

– E os outros?

– Meus irmãos.

Eu sorrio e fico na ponta dos pés para olhar. Os irmãos de Lukas são bem parecidos com ele em altura, tamanho e estrutura corporal, com algumas exceções. Um cabelo longo e escuro. Uma barba loira. Um rosto mais redondo e lábios mais carnudos. Rugas ao redor de um nariz marcante.

Ele é, sem dúvida, o mais bonito.

E a minha opinião, sem dúvida, é um pouco enviesada.

– Você tem três irmãos? – pergunto.

– Isso.

– Todos mais velhos?

– Bastante.

– Quanto?

– O segundo mais novo é o Jan, que nasceu onze anos antes de mim. Eu fui uma surpresa.

– Vocês se dão bem? Sente falta deles?

Não sei por que estou querendo juntar essas migalhas de informação sobre Lukas, mas ele parece disposto a compartilhá-las comigo.

– Eles são ótimos. E irritantes, embora varie muito. Jan e eu somos mais próximos. Foi ele que me incentivou a nadar. Viajamos juntos com frequência. Oskar, o mais velho, ainda acha que sou menor de idade. Me define uma hora de dormir quando estou na casa dele. Mas seus filhos são fofos, então eu perdoo. E Leif... Leif uma vez me convenceu de que eu tinha doença do olmo holandês. – Eu rio, e ele balança a cabeça. – Eu sinto saudade deles, mas, quando estamos juntos, às vezes considero usar violência.

– Ter irmãos não é assim mesmo? – Não que eu tenha essa experiência. – Como foi que você conseguiu sua própria bancada sendo aluno da graduação?

– Já trabalho com a Olive há um tempo. Além do mais, ela começou o laboratório há pouco tempo, então não tem muitos alunos da pós.

– Está planejando trabalhar com ela depois da graduação? – Um pensamento me ocorre. – Você se inscreveu para a Stanford Med?

Ele assente e responde:

– É onde eu espero estudar.

– Fez entrevista?

Ele assente de novo, mas um medalhista olímpico, com uma nota altíssima no teste de admissão, e ainda com experiência em biologia computacional? Ele já está dentro. Ainda bem que nem sei a média dele, ou talvez fosse obrigada a beber uma garrafa de mercúrio.

– Quando foi?

– Em agosto.

– Você usou terno?

– E a merda de uma gravata.

Eu rio, e ele parece gostar disso.

– Escolher o que vestir deu mais trabalho do que colocar o traje tecnológico de natação – comenta ele.

– Awn. Pediu para um treinador te ajudar?

Ele tenta reprimir um sorriso.

– Você está dando muita gargalhada para alguém que vai passar pelo mesmo processo... e de *salto alto*.

– Para começar, não estou gargalhando. Só dando umas risadinhas. Em segundo... como foi?

– Não sei. – Ele percebe meu olhar cético e dá de ombros. – É inútil me preocupar. Eu entrei ou não entrei.

Eu adoraria sentir essa paz que ele tem com... com tudo, na verdade.

– E, se você ficar, vai querer continuar trabalhando com a Dra. Smith?

– Se ela me quiser. Eu gosto do estilo dela. Não se mete, mas se envolve. Confia na gente para fazer o trabalho.

– E aposto que você *odeia* alguém te controlando.

– Você nem imagina. – Ele inclina a cabeça e me analisa. – Aposto que você também odeia. No laboratório.

O que fica subentendido – *mas não em* todas *as situações* – está bem evidente, mas nos leva a um momento de silêncio. E então...

Não sei muito bem como acontece. Talvez ele me puxe para ficar entre suas pernas. Talvez eu me aproxime. Tudo que sei é que estou nos braços de Lukas, o rosto enterrado nele, sua mão espalmada na base das minhas costas, um carinho suave sobre a minha blusa.

Ele respira bem fundo, com vontade, como se buscasse algo que já conhece, revisitando um velho caminho. Sua pele cheira a sândalo. Sol. Grama. Um traço muito leve de cloro. *Onde você estava hoje? O que estava fazendo?*

– Você leu a lista? – pergunta ele, a boca próxima da minha orelha.

Eu faço que sim, o rosto em seu peito. A mão dele desliza para cima, para o topo da minha coluna, uma onda de calor me invadindo, até que seu polegar roça o ponto pulsante na base no meu pescoço.

– Boa garota.

Fecho os olhos. Deixo-me dissolver na gratificação de saber que fiz algo certo. O simples prazer de agradar alguém.

Talvez eu seja meio ferrada da cabeça. Uma vítima da estrutura de poder sexista que a sociedade me impôs. Se ser elogiada por um cara que eu mal conheço me deixa excitada desse jeito tão rápido, eu devo ter internalizado essas merdas patriarcais que, fora do quarto, eu desprezo. Ou talvez eu apenas *seja assim* e deva parar de me martirizar por isso.

– Quer me dizer alguma coisa? – pergunta ele.

Penso sinceramente no assunto, mas é como Lukas já disse: não há nada que ele queira que eu não queira mais ainda.

– Você pode só...

Solto os braços que estavam apertados entre nós e envolvo a cintura dele. Talvez seja o abraço mais íntimo que já dei.

– Só o quê?

Engulo em seco.

– Só quero que alguém me diga o que fazer. Para variar um pouco.

Ele enfia os dedos nos meus cabelos na altura da têmpora. Puxa minha cabeça para trás. Olha nos meus olhos.

– Vai fazer o que eu pedir, então?

Eu assinto com vontade, sentindo a leve mudança de energia no laboratório, um calor dentro de mim. Um novo *nós*. Isso aqui... não é a mesma coisa de quando ele me conta sobre a inscrição para a faculdade de medicina, quando discutimos sobre aprendizado profundo, quando acenamos um para o outro na piscina. Isso aqui é ele e eu, mas uma outra versão.

Por fora, temos pouca coisa em comum. Aqui, não poderíamos ser mais perfeitos um para o outro.

– Posso confiar que você vai dizer *pare* se quiser que eu pare? – pergunta ele.

Faço que sim de novo.

– Scarlett.

Sei exatamente o que ele quer.

– Pode confiar que vou dizer *pare* se quiser que você pare.

Engulo em seco. Meu corpo é uma bruma vaga formada de tesão, desejo e uma avidez quente, líquida.

– Mas se eu não disser... – falo.

Lukas sorri, e o canto dos olhos dele fica enrugado.

– Que fofo da sua parte.

Ele me beija de um jeito leve e suave.

– Nesse caso, quero que você se ajoelhe e me chupe.

Tenho o pensamento aleatório de que talvez Lukas esteja me testando. *Será que ela quer isso mesmo? Até onde está disposta a ir?* Mas imediatamente deixo a dúvida de lado, porque, neste momento, só uma coisa importa.

Ele me pediu para fazer uma coisa. E não consigo imaginar nada melhor do que seguir suas instruções.

Então eu me abaixo entre suas pernas abertas e apoio os joelhos no descanso para os pés até estar na altura perfeita. Estendo a mão para a braguilha de sua calça jeans, mas ele me interrompe, segura minhas mãos com uma das dele e usa a outra para abrir o botão. Eu fico paralisada – *já estou fazendo besteira* –, mas ele levanta meu queixo, afasta o cabelo para examinar meu rosto e, depois de alguns segundos, murmura:

– Você é linda, Scarlett.

Não parecem palavras vazias. Está mais para algo que ele queria que eu soubesse. Eu sorrio e, quando ele solta minhas mãos, volto à ativa, um botão depois do outro e depois do outro, o estalo deles se abrindo soando alto no laboratório silencioso, o tecido farfalhando quando enfio a mão dentro da cueca boxer.

Não fico nada surpresa com o tamanho. Já está duro, tem cheiro de pele e sabonete, e estou com mais tesão do que já me lembro de ter sentido na vida. A costura do meu short roça meu clitóris, e a sensação é agradável – é *boa*, na verdade –, mas não importa.

Esta é a única parte da minha vida que diz respeito a *mim*.

Lukas segura meu rosto com as mãos, o polegar no canto da minha boca.

– Ainda quer fazer isso?

Assinto com avidez de novo. A verdade é que não quero que ele fique perguntando como estou. Quero me livrar disso. Quero que ele...

– Você só quer que eu te diga exatamente o que fazer, não é? – pergunta ele em voz baixa, com um pequeno sorriso. Porque entende *de verdade*. – Neste momento, você só quer ser uma boca, certo?

Consigo engolir o nó na minha garganta.

– Acho que sim.

Seu dedo passa pelos meus lábios, grande, explorador. Lukas se inclina para me dar um beijo que é só língua – a dele encontrando a minha no lugar onde seu dedo mantém minha boca aberta, indecente e enlouquecedoramente gostoso.

– Podemos fazer acontecer, Scarlett.

Ele endireita as costas. Quando me olha lá de cima, penso em divindades nórdicas e ordens dos céus.

– Abre.

Lukas quer estar no controle, e eu tenho que fazer bem pouca coisa. Ele segura a base do pau rijo, encosta a parte de baixo na minha boca, esfrega a cabeça nos meus lábios. Ele solta um grunhido quando começa a enfiar o pau na minha boca, centímetro a centímetro, e...

– Ah, merda.

Ele segura meu maxilar com a mão e controla cada movimento. Só consigo manter a boca aberta e macia para ele.

– Preciso de um minuto para...

Ele tira o pau. Geme de novo. Respira fundo. Faz um carinho doce e gentil na minha bochecha, como se não estivesse com o pau pingando bem do lado da minha boca.

– Vou te ensinar como eu gosto. Você quer aprender, não é?

É meu propósito na vida. Daqui a uma hora, não será mais, e vinte minutos atrás eu não tinha ideia de que me importava, mas agora... não tem nada que eu queira mais do que isso. Fodam-se os saltos, a faculdade de medicina, foda-se ser um membro produtivo da sociedade.

– Por favor.

Ele solta uma palavra meio abafada, quase um xingamento. Estou pronta para fazer o que ele pedir, mas Lukas hesita. Para por um momento e afasta as mechas escuras que caem sobre a minha bochecha, o toque gentil e quase reverente.

– Porra, você é tão...

– O quê? – pergunto.

Meus lábios roçam a cabeça do seu pau. Ele solta o ar.

– Eu nem sei.

Seus olhos estão divertidos, mas sua voz soa rouca e faminta, e então seus dedos envolvem meu cabelo, e começo a chupá-lo, num ritmo fácil completamente guiado por ele. Tanto a velocidade quanto a profundidade são escolhas de Lukas. Depois de um breve momento de adaptação, eu me acostumo a seu tamanho e ao modo como sua mão me orienta, e a como seria fácil me engasgar com ele.

– Olhos aqui em cima, Scarlett.

Minha mente parece um espaço vazio, flutuante. Minha calcinha está tão molhada e melada que vou ter que desgrudá-la de mim. É tudo que pedi. Talvez não em voz alta, mas duvido que eu fosse conseguir explicar com todas as letras o quanto adoro descobrir do que ele gosta.

Mas Lukas entende. Seu olhar se reveza entre meus lábios e meus olhos, e ele compreende *tudo* que está acontecendo aqui.

– Você está indo tão bem – diz ele.

Seu sotaque fica mais acentuado, tão forte quanto o pau que desliza sobre a minha língua.

– Eu pensei muito nisso, e já era uma imagem mental incrível, mas *nossa*.

Ele passa um dedo pela minha bochecha, traçando o relevo causado por seu pau dentro da minha boca. Murmura algo em sueco, rouco, furioso e sem dúvida alguma *indecente*, tão desesperado que quebra a barreira da linguagem.

– Você adora isso, não é? – pergunta.

Ele relaxa a pegada só o suficiente para permitir uma resposta verbal.

– Adoro.

Sinto suas coxas se contraírem sob as minhas mãos, como se ele quisesse ouvir aquilo tanto quanto eu queria falar.

Minha mandíbula está meio dolorida, mas mal consigo sentir quando ele diz:

– Que bom. Porque você fica maravilhosa com meu pau na boca.

Ele me puxa de volta, e talvez seja isso que eu nasci para fazer, porque agora ele é mais bruto, as metidas ficam mais fundas, e ele não se contém. Lukas é grande demais para fazer algo pornográfico, mas está disposto a tentar, e a me deixar fazer o mesmo. A cabeça do seu pau bate no interior da minha bochecha, depois entra mais fundo, um empurrão delicado, só a pontinha tentando chegar até a minha garganta.

– Não se preocupe, nós vamos... *porra*... trabalhar nisso. Você está indo muito bem. É tão boa comigo – diz ele, me tranquilizando, quando fica claro que não tenho experiência suficiente para conseguir relaxar a garganta.

Lukas faz parecer que isso é exatamente o que ele queria.

Que eu tentasse.

E eu tento. Uma leve pressão, como se eu fosse capaz de enfiar tudo na boca por pura força de vontade, e acho que o pego desprevenido. Mais palavras em sueco, um leve tremor na mão que segura minha nuca, e então ele está prestes a gozar.

– Porra, Scarlett...

Por um segundo, tenho certeza de que ele vai sustentar meu olhar durante o orgasmo. Então, logo antes de explodir, Lukas fecha os olhos, pende a cabeça para trás e aquela expressão perdida me faz gemer com ele na boca. Lukas me segura com mais força, e estou convencida de que em algum universo eu poderia gozar só com isso – vendo o quanto ele está gostando, saber que eu fiz isso por ele, a leveza de estar usando meu *corpo* e não a minha *cabeça*.

Faço o melhor possível para engolir, tento com vontade, mas é muita coisa, a posição está errada, então Lukas precisa usar o polegar para enfiar o que restou do gozo na minha boca. Ele é calmo e meticuloso, os olhos vidrados e as sardas coradas, e toda vez que eu chupo seu dedo, ele solta grunhidos baixos e alguma palavra estrangeira que talvez seja *perfeita*.

Estou agitada. Flutuando. Queimando por dentro. Ele me levanta como se eu não pesasse mais do que uma pena e me coloca sentada na bancada. Estou quase – *quase* – consciente dos arredores: os cheiros químicos pungentes do laboratório. Os bíceps de Lukas, fortes como aço ao meu redor. O ritmo de sua respiração.

Li certa vez que nadadores de provas de velocidade não respiram nenhuma vez ao longo de toda a extensão da piscina. Algo sobre a rotação da cabeça não ser eficiente e o oxigênio não ter tempo para chegar aos músculos. Eles ficam completamente anaeróbicos por vinte segundos, o que significa que sua capacidade pulmonar deve ser uma obra de arte.

E Lukas Blomqvist, a pessoa mais rápida a nadar cinquenta metros na história, está ofegando na curva do meu pescoço, como se não houvesse ar suficiente no universo para preenchê-lo. Ele leva um tempinho para se recuperar, então segura minha cabeça com as mãos de novo, a língua dentro da minha boca numa profundidade obscena.

Ainda sinto seu pau duro encostado na minha barriga. Meus braços estão imprensados entre nossos peitos, como se ele quisesse me entocar dentro dele.

– Você se saiu muito bem, Scarlett.

Ele ainda soa meio abalado, mas firme. Retomando o controle aos poucos. Desliza os dedos pelos meus quadris, desce até minhas coxas e... a bainha do meu short subiu tanto que é fácil para ele enfiar uma das mãos por baixo e encontrar o elástico da calcinha.

Eu tenho um sobressalto.

Ele sorri.

– Sabe o que boas garotas que se saem bem ganham?

Seu polegar, o mesmo que estava na minha boca até alguns segundos atrás, roça devagar o meu clitóris por cima da calcinha encharcada. Estou tão inchada, tão sensível, que meu gemido ecoa por todo o laboratório.

– Você está bem molhada, Scarlett. Não está?

Eu abafo o gemido no pescoço dele, mas Lukas me puxa de volta e me obriga a olhar em seus olhos. Sei que meu rosto deve estar vermelho e manchado. Senti as lágrimas escorrendo enquanto ele gozava. Estou morrendo de vergonha. E também tremendo de desejo.

E ele sabe.

– Você se saiu tão bem. Você *merece* gozar. Eu adoraria fazer você gozar.

Pagaria uma boa quantidade de dinheiro para te chupar. Embora provavelmente você fosse conseguir gozar só com isso.

Mais uma roçada, dessa vez na costura encharcada da calcinha. Eu me inclino para ele, solto um gemido, cravo os dentes nos músculos fortes de seu ombro, mas ele não se incomoda. Lukas faz carinho na minha nuca.

– O problema é que não tenho certeza de que você já quer isso o suficiente.

Fecho os olhos e por pouco, *por muito pouco*, não imploro. Não sei se já ganhei o direito de fazer *isso*.

– Vamos lá.

Ele me tira da bancada e coloca no chão. Ajeita meu short. Arruma minha camiseta e aproveita para passar o dedo no mamilo duro que desponta sob o tecido de algodão. Quando minha respiração falha, ele me dá um beijo na bochecha.

– Tão linda – murmura. E então diz: – Vamos lá.

– Aonde… – Pigarreio. – Aonde nós vamos?

Ele sorri e pega o pendrive no bolso.

– Esqueceu? Temos que trabalhar no projeto.

CAPÍTULO 26

Estou com as pernas bambas caminhando pelo pátio principal, mais fraca do que depois de passar uma semana gripada. O ar fresco não serve de muita coisa para dispersar a tontura, nem para amenizar o pulsar entre as minhas pernas.

Levanto o queixo e tento não demonstrar que ainda estou processando o que acabou de acontecer, que não foi uma experiência quase religiosa, um divisor de águas.

Cenas, é assim que as pessoas chamam o que fizemos. Períodos de tempo em que há essa troca de poder. Elas têm início e fim. Podem ser interrompidas com palavras de segurança. São estruturadas e formalizadas de acordo com a vontade dos participantes – no meu caso, não muito, pelo menos por enquanto. Palavras como *dom* e *sub* parecem meio complicadas. Difíceis de lidar. Escrevi na minha lista que, neste momento, prefiro explorar mais e restringir menos, e Lukas pareceu... ávido. Por enquanto, somos apenas duas pessoas fetichistas se conhecendo e entendendo do que o outro gosta.

Respiro fundo várias vezes e aperto os olhos contra o brilho do sol do fim da tarde, até que alguém enfia óculos escuros na minha cara. Lukas está formidável nesse cenário, com o céu repentinamente escuro, mas seus olhos estão desprotegidos.

– Você...

– Por aqui – orienta ele com um toque na minha nuca, e vira à direita.

Meus lábios estão sensíveis e intumescidos. Pouco antes, no elevador, ele passou o polegar por eles repetidas vezes, um leve indício de sorriso aparecendo nas ruguinhas no canto de seus olhos. Ele pegou minha mão e a segurou – na saída do laboratório, ao longo do corredor e do prédio, até que eu me soltei.

É impressionante como uma caminhada de cinco minutos pelo campus resulta num mar de olhares na direção dele. Mas Stanford é a alma mater de diversos atletas olímpicos, muitos deles medalhistas, e Lukas não é nada singular nesse sentido. *Ele é basicamente uma figura pública*, disse Pen, e talvez não estivesse errada.

– Você se incomoda? – pergunto a ele.

Estou começando a me acalmar, mas ainda não estou totalmente firme.

– Me incomodo com o quê?

– Sei lá, com as pessoas. Com a atenção.

Ele me lança um olhar distraído.

– Que atenção? Que pessoas?

Solto uma risada e me imagino comentando isso com Pen. *Ele não percebe! Eu te falei... ele é imperturbável!*

– Você ainda está bem? – pergunta Lukas, e faço que sim.

Eu me sinto usada, mas de um jeito delicioso. Não como uma coisa que alguém usa e depois joga fora. Eu me sinto preciosa, algo capaz de dar prazer, o produto de entusiasmo e orientações seguidas à risca. E esse é o xis da questão, na verdade. Quando estou seguindo ordens, não há peso nenhum sobre os meus ombros. Tenho certeza de que há diversos motivos para as pessoas gostarem da mesma coisa que eu gosto, mas para mim... é isso. O silêncio. As engrenagens paradas. Saber que por um breve momento alguém é responsável por mim. Nenhuma decisão, nenhuma responsabilidade.

Mas, quando termina, a realidade volta. Aulas. Treino. Projetos.

– Andei trabalhando nas camadas de pooling para a rede neural – conto a Lukas.

– Você falou de pooling máximo, não é?

– Foi o Zach que falou.

– Ah. E o que *você* acha?

Faço uma pausa. Mordo o lábio.

– Zach é aluno da pós-graduação. Eu ainda estou na graduação.

– Aham. E ainda assim você pode discordar dele.

– O valor-padrão seria melhor. – Olho para ele de relance. – O que *você* acha?

– Acho que você é melhor nisso do que eu e Zach.

Eu não *preciso* que Lukas me diga que sou boa em algo, principalmente quando já sei disso, mas ainda assim é legal. Um calorzinho. Meus joelhos já não tremem, mas ainda estou aérea. Elétrica.

– Adorei a confiança – falo.

– É bem viciante. – Trocamos um olhar de compreensão. – Vou escrever um script e preparar o dataset de treinamento para o modelo.

– Você consegue? – pergunto.

Ele franze a testa.

– Está duvidando da minha capacidade de escrever um código?

– Não, não. Mas prefiro fazer eu mesma.

– Por quê? – pergunta Lukas.

– Bom, para começar, não sei que linguagem de programação você conhece.

– E daí?

– Estou preocupada que você diga, sei lá, MATLAB.

Ele bufa.

– *MATLAB*.

– Sua indignação é um alívio – falo.

Vejo um sorrisinho em seu rosto quando ele me guia de leve para virar à esquerda. Estamos aos poucos indo para a parte mais periférica do campus – talvez alguma biblioteca que eu não conheça?

– Você pode escrever o script, então – cedo.

– Que generoso da sua parte. E como vai o alemão, gnomo?

Lanço um olhar fulminante para ele, que parece satisfeito.

– Olha, primeira coisa: *gnomo*? – falo. – E segunda: que *golpe baixo*.

– Mas foi merecido. *MATLAB*.

– Aham. Agora só falta você me perguntar sobre meus saltos revirados.

– Hum. Quais são esses?

Paro de repente no meio da calçada, em choque.

– O que foi? – pergunta ele.

– Você acabou de... Você não sabe o que é um salto revirado?

Ele dá de ombros.

– Eu confundo todos eles.

– Mas... a Pen.

Ele me olha como se precisasse de mais explicações.

– Sua ex é um prodígio dos saltos ornamentais.

Mais olhares confusos.

– Você sabe identificar os diferentes grupos de saltos, né? – indago.

– Bom, eu percebi que tem uma diferença entre o trampolim menor que balança e o outro mais alto e duro...

– Está falando da *plataforma*?

– É assim que se chama?

Cubro a boca com as mãos para abafar os berros dignos de uma harpia prestes a escapar da minha garganta para atacá-lo – e então percebo que Lukas está me sacaneando.

– Eu te odeio.

Ele sorri, estende a mão e coloca uma mecha de cabelo atrás da minha orelha. Depois, me puxa para voltarmos a andar.

– Eu confundo mesmo os grupos de saltos. Não saberia dizer qual é o revirado.

Inaceitável.

– Talvez, se você soubesse, ela não tivesse...

Eu me interrompo e tento encontrar um jeito de terminar bem essa frase. Mas Lukas já está sorrindo.

– Terminado comigo?

– Eu não quis dizer... Desculpa.

– Não precisa. Eu poderia decorar um manual inteiro de saltos por grau de dificuldade e não faria a menor diferença.

– Tem certeza? É meio feio um namorado não saber o básico a respeito do esporte da namorada. Talvez ela tenha se sentido negligenciada...

Ele dá uma risada.

– Não apoiar um ao outro era um problema que nós *não* tínhamos, Scarlett. – Ele então continua, mais sério: – Pen e eu começamos a namorar num momento em que os dois precisavam de alguma coisa... de *alguém* fora das nossas disciplinas. Não saber muito sobre o esporte do outro era parte do acordo.

É, até que não é uma ideia tão estranha assim.

– Josh uma vez disse que os saltos que espirravam bastante água eram mais bonitos porque lembravam fontes, e que os juízes deviam dar notas mais altas para eles.

– Josh?

– Meu ex.

Viramos mais uma esquina. O braço de Lukas roça no meu, seu cotovelo tocando meu ombro.

– Foi com ele que você experimentou coisas?

– O primeiro e único. – Solto uma risada. – Literalmente "o único".

– Ele está aqui?

– Em Stanford? Não, ele estuda na Universidade de Washington, em St. Louis.

– Você é de lá?

– Minha madrasta é.

Ele assente.

– Você terminou por causa da distância?

São mais perguntas do que Lukas jamais fez desde que nos conhecemos – e tudo num espaço de dez segundos. Talvez ele esteja tentando investigar se sou alguma doida.

– Foi o oposto, na verdade. Ele terminou comigo.

Lukas franze a testa.

– Que cara é essa? – pergunta.

A careta persiste.

– Nada.

– Não foi por causa... Não foi a questão do sexo – comento.

Lukas parece perplexo.

– Nunca achei que fosse.

Isso não me convence.

– Na verdade, foi mais por causa do meu jeito.

– Do seu jeito?

– Só… minha personalidade. Sempre correndo atrás da excelência. Obsessiva em querer as coisas do meu jeito. Hipercontroladora. Distante, às vezes. Basicamente, eu sei que pareço uma pessoa fria e calculista, mas...

Ele ri. Lukas de fato solta uma gargalhada. Um som profundo e retumbante que é mais alto do que qualquer coisa que já ouvi vindo dele. Não sei muito bem o que fazer a não ser continuar andando e encará-lo, perplexa.

– O que foi? – pergunto.

Ele balança a cabeça.

– Você não é fria, Scarlett. Você é... afetuosa.

– Não sou, não.

– Comigo, você é. – Ele me olha nos olhos. Um olhar implacável que parece remover cada uma das minhas camadas. – Talvez *eu* deixe você afetuosa.

Sinto um calor nas bochechas e me forço a desviar o olhar, para meus sapatos, para as pernas dele, que são tão mais longas que as minhas que Lukas deve estar controlando seus passos para me acompanhar, ou eu já estaria ofegante.

– Josh conheceu alguém de quem ele gostava mais – conto.

A verdade já não parece mais um soco no estômago, como era na época em que só de ouvir o nome dele eu já me sentia solitária e indesejada.

– Mas ele não era… como a gente – continuo. – Não combinávamos nesse sentido.

Lukas para diante de uma casa em estilo colonial espanhol logo na saída do campus. Faço o mesmo, tentando não me sentir intimidada pela expressão séria dele ao me examinar.

– Você ainda está apaixonada por ele? – pergunta Lukas em voz baixa.

A pergunta me pega de surpresa. Minha facilidade em responder também.

– Não. Nem estou mais sofrendo por ele. Já tem um milhão de anos e...

– Um milhão.

Reviro os olhos. Sorrio.

– Um ano e meio.

É uma resposta mais útil do que a que Lukas me deu quando perguntei se ele ainda sentia algo pela Pen. *Você sente, Lukas?*

– E teve outra pessoa? – pergunta ele.

Balanço a cabeça.

– Não foi porque eu ainda estou apegada ao Josh. Foi mais por culpa da faculdade de pré-medicina e dos horários dos treinos. Além do mais, com a sorte que eu tenho, ia acabar dando match com alguém que invadiu o Capitólio ou é contra vacinas. Então... é. Foi só o Josh.

E agora você é a frase que pulsa suavemente entre nós. Quero me contorcer nesse calor que ele deixou ardendo no meu estômago, esse lembrete frustrante, mas satisfatório, de que Lukas é como eu.

Dou de ombros. Mordo o lábio antes de reunir coragem para perguntar:

– E você?

– Eu o quê?

Ele me olha com expectativa. Um deus nórdico concedendo uma audiência à sua súdita. Acho isso mais excitante do que o recomendado, porque minha cabeça é complicada nesse nível.

– Teve mais alguém além da Pen?

Ele hesita, então inclina a cabeça e faz um gesto para a entrada da casa.

– É complicado. Podemos conversar sobre isso lá dentro.

CAPÍTULO 27

Perguntar se devo tirar os sapatos antes de entrar na casa parece uma indagação razoavelmente normal, e não sei por que Lukas se retrai como se eu tivesse me oferecido para espalhar cocô de gambá pelo seu banheiro.

– Alguém não tira? – pergunta ele, como se houvesse uma resposta certa. Então balança a cabeça e murmura alguma coisa em voz baixa. *Americanos*, eu acho. Não consigo evitar uma risada e o sigo pelo corredor impecavelmente limpo.

Infelizmente, meu perfeccionismo nunca incluiu a limpeza. Eu e Maryam temos reuniões trimestrais em casa que seguem sempre o mesmo roteiro: começamos culpando uma à outra pelo chiqueiro em que a casa se transformou, fazemos uma limpeza superficial bastante estressante, que ameniza temporariamente o peso da nossa vergonha, e terminamos jurando por tudo que nos é mais sagrado – minha cachorra, o bonequinho de Cthulhu dela – que vamos comprar porta-copos e nunca mais deixar a entropia nos vencer.

Pipsqueak e Cthulhu estão fodidos.

– Sua casa é muito mais arrumada do que a minha – digo, e detesto o deslumbramento na minha voz.

Lukas se vira e arqueia a sobrancelha, com uma expressão crítica.

– Aqui é a despensa. – Ele aponta para uma porta de madeira. – Pode pegar uns materiais de limpeza emprestados.

Eu bufo.

– Você oficialmente *nunca* vai ser convidado para ir lá em casa.

– Tudo bem por mim.

Ele me leva até a cozinha, que é do tipo que um corretor mostraria aos clientes na esperança de que comprassem o imóvel na hora, em dinheiro.

– Lukas, como é que você arruma tempo para... – começo.

– Cara, eu não sabia que Pen ia... ah.

Hasan aparece sob um portal em arco e para de repente, os olhos fixos em mim.

– Oi, Vandy.

– Hasan – respondo.

Ele é britânico, alto, tem ombros largos e voz grossa. Ainda que eu nunca o tenha visto agir de outro modo além de gentil, me aproximo de Lukas instintivamente. Meu corpo encontra o calor do dele, e percebo que ele imita meu movimento.

– Desculpa. Ouvi uma voz feminina e achei que fosse a Pen.

Olho para Lukas e aguardo que explique para o colega de apartamento *dele* por que estou aqui, mas ele está ocupado escolhendo uma maçã no cesto de frutas mais lindamente organizado que já vi fora de uma pintura do século XIX. O fardo de contar uma meia verdade fica sobre os meus ombros.

– Lukas e eu estamos trabalhando juntos num projeto.

– Ah. – Ele sorri e parece aliviado, de certa forma. Sua expressão fica mais serena. – Já terminou as sessões de reabilitação?

No ano passado, nos encontrávamos muito na sala de fisioterapia.

– Já. E seu joelho direito?

– Está bom. Foi só uma distensão do LCM.

– Você nada peito, certo?

– Isso. – Trocamos um sorriso. Já me sinto mais confortável, até que ele diz: – Aquela lesão foi bem pesada. A sua, quero dizer.

– Ah... É, acho que sim.

– Não foi só o ombro, não é? Tinham outras coisas?

– Ah, hã... Uma concussão. Umas coisas no pulmão. Distensões.

Dou de ombros, meio tensa. Duvido que Hasan tenha percebido.

Já Lukas...

– Por que você me disse para não perguntar sobre seus saltos revirados?

A voz dele me pega de surpresa. Eu me viro para Lukas, admirada pelo modo como descasca a maçã casualmente com uma faca – numa espiral perfeita, como se fosse *fácil*. Já tentei várias vezes e nunca consegui. Até que cai a ficha sobre a pergunta.

– Não falei isso.

– Foi quase isso.

– Nem foi.

– Você disse: "Agora só falta você me perguntar sobre meus saltos revirados."

Ele termina de descascar sem tirar os olhos dos meus nem por um segundo.

Aff.

– É que eles são difíceis – respondo.

– Ah. – Hasan assente, como se tivesse se identificado. – Tipo treinamentos mini max duplicados?

– Exatamente.

Não tenho a menor ideia do que seja isso, mas assinto, aliviada. Os olhos de Lukas ainda me fitam de um jeito um pouco mais intenso do que eu gostaria. Dou uma olhada ao redor, para a cozinha, louca para mudar de assunto.

– Aliás, adorei essa casa imaculada... que eu imagino que passe por um processo de pasteurização toda semana.

Hasan faz uma careta.

– Temos um tipo de regime rolando aqui.

Ele lança um olhar bem direto para Lukas, que nem se abala, só coloca os pedaços de maçã num prato.

– Uma ditadura bem estabelecida, alguns diriam – completa Hasan.

Tamborilo na bancada limpíssima.

– Parece que está faltando um pouco de espírito de equipe da sua parte, Lukas.

– Somos adultos – responde ele simplesmente, e desliza o prato na minha direção.

Ele... preparou um *lanche* para mim? É um agradecimento pelo...

– Ser adulto não significa necessariamente não deixar uma migalha ou outra em cima da pia de vez em quando – opina Hasan.

– E a sua cabeça ou a do Kyle não estão necessariamente a salvo do vaso sanitário – responde Lukas com tranquilidade.

Quase engasgo com a maçã e pergunto:

– Você... Isso foi uma ameaça?

– Não sei. – Os olhos de Lukas permanecem fixos em Hasan, serenos e desafiadores. – Você quer testar?

Ditadura, Hasan fala sem emitir som. *Regime.*

– Isso é uma coisa da Suécia? – sussurro de brincadeira para Hasan, e como mais um pedaço.

Docinha e crocante. Perfeita.

– Ele também prepara refeições extremamente saudáveis, lava roupa todo fim de semana no mesmo horário e provavelmente usa um transferidor para dobrar as cuecas. Talvez *seja* uma coisa da Suécia.

– É coisa de quem não é um adolescente imaturo – responde Lukas.

Ele não comeu nenhum pedaço de maçã ainda. Isso é só para *mim*?

– Há quanto tempo vocês moram juntos aqui? – pergunto.

– Desde o segundo ano – responde Hasan. – Caleb se mudou ano passado, depois da formatura. Kyle entrou no lugar dele.

– Kyle é um... hã... entusiasta da limpeza, como vocês?

– Ele tem medo do Lukas e é suscetível à autoridade dele como eu, sim.

– Ele está em casa? – pergunta Lukas casualmente, como se não estivéssemos falando sobre seus traços de personalidade mais déspotas.

– Acho que está lá em cima.

Ele assente e se vira para mim.

– Quer mais?

Eu devia estar com fome, porque devorei a maçã inteira.

– Não, obrigada. Vamos trabalhar no projeto?

Ele faz que sim.

– Meu computador está lá em cima.

– Maravilha.

Sorrio para me despedir de Hasan, dou uma risada quando ele murmura um *tirano*, e então subo as escadas com Lukas. O quarto dele fica no canto direito – deve ser agradável, principalmente no verão, quando o treino é ao nascer do sol. Ainda não sei por que ele me trouxe aqui, em vez de irmos para a biblioteca, mas...

Uma mão forte me empurra para dentro do quarto.

E, um segundo depois, quando estou prestes a tropeçar, um braço igualmente forte me agarra pela cintura e me puxa para si.

A porta fecha. Lukas enfia o rosto no meu pescoço e respira bem fundo.

– Você sempre está cheirosa pra caralho – murmura ele contra meu pescoço, e meu coração dispara.

A cama não é muito perto da porta, mas isso não importa. Lukas tem o dobro do meu tamanho, é um milhão de vezes mais forte e... acho que me deixa bem excitada vê-lo me carregar sem nenhuma dificuldade, como se eu fosse uma boneca, um bichinho. Quando ele me joga no colchão, eu me sinto como após um salto cheio de piruetas que saiu errado.

Desorientada. Sem fôlego. Perdida.

Ele não me dá nem um tempinho para me recuperar. Enfia os dedos no elástico do meu short e o puxa para baixo junto com a calcinha. Acho que não ofereço qualquer resistência, porque logo depois ele já está lá, ajoelhado ao lado da cama baixa, olhando o que acabou de despir.

Minha boceta.

Ele não é muito de preliminares. E talvez não queira me fazer sofrer mais do que já sofri, porque me toca sem hesitar. Seu polegar é gentil e firme, pressionando meus lábios, me abrindo. Ele começa logo abaixo do clitóris e move o dedo uma, duas vezes, e na terceira ele o desliza para dentro.

Eu arfo.

Ele, não.

Lukas olha para aquele ponto onde uma pequena parte dele está em mim, e parece impassível, tão controlado quanto eu *jamais* conseguiria ser, mas quando ele começa a falar...

– Quer saber um segredo?

A voz dele está diferente. Um zunido grave. Áspero. Estrangeiro.

Faço que sim.

– Eu sonhei que te comia.

Eu engulo em seco. O dedo sobe de novo e dessa vez... dessa vez ele roça no clitóris.

Eu arqueio o corpo e tento conter um gemido mordendo o lábio.

– Muitas vezes. Até demais.

Sinto minha boceta se contrair.

– A primeira vez foi há uns dois anos.

Meu coração bate forte. Estou prestes a... a *alguma coisa*, mas o dedo dele se afasta. Eu poderia gozar tão forte. Se ele ao menos me tocasse. Em qualquer lugar, com qualquer coisa. Mas ele não toca, e a possibilidade de eu cair no choro não está tão distante da realidade.

– Scarlett.

– Sim?

Não achei que eu fosse capaz de falar, mas a voz dele transmite tanta autoridade que é quase como se estivesse me dando uma ordem.

– Se você quiser que eu pare, o que tem que fazer?

– Dizer *pare*.

Eu *posso* dizer. Sei que posso, e ele vai parar. Só que não tem nada no mundo que eu queira menos nesse momento.

– Você está ainda mais molhada do que no laboratório. Isso é porque não deixei você gozar? Porque estou no comando?

Parece uma pergunta genuína, algo que ele precisa saber com certeza. Eu falo que sim, desesperada. Pulsando sem ser tocada.

– Quer receber ordens de alguém em quem você confia, não é? Quer regras, que digam o que é bom para você.

Isso é tão condescendente e eu... eu faço que sim avidamente, um pouco envergonhada do gemido alto que me escapa.

– Ei. Ei, meu bem. – Uma das mãos dele toca minha boca e envolve meu maxilar. – O quarto de Kyle é do outro lado do corredor. Você vai ter que fazer silêncio. Você *consegue* fazer silêncio?

Fico perdida por um segundo. Sem compreender a magnitude de... disso. O modo como ele fala comigo. Como me toca. A mistura de violência, controle e ternura. É tão próximo do que eu sempre quis e nunca consegui pedir que é difícil de acreditar que não seja uma fantasia.

– Scarlett. Consegue se comportar?

Eu faço que sim ainda com a mão dele no meu rosto, enquanto a outra segura meus pulsos sobre a minha barriga. Seu sorriso satisfeito me deixa ainda mais nas nuvens.

– Se não conseguir, é só morder – diz ele, a palma da mão sobre a minha boca, os dedos longos envolvendo minhas bochechas, e eu quero dizer que está tudo bem, que posso me comportar por ele, que não precisa se preocupar, mas isso acaba se revelando mentira.

Da primeira vez, ele leva menos de dez segundos para me fazer gozar. É só a língua dele no meu clitóris, direta, contínua, e quando meu orgasmo chega, Lukas rosna como se fosse ele gozando.

Achei que conseguiria ficar em silêncio. Em vez disso, avanço contra a parte mais macia da mão dele.

– Você é *tão gostosa*, porra – diz ele.

Não sei muito bem como acontece, mas, pouco tempo depois, gozo de novo.

– Mas já? Você é perfeita, né?

Ele continua a chupar e lamber meu clitóris, como se eu fosse feita de água e ar. Rapidamente, o prazer deixa de ser algo a buscar e vira uma avalanche da qual quero fugir. Sinto as lágrimas escorrerem quentes dos cantos dos olhos.

– Lukas, Lukas... Eu...

Minha voz se transforma num soluço. Arqueio o corpo de novo, a cabeça pendendo para trás, convulsionando. É demais, intenso demais, novo demais para ser definido por uma palavra tão simples quanto *bom*. Mas, sem dúvida, é algo que elimina todos os meus pensamentos. Minha mente saltitante e minhas ansiedades de repente param, como se Lukas soubesse exatamente como controlá-las.

Eu tento me esquivar de sua boca, mas ele sabe que não é disso que eu preciso.

– Shh. Tudo bem. Você está indo muito bem.

Pressiono os calcanhares contra os ombros dele. Lukas aperta meus pulsos com mais firmeza sobre a minha barriga, evita as partes já hipersensíveis da minha boceta e, de algum jeito, consegue me fazer gozar de novo.

– Mais? – pergunta ele quando me recupero.

Como se os últimos dez minutos já não tivessem sido um glorioso sortimento de *mais*, como se eu não estremecesse toda vez que sinto sua respiração na minha pele. Estou quente. Pesada. Toda feita de faíscas. Eu o observo enquanto ele encara a minha boceta, que está contraindo, ali à mostra para ele.

– Eu...

Minha garganta está ardendo, como se tivesse sido arranhada por dentro. A palma da mão dele tem as marcas dos meus dentes.

– Não sou eu que decido – respondo, porque com certeza nós dois estamos pensando o mesmo.

– Sua coisa linda. Você nasceu para isso, não é?

Ele tira a mão do meu rosto e a usa para abrir as minhas pernas. Prende meu joelho direito na cama. Quando morde a parte interna da minha coxa, meu corpo inteiro estremece. Dói um pouco, até mais do que um pouco, mas eu troco as coisas, sou neurologicamente confusa, e dor e prazer são impossíveis de distinguir.

– Você tem toda a razão.

Eu me pergunto se vou me acostumar com a força dele. Meu lado racional sabe que o físico dele é apenas resultado de treinamento, disciplina e prioridades questionáveis. O outro lado, que só quer ter um minuto de descanso, adora a facilidade com que ele me vira até que eu esteja deitada de bruços na cama, a bochecha imprensada num travesseiro que tem tanto o cheiro dele que não consigo evitar agarrá-lo com as mãos.

Meu.

– Eu quero muito te comer – diz ele, atrás de mim.

Ainda estou tremendo. Vestindo apenas um top branco que já não cobre nada. Lukas está de joelhos, as minhas coxas presas entre as dele. Deve estar olhando para a minha bunda e, se fosse qualquer outra pessoa, eu estaria nervosa. Será que sou bonita o suficiente? Será que meu corpo o decepciona?

Só que é *ele* quem decide o que vai acontecer. E se ele não gostasse de mim, simplesmente não continuaria. Minhas preocupações somem, e eu sorrio diante desse conforto.

Eu poderia morar *aqui*, no silêncio desse momento, para sempre.

– Você ia deixar, não ia?

Ele leva a mão até o meio das minhas costas e pressiona. Minha cabeça tem pouco espaço para se mover, mas tento assentir.

– Você é tão boazinha. – Ele se inclina para a frente. Beija as minhas costas, devagar, com paciência. – Por outro lado, eu *não* quero te comer de camisinha.

A voz dele consegue transpor a bruma do meu cérebro. Eu me lembro da lista. *Tomando pílula para evitar menstruação*, escrito na borda do meu papel.

Se você topar, fazemos os exames e compartilhamos os resultados, escreveu ele.

Eu mandei os meus.

Ele estava ocupado e não conseguiu mandar os dele.

– Vamos ter que fazer outra coisa – diz ele.

Eu solto um gemido contra o lençol.

– *Por favor*.

Ele lambe o caminho percorrido pelas minhas lágrimas. Sua barba por fazer roça deliciosamente na minha orelha, e ele solta algo que parece uma risada tensa, pesarosa.

– Você fica linda implorando. – Outro beijo na minha bochecha. – É linda sempre.

Solto um segundo gemido frustrado, mas ele está desabotoando a calça jeans, baixando as camadas de tecido pelo quadril, seu peso infinito se apoiando nas minhas costas. Ele junta minhas pernas com seus joelhos e...

Ai, meu Deus.

Ele solta um grunhido. Eu ofego. O primeiro deslizar do seu pau entre as minhas coxas é brusco, áspero. Sem lubrificação. Mas então ele sobe um pouco mais, até o ponto em que me deixou bem molhada um minuto atrás.

– Nossa, você é...

Os quadris dele adotam um ritmo regular, e tudo funciona como num sonho.

É então que percebo que ele *está* me comendo. Talvez não do jeito que eu gostaria, mas a cada metida, a cabeça do seu pau toca o meu clitóris. Sinto todo o seu pau quente ao longo dos meus lábios, e é bom o suficiente para eu implorar.

– Parece até que eu inventei você na minha cabeça, Scarlett.

Estou balbuciando coisas, enlouquecida e indecente, e ele é obrigado a me calar de novo, então dá uma risada rouca.

– Você não consegue ficar quieta, não é?

Dessa vez, a palma da mão dele envolve a parte de baixo do meu rosto, e morder não é uma opção.

Eu não devia gemer tão alto. Devia conseguir reprimir esses sons. Mas não consigo e está tudo bem, porque, para variar, a responsabilidade não é minha. Dessa vez, *Lukas* decidiu, e minha opinião não importa. É difícil respirar com os dedos dele cobrindo todo o meu maxilar, e por alguns minutos esqueço totalmente o fardo que é ser eu mesma.

– Da próxima vez – promete ele no meu ouvido, a voz urgente, grave. – Eu vou te comer direito.

Eu faço que sim e arqueio as costas, tentando chegar mais perto dele. Fracasso. Não tenho nenhum controle sobre a situação, e me pego choramingando, a voz aguda e esganiçada.

– O que vou fazer da próxima vez? Vai, Scarlett. Fala.

Lukas não é irracional. É gentil, na verdade. A mão em minha boca afrouxa um pouquinho só para eu responder. Sinto o ar fresco invadir meus pulmões. Abro a boca para responder, trêmula.

– Da próxima vez, você vai...

Tenho um sobressalto silencioso quando a cabeça do pau dele atinge o ponto perfeito. Eu arfo, a um segundo de gozar. É só ele fazer isso mais uma vez, só uma. Ou até mesmo só ficar *ali*.

Mas ele *sabe*. E se afasta logo antes de eu cruzar a linha.

– Não enquanto você não disser. Vai.

Estou tão perto. Tão *perto*.

– Você vai... me comer do jeito certo.

– É uma promessa, Scarlett.

Ele volta a meter, e estou tão molhada que os barulhos são completamente indecentes, as batidas do corpo dele no meu cada vez mais rápidas, e os sons que eu faço... a palma da mão dele cobre minha boca, uma pegada firme que não quero que me solte nunca. Os movimentos param.

– E você vai aguentar tudo.

Ele morde meu ombro para abafar um gemido profundo e gutural, e quando sinto seu gozo espesso cobrindo minha boceta, começo a convulsionar junto com ele. Por um longo momento, não sou nada além de prazer e sensações, sem consciência de nada mais.

Quando consigo respirar, pensar e *existir* de novo, Lukas nos mudou de posição, e estamos deitados de conchinha, ele me segurando contra o peito com os dois braços – como se eu fosse ao mesmo tempo algo precioso *e* uma fugitiva em potencial.

– Está bem? – pergunta ele.

Sua voz está tão trêmula que penso se eu deveria perguntar o mesmo a ele. Eu me viro um pouquinho, levanto a mão e toco os cabelos macios na lateral de sua cabeça, onde os fios são mais curtos. Lukas inclina a cabeça contra o toque, feito um cachorrinho, ainda tentando recuperar o fôlego.

– Estou. E você?

Ele não responde com um sim. O que ele *diz* – "Porra" – não significa nada e significa tudo ao mesmo tempo.

Eu concordo com um aceno de cabeça, porque sim. Porra.

Porra, estamos mesmo fazendo isso.

Porra, seus colegas de apartamento estão em casa e tenho certeza de que perdi a consciência em algum momento, e espero que eles estejam de fone de ouvido.

Porra, eu achei que ia ser bom, e ainda assim foi muito melhor do que eu imaginava.

– Meu Deus, você é tão...

Lukas ofega, mas não termina a frase. Dá beijos quase involuntários no meu pescoço, têmpora e clavícula. Lambe minhas lágrimas para secá-las. Suas mãos estão... bem, ainda firmes, mas a pegada é muito diferente de antes. Ele me faz carinho como se eu fosse um cristal, seguindo pelo braço, quadril e barriga, um pouco desesperado, um pouco faminto, um pouco incrédulo, um pouco satisfeito.

– Vou te limpar já, já. Só me deixa... Só quero tocar você. Pode ser?

Eu faço que sim com um sorriso feliz e saciado.

E, alguns segundos depois, caio no sono.

CAPÍTULO 28

Quando acordo, o quarto está escuro e Lukas ainda está me abraçando tão apertado quanto em minha última lembrança, que deve ser de muitas horas atrás.

Meu celular marca 21h39 quando consigo me desvencilhar e resgatar meu short. Tenho apenas uma mensagem, de Maryam, perguntando se eu roubei seu arroz de jasmim. (Eu roubei, há meses, e me esqueci de repor; ela vai reclamar disso para sempre.)

Lukas tem o sono pesado. Ele nem se mexe, nem mesmo quando dou uma cotovelada na mesa de cabeceira ao me vestir. Estou bem mais limpa do que imaginava, o que provavelmente significa que ele cumpriu a promessa – e que eu devo ter o sono tão pesado quanto o dele.

Abro um sorriso afetuoso. Tento dar uma última olhada nele antes de sair, mas as luzes do corredor também estão apagadas. Tento ouvir se há algum barulho, porque não quero ser flagrada indo embora, mas, quando passo pela cozinha, ouço apenas o zunido da geladeira. Hasan e Kyle devem ter saído ou estão dormindo. Atletas adoram descansar tanto quanto farrear, então acho que as possibilidades são iguais.

O campus não está nada deserto. Caminho de volta para casa, o corpo ainda vibrando do cochilo e dos orgasmos. Entro no apartamento sorrindo. Minha própria cama parece pequena demais, macia demais.

Foi bom.

Muito bom.

Lukas é exatamente... quando digo que queria... a lista era só um punhado de palavras, mas o jeito como ele... perfeito e...

Minhas bochechas esquentam. Escovo os dentes, me preparo para deitar e então penso que deveria avisar a Lukas que não fui abduzida por alienígenas.

> **SCARLETT:** Desculpa por ter saído de fininho... Parecia que você precisava descansar.

Caio no sono imaginando qual vai ser a resposta dele na manhã seguinte. No final das contas, nem precisava ter me dado ao trabalho.

CAPÍTULO 29

Ele deixou uma marca em mim.

Várias, na verdade.

A maior de todas, que eu acredito ter sido intencional – mas como saber com certeza? – é na parte interna da coxa, perto do ponto onde a perna encontra o abdome. Dói e lateja logo abaixo da pele, um leve desconforto que é *lembrança* e *promessa*, e eu passo meu domingo revezando entre estudar e apertar aquela marca, só para me certificar de que *sim, sim, isso aconteceu.*

As outras marcas eu só encontro na segunda-feira depois do treino. Tirar o uniforme num canto onde tem espelho revela hematomas do tamanho de digitais dos dois lados da minha cintura, na direção da coluna. Parecem perfeitamente simétricos. Uma versão depravada de asas de anjo. Eu *não* me lembro de sentir dor. Eu me lembro, no entanto, de Luk me segurando pela cintura enquanto...

Por que ele não entrou em contato comigo?

– Está tudo bem? – pergunta Bree. – Você parece distraída.

– Ah, sim. É que tenho uma prova essa semana.

– De quê?

– Psicologia.

– Ah, certo. Vou te falar as questões que caíram no ano passado.

Pen está afastada dos treinos, doente com algum vírus que está fazendo com que "vomite até a alma", o que significa que somos só eu e as gêmeas – o que, por sua vez, significa muitos treinos individuais com o treinador Sima, correções e exercícios fora da água.

– Como estão indo os exercícios, Scarlett? – pergunta Sam na quarta-feira.

– Para dizer a verdade, acho que estão ajudando.

Não é a verdade.

Porque posso até estar reescrevendo meus caminhos neurais, mas não estou nada perto de conseguir fazer um salto revirado e isso... é crucial.

– Acha que... tem alguma chance de eu, sei lá, só conseguir fazer meus saltos no primeiro torneio duplo? – sugiro.

Ela inclina a cabeça.

– O que é um torneio duplo?

– Quando duas universidades competem uma contra a outra na pré-temporada. É informal, mas é um bom treino.

– E quando é o seu?

– Daqui a duas semanas.

– Entendi.

– De repente o que eu preciso para superar meu bloqueio é encarar a hora H? – Engulo em seco. – Talvez, se eu simplesmente *tiver* que fazer, meu cérebro vá conseguir ignorar o medo...

Ela apenas me encara. Não com desdém, mas com um olhar analítico.

– Medo de quê, Scarlett? Você não respondeu minha pergunta.

Do que é que você tem medo?

Luto contra a vontade de revirar os olhos. Isso – essa cutucadas psicanalíticas escavatórias – *não* está ajudando. *Preciso conseguir fazer um salto revirado daqui a dez dias*, eu quase grito. *Podemos nos concentrar nisso?*

A parte positiva é que consigo acertar sete de dez questões no meu trabalho seguinte de alemão – *Ich bin so stolz auf dich, Scharlach!*, escreve Herr Karl-Heinz. Preciso de um tempinho no Google para descobrir que ele está orgulhoso de mim, mas, quando descubro, fico meio emocionada. Faço hidratação no cabelo. Ligo para Barb e peço para ela colocar Pipsqueak no telefone. Levo um pote de sopa caseira para Pen, assisto a algumas comédias românticas com ela e a abraço quando ela volta na sexta-feira, ainda pálida, mas inteira. Começo a reescrever minha redação para a faculdade de medicina. Brigo com Maryam, como muita proteína magra e, no fim de semana seguinte, quando parece que os hematomas deixados por Lukas estão começando a desaparecer, eu os aperto com força, mordendo a língua, na esperança de que durem mais um pouco.

Sempre uso maiô nos treinos, principalmente porque morro de medo de o sutiã do biquíni sair do lugar. Poderia ficar com essas marcas para sempre e ninguém veria. Nem Lukas, porque, quando chega sexta-feira, já está bem claro que ele não quer mais nada comigo.

Mando mais uma mensagem no fim de semana, curta e direta (Me avisa se quiser fazer alguma coisa este fim de semana), e a resposta que recebo é: Aviso.

É isso.

Ele colocou o dataset (perfeitamente processado) no servidor da Dra. Smith para mim, e eu só descubro isso porque Zach me manda um e-mail. Todos os sinais dizem: *Me deixa em paz, Scarlett.*

Acho que mandei mal no sexo. Não é nenhuma novidade (meu primeiro boquete em Josh terminou com nós dois discutindo se eu devia levá-lo à emergência do hospital). Tragicamente, dessa vez eu mandei mal no tipo de sexo no qual eu tinha esperança de ser boa.

Como também estou mandando mal, em níveis que variam de moderada a espetacularmente, nos saltos, na faculdade, na inscrição para medicina *e* em passar o tempo que gostaria com minha cachorra, eu já deveria estar acostumada... mas também não estou indo muito bem *nisso.* Depois do treino de sábado, eu solto uma risada meio infeliz e meio divertida ao entrar no chuveiro. Recebo olhares confusos de duas nadadoras calouras, e abro meu melhor sorriso de *não liguem para mim.*

Eu costumava me definir pelo meu nível de desempenho. Eu costumava me autoflagelar quando tirava menos de nove nos meus saltos, ou não era a primeira da turma. Agora, só gostaria de não deixar tudo ir por água abaixo.

Não ajuda muito o fato de eu ver Lukas o tempo inteiro – um lembrete doloroso de que eu deveria ser... diferente. Porque Lukas não morreu, não foi raptado nem está ocupado demais. Eu sempre o vejo nos arredores do

Avery. No refeitório com Johan e outras pessoas que não conheço. Na sala de musculação, onde ele entrega uma garrafa de água para Pen e eles têm uma conversa sussurrada que termina em risadas. Parte de mim quer ficar com raiva por ter sido usada, descartada e ser só mais uma da sua lista, mas isso não faz sentido. Lukas não é esse tipo de babaca que me ignoraria só por estar entediado.

Eu *poderia* confrontá-lo. Mas não faço isso, e o motivo vai além da minha já conhecida tendência de evitar conflitos. Coisas como as que nós fizemos... Os dois lados podem acabar bem magoados. Limites são importantes. Então, eu sempre saio silenciosamente do caminho de Lukas quando parece que vamos acabar no mesmo ambiente. Funciona tão bem que eu me pergunto se ele está fazendo o mesmo.

No domingo à noite, estou completamente afundada na reconstituição cognitiva do que aconteceu: um evento único e milagroso que confirmou algo sobre mim mesma. Eu sempre me perguntei se ia gostar daquelas coisas na vida real tanto quanto gostava nas fantasias e... foi o melhor sexo da minha vida, e teve exatamente o resultado que eu esperava: reuniu meus pensamentos perdidos. Me aquietou. Acalmou minha mente por algumas horas.

Isso não torna a rejeição de Lukas menos dolorosa, mas pelo menos valeu a pena. *Ele deve estar sofrendo pela Pen ainda*, digo a mim mesma. *Nunca teve chance de ser algo sério mesmo.* Faço o possível para deixar a questão de lado e baixo de novo meus velhos aplicativos de relacionamento, além de alguns outros mais voltados para sexo.

– Querem que eu comece com a boa ou com a má notícia? – pergunta o treinador Sima para mim e para Pen no treino sincronizado de segunda-feira.

O meu "má" se mistura ao "boa" de Pen. Caímos na gargalhada.

– Fico feliz em ver que vocês estão se divertindo, porque os seus saltos não podem dizer o mesmo.

Pen tenta conter um sorriso. Eu finjo procurar minha toalha.

– O treino de hoje não foi tão ruim quanto o da semana passada. – O treinador aponta para a gente com o dedo. – Mas é bom que tenha sido bem pior do que o próximo.

Pen abre um sorrisinho forçado.

– Não precisa pegar leve com a gente, treinador.

– Quieta. Você – diz ele, apontando para Pen – espirrou água como se fosse a Fontana di Trevi, e seu círculo com o braço pareceu mais um paralelogramo e... – Ele se vira para mim. – Você saiu muito atrasada daquela posição carpada, e ouviu aquele *tum-tum*?

– Os juízes do salto sincronizado sequer prestam atenção nisso? – pergunto.

– Está falando sério? O único propósito dos juízes nesta bola superaquecida que chamamos de planeta é tirar pontos pelos motivos mais idiotas. Você pensa: "Ah, nossos impulsos não foram iguais, mas compensamos no ar, eles não vão se importar."

A imitação que ele faz de mim tem a voz aguda e ligeiramente ofegante. Será que eu falo assim?

– Eles ficam caçando qualquer pontinho.

– Não parece nem um pouco paranoico – murmura Pen, e ganha um olhar glacial.

– Vamos tentar o salto de costas carpado de novo? – pergunto a ela.

– *Eu* digo a vocês o que fazer – resmunga o treinador. – Vão lá tentar o salto de costas carpado de novo.

Pen e eu trocamos um sorrisinho. É divertido aguentar juntas o mau humor do treinador Sima.

– Vou tentar fazer o impulso um pouquinho mais alto – digo a Pen, caminhando ao lado dela.

– Você consegue?

– Sinceramente, se mudar a base...

– Na verdade – diz o treinador, atrás de nós –, como os saltos de vocês são um caso perdido mesmo, voltem aqui.

Nós duas nos viramos, e meu coração dispara.

O treinador está apontando para Victoria, parada ao lado dele e observando tudo ao redor com olhos arregalados, como se a piscina tivesse passado por uma reforma desde que ela saiu.

Em seu pé, há um gesso.

Meu primeiro instinto é correr para lhe dar um abraço, mas me seguro porque estou molhada – e também porque nunca fazíamos isso antes da lesão. Será que eu tenho o direito?

Dou uma olhada rápida para Pen. Sei que as duas andaram se falando ao longo de todo esse tempo, mas ela parece surpresa em ver a amiga.

– Vic!

Pen sorri e me puxa junto, obrigando Victoria a participar de algo que parece uma chave de braço, com o claro objetivo de molhar o máximo possível suas roupas secas. Pen se afasta, e Victoria me encara com um sorriso gentil.

– Então você roubou meu lugar.

Sinto uma pontada no coração, mas aponto para o treinador.

– Por favor, pode reclamar com o RH.

Ela gesticula para eu me aproximar, como se realmente quisesse um abraço, e...

– Estou tão feliz de te ver – digo no ouvido dela.

Queria voltar para a época antes de ela se machucar. Uma época mais simples, mais equilibrada.

– Eu também, Vandy.

Nós nos afastamos ao mesmo tempo. Ela olha para mim e para Pen, solta um suspiro dramático e diz:

– Vocês são mesmo péssimas no salto sincronizado.

Eu me retraio.

– Nossa – diz Pen.

– A questão é a seguinte: nunca mais vou saltar profissionalmente, no sincronizado *ou* no individual. E isso é uma merda. E eu passei as últimas duas semanas soluçando, abraçada no ouriço de pelúcia com a frase *Fique boa logo* que minha prima Ceci me deu. *Mas*...

Inclino a cabeça.

– A magnitude do fiasco de vocês é ainda maior do que eu poderia imaginar – continua ela –, então é meu dever cívico tentar melhorar isso. E tem uma vaga aberta de treinador voluntário...

Estou assentindo desesperadamente.

Ao meu lado, Pen parece prestes a chorar.

– Meu Deus, por favor. Nos salve de nós mesmas.

– Então está resolvido. Assim... – Ela dá de ombros. – Não é como se vocês pudessem dizer não, depois de um vão de três centímetros destruir todas as esperanças e sonhos da minha vida.

Victoria abre os braços, e eu e Pen entramos no que provavelmente é o primeiro abraço triplo da minha vida.

– E olha só – murmura ela com o rosto enfiado no meu cabelo... e no de Pen. – De repente eu ganho um Prêmio Nobel ou algo assim se ajudar a criar um mundo onde vocês sejam menos péssimas.

CAPÍTULO 30

Nosso primeiro torneio duplo da temporada é em casa, contra a Universidade do Texas, de Austin.

É um grande alívio: viajar é divertido na teoria, mas exaustivo na prática, e em geral exige faltar a aulas. Eu sou "nerd e surtada demais" (palavras de Maryam, provavelmente verdade) para confiar nas anotações dos outros e "trouxa e antissocial demais" (também palavras de Maryam, verdade absoluta), logo não fiz amigos confiáveis no meu curso, então cada falta é sempre uma dor de cabeça.

Os treinos foram ficando mais intensos na preparação para os amistosos, e estou satisfeita por meu corpo ter recuperado sua habilidade de executar saltos limpos e entradas bem controladas. Ainda assim, é difícil ser otimista quando sei que o salto revirado vai ser necessário e as minhas falhas vão respingar em Pen durante o salto sincronizado.

– Você conversou sobre isso com ela diretamente? – pergunta Barb no FaceTime.

– Conversei. Bom, mais ou menos.

Pen tem sido maravilhosa, e eu me sinto ainda mais culpada por afundá-la como se fosse uma bigorna gigante amarrada em seu pescoço.

É só a pré-temporada, Vandy.

Torneios duplos não têm tanta importância.

Não quero de jeito nenhum que você pense que está me decepcionando.

– Eu tive uma ideia – conto para Barb. – Já ouviu que as pessoas que têm insônia não devem ficar se revirando na cama, mas devem se levantar? Para evitar formar associações negativas com a cama?

– Nunca ouvi isso.

– Você é médica.

– Acho que esse assunto não surgiu na minha residência em cirurgia ortopédica.

– Bom, eu decidi parar de tentar forçar meus saltos revirados por uns dias. Evitar uma associação negativa com a plataforma. Será que pode ajudar, tipo um reiniciar da máquina?

– O que sua terapeuta acha?

– Ela não é contra.

Porque ela não sabe. Na verdade, tive que cancelar a sessão desta semana por causa do laboratório e não me dei ao trabalho de remarcar.

Estou fazendo com minha terapeuta a mesma coisa que Lukas está fazendo comigo. Apenas acho que eu e Sam não estamos avançando.

– Sempre odiei esse mal-estar da pré-temporada – diz Pen, no refeitório, na terça-feira à noite. – Esse lembrete constante de que estamos *prestes* a começar alguma coisa. Tipo uma espinha que está aparecendo, mas ainda não dá para espremer.

– Que imagem *agradável* – diz Victoria, largando o garfo sobre o prato de purê de batatas.

– Só quero dizer que estou pronta para espremer essa gosma branca para fora do meu corpo e estou feliz que a Universidade do Texas esteja vindo.

– Eu imploro: menos filosofia sobre espremer espinhas e mais altura nos impulsos, ok?

Mas Pen está certa. A exaustão e a ansiedade estão no ar. Todo mundo está treinando com mais afinco, e o Avery está cheio de gente mancando, atletas bebendo água de coco depois do treino, fisioterapeutas sobrecarregados. Eu não sou imune: meu ombro está aguentando bem, mas minhas costas parecem ter envelhecido alguns anos a mais que o resto do meu corpo. Banhos frios ajudam, mas eles são o inferno em formato líquido, e eu só aguento se forem seguidos de um banho quente. Bree e eu normalmente fazemos isso juntas, mas, quanto mais extenuantes os treinos, mais tempo eu me pego demorando nesses banhos.

– Para mim, já deu – diz ela numa manhã de quarta-feira ao sair do banho de sal de Epsom. – Vai ficar mais tempo aí mesmo? Tem certeza de que não vai... se liquefazer?

Eu rio.

– Como vai sua aula de química? – pergunto.

– Uma merda. Usei a palavra corretamente?

– Quase.

Ela me mostra a língua e me deixa ali sozinha na sala de recuperação.

A banheira é uma piscina de imersão retangular, de tamanho médio. Eu me viro, apoio os cotovelos na borda e deixo dois terços do meu corpo submersos. Coloco os AirPods e passo uns dez minutos dando uma olhada no Power Point da palestra de psicologia. Quando termino, desligo a música e, ao me virar para o lado, quase derrubo o celular na água.

– Vandy! – A voz alta de Kyle faz meu sangue gelar. – Há quanto tempo.

– Ah.

Olho ao redor. O cenário ali na banheira mudou. Bastante. Estamos eu, Kyle, Hunter e mais outros quatro nadadores. Jared, um deles, estava na minha turma de matemática do primeiro ano. Ele acena para mim. Tento acenar de volta, mas me sinto totalmente oprimida.

São muitos homens. E eu.

– E aí, tudo certo?

Respira, respira.

– Tranquilo.

– A gente estava te chamando – diz outro nadador.

Tenho certeza de que nunca falei com ele na minha vida.

– Eu n-não ouvi vocês...

Aponto para os fones de ouvido.

– Faz sentido. Pensamos que você estava ignorando a gente.

– É, tipo... ficamos "o que a gente fez para irritar a Vandy?"

As risadas ecoam nas paredes. É só... São seis homens ocupando muito espaço, e eles estão no meu caminho para a escada, e eu estou...

Meio que apavorada.

– Desculpa. – Tento abrir um sorriso, mas minhas bochechas não reagem. *Se acalma.* – Tenho que ir...

– Que nada, fica aí – diz Kyle.

– Vai ser legal ter uma companhia – acrescenta Jared. – Estou meio entediado desses idiotas.

– Quem você está chamando de idiota, seu babaca?

– Cala a boca... Vandy, fica aqui no meu mojo dojo banheira Epsom.

Mesmo em meio ao calor e ao vapor, eu estremeço.

– Seria ótimo, mas eu tenho aula – falo.

– Aula de quê?

Merda. Aula de quê?

– É de... – Não tem aula nenhuma. *Pensa.* – Psicologia.

– Espera. – Um dos caras franze a testa. – Tem aula de psicologia quarta à tarde? Meu orientador disse que...

– Vem – diz uma voz grave atrás de mim.

Duas mãos fortes se enfiam sob os meus braços. Seguro meu celular e por um segundo fico suspensa no ar, como um bebezinho de boia retirado da piscina. Meus pés tocam o chão, mas não me viro para ver quem me resgatou.

Não é um toque que eu esqueceria.

– Gringo. – Hunter franze a testa. – Você roubou a Vandy da gente assim mesmo?

– Você está bem? – me pergunta Lukas.

Eu faço que sim, e então ele diz, mais alto:

– Temos que ir. Estamos trabalhando num projeto.

– Ah, é – diz Kyle. – Aquele de física.

– Biologia – corrige Lukas.

– É quase a mesma coisa!

Quando me dou conta, Lukas está mandando os colegas de time se comportarem e me empurrando para fora da sala, a mão na minha lombar, não muito longe de onde os hematomas já começaram a sumir, apesar das minhas tentativas – insanas? – de mantê-los. No corredor, ele segura meu ombro. Me vira de frente para ele.

– Você está bem? – pergunta de novo.

Estou muito, *muito* aliviada por não estar mais naquela banheira. Tanto que nem me importo se é meio constrangedor vê-lo depois de quase duas semanas, usando apenas uma calça e nada mais, cheirando a sabonete e a *Lukas*. Ele parece ao mesmo tempo o Lukas Blomqvist, ex da Pen, melhor nadador do mundo ou sei lá o quê, e o *meu* Lukas, que imprime listas, descasca maçãs e odeia figuras de linguagem, e é tudo... tão confuso.

Tento calar a pontada estranha no peito.

– Obrigada. Estava me sentindo meio cercada ali.

Não é que Kyle e companhia fossem fazer alguma coisa, mas meu corpo nem sempre compreende isso.

– Vou falar com o Kyle – diz Lukas.

Sua boca é uma linha reta, nada contente.

– O quê?

– Ele precisa te dar espaço.

– Não tem necessidade de...

– Não vou contar para ele o porquê. Ele é um cara legal, mas não tem ideia de como afeta os outros. Ele, Hunter e alguns dos outros garotos só andam em bando. Vai ser bom para ele ter uma noção das coisas.

Quero dizer a ele para não se dar ao trabalho, mas... por que não? Vai ser uma conversa de dez segundos entre eles. Evita futuras situações desagradáveis.

– Tudo bem. Obrigada.

Abro um último sorriso para Lukas e me viro para ir embora.

Ele me segura pelo pulso.

– Aonde você está indo?

– Ah. – Eu abro mais um sorriso, e é isso. Acabou por hoje, não tenho mais nenhum no estoque. – Agradeço a ajuda, mas não quero criar uma situação esquisita.

Ele fecha os olhos, como se estivesse reunindo a força de doze Valquírias. Então solta o ar devagar pelo nariz e diz:

– Scarlett.

– Está tudo bem. Eu não...

– Scarlett.

É um comando frustrado e duro. Não tenho a menor ideia do que ele quer de mim.

– Lukas, eu não sei muito bem qual é o protocolo aqui.

Não tenho a capacidade e, sinceramente, nem a disposição para fazer outra coisa além de ser franca.

– Nós transamos ou... ou sei lá o quê, e você não me procurou mais. Estou tentando entender os seus sinais e *acho* que você quer fingir que esse lance todo nunca aconteceu? – Levanto o ombro, apenas o que não está conectado ao braço que ele ainda segura. – É a primeira vez que a mocinha aqui leva um *ghosting*, então vou precisar de alguma orientação – acrescento, para suavizar o clima.

O humor de Lukas, no entanto, segue sombrio. Quanto mais eu falo, mais irado ele parece ficar. *Sempre imperturbável*, disse Pen. Ela estava errada, mas não consigo entender do que ele está com raiva.

A não ser que tenha havido alguma falha de comunicação? Odeio essa faísca de esperança que de repente surge no meu peito.

– Essa é uma interpretação errada do que aconteceu entre nós? – indago.

– Não. – Ele finalmente me solta. – Não é.

Lukas continua impaciente, com os ombros contraídos e as sobrancelhas franzidas.

– Existe um bom motivo para você não ter me procurado?

Ele desvia o olhar, o maxilar tenso. Então me encara de novo.

– Não.

Começo a ficar irritada.

– Então eu...

– Lukas! – chama um homem.

Ele vem na nossa direção, e é ao mesmo tempo desconhecido e meio familiar. Seu olhar está fixo em mim, curioso, e quando percebo aquele azul singular em seus olhos, uma ficha cai no meu cérebro.

– Jan, não é? – pergunto. – Irmão do Lukas?

Eu me arrependo *imediatamente*. É muito patético que eu o tenha reconhecido depois de ver uma única foto? Será que Lukas acha que fiquei trancada no meu quarto desenhando sua árvore genealógica e fazendo colagens com cotonetes roubados da sua lixeira?

Mas é difícil me sentir mal por isso quando vejo Jan sorrindo.

– Estou *lisonjeado*.

Ele abraça o irmão, todo contente. Tem o corpo de um atleta aposentado – uma estrutura grande que foi sendo amaciada pelo tempo e pela vida real.

Pode até haver mais de uma década de diferença entre eles, mas, com Lukas sem se barbear há um tempo e a barba cheia de Jan, eles parecem até gêmeos.

– Ele fala de mim o tempo inteiro? – pergunta Jan. – Escreve diários sobre nossa vida imaginária juntos?

– Eu só vi uma foto, mas está em destaque na bancada dele no laboratório.

– Eu sabia.

– Não é uma foto enorme da sua cara feia – diz Lukas, impassível.

A tensão entre nós se dissipou.

– Essa é a Scarlett, Jan. Deixa ela em paz.

– Nadadora?

– Quase – respondo. Não me sinto intimidada por Jan, provavelmente porque ele se parece com Lukas. – Saltadora.

– Uau. Aquelas coisas de onde vocês pulam me deixam apavorado.

– Me deixam também. – Mantenho minha risada o menos amargurada possível. – Você era nadador?

– Quase. – Ele dá uma piscadinha. – Vim para os Estados Unidos com uma bolsa de polo aquático quando você nem era nascida.

– Jan, ela tem 21 anos.

– Nem concebida.

– Jan.

– Não era nem uma ideia na bela mente de Deus.

Lukas suspira.

– Scarlett, não precisa ficar escutando isso.

– Claro que precisa. Ei. – Jan se vira para mim. – Ele já te contou que eu ensinei tudo que ele sabe sobre natação?

– Ele me ensinou a me fingir de morto na piscina para assustar o salva-vidas – rebate Lukas.

– E era *hilário*. Scarlett, você faz trilha?

Fico atônita com a mudança abrupta de assunto.

– Hã, faço?

– Já fez trilha nessa região aqui?

– Ah, já. Várias vezes. Posso dar umas dicas, se...

– Não, a gente já sabe aonde vai. Mas adoraria que você fosse com a gente.

Ah. *Ah*.

– Obrigada, é muita gentileza, mas...

Será que ele acha que sou namorada do Lukas?

– Mas?

Diga que tem aula. Um encontro. Diga que é alérgica a sol. Mas, quando olho para Lukas e vejo que está me encarando, tudo que sinto é irritação por não ser *ele* na situação chata de ter que mentir para seu irmão que é tão legal, então acabo dizendo:

– Duvido que Lukas queira que eu vá com vocês.

Pelo menos é a verdade.

E é por isso que fico chocada ao ouvir a gargalhada que sai da boca de Jan.

– Eu não sei ler mentes, mas conheço bem o meu irmão, e ele quer muito que você vá. E mesmo que ele não quisesse... – O sorriso de Jan é um poço sem fundo de charme. – *Eu* quero que você vá. Isso que importa.

CAPÍTULO 31

O nome de Lukas soa diferente na boca do irmão. O inglês de Jan tem mais sotaque, a gramática é um pouco mais dura, como se ele tivesse começado a aprender tarde demais para alcançar a perfeição. Ouço os dois se bicando – *Você é muito imprudente dirigindo. Não sou, Jan. Scarlett, ele não é imprudente? Ainda bem que não fez uma placa personalizada* – e não faço questão de esconder o sorriso. Às vezes, quando começam a falar de questões práticas que não têm a ver comigo, eles mudam para o sueco.

É lindo de ouvir. Agudo, melódico. Uma combinação interessante de travesseiros e pontas afiadas. Sons que eu jamais conseguiria reproduzir, nem mesmo se tivesse aulas diárias de reposicionamento de língua pelo resto da vida. Altos e baixos. Musical e calma.

A diferença entre o *Lukas* de Jan e o meu está mais no *u* e no *s*, e me deixa quase morbidamente curiosa para descobrir como Lukas pronuncia o próprio nome. É muito estranho isso de todo mundo falar de forma diferente? Como é viver em um segundo idioma? Talvez eu pergunte se o assunto surgir. Se um dia a gente voltar a se falar.

E talvez aconteça, porque, por mais constrangedor que seja estar aqui, ele parece genuinamente feliz com a minha presença. É legal sair do campus no meio da semana e ir para um lugar intocado pelo cloro. Às quartas-feiras eu normalmente coloco os trabalhos em dia, mas as fileiras de colinas e o chaparral do departamento de parques da cidade de Palo Alto não ligam nem um pouco para minhas notas no TAM e para os meus saltos revirados.

Eu precisava dessa folga. Um momento para recalibrar minha perspectiva. Costumava vir aqui sempre, no primeiro ano. Quando foi que parei?

– Virem de costas – peço quando estamos na base de uma colina.

Jan e Lukas obedecem – dois rostos bonitos, suados e cheios de sardas quase idênticos –, e eu tiro uma foto no meu celular.

– Vou mandar para vocês, aí podem passar para o resto da família.

Lukas bufa.

– Será que o papai vai chorar, Jan?

Jan ri.

– Ele vai mandar um texto de quatro parágrafos, com todos os erros do autocorretor, dizendo o quanto está orgulhoso da gente. Porque fomos dar uma caminhada.

– Ele parece legal – digo, apertando o passo atrás dos dois.

Quando tropeço e quase caio, Lukas me segura de repente pelo braço. E não solta até muito tempo depois de eu recuperar o equilíbrio.

– O papai é ótimo – concorda Jan. Ele repara na mão de Lukas, e eu me desvencilho rapidamente. – Mas...

– Mas? – pergunto.

– Achamos que ele leu muitos livros sobre paternidade – explica Lukas. Ele está andando atrás de mim, como se estivesse de guarda. Para garantir que eu não tropece outra vez. – Principalmente os que destacam a importância de elogiar seus filhos por qualquer pequena conquista.

– E a importância de tratar todos do mesmo jeito – acrescenta Jan. – Oskar é marceneiro e Leif é advogado de direitos humanos. Meu pai demonstra o mesmo entusiasmo por uma cadeira Adirondack e uma garantia de asilo político.

– A gente devia ter uma conversa com ele.

Jan faz um som de deboche.

– Não até você ganhar outra medalha olímpica e ele equiparar com uma postagem que escrevi num blog.

Durante o percurso de carro, Jan me explicou que é especialista na Era

Vitoriana. Veio visitar Lukas depois de participar de um congresso em Los Angeles, e amanhã volta para Paris, onde mora com sua parceira e *quatro gatos*.

– Quantos de vocês moram na Suécia? – pergunto.

– Só o Oskar.

– O que é muito doloroso para o papai – acrescenta Lukas.

– *Muuuito* doloroso. Mas ele nunca vai admitir.

Lukas assente.

– Se você ama alguma coisa, deixe-a livre.

– Ele parece meio... perfeito? – comento.

– Ele é – confirma Jan.

Paramos no topo da colina e nos viramos. O telescópio The Dish está lá, bem à vista.

– Sincero e carinhoso – diz Jan. – Nenhum de nós nunca vai chegar aos pés dele.

– É melhor nem tentar – afirma Lukas, e seca a testa com a camiseta.

Quando a solta, o tecido está completamente encharcado e quase transparente.

– Sinto muito que o clima esteja tão quente durante a sua visita – digo a Jan. – Esse calor é difícil.

– Ah, que nada. Somos suecos. Não existe clima ruim...

– ... apenas roupas ruins – dizem os dois, juntos.

Eles trocam um sorrisinho por cima da minha cabeça.

♦♦♦

Depois da trilha, Jan insiste em comprar comida.

– Podemos jantar de graça no refeitório mais tarde – explico, mas ele me dispensa com um gesto e nos leva até uma cafeteria bem pitoresca.

– Deixa ele pagar – diz Lukas. – Ele ainda me deve seis mil coroas pela vez que quebrou meu Xbox num surto de raiva.

– Isso foi há uns oito anos.

– Bem lembrado. – Lukas puxa uma cadeira e espera pacientemente que eu me sente. – Vou calcular os juros acumulados enquanto você compra nosso café.

Lukas e eu ficamos sozinhos por um momento. Pego meu celular e finjo olhar as mensagens, tentando pensar em algum assunto que possa puxar com pouco risco de desastre. Jan volta com três cafés e um monte de salgados.

– Vocês, saltadores, são aquele tipo de atleta que precisa ingerir milhares de calorias por dia? – pergunta ele.

Dou uma risada.

– Não sei se esse tipo existe...

– Esse aqui come pela população de Luxemburgo inteira. – Ele aponta para Lukas com o polegar. – Temos uma tradição na Suécia. Toda tarde, nos sentamos para tomar um café e fazer um lanche. Para relaxar.

– Ah, sim. *Fika*, não é?

Minhas bochechas ficam vermelhas assim que as palavras me escapam. Primeiro porque provavelmente minha pronúncia foi horrorosa. E porque...

Jan se vira para o irmão.

– Você falou disso para ela?

– Acho que não.

Lukas se recosta na cadeira e coloca casualmente o braço no encosto da minha, mas sem me tocar. Ele me olha por cima da borda do copo, como se tivesse me flagrado com a boca na botija.

– Ela deve ter aprendido sozinha.

Baixo os olhos e tento parecer menos envergonhada do que estou. Mas... por quê? Por que *eu* deveria ficar com vergonha? Talvez tenha feito uma busca no Google sobre costumes suecos. Talvez tenha ligado as legendas para assistir a uns vídeos no YouTube enquanto escovava os dentes. Talvez eu tenha descoberto que os suecos têm hotéis de gelo e que o cheesecake deles é totalmente diferente do nosso.

Levanto a cabeça e encaro Lukas, minha expressão um pouco combativa. *Talvez eu tenha pensado em você depois do que fizemos. Talvez eu te ache interessante. Talvez eu goste de você, mesmo que não seja recíproco. E me recuso a sentir vergonha.*

– *Fika* normalmente é com comidas doces – diz Jan, ignorando toda a discussão que se passa dentro da minha cabeça. – Mas o Lukas, *tão escandinavo*, se recusa a comer doce, então...

Ele aponta para um pretzel.

– Eu não me recuso a comer – contesta Lukas, pegando um pedaço. – Eu só não gosto.

Jan faz um *afff* que é muito típico de um irmão mais velho.

– Ele gosta, *sim*. Só mente para si mesmo.

Lukas revira os olhos.

– Lá vem você de novo.

– Por favor, Jan. – Apoio o queixo na mão. – Me conte tudo sobre essas mentiras do Lukas.

– Bom, tenho certeza de que você já percebeu o quanto ele é bom em negar coisas para si mesmo. Quanto mais ele quer alguma coisa, menos se permite ter.

Minha curiosidade deve ter ficado óbvia, porque Jan continua:

– Por exemplo, quando ele tinha 12 anos e passou três meses dormindo no chão.

Olho para Lukas, que bebe seu café com ar de quem está se esforçando muito para não perder a paciência.

– Por quê?

– Por nada. – Jan levanta as mãos, impotente. – Ele tinha ganhado uma cama nova, muito confortável, e adorava dormir nela, então precisou *provar a si mesmo* que conseguiria sobreviver sem ela. E quando ele tinha 11 anos? Só banho frio. Durante um ano inteiro.

Lukas suspira.

– Jan, pode parar de bancar a vovozinha com o álbum de fotos? Duvido que Scarlett tenha interesse nessas histórias.

– Ah, a Scarlett *tem* interesse – respondo.

– Está vendo? A plateia está atenta. Durante dois anos inteiros ele não temperou a comida. Não colocava nem sal. Antes disso, ficou acordando uma hora antes do necessário.

– Jan – avisa Lukas.

– Essa é a praia dele. É o que ele faz para se sentir no controle. Mas é uma bobagem... Nós somos humanos. Não temos controle de nada. Autonomia é um mito.

Sinto um peso gelado na boca do estômago e me viro para Lukas.

– Você faz isso até hoje? – pergunto, como se estivesse longe.

– Bom – interrompe Jan. – A essa altura, ele já conseguiu provar com sucesso que é capaz de se privar de *tooodos* os apegos mundanos...

Lukas diz algo, irritado, em sueco. Não parece melódico nem suave, e faz Jan se calar e depois responder na mesma língua. Há uma pequena discussão, mas os olhos de Jan permanecem calmos, e ele encara Lukas com algo que só pode ser afeto.

Quando Jan se vira para mim, sua voz está gentil, e o assunto, encerrado.

– Come – diz ele.

Não coloco nada na boca.

CAPÍTULO 32

Mais tarde.

Depois que Jan me abraça, me passa seu e-mail e promete manter contato.

Depois que Lukas o deixa no hotel.

Depois que entramos num acordo, sem precisarmos conversar a respeito disso, de que ele vai me deixar em casa.

Depois que digo a ele meu endereço e pergunto:

– Quer que eu digite no GPS?

Depois que ele balança a cabeça e fica em silêncio por vários minutos.

Depois que ele desliga o motor na frente do meu prédio, tira o cinto de segurança, tira o *meu* cinto de segurança e se vira para mim.

Depois que ele espera pacientemente que eu fale alguma coisa, após um longo período de silêncio que parece arranhar minha garganta e se expandir por todo o meu corpo.

Eu pergunto:

– Quanto tempo?

Ele sabe do que estou falando.

Quanto tempo ia negar a si mesmo o que deseja dessa vez?

Quanto tempo depois planejava me procurar de novo?

– Quinze dias.

Não há qualquer traço de vergonha em sua voz. E talvez não devesse haver mesmo. Ele estava prestes a conseguir, afinal.

Eu faço que sim.

– Só mais alguns dias, então.

Ele cruza os braços. Queria conseguir decifrar sua expressão, mas seu rosto não diz nada. Quando ele finalmente fala, um milhão de segundos depois, é *comigo*, mas não sei se é *para* mim.

– Naquele primeiro dia, o domingo, eu quase liguei para você umas dez vezes. Foi... difícil. Semana passada, Pen falou que vocês iam almoçar juntas, e eu fui até o refeitório só para... eu nem sei, porra. Olhar?

Ele dá de ombros, distante. Parece estar fazendo o relatório dos resultados de um experimento. Comigo. Com *ele mesmo*.

– Jan chegou no dia sete. Ele é bom em ocupar todos os segundos livres do dia de uma pessoa sem se preocupar se ela tem compromissos.

– Que legal da parte dele.

– Eu pensei o mesmo.

Eu contraio os lábios.

– Você levou em consideração que eu não sou uma cama, um tempero, nem água quente? – Tento soar tão distante quanto ele, mas duvido que esteja conseguindo. – Levou em conta que talvez eu seja o tipo de pessoa que guarda rancor? Ou que tem amor-próprio suficiente para pegar o telefone no 15º dia e mandar você se foder?

Ele assente, como se tudo que eu estivesse falando fosse absolutamente razoável. A civilidade impessoal dessa conversa é... desoladora, na verdade.

– Acho que parte de mim queria que você fizesse isso – diz Lukas.

– Por quê?

Ele leva um tempinho para responder. Quando responde, é sem me encarar.

– Porque às vezes não consigo respirar quando você está por perto.

– Bom, eu... – Balanço a cabeça. Solto um suspiro meio amargo. – Sinto muito.

Ele ri sem fazer som.

– Não é um sentimento ruim. É só avassalador. – Ele balança a cabeça, como se estivesse tentando se livrar de pensamentos ruins. – Eu não tinha nenhuma referência do quanto eu...

Posso completar essa frase. *Gostei mais do que eu imaginava e isso me assustou.*

Ele morde o lábio.

– Eu... não sei se eu gosto. De não estar no controle.

Bem-vindo ao clube, Lukas.

– Bom, se ajuda em alguma coisa, duvido que tenha algo a ver *comigo* especificamente. Eu sou só a primeira garota não baunilha com quem você transou.

Um olhar longo e frio. Ele não responde.

– A questão é a seguinte, Lukas: eu entendo como você se sente. Entendo mesmo. E não te culpo, mas...

Fico em silêncio por muito tempo, tentando organizar os pensamentos, sentindo o peso pegajoso dessa situação sobre mim. Lukas não me apressa, e eu enfim encontro as palavras.

– Mesmo que seja só sexo, acho que não é uma boa ideia ficar com alguém que se ressente por me querer.

Só dura um momento muito efêmero, breve, voraz, é só um vislumbre, mas consigo ter uma ideia de como ele realmente se sente a respeito de tudo isso. Mas dura tão pouco que nem tenho certeza. Se ele se importa. Se está feliz por se livrar de mim. Se ouviu o que eu disse.

Engulo em seco, meu coração batendo descompassado na garganta, e então estendo a mão para apertar a dele uma última vez. Percebo que as marcas dos meus dentes ainda estão lá. Como se ele também não as tivesse deixado sumir.

– Tchau, Lukas – digo.

Ele não tenta me impedir e eu não olho para trás.

CAPÍTULO 33

Como expliquei uma vez a Barb, torneios duplos são oficiais e regulados pela NCAA, mas "tipo, não tanto".

– O que você disse não faz nenhum sentido – observou Barb, e ela tem razão.

As competições mais importantes de natação e saltos ornamentais acontecem todas na primavera por volta de abril. É quando tem a Pac-12, nossa conferência regional, além das classificatórias e finais da liga universitária e, num ano como este, também é quando disputamos para ver quem vai para as Olimpíadas. Os amistosos de pré-temporada são bem menores, e não se espera que nenhum atleta já esteja no auge da sua forma. É raro ver recordes serem batidos, as competições não são transmitidas na TV e o clima é mais festivo. Se a gente ganhar, ótimo. Se perder: *nos vemos em março.*

– Nada de salto sincronizado para vocês nesses amistosos. Ainda não estão boas o suficiente – diz o treinador para Pen e para mim na noite de sexta-feira, e parece pronto para rebater nossos argumentos.

Mas nós duas ficamos aliviadas.

– Você tem razão – diz ela. – Não tem motivo para essa humilhação pública.

Eu concordo.

– A gente sem dúvida deve poupar os texanos do nosso constrangimento.

– Alguém poderia até gravar e postar em algum lugar.

Eu faço uma careta, Pen finge um calafrio e saímos, deixando o treinador Sima perplexo para trás.

Basicamente, esse torneio não é grande coisa. Talvez fosse até uma coisa *pequena*, a não ser por duas razões.

Uma: é a minha primeira competição desde que me lesionei, e só de pensar nisso já sinto todas as células do meu corpo querendo vomitar desde que acordei.

A outra, claro, é: A. Questão. Do. Revirado.

– É normal ficar nervosa – diz Pen, me encarando pelo espelho enquanto divido o cabelo para trançá-lo.

Solto o ar numa risada.

– Está tão óbvio assim?

– Só para mim. – Ela sorri. – Porque eu te conheço.

Ela conhece. Nossa relação pode até ter começado de maneira circunstancial, mas ultimamente andamos tanto juntas que é difícil não descrever o que temos como amizade – até para alguém como eu, que se esforça para não superestimar sua importância emocional na vida de outras pessoas.

– Só preciso passar pelo primeiro salto, acho. Aí vou me acalmar.

Ela apoia a cabeça no meu ombro.

– Vou estar por perto, Vandy. Se precisar de alguma coisa.

Saímos do vestiário junto com as mulheres do time de natação, e são tantas, todas tão animadas, que é difícil não se contagiar com seu entusiasmo. Ontem à noite, durante os preparativos para a chegada da Universidade do Texas, alguém pendurou cartazes de CONHEÇA OS ATLETAS no corredor que leva até a piscina, e eu passo por alguns rostos familiares. Kyle, Nico, Rachel, Cherry, Hasan. Lukas.

Lukas é o único nadador que não está sorrindo e, nossa, isso é a cara dele.

Olho para a foto e não me surpreendo com o frio que sinto na barriga, uma mistura estranha de desejo, raiva, tristeza... e irritação comigo mesma.

Nos últimos dias, ele tentou me ligar. Duas vezes. E aí me mandou uma mensagem. Uma vez.

– Esqueci que Lukas ia competir nos duzentos metros livre também – diz Bree, dando um tapinha no pôster.

Pen faz que sim.

– O técnico da Suécia disse que não tem ninguém rápido nessa categoria na equipe olímpica.

– Sabe, por acaso ele é contra... – Bella dá de ombros – deixar outra pessoa levar uma medalha?

– Ah, merda. – Pen faz uma careta. – Esqueci que os duzentos metros livre é a principal categoria do Devin e do Dale também! Mas não se preocupe. Lukas não vai competir nessa prova na liga universitária.

– Ah, sim. – Bree bufa. – Então agora Devin e Dale *com certeza* vão ganhar.

– Ei! – ralha Bella.

– Só estou tentando ser realista sobre os nossos namorados, Bella. – Bree suspira. – Está vendo a diferença entre nós? É assim que comprovamos que sensatez *não* é genética.

– Então decência básica não deve ser também.

– Como é que é?

– Elas são tão assustadoras brigando – sussurro para Pen, acelerando o passo na frente das gêmeas.

– As duas cresceram juntas e são basicamente a mesma pessoa. Elas *sabem* exatamente o ponto fraco uma da outra.

– Esse é um excelente argumento para defender a solidão eterna.

Uma das atletas recentemente recrutadas pela Universidade do Texas é Sunny, uma menina com quem treinei em St. Louis.

– Nem acredito que estou na minha primeira competição universitária! – diz ela na beira na piscina, e me dá um abraço, depois outro. – E você também está! Meu objetivo sempre foi ser como você.

Tem certeza disso?, eu penso, mas não digo. Sorrio, fingindo estar animada, e não com uma comunidade inteira de vermes rastejando pelos meus órgãos internos. Depois vou me sentar ao lado de Pen para começar o demorado processo de colocar os protetores de pulso e enfaixar minhas articulações. Do outro lado do ginásio, os nadadores estão se aquecendo na piscina. Lukas está lá, conversando com o treinador e com Rachel enquanto se alonga, e eu me lembro de sua mensagem.

LUKAS: Eu te devo desculpas.

– Pen?

– Oi.

– Posso te fazer uma pergunta sobre o Lukas?

– Quer dizer, meu ex com quem você está transando atualmente? Claro.

Atualmente, não.

– Outro dia eu conheci o irmão dele e...

– Que irmão? – pergunta ela, franzindo a testa.

– Jan.

– Espera aí... Qual deles é o Jan?

– O segundo mais novo.

– O que tem filhos? O advogado?

– Esses são Oskar e Leif, os dois mais velhos.

– Certo, certo. – Ela dá de ombros. – O que tem o Luk?

– Você sabia que ele... tenta provar a si mesmo que consegue resistir a qualquer coisa que deseje?

Ela me encara, perplexa, como se eu tivesse acabado de anunciar que estou me mudando para uma fazenda em Vermont para criar minicabras.

– Lukas Blomqvist? Tem certeza de que… Ai, *merda*.

Pen dá um tapa no meu braço, olhando para algum ponto nas arquibancadas.

– O que houve? – pergunto.

– Ele está aqui.

Semicerro os olhos, procurando por um ele não especificado.

– Quem?

– Theo. Professor. O professor com quem estou saindo!

Olho para ela, embasbacada.

– Ele veio te ver?

– Eu... Talvez?

– Você o convidou?

– Não! Não? Eu falei por alto que tinha um torneio, e agora ele está ali...

Pen esconde um sorriso obviamente satisfeito, afundando o rosto entre os joelhos, e eu mordo o lábio para evitar uma risada.

⁂

Meu primeiro salto competitivo depois do meu hiato (forçado) é uma beleza, e os juízes concordam. Recebo alguns 8,5 e um 9 e, por um momento – um momento lindo, brilhante, promissor –, me permito me agarrar à esperança de que talvez eu esteja recuperada.

– Esse foi o duplo e meio mortal em pontapé em posição grupada mais elegante que já vi – me diz uma das treinadoras da Universidade do Texas quando estou debaixo do chuveiro, olhando o painel de notas. Austin tentou me recrutar e eu a conheci quando visitei o campus.

– Obrigada – respondo.

E a sensação é... uau. Posso de fato me *orgulhar* de mim mesma. Que conceito maravilhoso.

– Espero ver muitos outros saltos seus.

Pen salta depois de mim, mas sua entrada não é superlimpa. Sunny vai bem, mas o grau de dificuldade de seu salto é baixo, o que reflete na nota. As gêmeas não competem na plataforma, o que significa que, contando as saltadoras da Universidade do Texas, somos sete no total.

A segunda rodada – um salto com triplo e meio mortal para a frente – vai ainda melhor, assim como meus saltos parafuso, em equilíbrio e de costas. Quando chegamos à quinta rodada, sou a segunda do ranking, apenas dois pontos atrás de Pen e quinze à frente de Hailey, uma aluna do segundo ano da Universidade do Texas.

– E é *agora* que eu vou me foder – murmuro, tentando manter meu ombro preparado.

– Não. Nada disso. – Pen para na minha frente. – Estamos saltando, Vandy. *Pensamento negativo* é o que faz você se foder.

Respiro fundo. Me obrigo a assentir.

– Tem razão.

– Eu sempre tenho razão. E me escuta. – Ela segura minhas mãos. – Dar um tempo de tentar os saltos revirados foi uma ótima estratégia. Você vai subir lá e fazer esse revirado em posição carpada, porque você é maravilhosa. E, se não conseguir, eu vou... sei lá, te bater? Então é melhor conseguir.

Eu dou uma risada. Aceito o abraço dela. Quando o árbitro dá o sinal, eu subo na torre, parando na metade do caminho para esperar que as duas garotas antes de mim terminem seus saltos. Quando ouço o segundo barulho de alguém entrando na água, seco os respingos no corpo, jogo a toalha no chão e vou até a borda da plataforma.

Sempre me sinto grandiosa ao me aproximar da beirada – se jogar de um precipício nunca é uma decisão simples –, mas hoje os dez metros que me separam da água podem mudar a minha vida.

Eu visualizo. Não o *salto* dessa vez, mas o modo como vou me sentir quando conseguir fazer o revirado carpado. Acordar amanhã de manhã e poder deixar para trás o que me atormentou nos últimos meses. Ir para o treino e não ser definida pela única coisa que não consigo fazer. Estar mais uma vez entre meus pares e não me sentir uma intrusa. Voltar para St. Louis nas férias e não ter que ficar me escondendo para não encontrar meus antigos companheiros de time... ou, pior ainda, o treinador Kumar.

Me sentir *inteira* de novo.

Visualizo todas as coisas boas que serão o resultado de fazer esse voo de dez metros do jeito certo, e não o que vai acontecer se eu não conseguir. Porque Pen tem razão, e uma mentalidade derrotista é a pior coisa para um salto.

Meus olhos se voltam para o treinador Sima, para Pen, Victoria, as gêmeas, todos torcendo por mim. A alguns milhares de quilômetros de distância, Barb e Pipsqueak também estão. Do outro lado da piscina, com um braço apoiado na parede, uma figura alta, de cabelo bagunçado e óculos escuros me observa.

– Um minuto! – grita o árbitro.

Um aviso de tempo, mas tudo bem. Eu estou *pronta* para enterrar os dois últimos anos da minha vida.

Viro de costas.

Fecho os olhos.

Dobro os joelhos. Levanto os braços. Ajeito as costas na posição que aprendi ainda criança.

Respiro fundo uma única vez e *vou*.

Saltadores ficam no ar por menos de um segundo, mas às vezes o processo de girar os músculos e colocar o corpo no ângulo certo é tão árduo que parece durar anos. Hoje, não é o caso. Minha cintura se dobra muito facilmente na posição carpada, que me é tão natural quanto a fotossíntese é para as plantas. E o resto... funciona. Não sei muito bem como ou por quê, mas funciona. Estou na água antes que eu possa me preocupar em *falhar* e, antes de subir à superfície, paro por um momento.

Fecho bem os olhos.

Saboreio o alívio.

Então eu irrompo na superfície, mal conseguindo conter o sorriso, limpo a água dos olhos e...

Nem preciso olhar o painel de notas. O rosto de Pen me diz tudo que preciso saber.

Eu posso ter feito a posição carpada. E pode ter sido boa. Mas eu *não* consegui um salto revirado.

CAPÍTULO 34

Estou no meu drinque aguado de número dois, ou três, ou sei lá que merda de número inteiro imaginário complexo real racional, quando me dou conta de que provavelmente devia avisar ao cara da Universidade do Texas que está dando em cima de mim há vinte minutos que não vou beijar, transar nem ter qualquer contato físico com ele.

Trevor (Travis?) é até legal, tanto quanto um homem pode ser, e eu não o acho particularmente ameaçador. Mas talvez essa seja a coisa mais positiva que consigo falar dele. Seu rosto quadrado e bonito não me diz nada, e esse monólogo sobre sua medalha de prata nos Jogos Pan-Americanos precisa melhorar muito.

– Você não mora nessa casa, mora? – pergunta ele.

Estou com dor de cabeça. Ou talvez *ele* seja a dor de cabeça.

– Não – respondo.

Na verdade, não tenho a menor ideia de onde estamos. Na sala da casa de algum nadador, provavelmente. Sempre rola algum tipo de celebração depois do torneio duplo, para mostrar aos nossos hóspedes como Stanford tem uma fascinante vida noturna.

Talvez seja verdade. Não tenho como saber.

– Que pena. Seria legal se sua cama estivesse por perto.

Quero sair daqui. Não quero mais ficar tão perto do focinho dele. Mas Pen foi embora um tempo atrás para encontrar o Professor e, dando uma olhada rápida ao redor da sala, não vejo nenhum rosto conhecido. Isso significa que, se eu deixar Trevor e este sofá, vou ficar sozinha. E, se ficar sozinha, vou pensar em todas as coisas que as pessoas disseram depois do meu salto, nos olhares de pena, nas camadas lamacentas de decepção que cobrem meu estômago.

Na próxima você consegue. (Barb)

Vandy, você ficou em terceiro lugar entre sete pessoas, mesmo com um salto errado. Você é muito foda. (Pen)

Ai, meu Deus, que bosta. Já aconteceu comigo uma vez. Fiquei nervosa e fiz o salto errado. É só uma falha no cérebro. (Sunny)

Tá tudo bem, garota. (Treinador Sima, num tom incomumente gentil que me fez sentir ainda pior)

Um abraço silencioso. (Bree e Bella)

Eu preciso é de mais álcool. Quando eu estiver bêbada, meus neurônios vão estar encharcados demais de etanol para conseguirem processar a própria queima. O ouroboros de derrota que é a minha vida vai sumir em meio ao grande desconhecido.

– Sabe – diz Trevor –, minha ex era saltadora.

– É mesmo?

Olho ao redor na esperança de localizar a fonte primária da Coca-Cola com rum.

– Ela era meio que minha ex. Estava muito mais a fim de mim do que eu dela.

Pensando bem, ficar sozinha com meus pensamentos é melhor do que com esse cara. *Qualquer outro lugar* seria melhor, incluindo a caçamba de um caminhão de lixo numa cidade decadente da Suméria.

– Coitadinha – digo, sem expressão.

– É, foi triste. Sou um cara sensível, odeio dizer não para as pessoas.

– Eu imagino.

– Mas a gente se divertiu. Só quis dizer que sei como vocês, saltadoras, são, e...

Ele se interrompe, e eu atribuo isso à veemência com que me imagino enfiando palitos de dente em seus olhos. Acho que libertei um poder que estava oculto até então. Talvez até caia bem nas inscrições para a faculdade de medicina.

Mas não. Mesmo sob a luz fraca, os olhos de Trevor brilham quando ele inclina a cabeça para cima.

– Puta merda, é o Lukas Blomqvist. E aí, cara?

Ele estende a mão. Lukas o ignora e se senta diante de nós numa mesinha de madeira que parece frágil demais para isso. Tenho certeza de que vai quebrar. Eu provavelmente devia gravar o acontecimento para mandar para as videocassetadas da Suécia.

– Está tudo bem, Scarlett? – pergunta ele, ignorando a animação do seu fã.

– Tudo.

Ele me examina em silêncio, profundamente, como se minha resposta não valesse e houvesse outros significados que só podem ser descobertos sob as camadas da minha pele.

Enquanto isso:

– Cara, nem sei dizer o quanto foi incrível nadar do seu lado hoje – bajula Trevor.

O que me leva à descoberta chocante de que, sim, é possível achá-lo ainda *menos* atraente.

Lukas aponta para ele com a cabeça.

– Você quer que ele continue por perto?

– Porra, claro que ela quer – afirma Trevor. – Estamos nos divertindo. Não estamos?

– Não muito – respondo.

Álcool é o grande elixir da verdade. O rosto de Trevor se contorce numa careta magoada e... Merda.

– Mas não é... *totalmente*... por sua causa – falo. – Eu tive um péssimo dia nos saltos.

– Ôôôô.

Ele claramente acha meu fracasso atlético fofo – como capivaras tomando banho ou uma criança que pronuncia *aminal*. Ele chega mais perto, coloca a mão no meu joelho e... eca. É desagradável, um calor que me deixa enjoada – até que Lukas chega para a frente, segura o pulso de Trevor e o coloca de volta no colo dele.

Trevor o encara, confuso.

– Estou atrapalhando alguma coisa aqui? Vocês dois...?

– Não – digo, me afastando um pouco.

Não suporto a ideia de ele me tocar de novo.

– Por que você está se metendo, então?

A pergunta é para Lukas, que então responde:

– Ela é minha irmã.

Quase engasgo com a minha própria saliva.

– O quê? – Trevor me encara. – É sério?

Eu devo ser uma pessoa horrível, porque assinto.

– Mas seu sobrenome não é...

– Meia-irmã – improviso.

Lukas faz que sim.

– Pais diferentes.

– Sério? Eu não tinha ideia. Todo mundo sabe ou...?

Eu dou de ombros.

– Não é segredo.

– Entendi. Vocês devem ter idades bem próximas.

– É. – Dou uma olhada nas minhas unhas. – Não quero julgar, mas nossa mãe rodou bastante.

Lukas tenta esconder um sorriso. Não consegue. Então abaixa a cabeça.

– Ah, nossa. – Trevor parece impressionado. – Minha mãe é meio piranha também. Teve um caso com um dos meus colegas para se vingar do meu pai, que transou com a prima dela. Rancorosa.

Lukas e eu ficamos paralisados e trocamos um olhar perplexo.

– Obrigado por compartilhar essa... poderosa história autobiográfica – diz Lukas, finalmente dando a ele uma migalha de atenção. – Será que você pode ir pegar um copo d'água para a minha irmã?

– Ah. – Trevor coça a nuca. – Hã, posso, claro.

– Valeu, cara.

Lukas se concentra em mim.

Eu me recosto no sofá, tentando não me encolher diante do peso do olhar dele, e, quando Trevor já está bem longe, digo:

– Não vou beber nenhuma gota de nada que venha daquele cara.

Ele me oferece o copo vermelho que está em suas mãos. Pego e levo até o nariz. Por um momento, penso em fingir que não confio *nele* também, mas acabo dando um gole. É água, e só percebo como estava com sede depois de virar tudo.

– Você está bêbada? – pergunta ele ao pegar o copo de volta.

Respiro fundo.

– Não tanto quanto eu gostaria.

– Não vá a lugar nenhum com o McKee.

– Quem é Mc... Ah. Qual é o nome dele, aliás?

– Trevor. – Ele franze a testa. – Travis? Sei lá.

Eu bufo.

– Mas ele estava certo.

– Duvido que esse babaca já tenha estado certo sobre qualquer coisa nessa vida.

– Semana passada, aprendi um provérbio em alemão. "Até uma galinha cega encontra um pedaço de milho de vez em quando." Ou algo assim. – Dou de ombros. – E Trevor fez uma boa pergunta.

– Qual?

– *Por que* você está se metendo?

Lukas não responde, não fica tenso, não demonstra nenhum sinal de desconforto. Típico.

– Por eliminação... – Levanto o indicador. – Você não está tentando afastá-lo por *ciúmes*, porque você não é capaz de sentir isso.

Ele me encara, indecifrável.

– Não é porque você quer transar. Quer dizer, você tem outras opções. Ganhou o quê, umas quatro ou cinco baterias hoje?

A falta de resposta sugere que talvez tenham sido mais. Que seja. Dedo do meio: levantado.

– Você contribuiu mais para a vitória de Stanford nos amistosos do que o time de saltos inteiro. Talvez, para efeitos de competição, você devesse ser considerado uma instituição. Ter um domínio .org, pagar menos impostos...

– Scarlett – diz ele apenas, como se quisesse que eu parasse de tagarelar. Mas não porque está me achando chata. Acho que é porque ele quer dizer: – Me desculpa.

Inclino a cabeça. *Que novidade*, penso. Na minha experiência, homens raramente pedem desculpas.

– Você e eu concordamos em confiar um no outro – diz Lukas –, fizemos as coisas mais íntimas que duas pessoas como nós podem...

– Não foi nada de mais. Foi só sexo...

– Scarlett.

Ele espera até que eu olhe em seus olhos.

– Me desculpa. Eu não consegui processar na hora o que aconteceu. Me senti fora de controle e entrei em pânico. Agi como um babaca. Coloquei os *meus* medos na frente dos *seus* sentimentos, e isso é... a coisa mais escrota que já fiz, sem dúvida.

Meu plano era desistir dele e esquecer. Ainda é.

Só que essa admissão de que ele fez uma besteira enorme atrapalha um pouco a situação.

– Nada disso é desculpa – continua ele, com uma sinceridade desconcertante. – Mas o que Jan disse era verdade. Quando eu me sentia fora de controle, outras vezes, eu sempre...

Lukas engole em seco. Tenho a sensação de que isso é difícil para ele – não porque odeie admitir culpa, mas porque decepcionou a si mesmo.

– Nunca teve outra pessoa envolvida.

E a Pen?, é a pergunta que está na ponta da minha língua, doida para sair, mas eu me seguro. Não é da minha conta.

– Você não me deve nada – começo, mas ele logo balança a cabeça.

– Eu te devo respeito, te devo cuidado e te devo a verdade. Você, por outro lado, não me deve perdão. Mas se algum dia entrar neste tipo de relação com outra pessoa... – O maxilar dele fica tenso. Acho que Lukas não gosta muito da ideia. – ... essas são as coisas que você deveria exigir.

Baixo o olhar e tento conciliar o pedido de desculpas, meus sentimentos, o medo e o desejo, tudo misturado no fundo da minha barriga.

– Tudo bem – digo, por fim. Dessa vez, é uma decisão, não uma resposta automática. ... estou sendo sincera. – Eu também não sou muito boa com...

Faço um gesto abrangente e muito vago antes de pousar a mão no joelho.

– Com?

– Emoções. As minhas e as dos outros.

A risada dele sai meio bufada, como se Lukas compartilhasse dessa dor.

– Tudo que eu disse sobre o McKee segue sendo verdade – diz Lukas. – Ele não merece estar nem a um raio de dois quilômetros de você.

– Estou extremamente magoada por você achar que eu faria algo com ele.

– Você parecia estar considerando.

– *Não* estava.

Faço uma avaliação rápida do meu corpo e do meu cérebro. Estou praticamente sóbria. Pensando com clareza. Cansada, mas quando é que não estou?

– Eu tive um dia de merda e ele estava por perto.

– Um dia de merda?

Eu me dou conta de que, na visão dele, eu fui bem. Ganhei uma medalha, no fim das contas. Ele não sabe das minhas questões, e vou manter as coisas assim. Já tive minha cota de pena por hoje.

– Não foi nada. Mas ele estava me distraindo. Só isso – falo.

– Tenho certeza de que pode encontrar uma distração melhor.

– Eu ouvi mesmo maravilhas sobre ficar presa em um engarrafamento.

– Passar aspirador de pó é excelente também.

Eu dou risada.

– Infelizmente não tenho carro. Nem... você não vai gostar disso... nem aspirador de pó.

Ele parece genuinamente preocupado.

– Em que condições você vive?

– Minha questão é: não tenho outras opções disponíveis. – Meu coração acelera. *Calma*, eu ordeno, tentando respirar apesar das batidas fortes. – A menos que você tenha outras ideias.

Ele provavelmente pensou que teria que se esforçar muito mais pelo meu perdão, porque leva um tempão para entender o que estou propondo. Mas, quando entende, não hesita. Faz que sim, joga o copo vermelho na lixeira mais próxima, pega minha mão e me guia para fora da casa.

CAPÍTULO 35

O quarto de Lukas continua imaculado. Eu inspeciono o local depois que ele liga o abajur ao lado da cama e examino a arrumação militar, nem um pouco surpresa ao notar a presença de uma cabeceira e a ausência de lençóis azul-marinho. Ele se senta à escrivaninha, e eu considero tirar seus livros da ordem alfabética, só para ver uma veia saltar em sua testa.

– Então, essa cama só existe para transar ou você dorme nela, de fato?

Ele me puxa para sentar em seu colo, sem se abalar. Percebo que ligou o computador.

– Vamos trabalhar no projeto de biologia? – pergunto, ajustando meus joelhos no meio de suas pernas abertas.

Ele dá um sorrisinho, mas não responde. Em vez disso, acaricia minha coxa, dá um beijinho de leve e uma mordida não tão de leve no meu pescoço e, quando estremeço, ele tira as mãos de mim e começa a digitar.

O portal do plano de saúde dele é o mesmo que o meu. Lukas vai clicando em diversos resultados de exames, e eu me inclino para a tela.

– Tudo certo? – pergunta ele quando termino de ler.

– Tudo certo.

Quero que seja igual à última vez: minha cabeça totalmente vazia, meu corpo em chamas. Lukas segura meu queixo com o indicador e o polegar.

– Depois... – diz ele. – Não vai embora daquele jeito.

Franzo a testa.

– Pode me acordar, se quiser, mas não vai embora sem dizer nada.

Eu poderia fazer muitas objeções a isso, mas nenhuma delas parece importante.

– Tudo bem – respondo, então prendo a respiração, pronta para mais uma vez ser lembrada do *controle* que ele consegue exercer sobre mim.

– Você é muito boa em fazer o que eu peço, não é?

Eu faço que sim, ansiosa, cheia de expectativa, mas Lukas apenas me dá um beijinho na boca, tão doce e gentil que quase não percebo sua mão entrando no meio das minhas coxas. Ele abre as minhas pernas e me posiciona mais perto em seu colo. Faz carícias leves por cima da calcinha.

Não consigo evitar um gemido carente. Os nós de seus dedos se movem sob o tecido da minha saia de um jeito *indecente*, e assim que ele percebe que estou molhada, estala a língua, como se fosse exatamente o que ele esperava e...

– Porra, você não existe – rosna ele, com o rosto no meu pescoço.

Lukas começa a me esfregar com o dedo do meio, e eu solto o ar, agradecida e ávida. *Ainda bem que ele não vai me fazer esperar*, digo a mim mesma. Treze minutos depois, ainda estou no quase, e o relógio no monitor do computador ri da minha cara.

Começa com Lukas tirando meu top de um jeito não muito gentil e dizendo:

– Seus peitos são espetaculares. Alguém já te disse isso?

Orgulho e satisfação crescem dentro de mim. Faço que não com a cabeça.

– Nem o seu ex idiota? – pergunta ele, franzindo a testa.

Ele não era idiota, quero responder, mas não é hora nem lugar de defender um cara que está apaixonado por outra. Balanço a cabeça de novo.

Lukas fica perplexo. Irritado.

– Não consigo entender isso, Scarlett – diz ele, tocando meu mamilo e meu clitóris ao mesmo tempo, ambos de leve, ambos com uma promessa de *mais*. – Ele tinha um tesouro nas mãos e simplesmente...

Ele fala como se quisesse descarregar essa frustração em alguém, mas não entendo quem é esse *alguém* até que ele abre um sorriso.

– Eu o desprezo. Mas tenho que ser grato. Se ele não fosse um completo babaca, eu não ia poder fazer isso...

Ele belisca um dos meus mamilos com tanta força que esqueço como se respira. Então seu dedo circunda meu clitóris até eu ter todo o estímulo de que *preciso* e...

– Você adora isso, não é?

Lukas torce meu mamilo, e eu gozo pela primeira vez. Ele morde a lateral dos meus seios e... a segunda. A terceira vem pouco depois, quando ele começa a chupar os mamilos inchados e doloridos, o dedo do meio dentro da minha boceta. Depois disso... não importa mais, e eu não preciso fazer muita coisa. Se eu me contorço em seus braços, se minha bunda pressiona seu pau duro, ele apenas me faz ficar quieta com uma mordida ou alguma ordem, a mão pesada contra minha barriga. Tudo que preciso fazer é aceitar o prazer. Cumprir o que ele manda. Ouvir quando ele sussurra os comandos no meu ouvido, tipo *Só mais uma vez* e *Você consegue*, e fragmentos de frases que incluem palavras como *perfeita*, *só para mim* e *belas lágrimas*.

Lukas beija os cantos dos meus olhos, lambendo essa dor deliciosa que *ele* está provocando. Nunca me senti tão vazia.

– Por favor – imploro.

Estou um caos, tremendo e tendo espasmos, tentando me enterrar nele. Seus braços e sua voz são as únicas coisas que me mantêm inteira.

– Ainda não – diz ele, gentil, firme, tudo que eu sempre quis.

Eu não sabia que a voz de alguém podia ser ao mesmo tempo afetuosa e cruel.

– Você aguenta mais um pouco. Minha boa garota.

Ele nunca está errado, nem uma vezinha, e logo depois já tenho certeza de que ele conhece meu corpo melhor do que eu, e o que ele não sabe aprende sozinho. Dessa vez, quando ele me coloca na cama, tira *toda* a minha roupa. Lukas tem a maior paciência ao fazer isso, paciência com meu estado mole e preguiçosa. Estou caída na cama, o encarando com um sorriso maravilhado, sem forças para fazer qualquer coisa depois de tantos orgasmos. Ele dobra minha saia, minha blusa e até meu sutiã, mas joga a calcinha em algum lugar nos fundos do quarto, e isso é tão atípico de Lukas que não consigo evitar uma risadinha.

– Isso é jogar lixo no chão *e* roubo ao mesmo tempo.

Ele tira a camiseta. Depois a calça.

– Na Suécia, isso dá prisão e condenação. – Ele fica por cima de mim, um cobertor de carne, osso, calor, e acrescenta, com a boca contra a minha orelha: – Jogar lixo no chão, quero dizer.

Eu não esperava dar risada com ele. O sexo era divertido e despreocupado com Josh, mas sempre achei que fosse porque estávamos apaixonados. E, no entanto, aqui estou eu, rindo contra o pescoço de um homem que, pelo que eu sei, talvez ainda esteja apaixonado por outra.

Ele respira fundo, absorvendo meu cheiro. Diz o quanto é gostosa a sensação de me ter sob o seu corpo. Macia. *Linda* – uma palavra ridícula que faz eu me arquear contra ele.

– Eu devia usar os dedos para te alargar um pouco antes – diz ele, seu peito vibrando contra os meus seios. – É como eu faço, normalmente. Uma gentileza. Mas, com você, não vou fazer isso. Você vai aguentar de cara.

Estremeço. Deixo que ele abra minhas pernas, e tenho um sobressalto. Sou bastante flexível, por causa dos saltos, mas meus músculos sentem o quanto ele separa minhas coxas, as mãos sob os meus joelhos. O esforço necessário dos quadris para ficar assim *tão* aberta para ele.

– Tão obediente – diz Lukas, satisfeito.

E eu sorrio, o prazer do elogio me aquecendo por dentro. Ele enfia o dedo no meio das minhas pernas, que está muito melado, solta um suspiro e depois uma melódica palavra estrangeira, e então usa esse dedo para lubrificar a si mesmo.

Eu penso em fazer alguma coisa. Ser uma participante mais ativa. Com Lukas, porém, as regras sob as quais funcionei por toda a vida não fazem sentido. Fico deitada na cama, olhando enquanto ele me observa, sinto o peso do seu pau na minha pelve e, com a ajuda da mão, Lukas o pressiona contra minha barriga, minha boceta. Eu estou leve. Estou ávida. Estou pronta, porque ele disse que sim. Maleável.

Flutuando.

Li certa vez que dinâmicas de poder no sexo são uma farsa. Cenas e brincadeiras. Coisas roteirizadas. Mas, para mim, essa sensação flutuante é a definição de sinceridade. Saber que ele está no controle, sua mão prendendo minhas mãos acima da cabeça, e que eu posso ser simples. Natural. Eu mesma, sem culpas nem julgamentos.

– Olha só para você. – Lukas roça a boca no meu lábio inferior e usa a mãos entre nossos corpos para se ajeitar. – A porra de um sonho.

Seus quadris se movem e, após algumas tentativas, a cabeça do seu pau entra em mim. Ele deixa escapar um suspiro quente contra a minha bochecha.

Minha respiração falha, e eu arqueio o pescoço.

Ele só entrou alguns poucos centímetros, mas não há mais espaço.

– Relaxa – manda ele.

Eu faço que sim. Tento me manter flexível. Ele mete de novo e entra mais um pouquinho. A sensação de queimação é terrível. Tudo que eu sempre quis.

– Respira fundo, Scarlett.

Fazemos progresso. Tenho certa dificuldade. Lukas observa meu rosto todo o tempo, absorvendo como mordo o lábio, respiro ofegante e gemo.

– Está demais? – pergunta ele.

Eu faço que sim, um pouco desesperada.

Lukas para e tira um pouquinho. Sinto o pânico se espalhar na mesma hora pelo meu corpo. Eu não disse *pare*. Não pedi para ele parar. Nós concordamos que ele não ia...

– Que pena – diz ele, a voz ao mesmo tempo maldosa e gentil, como se contivesse todas as nuances de que vou precisar. – Porque você vai ter que aguentar tudo que eu te der.

Lukas mete outra vez, e eu perco totalmente a razão. Meu corpo inteiro se contrai ao redor dele, ao redor daquelas palavras, e acho que talvez eu...

– Ah, meu bem. Mas já? Só com isso?

Algumas contrações. Uma risada baixa. Ele consegue entrar mais um pouco, e não há espaço, mas ele está *abrindo* espaço, criando algo que não existia.

– Lukas – chamo, soltando o ar.

– Eu sei, meu bem.

Sua voz está tensa, como se estar *tão* duro e fazer tudo *tão* devagar também fosse difícil para ele. Ele se inclina para me beijar, um beijo indecente, de boca aberta.

– O que eu disse, Scarlett? Respira fundo.

Acho que ele nem chega a entrar por completo, mas começa a investir mesmo assim, e eu nem sei do que gosto mais. A respiração dele, bem alta no meu ouvido. A dorzinha que deixa o prazer muito mais intenso. O ritmo, sem pressa, mas objetivo.

Eu quero tocá-lo, enfiar as unhas nos seus ombros, mas ele segura meus pulsos acima da cabeça, e tudo que posso fazer é senti-lo se movendo dentro de mim, meus pés relaxados balançando a cada investida, mordiscando o maxilar dele sem pensar quando começo a sentir uma onda de calor no fundo do ventre.

Eu gozo uma vez desse jeito, contrações lentas e tão gostosas que quase doem. Se ele, nós ou *isso* fôssemos normais, eu diria que é isso, terminou. Metidas mais rápidas, um grunhido sufocado, o orgasmo de Lukas, e fim. Mas ele gosta de decidir quando as coisas começam e quando terminam. Ele me beija, e então lambe as lágrimas que escorrem dos meus olhos, e diz o quanto minha boceta é deliciosa e apertada. Lateja dentro de mim, mas não goza ainda. Em vez disso, diz:

– Só mais um pouquinho. Vai ter que aguentar um pouco mais, tudo bem?

E aí ele vai mais fundo, de um jeito impossível, e eu arqueio o peito e gozo de novo, tão forte que no final começo a ouvir música na minha cabeça. Vozes. Sinos.

Só que não estão na minha cabeça.

– Que timing de merda – resmunga Lukas, e morde minha clavícula. – Voltarem para casa quando estou tendo a melhor transa da minha vida.

Os colegas de apartamento dele. Voltando da festa.

Nós vamos parar? Meu Deus, *não*. Eu quero chorar. Eu *dou* uma choramingada.

– Você consegue ficar em silêncio?

Ele não acreditaria numa mentira, então faço que não.

Lukas dá um sorrisinho.

– Vamos ter que treinar para você gozar um pouco mais baixo, Scarlett. Enquanto isso...

Ele cobre minha boca com a mão, como da última vez, e meu cérebro derrete. Isso. *Isso*. É bizarro que eu goste tanto disso, de saber que ele controla minha habilidade de respirar e gritar?

– Eu vou te comer de verdade agora, está bem? Vou meter tudo.

Eu assinto, meus olhos emanando um *sim* suplicante, e só então percebo o quanto teria sido fácil para ele simplesmente botar tudo desde o início. Ele faz um som que é puro prazer, genuíno, tão profundo que minhas pernas chegam a tremer. Eu me sinto invadida para além da compreensão e tenho vontade de dizer a ele a verdade, que é isso que eu queria desde antes de conseguir elaborar os meus desejos.

– Eu sabia que você ia conseguir – rosna Lukas no meu ouvido.

E isso é o suficiente para eu gozar de novo, o elogio, os dedos dele envolvendo meu rosto e o som dele metendo até o fundo e dos quadris batendo contra os meus. *Lukas*, tento dizer, mas estou aérea e não consigo pensar em nada além dele, dele, *dele*.

Mais uma investida, e os músculos dele ficam muito tensos, como se estivesse tentando evitar o próprio orgasmo, mas Lukas congela. Seu rosto se contorce. Quando goza, solta meus pulsos e me puxa para mais perto, e nenhuma das coisas que fala no meu ouvido são em inglês – a não ser meu nome.

Leva alguns séculos para o meu coração voltar ao normal. Hasan e Kyle conversam ao subir as escadas. Portas se abrem e se fecham, alguém fala aos cochichos no celular e uma torneira é aberta, marcando a passagem do tempo. Estou encaixada debaixo de Lukas, os braços dele não me soltam, meu suor e minha respiração ofegante um reflexo dos dele. O coração batendo junto ao meu. Eu poderia dormir. Poderia ficar aqui para sempre.

Quando ele finalmente se apoia nas mãos e ergue o corpo, parece estar como eu: zonzo, abalado. Meio derrubado. Olhamos um para o outro com aquela surpresa meio vaga de duas pessoas que já transaram antes e foi *bom*. E ainda assim...

– Tudo bem? – pergunta ele, a voz grave, áspera.

Eu devia dizer alguma coisa engraçadinha – *Eu que te pergunto* –, porque ele parece acabado. No entanto, o que me parece mais natural é estender as mãos, segurar o rosto dele e ficar assim até ele virar a cabeça para beijar a palma da minha mão.

Dói um pouquinho quando ele sai de dentro de mim. Lukas percebe minha testa franzida, minha careta, mas dessa vez ele cuida de mim, confere se meus pulsos estão machucados, beija-os de leve.

– Relaxa. – Ele se inclina para dar um beijo suave na minha barriga. Uma de suas mãos segura a minha. – Respira fundo.

O quarto dele é uma suíte. Fico deitada na cama enquanto ele vai até o banheiro. Ouço a torneira, e ele volta com uma toalhinha, que usa para limpar minhas bochechas. A sensação é de que elas estão caóticas, grudentas das lágrimas, e esse calorzinho é um bálsamo.

Ele abre minhas pernas devagar, mas eu me retraio mesmo assim. Lukas me conforta sussurrando uma palavra estrangeira, mas vê alguma coisa lá embaixo que o faz respirar mais fundo e deixar a toalha de lado, praticamente sem uso.

Ele olha, olha e eu tento imaginar o que está vendo. Quando está satisfeito, fecha minhas pernas de novo, como se pudesse guardar o que está ali.

– Vai dormir aqui?

Sua voz é grave e rouca. É um pedido dessa vez. Como é fácil passar dos animais que podemos ser de volta à frequência da civilização. Da hierarquia para papéis igualitários.

– Eu quero, sim.

Ele quase sorri. Eu quase sorrio também. É tão fácil me enfiar debaixo do edredom, mergulhar o rosto no pescoço dele, saborear o suspiro de alívio que ele solta ao me aninhar nos braços. Ele me envolve, me contém, me aperta contra ele, como se precisasse me abraçar tanto quanto eu preciso ser abraçada.

Eu devia fazer xixi. O banheiro está bem ali. Mas está tão quentinho aqui com Lukas, e há tão pouca evidência científica que comprove a conexão entre fazer xixi depois do sexo e infecções urinárias... Deveria haver mais pesquisas investigando essa questão. *Eu* poderia fazer uma pesquisa.

Começo a planejar isso e, alguns minutos depois, caio no sono.

CAPÍTULO 36

Alguma coisa me acorda. Não sei bem o quê, mas deve ser algo fora da minha própria cabeça, porque assim que abro os olhos sinto Lukas se mexer atrás de mim, o deslizar lento de seu corpo quentinho junto ao meu debaixo das cobertas.

Estou aninhada contra ele, seu corpo pesado envolvendo o meu como se eu fosse um travesseiro ou um bichinho de pelúcia, algo que ele usa para dormir melhor. Uma das pernas dele está jogada por cima das minhas, e seu peito é quente contra as minhas costas, pressionando o lado direito do meu corpo contra o colchão. Mesmo dormindo, o braço dele está agarrado com força à minha cintura, tornando impossível respirar fundo. Não me lembro de já ter estado assim tão *próxima* de alguém. Objetivamente, estou desconfortável, com calor e sendo quase sufocada até a morte.

Eu *adoro*.

Tanto que meu primeiro pensamento coerente tem a ver com Pen: quando, ou melhor, *por que* ela decidiu terminar com Lukas?

Lukas, que está começando a acordar. Ele beija a curva do meu pescoço, fazendo cócegas na minha pele sensível. *Arranhões de barba*, penso. Ele deixou alguns ontem à noite, e vou ter que fazer alguma coisa a respeito disso antes que alguém me veja de roupa de banho... Mas isso só vai acontecer daqui a 24 horas.

– Você está sempre tão cheirosa.

É um murmúrio baixinho, que sai como um ronronar do seu peito e vai direto nos meus ossos. Ele respira fundo e não me solta.

É o contrário, na verdade.

– Estou com seu cheiro – respondo, completamente mole. Preguiçosa, como se estivesse saindo de séculos de hibernação. – E o cheiro das coisas que fizemos.

– Exatamente.

Ele inspira meu cheiro de novo. Seus braços me apertam mais forte, cruzados, e me puxam, ainda que não haja mais nem ar entre nós.

– Você sempre se remexe desse jeito dormindo?

– Eu me remexo?

Sinto o movimento contra a minha nuca quando ele faz que sim, depois me dando um beijo e uma mordidinha suaves.

– Tive que te prender – murmura Lukas.

– Eu não tinha a menor ideia. – Josh nunca comentou nada. – Mas isso explica o estado da minha cama toda manhã.

Tento me virar. Lukas não deixa, mas eu o sinto duro e quente bem na curva da minha bunda. Ele não parece impaciente – nada no modo como me segura sugere que seja mais do que um abraço, mas... nós vamos transar de novo? Eu quero transar com ele de no...

Sim.

Sem a menor dúvida, *sim.*

Mas antes eu deveria ir me limpar.

– Posso ir ao banheiro? – pergunto, de brincadeira.

Ele finge pensar sobre a questão.

– Se precisar mesmo – responde Lukas, fingindo uma voz autoritária que me faz rir, então ele me dá outro beijo na bochecha, e ficamos ali por mais uns minutos até que Lukas enfim me solta.

Sento-me na beira da cama, de costas para ele, e...

Ai.

Aperto o lençol com força, porque *dói.* Sinto uma dor intensa bem na altura do umbigo e também no alto das minhas coxas. Forcei demais os músculos, por muito tempo.

Disfarço a dificuldade no andar e fecho a porta com as bochechas queimando. A questão é que eu ia *odiar* se Lukas decidisse se segurar da próxima vez. Preciso que ele não hesite e não me poupe de nada. Mas, quando olho meu corpo nu no espelho, quase tenho um sobressalto. Consigo traçar na minha pele um mapa de tudo que fizemos ontem, como se eu fosse uma peregrina: os arranhões vermelhos da barba; os hematomas no meu seio esquerdo; um círculo roxo surgindo no meu quadril; lábios rachados e inchados.

Arrasada.

Eu pareço absolutamente *arrasada*. Pareço algo que pertence a Lukas, algo que ele manuseou com força, algo que foi *usado* por ele, exatamente do jeito que eu pedi naquela maldita lista. Nem mais nem menos. Levada ao limite e nada além.

Um calor satisfeito brota na minha barriga. É *isso*, esse é o sentimento que eu vinha buscando. Não são apenas os orgasmos e o prazer, mas essa noção de compatibilidade. Minhas necessidades atendidas pelas necessidades de Lukas. *Nós combinamos*, eu acho. O alívio de saber que as coisas que eu quero são complementares às que outra pessoa quer é quase incomensurável.

Quando me recupero o suficiente para voltar, Lukas está parado junto à porta, encostado na parede. Colocou uma calça cinza e está segurando um copo d'água numa das mãos e uma cápsula na outra.

Eu a reconheço das minhas muitas décadas de dores musculares: Advil.

Não tem como esconder *nada* dele.

Não faço nenhum comentário e engulo. Ele olha para o meu corpo nu, para o que fez comigo, como se eu fosse algum tipo de medalha olímpica. Faminto, orgulhoso, ávido. E outras coisas que não consigo distinguir na intensidade do olhar.

Ele passa a mão pelo hematoma na lateral do meu seio.

– É agora que você faz cara de arrependido e diz que sente muito? – pergunto, a voz neutra.

A verdade é que estou com medo. *E se ele se arrependeu? E se eu exagerei?*

Lukas não diz nada. Com o polegar, pressiona a marca na minha cintura – que tem seu tamanho exato. Chave e fechadura.

– Tenho que pedir desculpas por essa também?

Solto uma risadinha.

– Você não *parece* muito arrependido.

– Porque não estou.

Ele dá de ombros, e eu sou atingida em cheio... pela percepção de como ele é *gostoso*. Não por causa dos músculos, da estrutura corporal, e não no *geral*, mas para *mim*. Por causa de quem ele é e de quem eu sou.

– Você adora ser machucada, Scarlett. De sentir dor só o suficiente para nem *pensar* em não fazer o que eu peço. – Lukas se inclina na minha direção, sua pele áspera roçando minha bochecha. – E eu adoro fazer isso com você, e vou fazer enquanto você deixar.

Estremeço. E *não* é de medo.

– Beba tudo – ordena ele e, depois que viro o copo, Lukas me pega no colo e põe na beira da cama.

– Eu devia ir embora antes que seus colegas acordem.

Ele aperta os lábios, não muito satisfeito, mas assente e pega minha blusa no chão.

– Levanta os braços – orienta.

Eu obedeço, tentando lembrar da última vez que alguém me vestiu. É uma sensação gostosa.

– Lukas?

Ele me olha.

– Estou fazendo certo? Essa... coisa toda.

Ele sabe exatamente o que estou perguntando, mas continua alisando minha saia. Não tem pressa em dar a resposta.

– Não sei se está certo, mas isso é... – Ele aperta os lábios. – *Você* é exatamente o que eu queria. – A saia cai no chão, esquecida. – Eu acho...

É tão raro Lukas hesitar ou ficar sem palavras que quase não reconheço que o que ele está sentindo é confusão.

– Eu passei muito tempo imaginando – falo. – Desde que entendi o que era sexo, antes mesmo de saber o nome disso. E eu esperava que fosse gostoso, mas *isso*... Eu não tinha ideia de que ia ser assim.

Ele mexe a mandíbula, como se houvesse palavras que quer falar, mas que não saem.

– As coisas da lista. – Minha língua parece grande demais dentro da boca. – Você pode fazer. Tudo. Não precisa se segurar.

Ele olha para meu corpo, achando graça.

– Você *sente* que estou me segurando?

É gentil, mas muito rápido, o modo como ele me empurra no colchão, a palma da mão no meu peito, quente sobre o tecido fino da blusa.

– Eu só não quero que você... – continuo.

– Sente ou não sente?

Ele abre as minhas pernas, encontra hematomas que eu não vi e os pressiona, como se enfiasse pinos em buracos. O prazer da dor sobe pela minha coluna e deixa minha respiração mais rápida.

– Estou pegando muito leve com você, Scarlett? – Um roçar de dentes no meu queixo. – Estou sendo muito *bonzinho*?

Ele morde com mais força e... Ai, meu Deus.

O Lukas hesitante de um minuto atrás já sumiu. Olho para ele e só consigo dizer:

– Por favor.

– Por favor o quê? Por favor, pare?

Faço que não com a cabeça.

– Por favor, me faz gozar? – continua ele.

Mordo o lábio, me sentindo de repente envergonhada.

– Por favor, me come? Essa sua bocetinha dolorida?

Eu faço que sim num arroubo, urgente, sem pensar. Isso surpreende a nós dois.

Ele franze a testa.

– Calma aí, Scarlett. Você precisa de um descanso...

– *Por favor.*

Dá para ver a expressão conflitante no rosto dele por meio segundo, mas Lukas confia que eu sei o que aguento. Ele tira a calça. Fica por cima de mim. Levanta minha blusa e chupa meus mamilos doloridos até eu estar me contorcendo, querendo mais e menos ao mesmo tempo. Ele aperta minhas coxas entre seus joelhos, fechando bem as minhas pernas, e eu resmungo, prestes a reclamar que não é isso... eu quero mesmo que ele... por que ele está...?

Mas então ele manda eu me calar e eu sinto. A cabeça do seu pau pressionando meu clitóris, uma metida brusca, meu corpo se abrindo com uma sensação quente, ardida, que me deixa tensa como uma corda de arco, e então ele está dentro e... sim. Minha boceta lateja ao redor dele. A dor dá uma contundência muito mais linda e cruel ao prazer.

– Meu Deus, você é tão apertada. – Ele enfia o rosto no meu pescoço. – Nem parece que passei a noite comendo você.

Ele se move devagar, como se testasse as águas, me arrancando alguns suspiros pesados. Dói. E é mais do que bom. Eu não aguento mais. Se ele parar, vou morrer. Não é suficiente.

– Mais fundo – imploro, porque suas metidas são muito superficiais, preenchem apenas alguns centímetros e então me deixam vazia de novo.

Tento mexer o corpo e ficar no ângulo certo para conseguir o que quero, rebolando um pouco no pau dele, mas as mãos de Lukas seguram as minhas acima da cabeça, nossos dedos entrelaçados, e minhas coxas estão presas entre as dele. Ele controla cada movimento, cada olhar, cada rota de saída.

– Lukas – digo, soluçando.

Ele me ignora. Tento abrir as pernas, mas ele é mais forte. Essa demonstração de força só me deixa mais excitada.

– Mais fundo – imploro. – Bota tudo.

– Dessa vez, não. – Ele morde minha orelha, uma ameaça, uma pequena advertência. Eu gemo. – Quietinha. Vai aceitar o que eu te der e vai agradecer por isso. Não vai, meu bem?

Faço que sim. Estou tão, *tão* perto... por causa das coisas que ele diz, da forma como se mexe, por me segurar de um jeito tão irredutível. Sou uma mistura molhada de lágrimas e lubrificação, todos os meus músculos tensos.

– Você sabe que vou te comer quando e do jeito que eu quiser – diz ele no meu ouvido. – É só ter paciência. Você consegue ser paciente, não é?

Eu assinto, desesperada.

– Pode ser boazinha?

Eu me contraio ao redor dele e prendo a ponta do seu pau. A resposta é meio uma risada e meio um grunhido. Ele precisa se recompor, sair da beira do precipício.

– Você já vai gozar, não é?

Meu Deus, espero que não. Espero conseguir fazer durar. Vai saber quando vai acontecer de novo.

– Sabe aquela lista, Scarlett?

Sua boca desliza contra a minha, desordenada, descoordenada, compartilhando o ar que parece raro e difícil de respirar.

– Eu vou fazer tudo aquilo com você. Tudo. E, quando terminar, vou fazer de novo. E se você não me pedir para parar, eu faço *de novo*...

Eu gozo com um gritinho delicado, que é ecoado pelo som grave do gemido dele, e dura muito tempo – eu, trêmula contra o corpo de Lukas, sua respiração pesada, os beijos lentos e reverentes que ele dá no meu rosto e nos ombros quando sai de cima de mim para ficarmos mais confortáveis na cama. O relógio na mesa de cabeceira marca 8h37, a luz amarela brilhando em meio às persianas abertas, e os braços quentinhos dele estão ao meu redor.

– Tenho que ir embora – me obrigo a dizer.

Espero que Lukas me solte. A única coisa que ele faz é enfiar o rosto no meu pescoço e respirar fundo, como se estivesse inalando algum tipo de droga.

– Eu vou junto. Te dar um café da manhã.

Ah. Isso parece...

– Tudo bem.

Legal.

– Tenho que tomar banho primeiro.

Ele balança a cabeça antes mesmo de eu terminar de falar, então se afasta para olhar nos meus olhos. Segura minha nuca com as mãos.

– Scarlett, se eu quiser você limpa depois que a gente transar, eu mesmo vou te dar banho. Ok?

Estremeço. Isso seria nojento. Certo? Não sei. Se for, acho que não me importo.

– Ok.

Ele abre um sorriso breve, mas que faz meu peito inteiro se encher de felicidade.

CAPÍTULO 37

Espero no carro enquanto ele providencia a comida – porque não sei muito bem se quero que nos vejam juntos, porque não estou apresentável, porque ele confiscou minha maldita calcinha, que está escondida em algum lugar no quarto dele, tão ao meu alcance quanto o veículo espacial *Curiosity*.

Quando pergunto "Quanto eu te devo?", Lukas me olha como se eu tivesse lhe pedido para se juntar a mim numa expedição para exterminar os gaviões-reais.

– Posso te fazer uma transferência – acrescento, e ele desvia o olhar e continua fingindo que seu córtex auditivo derreteu e saiu pelas narinas.

Que seja.

Dirigimos durante alguns minutos para longe do campus, paramos numa pequena clareira fora da estrada e nos sentamos no capô do carro para comer, ouvindo o gorjear dos pássaros. O sol aquece meu rosto; as pernas de Lukas são absurdamente longas; quando ele tira os sapatos, eu faço o mesmo e remexo os dedos, deixando a brisa correr entre eles.

Minha mente volta para a competição de ontem, meu mais-recente-mas-provavelmente-não-o-último fracasso, mas reprimo a lembrança e me obrigo a viver o momento, saborear o silêncio confortável que se instalou entre nós praticamente desde que saímos da casa dele.

Como meu bagel de queijo com ovo, gemendo de satisfação, como se a comida estivesse sendo injetada diretamente nas minhas veias. Não havia comido nada desde bem antes do torneio de ontem. *Depois*, eu já não tinha mais certeza se *merecia* comer. Talvez seja disso que eu preciso – ser mais dura comigo mesma e punir meu corpo e meu cérebro pelas coisas que não consigo fazer, treinar até expulsar a fraqueza e os fracassos de...

Não. Não vou pensar nisso *agora*.

Eu me concentro em cada mordida. No farfalhar das árvores. Na presença de Lukas. Trocamos alguns olhares – eu, sorrindo, ele, com uma expressão indecifrável. Quando termino meu café da manhã, ele pega o segundo bagel que comprou para ele e estende para mim.

– Ah, não, eu...

– Scarlett.

Apenas uma palavra. Não é uma ordem. Ainda assim, abarca tanta coisa: *eu sei que ainda está com fome. Prefiro que você coma. Me deixe feliz. Fique satisfeita*. Não tenho nem ideia de como consigo ler tudo isso numa palavra, mas, quando pego o bagel ainda embalado, Lukas parece tão satisfeito que eu sei que tenho razão.

Como dois terços e entrego o resto para ele, que examina meu rosto, me analisa, curioso, depois aceita e termina de comer numa só mordida.

Fico maravilhada ao ver como Lukas é estoico e silencioso quando não está me dando ordens. O quanto me sinto relaxada com ele, contente só de estar em silêncio. Como nós trocamos menos palavras durante uma refeição do que transando. Esse último pensamento me arranca uma risada.

– O que foi? – pergunta ele.

Balanço a cabeça.

– Então, isso aqui... – Gesticulo para o espaço entre nós. – Isso conta como uma *fika*?

– Isso é café da manhã.

– Mas estamos tomando café. E comendo um salgado.

Ele franze a testa.

– Ainda assim, é café da manhã. *Fika* é no meio da manhã.

– Bom, são nove e meia e normalmente nós acordamos às cinco.

– *Fika* é entre as refeições.

– Nós estamos entre refeições. O jantar de ontem e o almoço de mais tarde. Se você pensar bem, toda refeição fica entre outras refeições...

– Isso aqui *não é fika* – diz ele, decidido.

Arbitrário.

Talvez ele esteja ficando irritado. Talvez eu ame isso.

– Mas por quê?

– Porque eu disse que não.

– Então só porque você é sueco, você pode decidir...

– Correto.

Escondo o rosto atrás dos joelhos dobrados para ele não ver meu sorriso.

– Nunca vou poder usar a única palavra sueca que conheço. Só porque você *disse que não*.

Ele dá uma risada e murmura alguma coisa em voz baixa, algo que soa como *gnomo*.

– Ei, por que você fica me chamando de...

– Vou te ensinar outra – diz ele.

– Outra o quê?

– Palavra em sueco.

Olho para ele na expectativa.

– *Mysig*.

– *Mysig* – repito devagar, e ele ri. – O que foi?

– Você não é mesmo muito boa com línguas estrangeiras, não é?

Eu olho para ele de cara feia.

– *Me-sig* – repete Lukas.

Pelo seu sorriso, vejo que não me saí melhor na segunda tentativa.

– Ainda parece que você está falando de um parasita intestinal.

– Ei – falo num tom leve –, se você não me aguenta nos meus piores momentos de xenoglossofobia, não merece viver os meus melhores momentos. O que é *m*... Essa palavra?

Ele faz um aceno que abarca nós dois, as árvores, este momento.

– Isso é *mysig*.

– Mas o que significa?

– Tenho certeza de que o site que te ensinou o que era *fika* vai explicar essa também.

– Que *maldade*.

Roubo um longo gole do suco dele. A conexão entre uma transa excelente e apetite deve ser de titânio.

– Jan chegou bem em casa? – pergunto.

Lukas faz que sim.

– Ele me diz para te mandar um oi toda vez que manda mensagem. E ele manda muita mensagem.

– Ah. Você contou para ele que a gente...?

– Ele entendeu tudo sozinho.

– Em que momento?

Lukas dá de ombros.

– De acordo com ele, depois de observar por dois segundos e meio como eu olho para você.

– Ah. – Sinto um calor nas bochechas. – Desculpa ter ido junto. Não queria me intrometer no programa fraternal de vocês.

Lukas dá uma risada.

– Programa fraternal?

– Não é assim que vocês que têm irmãos falam?

– Talvez seja assim que monges falam.

Trocamos um olhar longo, íntimo e intenso.

– Fiquei feliz por você ter ido junto – diz ele depois de um tempo, a voz baixa no ar livre da manhã.

Meu coração... ele não *para* de bater, mas dá uma falhada.

– É?

– Gosto da sua companhia.

As batidas perdem completamente o ritmo, uma depois da outra.

– Obrigada – digo, em vez de falar o que realmente estou pensando.

Talvez nós possamos ser amigos. Para além do sexo, quero dizer. Não tenho muitos. E você e eu... nos damos bem, não é? Em vez disso, falo a coisa mais insossa em que consigo pensar:

– Eu gosto de fazer trilha. Nunca consigo ir.

– Por quê?

– Não tenho ninguém para ir comigo. Eu devia ir sozinha, mas... – Dou de ombros. – Vou perguntar se Pen quer ir de vez em quando.

– Ela não gosta muito.

– Sério?

– Por causa dos insetos. Ela faz mais o tipo de escalada indoor.

Eu me lembro dela falando isso.

– Ah, poxa.

– Eu posso ir com você.

Hesito diante da oferta. Diante de seus olhos azuis. Do seu rosto sério.

– Você não tem que... ganhar medalhas ou sei lá o quê? – falo.

– *Você* não tem?

Solto um resmungo.

– Você tem tempo mesmo?

– Eu arranjo tempo para fazer coisas além de nadar e estudar, senão vou acabar tendo um burnout. Você também devia fazer isso.

– Eu tenho hobbies – contesto sem muito ânimo.

Às vezes, quando termino meus trabalhos num horário decente, leio livros eróticos de mafiosos até a hora de dormir. Como biscoito na cama. Penso em ligar para o serviço de emergência, só para conversar com alguém.

Tudo bem, preciso de passatempos que possam ser usufruídos com uma companhia educada.

– Vamos fazer – digo num impulso. – Vamos fazer uma trilha.

– Agora?

Ele parece cético.

– A não ser que você... – Talvez ele não estivesse falando sério e eu o esteja colocando numa situação chata. – Se você mudou de ideia...

– Scarlett, você mal consegue ficar de pé. Eu *acabei* com você ontem.

Meu rosto fica vermelho. E ele tem razão. Não estou no melhor das minhas condições físicas, mas qual é a alternativa? Ir para casa e chafurdar na turbulência emocional de pensar que vou passar a próxima temporada dando saltos horrorosos?

– Eu estou melhor, na verdade.

– Tem certeza?

Faço que sim, uma faísca acendendo na barriga.

– Tudo bem.

Ele parece... não exatamente animado – é o Lukas Blomqvist, afinal –, mas *satisfeito*.

– Vou precisar me trocar antes – falo.

E tomar banho, o que não digo, mas espero que ele consiga ler nas entrelinhas.

– Eu te ajudo a se limpar. – O olhar dele é intenso por um momento. Depois, ele pega as chaves do carro. – Tudo bem irmos para a sua casa?

– Sim.

Com sorte, Maryam não vai estar lá. E se estiver... quem se importa? Não é como se eu não tivesse que aguentar os vídeos de vacas mugindo que ela vê para relaxar.

Ele desce do capô e então me pega no colo e me põe no chão, embora eu pudesse ter descido sozinha facilmente. Estou no banco do carona esperando Lukas ligar o carro, contemplando a possibilidade de ter um dia legal, sem desmoronar sob a pressão que coloco em mim mesma, quando o celular dele toca.

Acho estranho, porque o aparelho não deu nem um apito ao longo das últimas doze horas. Deve ser um contato de emergência, penso. O que se confirma quando ele atende e pergunta:

– Está tudo bem?

É Pen do outro lado da linha, mas não consigo distinguir suas palavras. Basicamente, só ela que fala. As perguntas de Lukas são curtas e objetivas.

– Onde? Você está sozinha? Tem outra pessoa que poderia...? Tudo bem. Estou indo.

Ele desliga um minuto depois. Quando se vira para mim, seu maxilar está tenso.

– Pen precisa de uma carona – diz ele, lacônico. Já não parece mais satisfeito. – O carro dela quebrou lá em Menlo Park.

Sinto uma pontada na barriga. Duas.

Primeiro é de decepção.

Depois, e *mais forte*, é de perceber que essa *decepção* foi a minha reação instintiva à ligação de uma amiga pedindo ajuda – uma amiga generosa, que me apoia, sempre garante que eu não fique com excesso de protetor solar nas costas, que pega barrinhas de proteína na máquina para mim antes de acabarem, que segurou minha mão depois que eu fiz merda nos primeiros amistosos da temporada e não disse nada, exatamente como eu precisava.

Fico com vergonha. Tanta que não consigo olhar nos olhos de Lukas.

– Claro – digo, olhando para fora pela janela.

– Scarlett...

– Está tudo bem, de verdade. – Eu me viro para ele com um sorriso forçado. – Podemos fazer trilha outro dia.

Ou nunca. Provavelmente seria melhor assim, na verdade. Que diabos estou fazendo ao organizar passeios com Lukas Blomqvist?

– Me deixa em algum lugar perto do campus, já que é caminho. E aí eu vou para casa. – Tento soar o mais tranquila possível, mas ele não retribui meu sorriso. – Ei, posso te contar sobre os progressos que fiz no modelo da Dra. Smith? Fiquei bem animada.

Ele leva um tempinho para assentir e não diz quase nada até pararmos o carro no estacionamento do meu prédio.

CAPÍTULO 38

Na quarta-feira seguinte, Sam está de licença médica – o que é um baita alívio *e* uma tragédia indescritível.

Inevitavelmente, sem Sam não há nenhuma chance de progresso. Mas, pensando bem, a disciplina de psicologia talvez já tenha feito tudo que podia por mim, e é difícil não enxergar a terapia como a zilionésima coisa em que estou falhando, principalmente depois da conversa que ouvi pela porta entreaberta do escritório do treinador Sima.

Estava indo avisá-lo de que chegaria atrasada para o treino da tarde quando algo em seu tom de voz fez minha mão hesitar a poucos centímetros de bater à porta.

– ... é um desperdício – disse ele. – Mas ela não tem controle sobre isso.

– Pois é – respondeu o treinador Urso. – Parece que, fora isso, ela está em muito boa forma? *Talvez* ainda haja esperança nas competições mais avançadas, que só exigem cinco grupos de saltos.

– Mas ela não vai se classificar para as nacionais – opina um assistente.

Mais alguns murmúrios que não consigo ouvir. E então:

– .... ela vai sair dessa naturalmente? – perguntou Bradley, o treinador de condicionamento físico.

– Bom – disse o treinador Sima –, bloqueios mentais são comuns, mas esse está durando muito...

Mais palavras ininteligíveis, e eu deveria ir embora. Não seria bom ficar ali...

– ... um talento incrível que só... sinto pena dela... uma lesão feia, mas, fisicamente, ela está totalmente recuperada. Não tem desculpa.

– Ela está se consultando com um profissional?

– A segunda em seis meses. Nenhum progresso.

– ... está no terceiro ano, não é?

– Isso.

– Temos que pensar bem se vale a pena ela continuar ocupando uma vaga no time...

Eu fui embora, as mãos trêmulas, a garganta embargada com alguma coisa que podiam ser lágrimas ou bile.

Odeio isso... Nossa, como eu odeio.

Odeio *eles*, esses homens falando de mim como se eu fosse uma máquina de waffle com defeito, que deveria ser desmontada e jogada no lixo.

Mais do que tudo, odeio *a mim mesma*, porque... que alternativa eles têm diante dos meus fracassos constantes?

– Oi.

Quase dei de cara com Pen. Devia estar andado no automático na direção do vestiário.

– Ah, oi. – Escondi meu emaranhado de ódio de mim mesma. – Oi. – Minha voz soou aguda e animada demais. Claramente falsa. – Conseguiu resolver tudo?

– Tudo?

Pen pareceu confusa. Eu me dei conta de que na última vez que ela me viu, estava descendo do pódio depois de um desempenho incrível na competição de saltos. Provavelmente não tinha a menor ideia de que eu estava com Lukas quando ela ligou e que ele largou tudo – *me* largou – para ajudá-la. Ela apenas mandou uma mensagem para o ex, com quem ainda tem uma ótima relação. Pelo que eu sei, os dois ainda estão...

– Vandy. Você está bem?

– Estou. – Abri ainda mais o sorriso. – Pronta para o treino sincronizado?

– Não. Mas isso importa?

Respirei fundo várias vezes para me acalmar e vesti o maiô. Eu podia estar no fundo do poço, mas *consegui* agir como alguém que estava perfeitamente bem.

◆◆◆

Nos dias seguintes, fico ao mesmo tempo desanimada e agitada. Confusa. Toda errada, como se não tivesse mais influência sobre a vida da pessoa que eu deveria ser. A entropia personificada – um grande emaranhado, se desfazendo, impossível de salvar.

Tento não pensar muito em Lukas, mas o universo parece conspirar contra mim, porque enquanto rolo a timeline no celular, antes de dormir, o algoritmo me manda um vídeo surpreendente.

É simplesmente... adorável. O garotinho ajustando os óculos de natação é *Lukas* – as sobrancelhas sérias, os lábios cheios e virados para baixo, as maçãs do rosto –, mas numa versão em miniatura. Mais magrinho. Com torso e braços longos, pernas fortes. As proporções já existiam, e ele provavelmente já era mais alto do que sou agora, mas parece tão... *jovem*.

O vídeo é em sueco, então procuro outro. Cem metros. Livre. Semifinal. Campeonato mundial na França – não, em Montreal, no Canadá. Lukas está um pouco mais velho. Deve ter quebrado algum recorde, porque quando sua mão toca a linha de chegada, o público explode em comemoração.

– *Lukas Blomqvist, de 14 anos, parece realmente chocado por ter nadado tão rápido* – informam os comentaristas.

Lukas apenas tira os óculos e olha para o painel, como se quisesse se certificar de que realmente aconteceu. A câmera se volta para um grupo de pessoas na arquibancada e – ai, meu Deus, Jan, parecendo tão *diferente*, mas ao mesmo tempo tão *igual*. Os outros irmãos estão lá também, aplaudindo e dando tapinhas nas costas uns dos outros. Um homem que é a versão de meia-idade deles está com os braços ao redor da...

Mãe de Lukas.

Ela não se parece muito com ele, mas sei que é ela, simplesmente *sei*. A imagem dá zoom nela, mostra as lágrimas em seus olhos, e então... ela se debruça sobre a grade de plástico e deixa que ombros molhados a envolvam num abraço apertado.

Lukas, aos 14 anos. Quebrando recordes. Celebrando com a mãe. Estou tentando compreender tudo isso, até que outro vídeo começa e me desvia para caminhos mais obscuros.

É o medley individual das últimas Olimpíadas, uma competição que eu sei que ele vai ganhar porque já xeretei sua página na Wikipédia. Lukas devia ter uns 18 anos, é o verão antes de entrar em Stanford, mas o vídeo poderia ter sido gravado no treino de hoje de manhã. A não ser pelo braço fechado de tatuagens, que ainda não estava completo.

Ele não recorre à maioria dos artifícios pré-competição de que os outros nadadores parecem gostar – fones de ouvido enormes, balançar os tríceps, respirar e meditar, escrever palavras aleatórias na palma da mão para mostrar para a câmera. Ele simplesmente tira o agasalho e se senta, concentrado e em silêncio, sem se incomodar com o caos. Está na raia quatro, e quem quer que esteja dirigindo a transmissão... até tenta dar atenção aos outros atletas, mas Lukas é tão obviamente o favorito que o vídeo sempre volta para ele. Então muda para as arquibancadas, e lá estão outros rostos familiares. Jan. Uma mulher ao lado dele, depois outra, segurando um bebê fofinho nos braços. Os dois irmãos mais velhos de Lukas. O pai e...

Só isso.

Eu saio do vídeo e me pergunto por que meu coração está pesado como uma pedra. Não posso *presumir*. Não tenho a menor ideia. Não é da minha conta. Por que estou...

– Idiota – brigo comigo mesma, então mudo para o Google ao me lembrar de algo que ando querendo pesquisar.

A palavra que Lukas me ensinou. *Mi? My?* Tento umas dez maneiras diferentes de soletrar e então encontro.

Mysig.

Adjetivo em sueco. Aconchegante. Acolhedor. Reconfortante. Compartilhar um momento confortável com uma pessoa de companhia agradável.

– *Mysig* – sussurro para o celular, como se eu fosse o tipo de pessoa que tem conversas profundas com um hidrante. – *Mysig* – repito, com um pequeno sorriso.

Eu sou uma confusão. Um fracasso. Um poço de ansiedade. Toda errada. Mas também acolhedora.

Pelo menos uma pessoa no universo parece achar isso.

CAPÍTULO 39

É o fim de semana do encontro anual de ex-alunos de Stanford, que está marcado para sexta-feira às cinco da tarde.

Nunca gostei disso. Parece meio inútil competir contra o pessoal da velha guarda, em sua maioria gente que não salta competitivamente desde antes de eu nascer. Parece mais uma competição de cães num percurso de obstáculos do que um esporte de verdade. Sempre fico me perguntando se devo respeitar tanto os mais velhos a ponto de deixá-los vencer ou se devo ostentar minhas habilidades em nome do orgulho institucional. Sem falar na festinha pseudo-obrigatória no estacionamento, que sempre acontece depois.

Então, na tarde de sexta, não estou esperando me divertir quando me encaminho para o centro aquático. Ainda assim, aparentemente minhas expectativas não são baixas o suficiente e precisam descer ainda mais pelo ralo.

O primeiro golpe é o e-mail que recebo por volta das quatro da tarde, informando que os resultados do meu teste de admissão em medicina estão disponíveis. Olho a mensagem, o dedo pairando sobre o botão com o link, tentando me conformar com a perspectiva de as notas serem ainda mais baixas do que eu esperava.

Arranca o band-aid, ordeno a mim mesma. *Clica logo.*

Mas não consigo. O simples clique parece tão impossível quanto os saltos revirados e, quinze minutos depois, quando Bella pergunta se estou "tendo um momento especial com meu celular ou algo assim", eu balanço a cabeça e o coloco dentro da mochila. É um problema para mais tarde – diferente do *outro*, que se apresenta em carne e osso.

Sr. Kumar.

Meu treinador do ensino médio.

Que é casado com Clara Katz.

Que saltava por Stanford, algumas décadas atrás.

Eles foram fundamentais para minha entrada no time, o que significa que eu deveria ter imaginado essa possibilidade... mas ainda assim.

Idiota, idiota, *idiota*.

Ainda estou usando meu agasalho quando vejo os dois entrarem na excepcionalmente lotada área da piscina. Eles param, apertam algumas mãos, depois vêm direto até mim.

A última vez que os encontrei pessoalmente foi há dois anos. O cabelo do treinador Kumar está mais grisalho do que me lembro. O da Sra. Katz, mais loiro. Eles sempre acreditaram em mim. Muito.

E eu...

– Vandy!

Eu abraço os dois, troco gentilezas, mal tendo consciência dos movimentos da minha boca e dos meus braços. Eu sabia que eles iam aparecer? O treinador Sima comentou alguma coisa? Que bom que foi uma surpresa. Eu gosto de Stanford? Estou recuperada? Como está sendo a pré-temporada? Minha madrasta me passou os recados deles, desejando melhoras? Eu sinto falta do Missouri? Tudo bem se eu não sentir, todas nós viramos garotas da Califórnia quando estamos na universidade, não é?

– Mal posso esperar para ver você saltando, Scarlett – diz a Sra. Katz, segurando meus ombros. – Você me lembra tanto de mim mesma.

– Fico muito feliz que sua cirurgia tenha sido um sucesso – diz o treinador Kumar. – Sempre dizíamos que perder um talento como o seu seria uma catástrofe.

– Ah. – A Sra. Katz interrompe, olhando por cima do meu ombro. – Conheço você! Penelope Ross, não é? Você saltou lindamente na liga universitária ano passado. Aquela medalha de ouro foi *merecida*.

– Ai, meu Deus, obrigada!

Pen se aproxima e me lança um olhar curioso, esperando que eu a apresente para sua fã, mas estou atordoada demais com a surpresa, o pânico, e algo que se parece muito com vergonha.

A Sra. Katz pega a deixa e se apresenta, e depois Bree e Bella também aparecem, e mais gente surge ao nosso redor, e fica mais fácil eu ir me encolhendo.

Uma gota de água perdida no meio do cloro.

É aí que eu murmuro um "com licença" em voz baixa, embora todo mundo ao meu redor esteja ocupado demais rindo, fazendo piada e comemorando para ouvir. Vou até a cadeira onde o treinador Sima está sentado junto com alguns assistentes, organizando as listas de saltos e nomes.

É a coisa mais covarde que já fiz. Sei antes mesmo de abrir a boca.

Mas eu não posso, *não posso* mesmo ir em frente com isso.

– Eu... não estou me sentindo bem – digo, sem olhar nos olhos dele.

Devia ter pensado melhor na minha desculpa. Inventado uma doença que seja ao mesmo tempo repentina e debilitante. Não estou pronta para responder nenhum tipo de pergunta, mas, no fim das contas, não preciso.

Porque o treinador Sima me dá uma única olhada, um olhar que tem a mesma energia que a voz dele tinha alguns dias atrás, no escritório. E diz apenas:

– Então é melhor ir para casa, garota.

Meu coração fica cheio de gratidão, mas não consigo nem dizer um "obrigada" antes de sair.

CAPÍTULO 40

Eu queria poder dizer que estou fazendo algum dever de casa, ou até mesmo jogando no aplicativo de quebra-cabeça. Mas a verdade patética é que, quando a voz de Maryam adentra o quarto, estou deitada de bruços na cama, respirando devagar sobre o edredom molhado.

– Tem um modelo de cueca na nossa porta te procurando! – grita ela.

Tomo a decisão gerencial de ignorá-la. Um minuto depois, a porta do quarto se abre.

– Cara, preciso tirar a cera do seu ouvido?

Levanto a cabeça.

– O que você quer?

– Tem um cara aqui te procurando.

Fico atônita.

– Quem?

– Alto. Com roupa de atleta de Stanford. Parece que seria uma boa fonte de proteína.

Eu sigo atônita.

– Devo dizer ao cavalheiro que você está em casa para recebê-lo? – pergunta ela, com um sotaque horroroso à la Jane Austen.

Eu faço que sim, confusa. Um minuto depois, Lukas entra, fecha a porta do meu quarto e se recosta nela.

Eu me ergo até ficar de joelhos e me sento nos calcanhares, constrangida com minha aparência descabelada, a calcinha de algodão e a camiseta xadrez baby look, como se eu fosse a paródia de um comercial da Victoria's Secret dos anos 2000. Mas ele está concentrado no meu rosto.

Está descalço, embora uma análise microbiana de última geração pudesse revelar que o chão da nossa casa tem o mesmo nível de risco biológico que o bafo atômico do Godzilla. Ele cruza os braços, fixa os olhos em mim e pergunta:

– O que aconteceu?

Ele usa aquele tom direto do norte europeu com o qual não sou capaz de lidar nesse momento. Ele não devia estar na festinha? Com certeza ainda não terminou. Os ex-alunos devem estar se jogando no ponche.

– Isso vai virar uma regra? – pergunto, também bem direta. – Você vai se oferecer para transar comigo por pena toda vez que eu não ganhar uma competição?

– Claro. Eu sou muito altruísta. Mas, nesse momento, estou mais interessado em entender você.

Franzo a testa.

– Não sou uma tabela de Excel.

– O que aconteceu, Scarlett? – Ele não desvia o olhar. – Você sumiu.

– Não foi nada. Eu só não estava me sentindo bem. Qual é o grande drama?

– É que você foi até o Avery, começou a se aquecer e aí foi embora. Uma mudança drástica e um pouco suspeita na sua saúde.

– Como é que você sabe que eu estava no Avery? Colocou um GPS em mim, por acaso?

– Ah, meu bem...

Sinto meu estômago revirar com aquelas palavras. Seu tom de voz está entre solidário e divertido.

– Se você não acha que estou sempre *muito* consciente da sua presença, não tem a menor ideia do que está acontecendo.

Sinto um rubor nas bochechas e eu... *não consigo.*

– Escuta, Lukas, eu agradeço muito por ter vindo aqui... conferir meu bem-estar, mas não estou muito bem, e acho que não estou muito no clima para ter alguém me pegando e...

– Não foi por isso que eu vim e você sabe muito bem. – Ele consegue ver tão claramente que estou enrolando que nem se ofende. – Eu quero conversar. Se você me disser para ir embora, eu vou...

– Vai embora – digo, na hora.

Ele assente sem hesitar. Cruza o pequeno quarto dando apenas um passo e meio, se abaixa e murmura perto do meu rosto:

– Se precisar de qualquer coisa, qualquer coisa *mesmo*, você tem meu número. Use.

Lukas me dá um beijo na testa. Então vai até a porta, e eu...

– Fica – digo.

Por que estou agindo *assim* com ele? Lukas não fez nada além de... meu Deus, ele não fez nada além de *se importar*.

– Não precisa ir embora. Desculpa. Estou descontando em você porque... – Minha risada é meio fleumática. Adoro isso. – Porque eu me odeio, talvez?

Ele se vira, sem parecer *nada* surpreso. Como se eu fosse previsível. Ou pelo menos como se esse homem, que não devia saber nada sobre mim, conseguisse *me prever*.

Não sei o que dizer. Então pergunto:

– Você quer transar?

Ele abre um sorrisinho.

– Com você. Sim. Mas essa é minha configuração-padrão, então não quer dizer muita coisa.

Abaixo a cabeça.

– Talvez a gente devesse. Talvez me distraísse.

– É, distrairia. Eu ia garantir que sim. A questão é que não acho que você deveria *se distrair* das coisas.

– Então é melhor eu ficar desse jeito? Encalhada nos meus próprios fracassos?

Ele inclina a cabeça.

– O que você considera fracasso, Scarlett?

– Não sei, *Lukas*. – Aperto os lábios. – Você está parecendo mais a minha terapeuta do que o cara divertido que me ameaça com uma mordaça quando estou falando demais.

– Já estabelecemos que nenhum de nós gosta disso e que eu tenho ideias melhores de como usar a sua boca.

Sinto meu rosto esquentar. Desvio os olhos.

– O que aconteceu hoje?

– É só... – Esfrego o olho. – Meu cérebro *não faz* o maldito salto de jeito nenhum. E o e-mail do teste... eu não consigo abrir. E meu... meu treinador do ensino médio, a esposa dele é ex-aluna, e é *claro* que este ano ela decidiu aparecer. E eu estou com saudade da minha cachorra idiota.

Mal consigo soar coerente. Lukas, no entanto, assente como se eu estivesse fazendo um relatório completo para ele. E pergunta:

– Você está com um bloqueio mental?

Odeio essa palavra. Odeio como ela é certeira e como soa tão sólida e *maciça*.

– Não é nenhuma novidade.

– Você nunca me contou.

– Eu deveria ter escrito na lista? Um asterisco entre a espanhola e a parte das ISTs? Você precisaria saber disso também? Por princípio só se associa com atletas acima dos 99 por cento de sua capacidade? – Eu me retraio e passo a mão no rosto. – Desculpa, Lukas. Não sei qual é o meu problema. Na verdade... – Ergo os olhos com um sorriso triste. – Talvez eu apenas seja uma escrota?

– São *todos* os saltos? Ou só aquele que você falou... Revirado?

– Não quero falar sobre isso.

– Que pena, porque *eu* quero saber.

Engulo um resmungo.

– Você não pode perguntar para a Pen? Ela vai te explicar.

– Porque eu ia querer saber pela Pen algo que está na *sua* cabeça? – Ele soa confuso, e não tenho como responder. – Isso passou a acontecer depois da sua lesão?

Eu faço que sim.

– Foi o salto que você estava fazendo quando se machucou...?

Faço que sim.

– Nenhum revirado desde então?

Balanço a cabeça, e ele deve ficar satisfeito com a informação obtida, porque solta o ar com força e se recosta mais ainda na porta, como se tivesse sido atingido por um peso enorme. Lukas inclina a cabeça para trás, olha para o teto e fica assim por um bom tempo, até que se vira para mim de novo.

Espero ele me dizer o que já ouvi um milhão de vezes. *Vai melhorar. Não é sua culpa. Tem alguns jeitos de consertar isso. Não desista. Conheço alguém que conhece alguém cujo bloqueio simplesmente, puf, desapareceu. Pelo menos você está saudável fisicamente. Tadinha.*

Mas ele não faz isso. O que o maldito do Lukas Blomqvist me diz é:

– Sinto muito, Scarlett.

É inédito. Desestabilizador.

No último ano que passei me odiando, treinando, tentando, fracassando, tentando de novo, fazendo visualizações, exercícios, prevendo catástrofes, *não* prevendo catástrofes, alimentando ressentimentos, medos, fingindo, demandando... Ao longo do último ano, sentir muito é simplesmente algo que nunca me permiti fazer.

Apenas nunca me ocorreu.

Mas, agora que tenho a perspectiva de uma simples e descomplicada *tristeza* brilhando na palma da minha mão, não consigo mais me negar esse direito.

E é assim que acontece: meu rosto desmorona em algo horroroso, manchado e molhado antes que eu possa escondê-lo com as mãos. Um choro gutural e abominável explode da minha garganta. Eu preciso... preciso que Lukas vá embora *agora*, antes que testemunhe essa bagunça imperfeita e pouco atraente que eu sou. Não sei como, mas vou parar no colo dele, minha cabeça sob o seu queixo, uma das mãos dele segurando minha coxa enquanto a outra desliza para a frente e para trás sobre o elástico da minha calcinha.

Um *Sinto muito, Scarlett* silencioso.

Eu não estou com os olhos marejados. Não estou chorando baixinho. Estou *soluçando*. Me acabando de chorar. A respiração entrecortada. Meus dedos seguram com força a camisa dele, me agarrando a ela como se fosse uma doutrina religiosa. Estou soluçando, abrindo um berreiro, fazendo barulho e uma bagunça, com *catarro* e tudo. Mas Lukas não me solta, nem mesmo quando seu celular vibra diversas vezes, nem quando meus olhos ficam secos.

– Scarlett.

A voz dele é um murmúrio grave sob a lateral do meu corpo, cheia de coisas que fazem meu coração doer.

Talvez essa seja a coisa mais constrangedora que já aconteceu comigo... e olha que venho errando saltos publicamente há um ano.

– Eu nunca choro – digo, fungando, como se fosse um pedido de desculpas.

– Mentirosa. – Ele me dá um beijo na têmpora. – Já fiz você chorar várias vezes.

– É diferente...

– É mesmo?

– ... e você é adepto da dacrifilia.

Sinto seu sorriso contra a minha bochecha, a barba por fazer arranhando minha pele.

– O fato de você conhecer essa palavra só prova o quanto a gente combina.

Bufo baixinho, meio úmido. Claro, somos dois degenerados. Mas ele é um multimedalhista olímpico, enquanto eu não consigo pular numa piscina sem ficar apavorada.

– Você não vai acreditar, mas eu costumava ser uma boa saltadora.

Nem sempre estive no fundo do poço, Lukas. Alguns anos atrás, eu era alguém que valia a pena conhecer.

– Por que eu não acreditaria?

Dou de ombros. Ele me aperta com mais força, como se não estivesse pronto para se afastar. Também não estou pronta.

– Às vezes, sinto que minha vida está dividida em duas. Teve a primeira parte, quando eu estava no controle e conseguia fazer as coisas que precisava fazer, e... agora.

Ele segura meu queixo e vira meu rosto, olhando bem nos meus olhos.

– Qual é o dia zero? Quando você se machucou?

Faço que sim.

– Não tem nenhum motivo para eu estar tão apegada a isso – explico. – Fiz a cirurgia e... tive muita *sorte*. Mas, em vez de aproveitar essa segunda chance, eu não consigo nem...

Eu me solto e escondo meu rosto manchado de lágrimas no pescoço dele. Lukas me segura pela nuca.

– E o que você fazia antes?

– Hã?

Ele tem um cheiro tão reconfortante e familiar: sândalo, Lukas e *segurança*.

– Quando você errava um salto, o que você fazia?

– Não fazia. Nunca errava os saltos. Eu era *boa*.

Ele assente, pensativo.

– E os bloqueios?

– O que tem eles?

– Esse é o seu primeiro?

Faço que sim. Já comecei bem.

– Mas não é tão raro assim entre saltadores – diz ele.

– Como assim?

– Pen já teve vários desde que eu a conheci... nenhum tão duradouro quanto o seu, mas acho que é algo bem comum. E lesões? Já teve alguma antes da faculdade?

– Não.

– Então... – Ele coloca uma mecha de cabelo atrás da minha orelha e vira meu rosto para si novamente. – Recapitulando, no dia da sua primeira final da liga universitária, você errou seu primeiro salto e teve sua primeira lesão grave.

– Nossa, foi tão horrível... – Eu me ajeito no colo dele, seco as bochechas e sinto o mesmo surto de frustração de sempre. – Aconteceu tudo de uma vez. No dia anterior, meu pai me ligou e disse que estava acompanhando a competição da liga on-line e que estava orgulhoso de mim, e... ele é *proibido* de fazer isso, por ordem *judicial*. Tentei ligar para Barb para ver o que fazer, mas ela estava atendendo emergências e eu não consegui dormir de tão ansiosa. E aí, naquele dia de manhã, Josh, quero dizer... fico feliz que ele não tenha me *traído*, mas ele não pôde esperar doze horas para me contar que tinha conhecido outra pessoa...

– Espera aí – interrompe Lukas.

Está com os olhos semicerrados, o tom de voz meio sério. Percebo que eu estava tagarelando.

– Desculpa, você não precisa ficar me ouvindo...

– Você acabou de dizer que seu namorado de... há quanto tempo estavam juntos?

– Três anos.

– Seu namorado de *três* anos terminou com você, do nada, *logo antes* da final da liga universitária?

Engulo em seco. Lukas parece irado e eu... eu sei, instintivamente, que ele não está com raiva de *mim*, mas sua irritação é perturbadora.

– Ele... Acho que as coisas estavam esquentando com essa nova garota que ele conheceu e...

– Certo – diz ele. O tom de voz tranquilo que ele tenta emular é tão falso que sinto um arrepio. – O que estou entendendo é que você tinha um histórico quase perfeito em relação aos saltos. Em 24 horas, você foi largada pelo seu namorado e contatada pelo seu pai abusivo. Na hora da final da competição mais importante da sua carreira universitária, apesar do seu estado de espírito, você foi em frente e tentou se concentrar. Sob essas condições, você errou um salto pela primeira vez na vida e *por isso* você se tornou um fracasso?

Ele pronuncia a última palavra de um jeito... como se fosse tudo invenção da minha cabeça. Como se eu a estivesse usando errado. Como se eu não soubesse o que significa. Então eu me refugio em mim mesma e tento encontrar os furos na história de Lukas, nesse relato que ele acabou de fazer do pior dia da minha vida e que *com certeza* não pode ser um resumo preciso do que aconteceu.

Pode?

– Por que você reluta tanto em falar sobre esse dia? – pergunta ele.

– Eu não reluto.

– Eu tive que arrancar a história de você. Já conversamos sobre a sua lesão, sobre o seu relacionamento e sobre o seu pai. Mas você nunca me disse: "Os merdas do meu namorado e do meu pai, e a merda do timing deles, me deixaram tão abalada que eu me machuquei gravemente a ponto de ficar sem me mexer por semanas." E... ele te visitou?

– Meu pai?

– Josh. Ele foi te ver, depois da lesão?

– Não nos falamos mais depois do término. Ele está no Missouri e...

– Scarlett.

Eu desisto e admito.

– Não, ele não foi.

As lágrimas que voltam a cair teriam sido resposta suficiente para Lukas, que segura meu rosto com as mãos e encosta a testa na minha.

– Scarlett – diz ele de novo, agora com a voz completamente diferente, gentil e carinhosa e cheia de todas as coisas, todas as segundas chances, todas as verdades que eu sei que ele me daria se pudesse. – Vou te contar uma coisa, está bem? Uma coisa sobre a qual nunca falo. E depois disso... não precisamos nunca mais tocar no assunto. Mas eu preciso que você entenda. Está bem?

Eu faço que sim. Minha cabeça roça na dele, osso sob pele, pele sob osso. As sardas dele viram um borrão, lindas sobre seu nariz.

– Minha mãe morreu quando eu tinha 14 anos. Todos nós sabíamos que ia acontecer, mas pensávamos que teríamos mais tempo. O médico disse... O que importa é que aconteceu quando eu estava viajando. Quando recebi a ligação, estava na Dinamarca, e não era perto o suficiente para eu chegar em casa a tempo. Foi devastador por todos os motivos que você pode imaginar, mas também estragou minha relação com a natação. Naquela época, eu já era tão bom que a medalha olímpica parecia garantida, mas, depois que a minha mãe morreu... eu não *queria* ganhar, eu *tinha* que ganhar. A coisa mudou de sonho para necessidade. Porque, se eu tinha feito algo tão grave quanto estar ausente no último dia de vida dela, por causa de algo tão trivial quanto uma competição de natação, então a natação *tinha* que ser a coisa mais importante da minha vida, certo? Foi o único jeito que encontrei para dar sentido a isso. O único jeito de eu me perdoar.

Ele segura meu rosto, olha nos meus olhos, e o jeito como fala é tão... tão *Lukas* – ao mesmo tempo direto e contido, triste e paciente, cabeça e coração. *Inabalável*, foi como Pen o descreveu, mas a verdade é outra: Lukas se esforça *muito* para esconder o que está debaixo da superfície, e não reconhecer esse esforço parece um enorme desserviço.

– Eu *tinha* que ganhar e, de repente, *não conseguia*. No período de algumas semanas, aumentei meu tempo em vários segundos em todas as provas. Não existia nenhum motivo físico para eu estar tão lento. Eu disse a mim mesmo que só precisava passar pelos primeiros treinos, os primeiros amistosos. Mas não melhorava nunca. Fui péssimo no torneio pré-olímpico. E todo mundo na minha família... eles tinham a melhor das intenções, mas o conselho era sempre "não desista", "continue treinando", "quem acredita sempre alcança". Até meu pai, até Jan... eles foram gentis e pacientes, mas eu precisava recuar um pouco, e eles não *entendiam*.

"A única pessoa que realmente entendeu foi uma garota americana que eu tinha conhecido numa competição, alguns meses antes. A gente tinha se beijado uma vez e mantido contato. Ela queria namorar e eu gostava dela, mas não entendia o objetivo de ter uma relação à distância, principalmente na nossa idade. Mas lá estava eu, precisando me afastar da piscina, e a única pessoa que validava esse sentimento era Pen. Ela me ligava, me mandava mensagem, e era tão fácil conversar com ela que, quando me dei conta, Pen estava me dando as ferramentas para que eu comunicasse ao meu treinador e à minha família que eu precisava parar de nadar por um tempo. Que talvez eu nunca voltasse. Eu não sabia que palavras usar, mas ela me ajudou a encontrá-las.

"E eu me afastei mesmo. As Olimpíadas aconteceram e eu nem assisti. Fui viajar. Passei um tempo com amigos. Fui visitar Pen e decidi que, depois do que ela tinha feito por mim, eu não queria *não* tê-la como namorada. Acima de tudo, eu me permiti sentir o luto pela minha mãe e aceitei que era uma merda o fato de, por um acaso do destino, eu não ter conseguido me despedir. Quando me senti pronto, voltei para a piscina. Mas só depois de provar a mim mesmo que eu não precisava nadar para me sentir inteiro."

Minhas bochechas estão novamente molhadas de lágrimas, e Lukas as seca com os polegares.

– Eu não voltei porque era o que esperavam de mim ou porque eu queria deixar alguém orgulhoso. Voltei porque eu não *precisava* mais ganhar. Eu *queria*.

– Então, o que você está dizendo... – Solto um soluço constrangedor. – É que não vou conseguir fazer meu salto revirado de novo até que... – outro soluço – eu esteja saltando só por mim mesma?

O "Porra, não" que ele solta me faz rir em meio aos soluços.

– Eu não sou psicólogo. Não tenho a menor ideia de como resolver um bloqueio. Vocês, saltadores, fazem umas coisas que não consigo nem imaginar, e o que funciona para um atleta pode ser uma merda para outro. Mas... – ele beija uma lágrima na minha bochecha – acho que se permitir ficar *triste* é um ótimo começo.

– Mas eu...

– Não precisa ficar com raiva do seu ex nem do seu pai. *Eu* estou com raiva o suficiente por nós dois. Mas precisa reconhecer que o que aconteceu com você no ano passado foi horrível, te machucou, e que você merece um tempo para se curar de maneiras que vão além da parte física.

– Mas e se eu nunca... E se eu não... – Eu fungo, sem conseguir colocar os pensamentos em palavras. – O que seria de mim sem os saltos?

Ele fala alguma palavra em sueco bem baixinho contra o meu cabelo. Lukas me aperta mais forte em seu colo, minha pele colada na dele.

– Vai ficar tudo bem, meu bem. Não importa o que aconteça, você vai ser sempre *você*. Não importa o que aconteça, você vai ficar bem.

– E o que eu faço enquanto isso?

– Enquanto isso... só chora.

Ele respira fundo, e o movimento do seu peito, a aspereza de sua voz, as mãos fazendo carinho no meu cabelo são tão reconfortantes quanto um salto perfeitamente executado.

– Eu estou aqui, está bem?

Espero que ele tenha razão. Porque não sei muito bem quanto tempo mais eu fico chorando em seu ombro... mas sei que, quando não aguento mais, eu adormeço em seus braços.

CAPÍTULO 41

Eu desperto sem qualquer transição – vou direto de dormindo para acordada, de perdida para lúcida, ardendo com uma necessidade muito específica.

– Lukas – sussurro imediatamente.

Ele não responde, seu braço pesado me envolvendo. Sua mão segurando minha nuca. O jeans grosso da sua calça roçando minhas pernas nuas.

– Lukas.

O sono dele é tão pesado que chega a ser irritante. Eu me debato em seus braços, torcendo para que o movimento o desperte. Tudo que consigo é um leve franzir de sobrancelhas e que ele me puxe para mais perto.

– Lukas!

Nada.

Reviro os olhos, pensando se estou disposta a ir muito longe para acordá-lo e decido que vou apelar: viro a cabeça, abro a boca e mordo o tríceps dele como se fosse um cachorro-quente da feira de Iowa.

Espero que ele dê um grito. Em vez disso, Lukas abre os olhos devagar, boceja no meu pescoço, dá um beijo no mesmo lugar e pergunta:

– Já é de manhã?

Com os olhos ainda pesados e meio confuso, ele é... *adorável.*

Dane-se. Eu tenho direito de achar que o cara com quem estou transando e sendo submissa é *fofo*. Estou no meu direito.

– Quero ir ao centro aquático.

Ele franze a testa. Me solta apenas o suficiente para pegar o celular no bolso, cuja tela acende com mais notificações não lidas do que eu recebi durante o mês inteiro. Ele as ignora, sem se abalar, e estreita os olhos para conferir a hora.

– É 1h23 da manhã.

– Ah – digo, desanimada. Mas então me animo de novo quando lembro: – Mas você tem as chaves. Não é?

O "sim" cético que ele responde é mais uma pergunta do que uma resposta.

– Pode abrir para mim?

Ele me encara, tonto.

– Scarlett...

– Eu nunca consigo... você tem razão. É para os outros. É sempre para os outros... Para o treinador Sima, para todos os técnicos que já tive desde criança, para Pen. Eu me sinto culpada por decepcioná-los quando erro um salto. E é difícil ignorá-los porque eles estão *sempre* por perto quando estou treinando.

Eles precisam estar... é o regulamento. Treino sem supervisão é proibido. O risco de lesão e afogamento é muito grande.

– O que você falou sobre fazer por si mesmo, sobre ter que provar alguma coisa... – continuo.

– Eu *não* vou deixar você saltar sozinha, Scarlett.

– Você pode ficar lá.

– Estou falando sério. Se a gente chegar no Avery e você decidir que não me quer por perto, eu não vou embora.

– Tudo bem. Você pode ficar, porque você não conta.

– Eu não conto – repete ele, o rosto impassível.

– Não, porque você não se importa.

– Eu não me importo.

Sua voz soa como se a palavra *desgosto* tivesse sido inventada apenas para ele, e eu não entendo por quê... até que me dou conta de como ele está interpretando minhas palavras.

– Não é porque... não é nesse sentido! – Fico corada de frustração e vergonha. – O que quero dizer é que você se importa mais que eu esteja *bem* do que se estou sendo *boa* em alguma coisa, qualquer coisa. E quando você está por perto, não me sinto ansiosa nem julgada, como acontece com...

Ele me interrompe com um beijo rápido, forte e, de alguma maneira, *envolvente*. Quando se afasta, abre aquele sorrisinho que faz meu coração pular e manda:

– Pega o casaco. À noite às vezes faz frio.

♦♦♦

Lukas passa um braço sobre meu ombro e, mesmo de casaco, estou congelando durante a caminhada pelo campus, chocada com a virada térmica após um lindo dia de outono. De camiseta, ele balança a cabeça com sua melhor expressão sueca de decepção, como se tivesse acabado de me flagrar colocando fogo num hospital infantil ou algo do tipo, e diz:

– Americanos são tão fracos.

Então me abraça ainda mais forte.

O Avery fica bem iluminado durante a noite (bom), mas, quando coloco a ponta do pé na água, está tão gelada que poderia estar na lista de práticas BDSM do Lukas (ruim). Eu me esqueci de vestir um maiô, mas meu top esportivo vai servir. Tiro a roupa e tomo uma chuveirada para me preparar, deixando a temperatura da água bem mais quente que o habitual para aquecer os músculos. Ligo os pulverizadores da piscina. Me alongo um pouco, mas não estou enrolando nem tentando postergar o salto. Estou ansiosa para subir logo os degraus até a torre, e escondo minha surpresa quando vejo que Lukas tirou os sapatos e está subindo comigo, uma presença alta e tranquilizadora do meu lado.

– Trampolim ou plataforma?

– Plataforma – respondo.

Foi onde tudo começou. Primeiro amor, primeiro coração partido.

– Não precisa passar aquele negócio no seu corpo antes de saltar? – pergunta ele.

– Que negócio?

– Aquela coisa que vocês sempre passam na perna?

– Está falando da cera para pole dance?

Ele para e me encara com olhos arregalados.

– Vocês passam cera de pole dance nas canelas?

– Ajuda na pegada. Saltadores usam para conseguir segurar as pernas, strippers usam para se segurar no pole dance. Já viu uma stripper em ação?

– Que pergunta capciosa.

– Elas são *atletas de elite*. E em ótima forma. – Coloco as mãos na cintura. – Você não sabia mesmo o que era?

– Pen usa spray fixador.

– Certo. Bom, eu prefiro a coisa das strippers.

– Você prefere a coisa das strippers – repete ele, o tom de voz neutro.

Levanto a sobrancelha.

– Está surpreso?

Ele solta uma risadinha e murmura algo num tom que parece mais admirado do que chocado (foi *gnomo* de novo?), mas estou muito ocupada subindo dez metros para investigar.

Estou um pouco mais molhada do que gosto de estar quando salto, mas me esqueci de trazer uma toalha. Assumo a posição na beira da plataforma, saboreando a familiaridade do chão rugoso, com os calcanhares para fora da plataforma.

– Últimas palavras? – pergunto a Lukas.

É legal que o salto revirado comece de frente para a torre. É legal que o rosto dele possa ser a última coisa que vejo. Essa carranca divertida. O modo como ele cruza os braços.

– Tem alguma coisa que eu não saiba sobre essa piscina? – pergunta Lukas.

– Como assim?

Ele dá de ombros.

– Ela tem seu próprio Monstro do Lago Ness? Piranhas? Aquele peixe do rio Amazonas que entra pelo buraquinho do xixi e cria filhotinhos na sua genitália?

– Eu... Essas coisas existem?

– Duas de três delas existem.

– Eu espero que você tenha evidências científicas da existência do Monstro do Lago Ness. – Respiro fundo de novo. – Então, nada de últimas palavras?

– Scarlett, vou falar com você de novo daqui a cinco segundos. Que "últimas palavras" são essas?

Eu sorrio, porque ele tem razão. Vou tentar fazer um salto revirado e, se der certo, ótimo. Se não der... nada depende desse salto específico, não é? Na verdade, nada depende da *maioria* dos saltos. Sendo sincera, nada depende da minha habilidade de saltar em geral também.

É verdade. Conseguindo ou não fazer o salto, quando sair da piscina, continuarei sendo *eu*. E Lukas... Lukas ainda vai estar aqui. E admitir isso para mim mesma é um alívio tão estranho que começo a rir.

E rio mais.

E mais.

Não é uma gargalhada histérica. Eu *não* estou louca. Mas pela primeira vez no que parece ter sido um século, com Lukas parado na minha frente, com a água dez metros debaixo de mim e o frio ardendo na minha pele, saltar parece *divertido* de novo... e eu levanto os braços, dobro os joelhos, dou um impulso alto o suficiente para fazer uma posição carpada...

E funciona.

Instintivo.

Como costumava ser.

E tenho quase certeza...

É meio um borrão, mas eu acho...

Talvez eu esteja enganada...

Saio do frio congelante da água para o frio congelante do ar noturno, batendo as pernas para permanecer na superfície.

– Lukas? – grito, cuspindo, tirando mechas de cabelo embaraçado do olho, consertando o sutiã que está mostrando metade dos meus peitos.

Viro a cabeça para cima, e ele já está lá, me espiando da beira da plataforma.

– Quando eu entrei na água, estava de frente para a torre?

Ele aperta os lábios.

– Humm.

– Ou virada para o outro lado?

– Deixa eu pensar.

Ah, merda...

– Lembra de quando eu entrei na água! – grito.

– Humm.

– Meu rosto estava de frente para você?

– Seu rosto?

– Lukas, eu juro por Deus...

– Scarlett – diz ele.

E seu tom de voz é definitivo, de um jeito que me faz sentir que ele me ouve, me entende, que está do meu lado. Seu tom de voz me silencia.

– Eu aprendi o que é um salto revirado depois da primeira vez que você mencionou. Sei reconhecer.

Eu o encaro, os cílios cheios de água, cloro e algo mais.

– Está dizendo...

– Estou dizendo. – Ele abre um sorriso torto. – Você conseguiu.

CAPÍTULO 42

É surpreendentemente fácil convencer Lukas a se juntar a mim na piscina. Ele joga a calça jeans e a camiseta da plataforma e diz:

– Nunca fiz isso antes. Algum conselho?

Penso um pouco.

– Se certifica de pular dentro da água.

– Ótima dica.

Um segundo depois, ele salta de pé, de um jeito estranhamente elegante, e consegue uma entrada quase perfeita.

Exibido.

Estou pronta para gritar com ele por ser tão *bom* em *tudo*, mas Lukas demora um *longo* tempo para subir à superfície. Sob as luzes baixas, a água fica mais turva, e eu começo a ficar ansiosa. Estou prestes a mergulhar de volta quando sinto um puxão no tornozelo para debaixo d'água. Eu me debato, balanço as pernas e até tento puxar o cabelo de Lukas, mas ele não me deixa subir.

– Eu te odeio – digo depois, cuspindo, os braços ao redor do pescoço dele.

A água ainda está congelante, mas o corpo de Lukas é um bloco de calor.

– Claro que odeia.

Ele passa minhas pernas ao redor do corpo.

– Pensei que você tinha morrido. – Balanço a cabeça para tirar a água do rosto. – Já estava ouvindo o rei da Suécia me dando esporro pelo telefone.

– Já não falamos sobre a estrutura de governo da Suécia?

– Não lembro.

Tiro da cartola minha melhor imitação de um sotaque sueco.

– *Soube que nosso maior tesouro nacional morreu sob sua responsabilidade,* ja? *Perdemos nosso golfinho de ouro e é sua culpa,* ja?

– Esse sotaque com certeza é uma violação das regras da liga universitária *e* da convenção de Genebra.

– Pode me prender, policial.

Seus olhos são pretos e dourados, calorosos apesar da temperatura. Ele sorri – um sorriso raro, aberto, no qual a felicidade não é só um indício que preciso cavar para encontrar.

– Eu consegui – sussurro.

Só para ouvir as palavras. Para lembrar a mim mesma.

– Você conseguiu.

Ele empina o queixo e me beija, fundo, os lábios frios e com gosto de cloro, meus cabelos uma cortina encharcada grudando nas nossas bochechas. Dura um bom tempo.

Tempo demais.

– Lukas?

– Hum?

– Não estou sentindo meu rosto.

Ele ri.

– Esses americanos fracos.

– Diferentes dos suecos, que no dia do nascimento precisam nadar de um fiorde a outro para honrar seus ancestrais vikings.

Ele nos conduz na direção da borda da piscina sem nenhuma dificuldade.

– Na verdade, só tem um fiorde na Suécia.

– Mas o resto eu acertei?

– Claro.

– Precisamos realmente ir embora. Duvido que a família Avery tivesse isso aqui em mente quando financiou o centro aquático.

A risada dele é uma baforada quente na minha orelha.

– Além disso, temos que dar uma olhada naquelas suas notas do TAM.

– O quê... Por que você se *lembra* disso?

– Porque eu ouço o que você fala. Já que você está num momento de coragem, tenho certeza de que consegue abrir um e-mailzinho.

– Me deixa aproveitar esse bom momento – resmungo.

– Você ainda vai ter esse bom momento.

– Mas ele vai ser *contaminado*.

– Você não sabe disso.

– Eu... a gente não devia ir dormir? Tenho treino amanhã de manhã.

– Eu também. Vamos só aceitar que seremos expulsos do time e aproveitar ao máximo hoje.

Nós rimos. Ele me beija. Eu o beijo de volta. Vai ficando mais quente, profundo e...

– O teste – lembra ele.

Sinto seus músculos se moverem quando ele me levanta até a borda. O frio penetra minha pele, meu queixo começa a tremer na hora.

– Eu realmente te odeio.

– Eu sei. – Ele sai da água com a maior facilidade. – Você não esconde seu desprezo. Gnomo.

– Tudo bem, por que você vive me chamando de...

Mais um beijo demorado e, alguns minutos depois, estou no vestiário masculino.

É exatamente igual ao nosso, nem mais bagunçado nem mais fedorento. Lukas abre um dos armários, pega uma toalha e me seca meticulosamente, depois seca o próprio corpo de modo rápido. Me veste com um dos seus casacos de moletom e eu adoro como a peça fica tão comprida que passa das minhas coxas.

– Me dá seu celular – diz ele.

– Na verdade, podemos ir lá no meu armário pegar um elástico de cabelo?

Ele sabe exatamente o que estou fazendo, mas está disposto a me deixar enrolar um pouco mais. No vestiário feminino, Lukas observa pacientemente enquanto desembaraço o cabelo, então pede:

– Seu celular.

– Será que a gente não devia ir embora? Não devíamos estar aqui. A Atlética de Stanford pode acabar te mandando de volta para o seu país. Onde você vai esquiar e comer sete refeições com arenque por dia.

– Scarlett.

Eu respiro fundo e nos sentamos lado a lado no banco de madeira desconfortável. Passo a mão pelo rasgo de sua calça jeans surrada e considero distraí-lo com sexo, mas Lukas segura minha mão e não solta.

Em vez disso, estende meu celular para mim.

– Por que temos que fazer isso agora? – choramingo.

– Porque amanhã eu vou viajar.

Eu recuo bruscamente.

– Vai viajar?

Ele assente.

– Espera... Por quanto tempo?

– Dez dias.

– *Dez*... – Eu arfo. – Por quê?

– Campeonato Nórdico de Natação.

– Na Suécia?

– Na Estônia.

– É... um campeonato importante?

Eu nunca ouvi falar.

Lukas dá de ombros.

– Mais ou menos. Mas a maior parte da equipe olímpica da Suécia vai participar, e depois vamos fazer uma viagem de treinamento.

O treinador Urso concordou com isso? Os professores de Lukas? Os reitores de Stanford?

– Todo mundo aprovou isso?

– Não perguntei. Melhor pedir desculpas do que permissão. – Devo ter arregalado muito os olhos, porque ele continua: – Aprovaram, Scarlett. Todo mundo sabe disso há meses. Já é esperado que eu priorize as competições pelo time da Suécia.

Acho que faz sentido.

– Você é amigo do resto do time?

Lukas assente.

– Somos basicamente irmãos, na verdade. Convivemos há décadas. Enfim. – Ele aponta para o celular com o queixo. – Se a notícia for ruim, quero estar aqui. Com você.

É tão difícil fingir que essas palavras não me dão um frio na barriga.

– Para me consolar com um tapinha nas costas?

– Se você quiser, com certeza.

Desvio o olhar do rosto dele e miro no braço. Já vi suas tatuagens diversas vezes, já as toquei, enfiei as unhas nelas, as apertei quando senti que precisava me segurar em algo para não me dissolver. Mas nunca perguntei a Lukas sobre elas.

Sobre *ela*, mais precisamente. São muitas partes interligadas, mas todas juntas formam um cenário. Primeiro com os olhos, depois com as mãos, vou delineando os abetos, carvalhos e pinheiros, os melros e pardais, as pedras e trechos nevados.

– O que é isso? – Balanço a cabeça e me corrijo. – *Onde* é isso?

– É minha cidade natal.

– Pensei que você fosse de Estocolmo.

Ele levanta a sobrancelha como quem diz: *Eu sei que você favoritou minha página da Wikipédia no navegador Chrome, no Safari e talvez até no Internet Explorer.*

Reviro os olhos.

– Se eu fosse a atual recordista dos cem metros livre, você também saberia onde eu nasci.

– Você nasceu em Lincoln, no Nebraska, no dia 31 de agosto. E sim, eu cresci em Estocolmo, mas minha mãe era de Skellefteå.

Tento pensar em como pronunciar esse nome. Desisto na mesma hora.

– Soa como um...

– Se você disser "um móvel da IKEA que nem o rei da Suécia conseguiria montar", eu *vou* te jogar na piscina de novo.

Eu sorrio e esbarro o ombro de leve no dele.

– Quando você fez a tatuagem?

– Quando tinha 18 anos. Meus irmãos têm outras parecidas também. Segundo meu pai, depois que minha mãe morreu, a gente escolheu o caminho mais fácil e fez tatuagens em vez de lidar com nossos sentimentos.

– Essa é uma acusação grave.

– Não é? Mas veja pelo lado bom... – Ele me oferece o celular de novo. – Você vai poder fazer uma tatuagem desesperada se não gostar da nota do TAM.

– Ai, meu Deus... Está bem, *está bem*.

Dou uma risada baixa, balanço a cabeça e clico no aplicativo do e-mail.

Então paro.

– Você não precisa fazer isso, sabe?

– Hum?

– Só... – Sinto um nó na garganta. – Eu agradeço por tudo isso. Pela forma como você se importa comigo. Que queira ser meu amigo. Mas não quero que se sinta pressionado a me dar apoio emocional. Eu estou me comportando feito um... *passarinho* ferido, roubando seu moletom, quando na verdade deveria ser uma submissa sexy, que usa coleira e lingerie de renda...

– Scarlett. – Ele me encara como se estivesse achando graça. – Acho que você não está entendendo.

– Eu... talvez não.

– Eu e você temos um acordo, não é? E, segundo esse acordo, até você dizer *pare*, eu posso fazer o que quiser com você. Mesmo que te destrua. Que te faça chorar.

Eu assinto.

– Eu adoro o fato de você ter se aberto para mim – diz ele, a boca roçando a lateral da minha cabeça. Sinto sua respiração, e alguma coisa doce e espessa escorre dentro de mim, me aquecendo. – Mas são dois lados da mesma moeda. Eu posso te destruir e te partir ao meio... mas se outra coisa ou outra *pessoa* te deixar triste, chateada, partida, é meu papel ser a pessoa que te recompõe. Até você dizer *pare*. Entende?

Eu queria poder ver os olhos dele. Queria que meu mundo fosse mais do que sua barba por fazer roçando minha têmpora, o cheiro de sândalo e cloro penetrando meu cérebro.

– Eu entendo.

Entendo *mesmo*.

– Boa menina – murmura ele, e beija minha bochecha. – Agora abre a porra desse e-mail.

Eu solto uma risada, e outra e outra, enquanto o arquivo com a nota carrega e...

Hesito. Não consigo processar o que estou vendo.

– Ai, meu Deus. É...

Tem um cinco. Um dois. E um seis. Três números que, juntos, formam outro número, um número que eu deveria compreender, mas é alto, tão alto, muito mais alto do que eu esperava...

– Parabéns.

Uma voz baixa e áspera. Outro beijo no meu cabelo. Na minha cintura, um braço forte me puxando para perto.

Olho para Lukas, zonza.

– Você sabia – digo, uma afirmação e uma acusação.

Ele não diz nada. Seus lábios se movem num sorrisinho.

– Como? Como você sabia que ia ser uma boa nota? Ai, meu Deus... você hackeou meu e-mail? É porque minha senha tem a ver com fetiches?

Ele parece intrigado.

– Me conta mais sobre essa senha.

– Como você sabia?

– Eu não sabia.

– Sabia, *sim*.

Ele balança a cabeça.

– Eu só... conheço você. – Lukas passa o polegar pela ruguinha na minha testa. – Já trabalhei com você no projeto de biologia. Já passei tempo com você. Eu...

– Já transou comigo?

Ele sorri e coloca uma mecha do meu cabelo para trás.

– Sei que você é perfeccionista e que estudou mais do que suficiente para estar preparada. E que é ansiosa, o que confunde sua percepção sobre o próprio desempenho. E, acima de tudo, sei o quanto você quer entrar na faculdade de medicina, e estou começando a suspeitar que você é incansável e...

Lukas tem mais a dizer, mas eu não o deixo terminar e me inclino para um beijo. Meu celular cai no chão com um baque, mas não me importo e só chego mais perto de Lukas, suspirando de alívio quando ele me pega no colo e me coloca sobre suas coxas.

Não é assim que acontece normalmente. É ele quem costuma tomar a iniciativa, e nós dois preferimos assim. Mas, por alguns breves momentos, é legal ser a pessoa no controle. Determinar o ritmo. Sentir a tensão nos seus músculos fortes à medida que nos aproximamos do momento em que ele vai me dar prazer. E eu vou fazer o mesmo por ele.

Só que... eu me afasto, minha respiração falhando.

– Desculpa, desculpa... mas você e a Pen...

Lukas me encara, os lábios inchados, os olhos vidrados.

– Vocês... vocês ainda estão transando? – Engulo em seco diante do silêncio confuso dele. – Sei que não é da minha conta, e eu e você... mas quando ela ligou, na semana passada, eu achei... E Pen está transando com outras pessoas, e você e eu não estamos usando camisinha, então...

– Scarlett. É da sua conta.

Lukas toca meu rosto, como sempre faz quando quer se certificar de que não vou desviar o olhar.

– Semana passada, eu fui ajudar a Pen porque ela é minha amiga, estava com uma dificuldade e não tinha outra pessoa para chamar. Mas nunca mais toquei nela desde que terminamos. E não tenho interesse em transar com nenhuma outra pessoa além de você. Já não tenho... há um tempinho.

Fico aliviada de tal forma que não quero nem pensar muito a respeito do assunto.

– Se você mudar de ideia...

Paro de falar diante da maneira como ele balança a cabeça devagar. Lukas obviamente nem considera mudar de ideia, e eu... não consigo respirar. Seu olhar firme e determinado é uma promessa tão clara que suga todo o ar do meu corpo. Mas não importa, porque agora é ele quem me beija, e voltamos ao terreno conhecido.

– Acho que você não entende, Scarlett – diz ele no meu ouvido.

Então tudo acontece muito rápido: num segundo, estou sentada no colo dele; no outro, estou ajoelhada no chão, em cima das roupas de Lukas. Apoio os cotovelos no banco, e apenas uma pessoa consegue controlar para onde e como eu me movo.

Lukas. Atrás de mim.

– Na verdade, eu *sei* que você não entende.

– Eu...

– Estou começando a suspeitar que você não entende porra nenhuma, Scarlett.

Tem uma fúria mal contida no tom gelado dele. Sinto o medo percorrer meu corpo e respondo como um instrumento perfeitamente afinado. Já estou *tão* molhada que chega a ser vergonhoso, e ele sabe. Lukas abaixa minha calcinha e enfia a mão sob o casaco de moletom para segurar minha cintura com uma força que machuca. Sinto o contorno do seu pau quente me pressionando através da calça jeans.

– Lembra o que você me perguntou mais cedo?

– Eu não... – falo meio engasgada, então paro.

Mas tudo bem, porque Lukas não quer uma resposta. Sua mão cobre a minha boca e eu solto um gemido. Não consigo respirar. Estou tonta. Quero mais.

– Eu entrei no seu quarto, você olhou para mim e disse...

Ele solta a mão e eu respiro, enfim.

– Não *sei*. Não me *lembro*.

– Você perguntou se eu estava lá para transar com você por pena – sussurra ele no meu ouvido. Sua raiva é assustadora. – E eu deixei passar, porque embora você possa me achar malvado... – Ele belisca meu mamilo e eu sinto um calor na barriga. – Na verdade, eu sou legal, Scarlett. E você não estava bem. Mas agora...

Ele deve ter baixado o zíper, porque sinto o volume escaldante do seu pau na minha lombar, na fenda da minha bunda.

– Isso aqui... – ele mexe o quadril – parece ser por pena?

– *Não*.

A mão dele desliza pelo meu quadril e vai abaixando, circundando de leve minha boceta.

– Olha só para você. Encharcada. Eu adoro isso, porra.

Lukas beija meu maxilar, arranha com os dentes, e então... Com um som retumbante, a outra mão dele dá um tapa no lado direito da minha bunda.

Ele solta um grunhido gutural.

Minha mente fica completamente vazia.

– O que você faz se quiser que eu pare, meu bem?

Estou tremendo. Minha bunda está quente, a dor e o prazer irradiando do lugar onde ele me bateu. Lukas massageia o ponto, a gordura, o músculo, e eu... eu *pensei* que sabia o que era estar excitada, mas não tinha a menor ideia.

– Scarlett.

Outro tapa. Mais fraco. Para chamar minha atenção.

– O que você faz se quiser que eu pare?

– Eu... Eu digo *pare.*

– Boa menina. Quer que eu pare?

Eu faço que não com firmeza e penso se alguma vez já quis alguma coisa com *mais* intensidade. Mas a mão dele me acerta de novo, e eu não consigo pensar, só sinto, experimento o quanto é *bom*, a queimação e o prazer misturados, a sensação perversa e satisfatória de saber que, neste momento, eu sou o centro do universo de Lukas tanto quanto ele é o do meu.

– Eu não transo com você por pena. Mas *por que* eu transo com você, Scarlett?

Tapa.

– Por... Porque...

Os dentes dele no meu maxilar.

Tapa.

Um beijinho doce e inocente na minha bochecha.

Tapa.

– Você não sabe, não é?

A mão dele volta para a minha boceta, dessa vez me abrindo.

– Meu Deus.

Seu pau quente lateja contra o meu quadril e eu não aguento mais.

– Por favor – imploro.

– Por favor o quê? Você poderia gozar só com isso, não é? Comigo brincando com seus mamilos e a sua bunda. Você quer apanhar, não é?

Faço que sim freneticamente.

– Hum. – Lukas enfia os dedos em mim, e é tão perto do que eu preciso, tão *perto.* – Ainda não, meu bem. Não até pelo menos metade do meu pau estar dentro de você. Por que eu transo com você, Scarlett?

Não sei. Eu gemo, com lágrimas escorrendo dos olhos.

– Vou te machucar mais uma vez. Mais uma vez, e aí vou meter em você. Tudo bem?

– Tudo bem.

É o tapa mais forte de todos, e eu choro porque é gostoso demais, parece errado demais, a sensação é perfeita demais. Suas mãos grandes cobrem os dois lados da minha bunda, massageando devagar, cuidando e machucando ao mesmo tempo. Ele enfia o polegar ali no meio, encosta e pressiona só por um segundo a entrada, sentindo minha tensão e minha respiração falhada, porque fala sobre meu ombro:

– Da próxima vez que estivermos numa cama.

Não é uma pergunta. Ele está me informando. Está me *contando* o que vai fazer com meu corpo, e eu...

– Por favor.

– Por favor o quê?

– Por favor, por favor, *por favor...*

– Só quando você me disser por que eu transo com você, Scarlett.

Minhas bochechas estão cobertas de lágrimas. Tento me remexer, mas meus quadris estão presos pelas mãos de Lukas.

– Eu não sei. Eu não *sei, mas eu... eu preciso que você...*

Estou falando coisas sem sentido. Não sinto orgulho disso, mas não consigo evitar. E Lukas... Lukas diz alguma coisa em sueco, alguma frase frustrada e resignada, e então a cabeça do seu pau está bem ali, me pressionando, grande demais.

Solto um suspiro de alívio.

Ele entra de leve, coisa de um centímetro. Eu agarro a beirada do banco para não gozar.

– Eu transo com você... – Ele mete mais fundo. – Porque.... – Mais fundo. – Isso é tudo que eu quero fazer.... – *Mais fundo*. – Desde a hora em que eu acordo.

Ele alcança algum *ponto* e... Espero que metade já esteja dentro, espero mesmo, porque já estou gozando, me contraindo ao redor do seu pau enorme e duro, sem conseguir evitar. É tão intenso, arrepiante, gostoso, que não consigo prestar atenção em nada além do meu prazer e quase não ouço o restante das palavras de Lukas.

– Eu transo com você porque você é a coisa mais perfeita que eu já experimentei, Scarlett.

A única coisa que vejo antes de fechar os olhos é o armário de Pen, com o nome dela em branco e verde gravado no metal vermelho.

CAPÍTULO 43

Na manhã seguinte, quando tento fazer outro salto revirado do trampolim, meu corpo o transforma num salto de costas que é uma abominação, nível fim de carreira.

Adivinha Que Salto o Corpo da Scarlett Vai Fazer Hoje em Vez Daquele Que Ela Deveria Fazer já virou uma parte recorrente do meu treino, mas dessa vez eu não estava esperando errar. Na verdade, fico tão indignada por ter feito merda *de novo* que engulo mais ou menos um litro de cloro.

– *Meeeeeerda!* – grito debaixo d'água.

As bolhas fofinhas, quase de desenho animado, que saem da minha boca só aumentam minha fúria. Mas, quando volto à superfície, tossindo, espirrando e de modo geral arrasada, ninguém está prestando atenção em mim. O treinador Sima está passando exercícios fora da água para Pen. Os assistentes estão concentrados no treino de plataforma das gêmeas. Nem um olharzinho na minha direção, e a verdade é que... por que eles olhariam para mim? *Parabéns pelo milésimo salto perdido, Vandy... Aqui está um bolo feito de anchovas e acelga.*

Desconfio que suas expectativas em relação a mim estejam permanentemente baixas. Afinal, eu não disse ao treinador que consegui fazer um salto revirado ontem às duas da manhã. *Ah, que incrível, Scarlett! Onde foi que isso aconteceu?*, perguntaria ele, sem dúvida. Eu teria duas opções: entregar Lukas ou fingir que virei sócia da piscina pública de Palo Alto.

Mas não importa, não é? Não me interessa o que os outros acham. O importante é como *eu* me sinto a respeito dos meus próprios erros, e é aí que enxergo algo novo.

Não estou mais envergonhada, como costumava ficar. Estou... combativa. Determinada. Pronta para superar essa situação.

A noite de ontem não curou meu bloqueio mental, mas eu deixei parte da impotência de lado, e isso parece uma vitória tão grande quanto ganhar na loteria.

Penso em mandar uma mensagem para Lukas para informá-lo deste novo passo na minha jornada de recuperação. Ele parece fascinando pelo funcionamento do meu cérebro ligeiramente disfuncional... De repente está pensando em seguir na psiquiatria? Mas ele está num avião a 12 mil quilômetros de altura acima da Torre Eiffel, com uma rede neural desenhada de modo meio desleixado no dorso da mão. Deve estar assistindo a vídeos de resenhas de produtos de limpeza.

Os voos para Tallinn entram no espaço aéreo da França? Eu poderia pesquisar isso no Google. Ou então poderia simplesmente fazer meu trabalho de alemão.

No domingo, em vez de passar o dia adiantando meus trabalhos, faço algo inédito: comemoro os resultados do TAM. Pen e eu comemos quantidades industriais de sorvete e caminhamos pelo campus prestando atenção aos muitos ex-alunos que vieram para o evento de boas-vindas, chocadas com seu apoio incondicional, imaginando se tem alguma coisa errada com a parte do nosso cérebro dedicada ao espírito escolar.

– O escritório de ex-alunos envia umas cartas, tipo, a cada três meses – diz Pen, segurando minha mão enquanto desviamos da multidão.

– Pois é.

– E te oferece o incrível privilégio de dar *dinheiro* para eles.

– Pois é.

– Isso levando em conta que você já passou *quatro anos inteiros* dando dinheiro para eles.

– Pois é.

– Não faz nenhum sentido.

É um domingo bem normal. Nada de especial acontece. Não há nenhum marco, nenhuma conquista, nem vou dormir certa de que atingi a perfeição. E, ainda assim, é um dia muito, *muito* bom.

Na quarta-feira, Sam está de volta, sua voz anasalada e meio entupida, como se o vírus não quisesse largá-la de jeito nenhum.

– Então, seu primeiro grande torneio do ano. Quer me contar como foi?

– Claro. Na plataforma, eu fiz um bom salto em equilíbrio, tirei 8,5...

Eu paro.

A pontuação realmente importa?

E o torneio... o *torneio* importa?

Pigarreio.

– Na verdade, podemos falar sobre outra coisa?

Ela arregala os olhos.

– Sim, claro. Esse tempo é seu, Scarlett.

– Certo. Obrigada. É... sobre o meu acidente, no geral. Eu não *menti* quando te contei sobre a minha lesão, mas eu omiti algumas coisas.

Ela aguarda pacientemente e não parece irritada nem se sentindo traída. Isso me dá coragem.

– Eu tinha um namorado, na época. Na manhã da final da liga, ele me ligou para terminar comigo. E, no dia anterior, eu tinha recebido um e-mail do meu pai.

– Do seu pai? Achei que ele era...

– Controlador. Abusivo. Sim.

Ela não grita comigo, não diz que eu deveria ter contado tudo isso antes, apenas me olha com calma, a cabeça inclinada, sem julgamento. Do mesmo jeito que Lukas faz. Como se estivesse tudo bem eu errar. Como se fosse aceitável ainda estar tentando melhorar.

Scarlett, versão beta.

– Eu disse a mim mesma que essas coisas não tinham nada a ver com os saltos e que por isso você não precisava saber. Mas agora entendi que está tudo conectado. E quanto mais eu penso a respeito... Lembra quando você me perguntou do que eu tinha medo?

Ela assente.

– Eu acho que descobri. E não é de me machucar de novo.

– É de quê, então?

Seguro com força o braço macio da poltrona.

– Eu tenho medo da imprevisibilidade da existência. Tenho medo de não conseguir controlar o rumo da minha vida. Tenho medo de não conseguir evitar as mágoas e as tristezas, não importa o quanto eu me planeje. Mas acima de tudo... – Eu respiro fundo e dou uma risada leve, porque o que estou prestes a dizer é ridículo, embora seja verdade. Embora seja *eu*. – Eu tenho medo, principalmente, de tentar fazer alguma coisa e não ser perfeita naquilo.

Sam assente. Sorri. E eu me dou conta de que ela sempre soube, desde o início.

Mais tarde, durante o treino, consigo fazer dois péssimos saltos revirados em posição carpada.

CAPÍTULO 44

Novembro começa como um pesadelo apavorante, cheio de presas bem afiadas.

– Todo novembro é assim – diz Victoria para Pen, para as gêmeas e para mim no refeitório dos atletas, ao qual ela não deveria ter acesso.

Toda vez que alguém passa o cartão dela, nós prendemos a respiração como se um novo veículo espacial estivesse tentando entrar na órbita de Saturno.

– Com todos os amistosos, as viagens, depois o Dia de Ação de Graças e, logo depois, o Campeonato Nacional de Inverno. Sinto que estou esquecendo alguma coisa... Ai, meu Deus, as aulas. Eca.

Ela já tirou o gesso e parece ter encontrado sua verdadeira vocação: afetuosamente esculhambar a gente a cada pequeno erro no salto sincronizado.

– Vocês vão se sair superbem – acrescenta ela, magnânima. – Seus impulsos estão começando a parecer que vêm da mesma galáxia. Pen está fazendo o número certo de piruetas. Vandy consegue fazer revirados. Ânimo!

Ela tem razão. Tenho conseguido executar saltos revirados com consistência, ainda que sejam medíocres.

– O problema é que você ainda está nervosa e não encara o salto com a mente tranquila – disse o treinador Sima. – Mas não está zerando. Tem muito tempo que estudei matemática, mas um 4.9 é melhor do que zero.

Para ele, o alívio por eu conseguir fazer o mínimo é grande demais para que se preocupe com as minúcias.

Venho trabalhando nisso com Sam.

– Em algumas situações, feito é melhor do que perfeito – disse ela. – Nem sempre. Mas quando você está na tábua...

– No trampolim?

– Isso, desculpe. Quando você está no trampolim, pode se fazer essa pergunta e tomar a decisão.

Nosso primeiro convite do ano para competir fora de casa é para um torneio triplo de dois dias em Pullman, contra as universidades Washington State e Utah. Quando termina, estou chocada, imaginando se voltei dois anos no tempo.

– Espera, vamos tirar outra selfie. Nessa eu pareço que fui possuída pelo espírito de um dândi da Geórgia – diz Pen, esticando o celular.

Mais tarde, enquanto deveria estar arrumando as malas no quarto do hotel, perco tempo demais analisando a foto, nossos sorrisos largos enquanto encostamos nossas medalhas.

Ficamos em terceiro lugar no salto sincronizado na plataforma, e em segundo no trampolim de três metros, atrás das gêmeas. Pen ganhou na plataforma individual e eu fiquei em terceiro.

Foi um torneio pequeno. Poucas competidoras. As outras equipes não são tão fortes quanto a nossa. A não ser por Fatima Abadi, da Utah, que foi campeã mundial júnior, mas está de licença médica. Estou mantendo o grau de dificuldade dos meus revirados o mais baixo possível, um carpado e um grupado, e ainda assim me parecem difíceis, mas...

Eu poderia listar um milhão de motivos por que minhas vitórias nesse torneio não são tão significativas, mas elas são um lembrete precioso de que era *assim* que eu costumava me sentir com os saltos. Eram estimulantes. Divertidos. Assustadores. Desafiadores.

Eu me jogo no colchão, olho para o teto, sorrindo, e, quando não consigo mais segurar a alegria, sacudo as pernas até ficar sem fôlego.

Então recebo uma mensagem de Lukas. Parabéns.

Toco aquela palavra. Passo o polegar sobre ela como se fosse de carne e osso. Fazia dez dias que eu não tinha notícias dele.

Senti sua falta mais do que eu achava ser possível.

SCARLETT: Obrigada!
SCARLETT: Devo muito disso a você. E ao negócio superilegal que você fez.
LUKAS: Abrir o prédio para você entrar na piscina?
SCARLETT: Eu estava tentando ser discreta caso um de nós mate alguém e nossas mensagens sejam usadas como prova.
LUKAS: Nesse caso, acho que uso da piscina durante a madrugada vai ser o menor dos nossos problemas.
SCARLETT: É verdade.
SCARLETT: Estou indo para o aeroporto pra voltar pra Califórnia. Tenho que ir!
LUKAS: Se comporta. E vai com calma nos assassinatos.

Eu fico imaginando quando ele vai voltar da Europa e para onde vai depois. Natação e saltos ornamentais, homens e mulheres, às vezes fazem parte da mesma equipe só na teoria. Em algumas universidades, o time feminino é mais forte; em outras, os saltos quase não existem. Quando se trata de torneios, raramente viajamos juntos. O itinerário do time masculino de natação deve ser postado até no site de Stanford, mas, se Lukas quisesse que eu soubesse seu paradeiro, ele me diria.

Não que eu tenha muito tempo para sentir saudade dele. Viajar causa um efeito dominó que sempre me deixa tensa: aulas, laboratórios e provas para pôr em dia, o que significa que todo torneio sempre acaba ficando no meio de dias extremamente cheios, antes e depois. Viajar com um time exige muito mais energia social do que eu jamais conseguiria acumular, nem que tivesse uma usina nuclear dentro do peito. Por último, mas não menos importante, eu sempre, *sempre* pego uma gripe.

– Já pensou em comprar um novo sistema imunológico? – pergunta Maryam, quando me encontra fungando na cozinha.

– Muito caro – murmuro, enchendo de água a caneca com a foto de Pipsqueak que Barb me deu de aniversário.

– Acho que vende mais barato no supermercado. Até um usado seria melhor do que esse seu.

Mostro o dedo do meio para ela e saio pela porta. O clima está enevoado, venta muito, e a perspectiva de treinar para o *próximo* torneio fora de casa, que vai acontecer em menos de oito dias, acaba com a minha vontade de viver.

Eu não devo ser a única. Quando chego ao Avery, Pen e as gêmeas parecem muito contentes com o cenário diante de nós.

– Como é que elas sequer... – Bella olha para as dezenas de gaivotas que se instalaram na piscina de saltos. – Quer saber? Não importa. Treinador, o que está acontecendo?

O treinador Sima vem em nossa direção.

– Já estão limpando tudo, mas aparentemente tem muito cocô e só um monstro obrigaria vocês a saltar nessas condições.

Eu inclino a cabeça.

– Você perguntou se podia nos obrigar a saltar nessas condições?

– Perguntei, e você já sabe qual foi a resposta. Não vai ter treino de salto hoje.

– Poxa vida – diz Pen com deboche.

O treinador Sima a fuzila com o olhar.

– Ainda tem treino de força, espertinha.

Olhamos para a plataforma lá em cima, que parece ter virado a casa de veraneio de uma família de gaivotas. Uma família numerosa.

– Os heróis de que precisamos – comento.

Pen assente.

– Mas não os heróis que merecemos.

Fazer pilates numa sala fechada parece um enorme avanço em comparação com congelar minha bunda lá fora. Estou quase entrando em transe entre os exercícios quando ouço Pen conversando com Monroe, um dos nadadores.

– Cadê o Lukas? – pergunta ele. – Achei que ele já teria voltado a essa altura. Estou devendo dez dólares a ele.

Pen ri. Claramente o resto do time ainda não sabe que eles terminaram.

– Ele voltou uns dias atrás, mas foi imediatamente para Seattle. Entrevista para a faculdade de medicina.

– Não brinca.

– Ele deve voltar amanhã.

Eu me obrigo a não ficar imaginando por que *ela* sabe disso, e eu não.

É porque eles ainda são amigos. Melhores amigos. Ou porque *Pen* não ficou sem coragem de mandar mensagem para ele todas as noites ao longo das últimas duas semanas, escrevendo, apagando, reescrevendo, até cair no sono. O problema é que na lista dele havia coisas tipo orgias e *pony play*, mas não dizia nada sobre se eu deveria entrar em contato apenas porque sinto *saudade* dele. Não quero exagerar e estragar nosso acordo. E Lukas... não tenho a menor ideia do que *ele* quer. Só sei que também não me mandou mensagem.

– Meu Deus do céu – diz Monroe. – E aí ele vai direto para o torneio quadrangular na UCLA?

– Acho que sim.

– Coragem. Não acredito que ele está se inscrevendo para a faculdade de medicina no meio do ano olímpico.

– Meio inútil, para dizer a verdade. Mesmo que ele seja aceito, vai ter que adiar. Podia ter esperado, mas né? Ele adora se torturar.

Ele adora, não é? Ainda assim, mais tarde no vestiário eu me vejo perguntando para Pen:

– Ele vai mesmo adiar?

– O quê?

– Lukas, quero dizer.

Ele nunca falou comigo sobre isso. Por outro lado, quando teria feito isso? Entre os períodos que passou ajudando minha terapeuta a curar minhas questões pós-traumáticas? Ou enquanto profanávamos o imaculado laboratório de pesquisa de câncer da pobre Dra. Smith?

E quando estavam os dois mandando ver aqui em cima de mim, hein?, me pergunta o banco na frente dos armários. Ele anda me chamando de piranha há duas semanas.

Você sabe o que fez.

Desvio o rosto.

Primeiro você me desgraça, depois me ignora.

Minha nossa.

– Vai – responde Pen. – É fisicamente impossível cursar a faculdade de medicina *e* continuar sendo um nadador de elite.

Ela tem razão. Não sei por que nunca pensei nisso. Talvez porque a *minha* intenção sempre tenha sido largar os saltos depois do último ano, mas... ele é um atleta muito mais bem-sucedido.

– Está com saudade do Lukas? – Bree pergunta a Pen. – Faz tempo que ele está viajando. Ainda estou pensando em como vou lidar com Dale indo passar o Dia de Ação de Graças em Iowa.

– Estou acostumada. Namoramos à distância por muito tempo. E conversamos por mensagem. – Pen dá de ombros e então me lança um sorrisinho. – E você, Vandy? Está com saudade do Lukas?

Eu engasgo com minha água de coco, e Pen começa a me dar uns tapas nas costas, com mais força e animação do que o necessário.

– Por que Vandy estaria com saudade dele? – pergunta Bella.

– Foi só uma piada – diz Pen. – Por nada, não.

Vinte minutos depois, ameaço matá-la com a colher do refeitório.

– Sério mesmo?

– Ah, por favor. – Ela usa o garfo para baixar minha arma. – Foi hilário.

– Foi, sim.

– Para mim, pelo menos. Você devia ter visto sua carinha libidinosa de culpada.

– Libidinosa.

– Ou em pânico. Acho que estava mais para pânico. Não se preocupe, logo, logo eu e Lukas vamos arrancar o band-aid e contar para o time que terminamos.

Coloco quatro ervilhas na colher e balanço a cabeça.

– Novidades sobre o Professor Gato?

– Na verdade, sim. – Ela brinca com o rótulo da garrafa de água. – Ele me chamou para passar o Dia de Ação de Graças com ele.

Arqueio as sobrancelhas.

– Tipo com a família dele?

– Ele basicamente não tem família. E a minha mal lembra que eu existo, então nem vão perceber se eu não voltar para Nova Jersey. Theo disse que a gente podia alugar um Airbnb e só relaxar por uns dias, e...

Ela dá de ombros, sem conseguir parecer muito indiferente.

– E parece que você está considerando a ideia... – falo.

– Bom, eu *gosto* de ficar com ele.

– As coisas estão... – Eu olho ao redor, formulando a pergunta. – As coisas entre vocês estão ficando sérias?

– Eu... – Pen encara o próprio prato. – Nós só temos muita coisa em comum. É uma boa mudança, por causa dos interesses que compartilhamos. E o sexo é maravilhoso. E é tão fácil conversar com ele, ele é tão carinhoso, e gosta muito de mim, sabe? Luk era... Assim... é uma questão de personalidade. Ele não tem muita amplitude emocional, então...

Estamos falando da mesma pessoa?

Mas ela o conhece há sete anos. Se uma de nós está errada a respeito de Lukas, tem que ser eu. Certo?

– Você e o Theo conversam sobre o futuro?

– Um pouco. Às vezes. Ele sabe que quero me profissionalizar nos saltos. Ele quer seguir carreira acadêmica, mas me apoia muito.

O rosto de Pen fica um pouco corado, e percebo uma agitação que nunca notei nela antes. E é possível que eu esteja um pouco agitada também, porque num cenário em que ela esteja namorando Theo abertamente, Pen não ia se importar se Lukas e eu evoluíssemos para...

Não importa.

Em novembro, Pen e eu passamos a maior parte do nosso tempo livre juntas. Refeições, trabalhos, uma noite de jogos na casa de Victoria. Pegamos o trem até San Jose para ir a um show. Eu a convido para ir lá em casa, e mais uma vez ela é exposta à presença de Maryam ("Absolutamente apavorante"). Nosso torneio duplo seguinte é em Minnesota, e nós acabamos com a outra equipe.

– E esse revirado aí? – me diz o treinador logo depois do meu último salto opcional.

A temperatura na piscina está um pouco mais baixa do que estou acostumada, e minha pele está muito arrepiada.

– Eu sei, não fui alto o suficiente, mas...

– Não, Vandy. Olha.

Eu me viro para o painel. Sete. Sete. Sete e meio.

– Puta merda – sussurro.

– Olha a boca – diz ele. – Mas, sim, puta merda *do caralho*.

Não competimos individualmente, mas o relatório de resultados está bem *ali* e meu nome está logo abaixo de Pen. No sincronizado no trampolim, ficamos apenas três pontos atrás das gêmeas. É basicamente porque Bella está sentindo dor nas costas, mas ainda assim.

Minha prova de alemão está marcada para o dia da nossa volta. Depois de passar os amistosos repassando minhas anotações, estou otimista, mesmo que de um jeito meio imprudente e resignado. Mais tarde, quando o sol já se põe e sinto a cabeça pesada pela privação de sono, vou até o escritório do Dr. Carlsen.

– Sabe essa parte aqui, sobre amostragem de Gibbs? – Eu bato com o dedo no meu trabalho, que está em cima da mesa dele, talvez com força demais. – Você me tirou dois pontos e me disse para conferir de novo minha taxa de convergência. Eu conferi, e estava certa, então...

Na margem do papel, o Dr. Carlsen escreve: *Otis, reconferir seus pedidos de conferência.*

– Obrigada – digo, satisfeita.

Ele suspira e se recosta na cadeira.

– De nada. Infelizmente – acrescenta ele, seco –, sua nota já é a mais alta que dei nessa matéria.

– É uma questão de princípios – explico. – Tenho certeza de que você entende.

Ele faz uma expressão de sofrimento.

– Eu entendo, e isso está me fazendo reconsiderar muitas coisas a respeito de mim mesmo.

– Acho que nosso profundo respeito pela biologia computacional deveria ser incentivado.

Ele *quase* abre um sorriso... o mais próximo que já o vi de demonstrar uma emoção que não esteja no âmbito da irritação ou do desprezo. É *paralisante.*

– A Dra. Smith me disse que seu trabalho no projeto dela tem sido inestimável.

– Sério? Sinto que ando tão ocupada com torneios e treinos que não estou conseguindo trabalhar nele tanto quanto gostaria.

– Verdade. Você mencionou que era atleta. – Ele olha para meu casaco do time de Natação e Saltos. – Natação?

– Saltos ornamentais.

– Tinha cinquenta por cento de chance.

Eu lhe ofereço um sorriso solidário.

– E ainda assim você errou.
– Tente não se divertir muito com isso.
– Estou tentando. Desesperadamente.
Mais um suspiro.
– A Ol... A Dra. Smith mencionou que você está se inscrevendo para faculdades de medicina – comenta o Dr. Carlsen.
– Estou. Bom, ainda não. Mas em breve.
– Se precisar de uma carta de referência...
E não termina a frase, o que não é muito típico dele, e me deixa meio confusa. Hesito, esperando que ele se explique, imaginando se eu deveria ler sua mente, quando de repente...
Eu ofego.
– Espera. *Sério?*
– Contanto que seu desempenho na minha aula permaneça dentro das expectativas. E que você não se revele uma apoiadora de teorias pseudocientíficas questionáveis.
– Está falando de homeopatia?
– Claro.
– Fala sério – digo, categórica.
Ele assente.
– Ótimo.
Eu caminho pelo campus semideserto do pré-feriado de Dia de Ação de Graças e penso no quanto uma carta de recomendação da porra do Adam McArthur Carlsen me ajudaria aqui em Stanford. Ou em qualquer lugar do país. Do planeta? Talvez haja uma faculdade de medicina numa das luas de Netuno. Eu devia dar uma pesquisada.
Maryam já está na Flórida com a família. Seu bilhete na mesa da cozinha diz *deixei comida para você na geladeira*, mas, quando eu a abro, só encontro a habitual coleção de molhos e temperos, além de uma medalha de ouro. O post-it grudado nela diz: *surpresa! como é morar com a melhor lutadora do mundo inteiro?*
Mando uma mensagem para ela imediatamente.

SCARLETT: Você quer dizer a melhor em um único torneio duplo e só dentro da sua categoria de peso?

SCARLETT: Enfim, minha resposta é: preferia que você tivesse deixado comida.
MARYAM: Eu vou te bloquear

Nosso último treino é na terça-feira antes do Dia de Ação de Graças, e eu compro uma passagem para St. Louis naquela noite. O Campeonato Nacional de Inverno dos Estados Unidos começa na semana que vem, e eu penso seriamente em não ir para casa no feriado, só ficar no campus, comer sozinha um sanduíche de peru com suco de cranberry e passar o feriado treinando. Mas, na semana passada, Sam me perguntou:

– Acha mesmo que isso é o melhor para você?

E a resposta pareceu tão simples. Estou com saudade de Pipsqueak. E de Barb (mas principalmente de Pipsqueak).

– Só que... Como eu vou saber se estou pegando leve demais comigo mesma?

– Ai, meu Deus.

Sam chegou a rir de verdade, um som estranhíssimo que eu nunca tinha ouvido antes, apesar das nossas muitas horas juntas.

– Você ainda tem muito a avançar, Scarlett.

Lukas voltou de um torneio amistoso fora de casa naquela terça. Eu não o vejo pessoalmente há quase um mês e...

É estranho ter consciência da presença dele. Notá-lo. Até pouco tempo atrás, éramos dois desconhecidos, mas agora ele é uma presença e uma ausência na minha vida, ao mesmo tempo sólido e fantasmagórico.

Eu o vejo junto da piscina conversando com um dos treinadores, os braços de Pen ao redor da sua cintura. Eu o *vejo*, mas não tenho o *direito* de ir falar com ele. Ou tenho? Nunca concordamos em ter nada além de sexo fetichista. Tudo que posso fazer é deixar de lado o peso no meu estômago e subir para a torre de saltos. Olhar para a água onde nos beijamos nas horas silenciosas da madrugada, enquanto todo mundo dormia. Ficar na ponta dos pés e executar meu melhor salto revirado até agora.

Depois disso, abraços das gêmeas no vestiário, desejos de boa viagem e a leve animação de saber que nos veremos de novo no Tennessee, para o Nacional de Inverno. Saio a passos largos do centro aquático, já temendo a confusão que vai estar o aeroporto.

– Scarlett.

Sinto uma pontada ao me virar e me deparar com Lukas e seu cabelo bagunçado pós-treino, suas sardas pálidas, o modo como está recostado na parede do Avery e ainda assim permanece elegante. Além de um milhão de outras coisas triviais e hipnotizantes.

– Está esperando a...?

– Você – diz ele.

Um buraco enorme se abre na minha barriga.

– Ah. Oi.

– Oi.

Fico parada por um segundo, os instintos confusos, oscilando demais. *Corre. Corre para ele.* Como sempre, Lukas toma a iniciativa. Chega mais perto, até que preciso levantar a cabeça para olhar em seus olhos. Sorrio. Um sorriso pequeno e fraco, mas verdadeiro.

– Aquele e-mail que a Olive mandou... – começa ele. – Sobre a apresentação no congresso de biologia.

– Ah, sim! Eu ia te perguntar se... será que a gente deve fazer?

Ele inclina a cabeça.

– Está me perguntando? Ou me comunicando?

– Eu... – Dou uma risadinha. – Na verdade, não sei. O que você acha?

Lukas dá de ombros.

– Fiz algo parecido no ano passado.

– E aí?

– Foi chato.

– Ah. Então não vamos?

– Mas com você seria divertido.

Meu coração acelera.

– Cairia bem na minha inscrição para as faculdades de medicina, não é? – acrescento rapidamente para colocar um escudo entre mim e minha animação com as palavras dele.

– Provavelmente.

– Então vamos.

Eu sorrio. Ele, não. Um grupo de jogadores de polo aquático passa por nós e ficamos num silêncio que não é tão confortável e familiar quanto os silêncios a que estou acostumada.

E então começamos a falar ao mesmo tempo.
– Você quer...
– Estou indo...
Paramos os dois.
– Você primeiro – diz ele.
– Não é nada de mais. Estou indo para o aeroporto. Vou para casa.
Ele assente.
– Acho que não vou precisar fazer minha pergunta, afinal.
Você quer...
O que você ia me perguntar, Lukas?
Se eu quero... o quê?
Eu devia exigir que ele me dissesse. Em vez disso, falo:
– Vai fazer algo divertido na quinta-feira?
Ele franze a testa.
– Quinta-feira?
– No Dia de Ação de Graças.
– Ah, é. Sempre esqueço que vocês, americanos, comemoram isso.
– Sim. Comida medíocre e violência colonial. É a nossa cara. – Mudo minha mochila de um ombro para o outro. – Como foram suas competições? Você é oficialmente o Rei do Norte?
– Nunca ouvi ninguém usar essa expressão e agora estou me perguntando o porquê.
– Perderam uma oportunidade. Algum novo recorde?
– Não. – Ele levanta a mão e mostra a pele. – O desenho do meu gnomo da sorte já tinha apagado quando chegou a hora de competir.
Franzo a testa.
– O que é um gnomo da sorte?
– Você sabe. Aquelas criaturinhas que cuidam da gente e trazem boa sorte.
– Eu com certeza nunca ouvi falar de... – Dou uma risada. – Ai, meu Deus, é *por isso* que você fica me chamando de gnomo?
Lukas não responde, apenas me observa com uma expressão acolhedora e afetuosa, e eu desvio o olhar. Mas, quando volto a encará-lo, ele ainda está me observando. De um jeito um pouquinho diferente, mais intenso, curioso, que me dá coragem.

– Pena que nosso tempo aqui não coincidiu um pouco mais.

– É. Pena.

Lukas parece impaciente, os lábios apertados, os dedos nervosos. Como se quisesse pegar algo, mas soubesse que não pode.

– Depois do feriado, então.

Ele olha ao redor, e eu me pergunto se o que está passando pela cabeça dele é o mesmo que está passando pela minha.

E se a gente chegasse um pouco mais perto? Só por um segundo, e se a gente se beijasse? Alguém ia ver? Alguém ia se importar?

No fim das contas, é Lukas que levanta a mão e coloca uma mecha de cabelo molhado atrás da minha orelha, roçando de leve o polegar na minha bochecha, por menos de um segundo.

Ele baixa a mão para minha barriga. Eu não consigo respirar.

– Boa viagem, Scarlett – diz ele, a voz rouca. Suas pupilas estão dilatadas. – Me manda mensagem. Se você quiser.

Consigo sentir minha pulsação. Em todo o rosto. Descendo pelo ventre.

– Tchau, Lukas.

Eu não me viro, nem quando ouço a voz de Pen cumprimentando-o, mas o rosto dele fica gravado sob as minhas pálpebras por muito tempo depois de eu pousar em St. Louis.

CAPÍTULO 45

O Campeonato Nacional de Inverno de Saltos Ornamentais dos Estados Unidos é importante por um único motivo.

– É nele que a gente se classifica para o campeonato mundial – conto para Barb, diante de um prato de comida requentada.

É uma tradição anual muito estimada: eu, (re)explicando o básico sobre as competições de saltos; ela, agindo como se tudo que estou falando fosse informação nova e altamente fascinante.

– Não é minha culpa – resmunga ela. – Você tem ideia de quantos ossos o corpo humano tem?

– Duzentos e seis.

– Exatamente. E eu preciso conhecer todos eles. Não tem espaço no meu pequeno cérebro gordinho para qualquer outro tipo de conhecimento. Além do mais, você sabe o que eu acho de esportes.

– Que são um crime contra os sofás.

– Isso mesmo. Vai, me conta de novo sobre todos esses procedimentos complicados que você precisa fazer para se jogar de um precipício.

Suspiro, mas Pipsqueak está no meu colo, roncando com a pancinha para o alto. É hormonalmente impossível sentir algo além de felicidade.

– Daqui a três dias, vou para as classificatórias do Nacional de Inverno, em Knoxville. Se eu me classificar...

– Qual é a chance de acontecer?

– Estou otimista. Se eu me classificar, vou para o Nacional de Inverno, daqui a *cinco* dias, na mesma piscina em Knoxville.

– E qual é nosso objetivo no Nacional de Inverno?

Adoro esse *nós*, principalmente levando em conta sua opinião inflexível sobre esportes.

– Como falei, é lá que as pessoas se qualificam para o Campeonato Mundial de Esportes Aquáticos.

– Parece bem importante. Espera aí, você já participou de algum Mundial?

– Só na categoria júnior. Em Montreal e em Doha. Você foi comigo nos dois.

– Já te falei... Gordinho. *Pequeno*.

– O Campeonato Mundial vai ser em fevereiro, em Amsterdã. Cada país pode inscrever apenas *dois* atletas em cada prova, portanto, se eu ficar em primeiro ou em segundo, eu vou.

– Humm. E qual é a chance de *isso* acontecer?

– Estou tentando não pensar muito no assunto, senão vou entrar em pânico e morar numa caverna com uma família legal de morcegos, *mas*... – Tamborilo na barriga de Pipsqueak. – Minha categoria mais forte é a plataforma e é *basicamente* garantido. Não que eu vá ficar em primeiro... Pen é melhor, sem dúvida. Mas com certeza vou ficar em segundo se algumas coisas acontecerem.

Barb arregala os olhos.

– Que coisas?

– Bom, para começar... – Levanto o dedo indicador. – Se a Fatima Abadi, da Universidade de Utah, precisar se retirar da competição por causa de alguma emergência familiar que acabe se revelando trivial. Depois... – Dedo do meio. – Se Mathilde Ramirez se machucar. Nada grave, talvez uma torção leve que se cure logo? Só algo que dure o suficiente para ela ficar de fora do Nacional. Depois disso... – Dedo anelar. – Vou precisar que Akane Straisman, Emilee Newell e C. J. Melville abandonem a competição. Talvez elas possam se apaixonar perdidamente e fugir para se casarem? Se mudar para uma cabana na floresta e viver o sonho de uma vida no mato? Sou flexível em relação a...

– Entendi, *entendi*. – Barb revira os olhos, mas estende a mão para mim e entrelaça os dedos nos meus. – O que você está dizendo é que, a não ser que eu esteja disposta a quebrar meu juramento hipocrático e esfaquear umas moças, talvez seja melhor não comprar uma passagem sem reembolso para Amsterdã.

– Basicamente. Mas não importa – acrescento às pressas. – As coisas não são preto e branco, sabe? Ganhar ou perder. Desde que eu consiga fazer o meu melhor e ter orgulho do meu desempenho, não me importo.

– Nossa. Quem é você e o que fez com a minha enteada?

Dou uma risada.

– Tem uma bonequinha vivendo dentro da minha cabeça. Tem a cara da minha terapeuta e *adoooora* me lembrar de que, se eu não redefinir meus conceitos de fracasso, vou morrer de taquicardia ventricular aguda antes dos 25 anos.

De fato, a bonequinha de Sam é minha principal companhia nos dois primeiros dias das classificatórias. Estou sozinha em Knoxville porque Bree, Bella e Pen já conseguiram suas vagas. Conheço algumas garotas da época das competições juniores, mas na maior parte do tempo fico sozinha e não me importo. Eu me classifico facilmente para minhas provas, me acostumo com a piscina, descanso.

Nenhuma piscina é igual a outra. A aparência da água lá de cima; os sons e a temperatura; os juízes hostis, impiedosos. Todo trampolim tem uma espécie de sustentáculo que precisa ser ajustado. Quer uma prancha mais firme e fácil de controlar? Coloque-o para a frente. Adora ser jogado lá no espaço pela energia elástica? Recua todo para trás. É preciso se acostumar a tudo isso, e fico contente por ter a oportunidade.

Na noite anterior ao início do Nacional de Inverno, recebo um convite inesperado para jantar.

– Vandy, estamos cansadas da comida do hotel... Quer ir no restaurante chinês com a gente? Tem um baratinho a três minutos daqui.

É Carissa Makris. Eu a conheço da viagem de recrutamento que fiz para a Universidade da Flórida, o time em que ela acabou ficando. Passamos bastante tempo juntas e nos demos bem o suficiente para mantermos contato depois da viagem, mas acho que ela queria uma parceria de faculdade, porque, quando eu disse que ia para Stanford, ela nunca mais me mandou mensagem. Na época, ela saltava majoritariamente do trampolim, mas andou progredindo muito na plataforma. Agora, depois de três anos ignorando a minha existência, ela me convida para jantar.

– Ah. Sério?

– Vamos lá. Vamos voltar cedo. – Ela passa a mão pelos cabelos cacheados e escuros e dá um sorrisinho. – Vai estar tão lotado aqui amanhã que vamos ter que comer uns no colo dos outros.

Comida chinesa é o meu fraco, então vou com ela e outras cinco garotas da Flórida e me divirto bastante. Reclamamos da Federação Internacional, da Associação Universitária, da Agência Anti-Doping, das nossas respectivas instituições e dos nossos técnicos, dos nadadores, das nossas juntas doloridas e dos trabalhos acadêmicos que vamos ter que recuperar.

– Eu estava lá quando você se machucou – diz Carissa mais tarde, enquanto as outras estão pegando sorvete e ficamos apenas eu, ela e Natalie, sua parceira de salto sincronizado. – Eu chorei. Juro.

– Chorou mesmo – confirma Natalie.

– Pareceu muito doloroso, e podia ter acontecido com qualquer uma.

Dobro meu guardanapo em pequenos triângulos.

– É, foi uma merda.

– Ainda bem que você está de volta.

– Minha amiga na Pullman falou que você está na sua melhor forma – comenta Natalie.

Em comparação ao ano passado, quando eu basicamente nem tinha *forma*, com certeza.

– A essa altura, não bater minha cabeça no concreto já é um enorme sucesso – falo.

Elas dão risada.

– E você está fazendo salto sincronizado? – pergunta Carissa.

– Sim, com a Penelope Ross.

– Ah, sim. – Natalie assente, mas fico com a impressão incômoda de que ela já sabia disso. – Ela ganhou a prata no trampolim de três metros na Liga Universitária do ano passado, não foi?

– E ouro na plataforma.

– Certo. Bem...

Carissa junta as mãos e apoia os cotovelos na mesa.

Eu só consigo pensar: *Aí vem. O verdadeiro motivo deste jantar.*

– Não vou ficar enrolando, Vandy. Eu gosto de você. Sempre teve muito espírito esportivo. Me lembro de você no pré-olímpico, quatro anos atrás, sabia? Você não entrou no time, mas eu pensei: "Ela tem algo de especial. Ela é boa."

– Obrigada – respondo, em vez de comentar como isso soou condescendente.

Nós temos a mesma idade. Carissa também participou daqueles testes e ficou numa posição pior do que a minha.

– Vou te falar com sinceridade. Pen Ross? Você precisa tomar cuidado com ela.

Não sei o que eu estava esperando, mas *não* era isso.

– Como assim?

– Com todas as letras, ela é uma escrota traidora. Lá em Nova Jersey, a gente saltava no mesmo clube, e todo mundo a odiava. Pode perguntar a *qualquer pessoa*. Ela pode até ser o próximo prodígio dos saltos, e pode ter feito todo mundo em Stanford acreditar que não é uma sociopata, mas eu sei. E você devia saber também.

Tento digerir as palavras de Carissa, comparando o que ela acabou de dizer com a minha própria experiência, mas meu cérebro instantaneamente rejeita a informação. Nos últimos meses, Pen e eu nos aproximamos e...

– Eu não gosto disso.

– De ter que saltar com Pen Ross? – Natalie dá uma risada de deboche.

– Pen é minha amiga. Nada no comportamento dela confirma o que vocês estão falando.

– Há quantos anos você a conhece?

– Uns três.

– Eu a conheço há mais do que o dobro disso.

– Ainda assim, não consigo imaginar que em meio aos altos e baixos de três temporadas de saltos, ela não teria deixado escapar algo dessa personalidade horrorosa e cruel de que você está falando.

Eu balanço a cabeça e começo a chegar para o lado para sair da cabine, pronta para voltar ao hotel.

– Ei – chama Natalie –, só estamos tentando ser legais. Você não devia ficar irritada, e sim agradecida, então...

– Deixa ela – interrompe Carissa, tocando o ombro da amiga, mas sem tirar os olhos de mim. – Vandy... só toma cuidado, está bem?

♦♦♦

Quando chego para as preliminares da plataforma, descubro que C. J. Melville está fora por lesão. Eu solto uma arfada alta, que se perde no meio de todos os sons de choque das outras meninas.

– É grave? – pergunta Bree. – Será que é carma?

C. J. vem sendo considerada universalmente A Saltadora dos Estados Unidos há uns seis ou sete anos, mas tem uma reputação interessante. *Não muito legal*, dizem alguns. *Cruel pra caramba*, diz a maioria.

Pessoalmente, sei muito bem como mulheres que não são simpáticas e expansivas tendem a ser consideradas escrotas, então não acredito muito nos boatos.

– Não tenho ideia – diz o treinador. – Mas era quase garantido que ela ia ficar com uma vaga no mundial na maioria das categorias, então isso aumenta a chance de vocês em uns... cinquenta por cento? É, acho que é isso.

Franzo a testa.

– Na verdade, esse cálculo não está...

– Ninguém gosta de gente sabe-tudo, Vandy.

Pen me dá um tapinha no joelho.

O que você fez?, pergunto para Barb numa mensagem, que – recebo o aviso – silenciou as notificações. Provavelmente está ocupada comprando pés de cabra para derrubar o restante das competidoras. Ou numa cirurgia. Vai saber.

– E, obviamente – continua o treinador –, C. J. não compete no salto sincronizado por causa do seu...

– Desprezo por qualquer coisa que tenha uma alma? – sugere Bree.

– Claro, vamos colocar nessas palavras. Mas Madison Young, que estava na Universidade A&M até o ano passado, foi desclassificada. Não sei por quê.

Todas nós ficamos em silêncio. Normalmente, existe um só motivo para as pessoas serem desclassificadas, e não consigo imaginar Madison tomando estimulantes e estragando sua carreira.

– E Mathilde Ramirez está se recuperando de uma lesão no mês passado.

Pen e eu trocamos um olhar.

– Tudo isso é...

– Conveniente? – completa ela.

– Foi você quem disse, não eu.

Ela dá uma risada.

– Aliás, Luk me pediu para te entregar uma coisa.

Eu arregalo os olhos.

– Lukas?

– Parece que você esqueceu na casa dele ou algo assim?

Ela levanta a sobrancelha, e eu dou uma olhada ao redor, aliviada por ninguém estar prestando atenção.

– Eu nunca esqueci nada na...

Ai, meu Deus. É a minha calcinha? Ele entregou minha *calcinha suja* para a Pen?

– Aqui está.

Ela me entrega algo macio e colorido, depois se vira para responder alguma pergunta de Bella. É melhor assim, já que eu devo estar tremendo, as têmporas latejando, o peito repentinamente quente.

Porque tenho em mãos uma toalha tie-dye.

Todas nós avançamos facilmente para a final, mas Bella continua com o problema nas costas, então ela não se qualifica. Parece lidar bem com isso, mas Bree deve perceber algo que eu não percebo, porque olha para a irmã com uma expressão preocupada e some com ela durante algumas horas. É uma competição caótica, com várias provas simultâneas e pouco tempo de descanso. Estamos todas exaustas no fim do primeiro dia.

Carissa também está saltando. Nas primeiras vezes em que o nome dela é anunciado, eu olho de relance para Pen em busca de sinais de incômodo, mas ela parece indiferente. *É uma rixa unilateral*, decido. *Deve ser inveja.* Esqueço completamente a história toda. Não tenho muita paciência para drama e fofoca. Principalmente se for a meu respeito ou a respeito de pessoas de que eu gosto.

Meus saltos são irregulares: erro feio uma entrada, jorrando feito o respiradouro de uma baleia, mas meus carpados são *perfeitos*. Isso me deixa orgulhosa – não ter saltado bem, mas ter conseguido me recuperar e deixar os erros de lado. *Imperfeito* ainda pode ser *bom*. Que pensamento revolucionário, hein?

No vestiário, eu fecho o zíper do casaco e me viro para Pen.

– Preciso comer alguma coisa, mas quer treinar o sincronizado depois? – pergunto.

– A piscina não está fechada?

– Estava pensando na sala de treino mesmo. – Seguro a porta para ela enquanto saímos. – Principalmente na parte da corrida...

– Nossa, esse lugar está mal frequentado.

Nós tomamos um susto. Carissa está bloqueando nosso caminho, o olhar fuzilando Pen. Natalie, ao lado dela, está de cara fechada, parecendo a capanga da menina que faz bullying no parquinho.

– Carissa. – A expressão de Pen é simpática e educada, mas... diferente também. – Temos que ir embora. Sinto muito por...

– Ter acabado com a minha vida?

Um momento de silêncio. A voz de Pen assume um tom conciliador.

– Não é a hora nem o lugar para isso.

– Mas não tem hora e lugar certos, não é? Você conseguiu o que queria e todos nós temos que aceitar.

Ela tenta dar de ombros, mas não funciona, como se algo estivesse fisicamente segurando seu ombro.

– Carissa, eu...

– Não quero nem ouvir.

Ontem à noite, achei que ela parecia amargurada e raivosa. Hoje, Carissa não consegue esconder a mágoa nas palavras.

– Só queria te dizer que eu *não* te perdoo.

Ela se vira e vai embora, o braço de Natalie ao redor de seu ombro, como se quisesse consolá-la. Eu me viro para Pen, sem saber o que dizer, e vejo que ela já está olhando para mim também.

– Scarlett – diz ela, a voz trêmula. – Preciso falar com o Lukas. Agora.

CAPÍTULO 46

Vamos para o meu quarto, e ligo para Lukas do meu celular.

Eu me pergunto se devia mandar uma mensagem antes – *Sei que é estranho, pfv não deixa cair na caixa postal, e estou ciente de que nenhum de nós marcou sexo por telefone ou role play à distância naquela lista.*

– Ele não vai atender – diz Pen, desanimada. – Acabei de lembrar. Está competindo no US Open. A final dos duzentos metros livre está acontecendo neste exato momento.

– Ah.

Esfrego as palmas das mãos na calça e me sento ao lado dela na cama, sem saber muito bem o que fazer. Levo quase um minuto inteiro para tomar coragem de segurar sua mão.

– Sinto muito pelo que aconteceu com Carissa. Se tiver alguma coisa que eu possa fazer...

– Não acredito que ela realmente *falou* comigo dessa vez. Merda. – Pen passa a mão no rosto. – Vandy, preciso explicar umas coisas para você.

– Ontem à noite, ela veio me dizer para tomar cuidado com você – solto.

Provavelmente é a coisa errada a dizer, dada a mágoa no rosto de Pen, mas preciso falar a verdade.

– Ela falou muito, mas explicou pouco. Basicamente disse que você é... bem, uma má pessoa, resumindo.

– Por que você não me contou?

– Sinceramente? – Dou de ombros. – Não acreditei nela. O que Carissa disse não fez o menor sentido, então deixei pra lá e achei que era bobagem. Nem imaginei que você fosse querer saber, me desculpa...

Pen me abraça tão forte que respirar deixa de ser algo natural e fácil como sempre foi. Meio hesitante, eu a abraço de volta. Pouco depois, sinto suas lágrimas na minha bochecha.

– Desculpa. É só que... – Ela se afasta, fungando, e seca o rosto com as costas da mão. – Ela envenenou tanta gente contra mim, e o fato de você não ter nem hesitado...

Sinto um aperto no peito.

– Sinto muito por ela ter te encurralado daquele jeito – falo. – De repente a gente devia denunciá-la?

– Não. – Pen balança a cabeça. – Essa é uma longa história, Vandy.

Eu assinto.

– Você não precisa me explicar nada. Estou do seu lado, não importa o que...

– Mas eu quero. – Ela respira fundo. – Carissa e eu treinávamos no mesmo clube no centro de Nova Jersey, e não lembro muito bem quando foi que paramos de gostar uma da outra, ou de fingir que gostávamos uma da outra, ou por que, quando tínhamos uns 14 anos, a gente já se dava supermal. Talvez porque éramos jovens e competitivas? Eu não tenho orgulho do modo como agia naquela época... Eu me gabava quando vencia e ficava com ódio quando ela vencia. Sabe aquelas coisas constrangedoras que, quando você olha para trás, quase morre de vergonha de ter feito?

Eu assinto, o sentimento muito familiar. Crianças podem ser cruéis. Atletas podem ser cruéis. Quando se mistura os dois... o resultado não é muito estável.

– A mãe dela era a diretora do clube. Treinadora. Ex-saltadora. Ela era uma boa professora, mas, ao longo do tempo, deixou de ser passional e incentivadora e passou a ser verbalmente abusiva. Gritava coisas horríveis para todas nós constantemente, *inclusive* para a filha dela. E as crianças mais novas... Ela as aterrorizava. Debochava do peso delas, as obrigava a treinar quando o tempo estava horrível, dizia coisas muito tóxicas. E fui eu quem a denunciou.

– Ah.

Merda.

– Abriram uma investigação. Ela foi suspensa. Foi melhor assim, mas Carissa continuou no clube e decidiu que eu tinha arruinado a carreira da mãe dela, talvez até a *vida* dela. E o resto do pessoal do clube... todo mundo *sabia* que a denúncia não era falsa, mas Carissa conseguiu manipular a narrativa e dizer que eu tinha exagerado porque estava com inveja, e todo mundo acreditou nela, ou pelo menos fingiu acreditar.

Pen seca os olhos.

– Eu fiquei arrasada. O bullying. As coisas que diziam pelas minhas costas. E na minha *cara*. Eu queria encontrar outro clube, mas não havia *nenhum outro lugar* que ficasse a uma distância razoável de casa. Meus pais não se importavam. E eu ainda frequentava a mesma escola que Carissa. Ela espalhou boatos sobre mim, colocou amigos contra mim. Nem todo mundo acreditou nela, mas era tão difícil... ir a uma festa e não saber se as pessoas...

– Iam jogar uma tigela de sopa em você?

Ela ri, os olhos ainda marejados.

– Serviam sopa em muitas festas na sua escola? – pergunta Pen.

– Não sei, nunca fui convidada para nenhuma. Mas acho que seria uma ótima ideia.

A expressão divertida dela alivia um pouco do peso do quarto.

– Meus terceiro e quarto anos foram um inferno. E, se não fosse pelo Lukas, eu teria ficado totalmente sozinha. Mas ele me ligava para me lembrar de que eu não era uma babaca detestável e... – Pen solta um suspiro pesado. – E ainda tem a parte que eu mais odeio. Stanford era a faculdade dos sonhos da Carissa. Mas, quando ela entrou em contato com o treinador Sima para demonstrar interesse, ele viu que tínhamos frequentado o mesmo clube e me perguntou sobre a Carissa. Eu falei a verdade, e ele decidiu não oferecer uma vaga a ela.

Eu coço a cabeça, absorvendo toda a história.

– Ainda acho que nada disso é culpa sua.

– Eu sei. É só que... – Ela inclina a cabeça para trás, olhando para o teto, os olhos marejados de novo. – Eu odeio isso. Saber que ela está aqui e ainda me odeia é tão... Lukas não está aqui e me sinto sozinha de novo, e...

– Mas você não está. – Ela olha para mim, e aperto sua mão. – Eu estou aqui. Posso não ser o Lukas, mas sou sua amiga. E se Carissa der qualquer bobeira, eu vou... vou olhar *feio* para ela e sibilar...

– Sibilar?

– É um comportamento de defesa muito eficaz no reino animal. A questão é: eu estou do seu lado. Odeio bullying e gente que intimida os outros. Sempre fiquei meio excluída em todos os meus times. Mas você me fez sentir bem-vinda desde o início. Confio em você, e pode confiar em mim.

As lágrimas correm pelo rosto de Pen.

– Tem certeza?

Eu assinto, e na mesma hora o nome de Lukas pisca no meu celular. Atendo a chamada de vídeo na mesma hora.

– Scarlett?

Ele deve ter ligado assim que saiu da piscina, porque ainda está pingando. Parece ao mesmo tempo surpreso, satisfeito e preocupado.

– Você está bem?

Eu me lembro do que ele falou sobre a mãe. *Quando recebi a ligação.*

– Sim, está tudo bem. – Viro a câmera para incluir Pen. – É só que a Carissa...

– Não é nada – diz Pen ao meu lado.

Suas bochechas ainda estão úmidas, mas ela se vira para mim. Eu faço o mesmo e vejo que está sorrindo.

– Eu tive uma... questão – conta Pen para Lukas. – E queria falar com você. Mas no final a Vandy me ajudou a resolver, porque ela é uma amiga maravilhosa. Uma amiga que não mereço.

Meu peito se enche de alegria. Eu me sinto... escolhida. Valiosa.

– É muito legal da sua parte dizer isso – falo –, porque eu morro de medo de você perceber que eu sou uma farsa e que sou tão entediante que os dentistas me injetam nas gengivas das pessoas para fazer o tratamento de canal.

– O quê? Você não tem nada entediante – diz ela.

Ouço um eco – porque Lukas diz a mesma coisa, ao mesmo tempo. Ele parece confuso com toda a situação. Ainda deve estar cansado da prova.

– Você ganhou? – pergunto.

Ele dá de ombros, porque é claro que ele ganhou. E nem parece convencido.

– Está tudo bem? Você precisa de mim?

Fico com a impressão de que a pergunta é para mim, mas Pen balança a cabeça e responde, a voz solene:

– Parece que sua presença não será necessária, no fim das contas.

Ele levanta uma sobrancelha, confuso, mas não descontente.

– Tudo bem?

– Basicamente, eu sou a versão nova e melhorada de você – digo a Lukas com meu sorriso mais satisfeito, o que faz os lábios dele se curvarem num sorriso.

– E eu pensando que você era um gnomo.

Pen parece confusa, então aperto a mão dela de novo e mudamos de assunto.

CAPÍTULO 47

O Nacional de Inverno dura mais cinco dias, cheios de altos e baixos.

Durante a final do trampolim, nem eu nem Pen nos classificamos para o campeonato mundial, mas Carissa, que estava prestes a ganhar o ouro e errou uma entrada tão feio que até os chapins-de-dorso-castanho do noroeste do Pacífico devem ter sentido os respingos, também não. Eu já dei saltos muito piores, então não tenho nenhuma moral para falar dos erros de ninguém, mas apenas nesse caso eu me dou o direito de tripudiar um pouquinho.

– A gente devia comemorar – sussurro para Pen durante a cerimônia de premiação.

O treinador Sima se vira e olha para a gente, preocupado, como se talvez eu tivesse esquecido que *não* estar no pódio é ruim, mas Pen apoia a testa no meu ombro e ri baixinho por uns cinco minutos.

Está tudo bem?, diz uma mensagem de Lukas, mais tarde.

SCARLETT: Sim. Pen está bem melhor! Vamos começar as preliminares do sincronizado.
LUKAS: E o que mais?

E o que mais?

SCARLETT: Quer uma foto da lista de saltos?
LUKAS: Como você está, Scarlett?

Não tem nenhum motivo para uma pergunta tão simples me fazer corar. Deve ser a piscina aquecida. Não estou mais acostumada com piscinas cobertas.

SCARLETT: Bem?
LUKAS: Isso é uma pergunta ou uma resposta?
SCARLETT: Não tenho certeza.
LUKAS: Pensa melhor, então.

No segundo dia, acordo com um e-mail do meu alemão insone favorito, Herr Karl-Heinz.

Scharlach,

Olha só para você!

É um A. Na minha prova.

– Toma! – grito, para absolutamente ninguém. – Eu consegui! Eu *consegui*!

Mando uma foto da tela para Barb. Depois para Maryam. E então – por que não? – para Lukas, que diz: Espero que sueco seja a próxima.

Não sei por quê, mas isso me faz sacudir as pernas de alegria.

No terceiro dia, depois de uma longa conversa cheia de cochichos com a irmã, Bella resolve sair da competição.

– Minhas costas estão muito...

Ela balança a cabeça.

O treinador Sima suspira e dá um tapinha em seu ombro.

– Não é sua culpa, garota. Passa na fisioterapia, está bem?

Ver as gêmeas saindo da piscina é de cortar o coração. Por causa da lesão de Bella e também por causa do olhar melancólico de Bree para a gente. Eu e

Pen terminamos em quinto no salto sincronizado no trampolim, o máximo que podíamos almejar nessa competição, mas é difícil comemorar quando Carissa e Natalie ganham o ouro, o que significa que elas vão para Amsterdã.

Não ficamos para a cerimônia de premiação que vem depois da prova, mesmo que isso demonstre péssimo espírito esportivo. Em vez disso, vamos para o vestiário e tomamos banho rapidamente. Saímos antes que a maioria das outras saltadoras cheguem, mas, como o universo pune os atletas com o supracitado espírito esportivo, nós cruzamos com as duas pessoas que estávamos tentando evitar.

– Oi, Vandy – diz Carissa. – Vejo você amanhã na final do sincronizado na plataforma. E... – o olhar dela se vira para Pen – leve a sério o que eu te falei.

– Você tem que parar com isso – digo a Carissa, estufando o peito.

– Parar com o quê?

– De ser grosseira com a Pen.

Ela fecha a cara.

– Sabe que estou te fazendo um favor, não sabe?

– Na verdade, você só está nos incomodando.

– Ah, é? – Ela chega mais perto. – Se é assim que você agradece, então espero que sofra as consequências da sua burrice.

Eu abro um sorriso gentil.

– E *eu* espero que você tenha diarreia explosiva no meio de um salto mortal.

Passo esbarrando nela, com Pen atrás de mim. Provavelmente é a coisa mais atípica que já fiz, falei ou pensei na vida. Mas Pen está do meu lado, segurando meu braço.

– Talvez essa tenha sido a coisa mais sexy que já me aconteceu.

É?

– Bom, eu não sou nenhuma heroína, mas...

Faço um gesto como se tirasse poeira dos ombros, e ela ri.

– Melhor ainda do que quando ela me viu de mãos dadas com Lukas pela primeira vez. Eu juro, a cara dela foi no chão e se estilhaçou em mil pedacinhos. Claramente, você e Lukas são meus cavaleiros numa armadura reluzente.

Nós entramos no elevador, e ela se vira para mim, os olhos semicerrados.

– Vocês são *mesmo* bem parecidos.

– Eu e Carissa?

– Meu Deus, não. Você e Lukas.

Eu dou uma risada.

– Acredite, não somos.

– Os dois são reservados, mas intensos quando se trata das pessoas de que gostam. São focados, têm uma força e uma autoconfiança muito firmes. Escondem seu senso de humor da maioria das pessoas, mas são hilários. E, claro, os dois gostam de...

– Fetiches e BDSM?

– Eu ia dizer essas coisas de ciências. Mas isso daí também.

Eu balanço a cabeça.

– Não sou nada confiante. Até dois meses atrás, eu mal conseguia saltar.

– Confiança não tem a ver com conseguir fazer as coisas, Vandy. Confiança é aparecer, tentar, não desistir, porque lá no fundo do coração você sabe quem é e do que é capaz.

Ela tem razão? Não tenho ideia. *Eu quero ser como Lukas*, digo a mim mesma naquela noite, na cama. De certa maneira, é um bom pensamento em que me concentrar. Parece menos complicado do que querer estar *com* Lukas.

No dia seguinte, durante a final do sincronizado na plataforma, Pen erra a saída e torce o tornozelo.

– Não é grave. Em uma semana você já está boa – diz o médico.

Seus olhos se enchem de esperança.

– Posso continuar competindo...

– Hoje e amanhã? De jeito *nenhum*.

É decepcionante, mas ficamos aliviadas por a lesão não ser grave.

– Nenhum pódio – diz o treinador Sima para Bree, Pen e para mim no último dia.

Estou esperando para ser anunciada na final individual da plataforma, e elas estão aqui para me apoiar.

– Não é o ideal, claro. – O olhar crítico dele se fixa em nós por um período cruel. – Mas o lado bom é que o time inteiro se classificou para o pré-olímpico. Embora os seus saltos de três metros precisem melhorar *muito*, Vandy.

– Não tem *espaço* suficiente – resmungo, ainda com um sanduíche na boca. – É o que menos gosto, de qualquer forma. Parece que estou pulando de uma prancha de navio.

– Mais alguma desculpa esfarrapada?

Eu baixo a cabeça e fico em silêncio, mas meia hora e quatro saltos da plataforma depois, me pergunto se o treinador está engolindo o que disse. Porque minhas notas estão, surpreendentemente, me colocando bem perto do pódio.

– São só vocês quatro na disputa – sussurra Pen enquanto tento me manter aquecida entre um salto e outro. – Assim, Akane Straisman está muito na frente e vai levar o ouro, e a menos que os ossos de Emilee Newell virem borracha, ela vai ganhar a prata. Mas o bronze está entre você e Natalie.

A capanga de Carissa.

– Vocês estão se revezando no terceiro e quarto lugares o tempo inteiro.

– Não sei o que eu quero mais... ganhar a medalha ou impedir que Natalie ganhe.

Pen segura meus ombros e aperta com toda a força.

– Escolhe um, Vandy. Porque quero te pagar o valor de uma medalha de bronze em drinques hoje à noite.

– Qual é seu último salto? – pergunta Bree.

– Um mortal e meio em equilíbrio com dupla pirueta.

– Ai, meu Deus! – exclama Pen.

Quando estou num bom dia, esse salto é minha obra-prima. Quando não estou? Um desastre de grandes proporções. E tem tantas coisas que podem dar errado. Mas Pen é Pen, claro. E ela é maravilhosa. Em vez de me dizer o lado ruim, ela me abraça.

– Esse é meu salto favorito entre os que você faz!

– O meu também! – diz Bree, dando um pulinho. – É o *destino,* porra!

Mantenho essa energia comigo. Mesmo depois que Natalie salta e eu faço as contas da nota necessária para ganhar o bronze, mesmo enquanto subo as escadas, mesmo quando estou me secando com minha toalha tie-dye, tão parecida com aquela que perdi dois anos atrás – e sobre a qual mal me lembro de ter contado Lukas.

Mas *ele* lembrou.

Olho para a toalha, sorrio e a jogo lá de cima da torre. E, quando me coloco na posição de equilíbrio, não penso no que pode dar errado. Não penso em perfeição. Em vez disso, penso nas pessoas que estão lá para assistir e curtir o meu salto. Quando salto, quando estou no ar, quando entro na água e depois que subo à superfície, torço para que elas estejam se divertindo. Mal saio da piscina e Pen e Bree já estão ali abraçando meu corpo encharcado.

– Você conseguiu! Você conseguiu, você conseguiu, você...

– Você está dez pontos na frente da Natalie!

– É bronze! É bronze com certeza, porque agora só falta Emilee, e ela já está na sua frente. Bella vai chorar tanto quando eu... – Bree para de repente. – Ai, meu Deus – diz ela, chocada.

Ela está olhando para alguma coisa atrás de mim.

– Está tudo bem?

Bree abre a boca. Quando nenhum som sai, ela aponta para o painel de notas.

Emilee saltou. A competição terminou. E...

– Acho que os ossos de Emilee Newell viraram borracha – sussurra Pen.

Porque todas as notas dela foram surpreendentemente baixas... tão baixas que ela caiu para o terceiro lugar.

O que significa...

O treinador aparece do nada, segurando minha toalha tie-dye.

– Bom, Vandy – diz ele, com a voz embargada. – Espero que seu passaporte esteja na validade.

Parece que vou para Amsterdã.

CAPÍTULO 48

— É uma bênção e uma maldição – diz o treinador Sima enquanto espero para ser chamada ao pódio. – Vai ser só cinco meses antes das Olimpíadas, três meses antes do pré-olímpico... Você vai ficar exausta, Vandy. E ainda não escolheram os técnicos, você pode acabar com aquele novato com cara de idiota da Universidade de Los Angeles...

Eu mal escuto. Ele tem razão, mas preciso de menos avisos e mais silêncio para conseguir processar o fato de que comecei essa temporada com um bloqueio mental do tamanho de um bonde e agora...

Vou representar meu país no campeonato mundial.

A enormidade disso é desconcertante.

– Emilee Newell é uma saltadora melhor – murmuro no avião. – Ela só cometeu um erro. Eu não mereço tomar o lugar dela.

– O que você disse? – pergunta Pen, tirando o AirPod do ouvido.

Balanço a cabeça, mas fico aliviada ao pousar, mais ainda quando chego em casa, vejo que Maryam não está e que posso ficar sozinha.

Alguém quer me entrevistar para o jornal estudantil de Stanford. Tem uma matéria com meu nome na ESPN.com. O diretor da atlética da faculdade em pessoa me mandou um e-mail para me parabenizar. A seleção americana de saltos me mandou uma lista de afazeres pré-campeonato com uns novecentos itens e me adicionou ao grupo de elite e alta performance. Fui avisada por diversas pessoas que o uniforme e o equipamento da seleção dos Estados Unidos vão chegar em breve.

É sábado à noite, mas temos uma folga de três dias dos treinos, então planejo me trancar no quarto, relaxar e entrar em pânico em paz.

E aí recebo uma mensagem de Lukas.

LUKAS: Já está surtando?

Eu caio na risada.

SCARLETT: Desde antes de subir no pódio.
LUKAS: Eu percebi na transmissão on-line.

Ele assistiu à transmissão on-line.

Pen me convidou para um festão da equipe de natação. Pensei em ir, principalmente para ver Lukas, mas estou exausta demais. Tomo banho, coloco um top e um short de pijama e, quando ouço uma batida na porta, resmungo. Deve ser o zelador. Detesto o zelador. Ele fala sem parar e...

Recuo, ofegando, depois de olhar pelo olho mágico. Abro a porta.

– Lukas?

Tinha esquecido que ele é tão alto e largo. Ou talvez seja só porque estou descalça. Não sei, porque é difícil me concentrar enquanto ele me olha desse jeito, um quase sorriso no rosto e nos olhos, dois sacos de papel enormes num dos braços.

– Imaginei que você estaria sem comida na geladeira – diz ele, apenas.

Ai, meu Deus.

– Eu... Obrigada.

A bancada fica do lado da porta. Pego os sacos da mão dele, coloco ali e me viro de novo, esperando que ele tenha dado início a seu ritual favorito: tirar os malditos sapatos. Mas Lukas só fechou a porta e está parado, me encarando como se... como se neste exato momento fazer qualquer outra coisa estivesse fora do seu alcance.

Sorrio para ele.

– O cheiro está delicioso. Comida chinesa?

Lukas assente.

– Minha comida favorita. Eu já tinha falado?

Ele assente de novo.

Pousei há menos de duas horas e ele veio me ver. Trouxe leite, café e pão. Frutas e vegetais frescos. Minha comida favorita para o jantar.

Sinto um nó na garganta diante de tudo isso. Chego mais perto e fico na ponta dos pés.

– Obrigada por se lem... – de repente, meus pés saíram do chão e estou imprensada entre Lukas e a porta, minhas pernas ao redor dele – ... brar.

Lukas me beija com vontade, já profundamente, como se estivesse escavando minha boca para chegar ao centro da Terra.

– Scarlett – diz ele, um som áspero que sai direto do coração via garganta.

E talvez seja pelo desespero com que ele pronuncia meu nome, mas um segundo depois já estamos nos esfregando, o quadril dele pressionando o meu, as mãos frenéticas, impacientes, apertando, se espalhando e...

Eu enfio a mão entre nossos corpos e começo a desabotoar a calça dele. Lukas me beija, e o som que faz em minha boca é convidativo. Quando enfio a mão dentro da cueca e seguro seu pau, ele geme como se estivesse sentindo uma dor física, os quadris se arqueando ainda mais contra o meu toque. Ele já está quente e completamente duro. Usando a lubrificação da ponta, começo a bombear a cabeça uma, duas, três...

Ele interrompe a carícia com um resmungo. Afasta minha mão. Coloca o pau para fora, afasta meu short para o lado e ali estou eu, aberta, molhada e...

– Porra – murmura ele.

Lukas enfia um dedo em mim, acariciando o clitóris com o polegar.

É tão *bom* que me pergunto como é que fiquei longe dele por mais de um mês. Eu me contorço e volto a mão ao seu pau para fazer o mesmo por ele.

Lukas *rosna*. Agarra meu pulso de novo e, dessa vez, o prende ao lado da minha cabeça.

– Acho que você esqueceu quem é que manda.

– Não esqueci.

A frase sai quase como um choramingo e me rende uma mordida quase dolorosa no maxilar. Odeio como não consigo parar de me contorcer, mas acho que Lukas também não está muito sob controle. A ideia se confirma quando sinto o pau dele roçando minha entrada ali mesmo, contra a porta, quando temos camas, sofás e uma mesa.

A questão é: acho que ele mal pode esperar para estar dentro de mim. Porque está me penetrando agora mesmo.

Os primeiros centímetros entram de uma vez. Fecho os olhos, solto um gemidinho ofegante enquanto me acostumo e arqueio o corpo para recebê-lo.

– Lukas – gemo.

É um deslizar bem fácil... até deixar de ser. Os olhos dele estão fixos em mim, selvagens e carinhosos.

– Você é muito linda. Já falei isso?

Não tenho a menor ideia. Não lembro nem meu próprio nome.

– Eu... talvez?

– Vi você saltando nesses últimos dias.

Ele começa a se mexer, e solto um gemido em seu pescoço. Com ele é sempre assim. Um pouquinho dolorido. Inacreditavelmente gostoso. Aniquilando qualquer possibilidade de pensar em alguma coisa.

– E fiquei pensando...

Uma metida especialmente forte, e ele entra um pouco mais fundo. Sua boca exala na minha. É quase um beijo.

– Eu juro, Scarlett. Penso o tempo inteiro sobre as vezes que te comi. Revivo isso tanto na cabeça que tenho medo de gastar.

Mais um centímetro. Ele é tão grande que isso nunca vai ser fácil. A pressão de seu corpo, que não deixa espaço para respirar. Eu me sinto febril, quente demais, maleável, e é tão *bom*, o modo como ele me segura e me preenche. Me concentrar nas palavras dele é um esforço além do meu alcance.

– Mas não consigo lembrar se já te falei o quanto você é linda. E isso estava me deixando maluco.

Mais fundo. Por uma fração de segundo, é demais, e eu quase o afasto. Mas a sensação passa e...

– Ai, meu Deus, Lukas.

Acho que eu poderia... É loucura, eu devo estar ficando maluca, mas acho que eu poderia gozar facilmente só de senti-lo dentro de mim. Movo o quadril e tento chegar mais perto, mas a mão dele segurando a minha bunda me impede. Minha outra mão ainda está presa à parede e eu solto um gemido inquieto.

– *Por favor*.

– Calma. – Ele beija minha bochecha com calma, como se seu pau não estivesse latejando dentro de mim. – Eu disse?

– O quê?

– Eu disse o quanto você é linda?

Eu pulsando ao redor dele, prestes a explodir. Eu acho... eu lembro... tenho quase...

– Sim, sim, você disse.

Ele dá um sorrisinho satisfeito.

– Ótimo – diz Lukas, se afastando e depois me preenchendo de novo. – Minha garota linda e brilhante.

Ele me come como se não tivesse pensado em outra coisa desde a última vez que nos tocamos. Nós dois gozamos numa avalanche em menos de um minuto.

⁂

– Não está tendo uma festa em algum lugar?

Lukas me lança seu melhor olhar de *Quem se importa?* e coloca uma colherada indecente de arroz frito no meu prato.

– Quer mais?

Faço que não. Eu devia ficar com vergonha de precisar me escorar na bancada desse jeito, completamente mole, a cabeça confusa, toda vermelha. Mas não consigo, não com ele se movendo ao redor da cozinha como se fosse de casa, me olhando a todo momento.

Lukas leva nossos pratos para a mesa e provavelmente percebe a minha incapacidade pós-orgasmo, porque volta para *me* pegar no colo, a mão firme segurando minha bunda, minhas pernas ao redor da sua cintura. Ele é um meio de transporte maravilhoso – seguro, pontual, confortável. Quero um passe livre anual.

– Eu ia deixar você comer antes – diz ele, se sentando ao meu lado. – Mas não consegui.

Ele dá de ombros e come uma garfada de arroz.

– Isso é um pedido de desculpas?

– Fala sério, Scarlett. Você sabe que não.

Acho bom, penso.

– Agora que olhei com mais atenção, não é tão ruim quanto eu pensava – comenta Lukas.

– O quê?

– Seu apartamento. Eu estava esperando pegadas de lama e mofo com vida própria. – Ele olha ao redor como se fosse um senhorio crítico. – Isso aqui é habitável.

– Elogio dos grandes.

– Um elogio moderado. Talvez eu arrombe a porta e invada enquanto você estiver no treino. – O olhar dele fica mais afetuoso. – Como está se sentindo?

– Sabe quando alguma coisa inesperada, mas boa, acontece? Você devia ficar feliz, e *está*, mas ao mesmo tempo também está apavorada e a ansiedade contamina todo o resto?

– De acordo com meu professor de psicologia, ganhar na loteria é uma das coisas mais estressantes que podem acontecer com alguém.

Bato com o dedo na mesa.

– É exatamente como estou me sentindo. Como se tivesse ganhado na loteria. De modo geral, Emilee foi um milhão de vezes melhor do que eu...

– Um milhão.

– ... mas, por causa de um erro, sou *eu* quem vai representar o país. Parece uma idiotice.

Lukas coloca a mão sobre a minha, e eu paro de agitá-la.

– E você acha que as pessoas que foram aperfeiçoando o processo de qualificação para a seleção nacional nunca consideraram um cenário como esse?

– Tenho certeza que sim. Mas no meu caso...

– Se a situação fosse o contrário... – Ele entrelaça os dedos aos meus. – Você ia achar que era *você* quem merecia ir para Amsterdã?

– Eu... Não, mas...

Lukas arqueia a sobrancelha, e eu me calo – o que parece deixá-lo um pouco satisfeito demais.

– Odeio essa sua expressão convencida de "xeque-mate".

Ele sorri como se não desse a mínima.

– Você fica linda saltando.

Minhas bochechas coram. Eu desvio o olhar.

– É, você falou.

– Não estou falando disso. Sempre respeitei os saltadores, mas nunca vi muita graça em assistir. – Seus olhos parecem escuros na penumbra da cozinha. – Até ver você.

Isso parece errado e proibido. A pergunta óbvia – *e a Pen?* – fica pairando entre nós, não dita.

Ou talvez não fique. Porque parte de mim está começando a se perguntar se a relação deles tinha mais a ver com dois adolescentes sozinhos que juraram proteger um ao outro do que com amor romântico. É um caminho perigoso para tomar, no entanto, enlameado com os meus desejos e fantasias e com uma pergunta que não estou pronta para fazer a mim mesma.

Por que eu me importo, afinal?

– Sei que você fica ansiosa com competições – diz ele. – Mas, sendo bem egoísta, estou feliz por você estar lá comigo no campeonato mundial.

Meu coração bate mais forte. Mais rápido.

– Talvez a gente pudesse... – começo, então paro de falar.

– O quê?

– Eu ia dizer que talvez a gente pudesse passear por Amsterdã juntos. Mas seus melhores amigos da delegação sueca vão estar lá, e o rei também e...

– Como eu já disse, a Suécia é uma democracia...

– Seu mentiroso cara de pau. – Eu me inclino para a frente, cotovelos na a mesa. – Eu pesquisei na Wikipédia. Vocês têm um rei, *sim*.

O vibrar do celular dele nos interrompe. *Penelope* é o nome que aparece no topo da tela. E então as mensagens pipocam:

PENELOPE: Luuuk!
PENELOPE: Vem, a gente está se divertindo tanto!
PENELOPE: Cadê você?

Ele vira a tela do celular para baixo e o empurra para longe. Fora de vista. Um silencioso *somos só nós dois*.

– Nosso rei, como você deve ter lido nas suas fontes, não tem nenhum poder político nem relevância.

Lukas chega mais perto também. Quero soltar minha mão e acariciar seu maxilar perfeito.

– O que mais você descobriu sobre o meu país durante suas muitas horas de pesquisa?

Muita coisa, na verdade. Já que não consigo evitar ler sobre o tema antes de dormir. Parece até que estou planejando uma viagem para lá.

– Vamos ver. Que vocês têm uma palavra específica para quando seu cabelo está bagunçado porque acabou de transar.

Ele dá um sorrisinho.

– Verdade. *Knullrufs*.

– E também uma sobremesa verde-tóxico com uma aparência deliciosa e que eu faria coisas indizíveis para provar.

– *Dammsugare*.

– É boa?

– Comer hiperglicêmico faz parte do seu portfólio de fetiches?

– Com certeza.

– Então é boa.

Dou uma risada.

– Também aprendi sobre... *lagom*? Estou falando direito? – Ele assente e continuo: – Significa "a quantidade perfeita". Nem muito, nem pouco. A ideia é que a sociedade é como uma equipe, e os recursos devem ser compartilhados igualmente, com humildade.

Lukas parece intrigado, como se eu tivesse entendido algo muito específico.

– Mas isso também vem com algumas desvantagens – falo. – Tipo a lei de J...?

– Lei de Jante.

– Lei de Jante, isso – digo, num tom arrogante. Lukas ri baixinho. – As pessoas não devem se gabar de suas conquistas nem achar que são especiais, o que torna um pouco difícil comemorar seus sucessos.

A expressão de Lukas, mais uma vez, é indecifrável.

– Te lembra alguém? – pergunto, um leve tom desafiador na voz, pensando em tudo que ele é e faz, em tudo sobre o que ele nunca fala.

E talvez ele entenda, pelo menos um pouquinho. Percebo isso quando ele morde o lábio, pensa um pouco, considera o que vai falar, então diz:

– Recebi minhas duas primeiras cartas de aceitação.

Meu coração para. Parece tão cedo e... ele está falando das faculdades de medicina, certo? Ai, meu Deus. Isso é...

– Onde? – pergunto, cautelosa.

– Penn. Emory.

Assinto devagar, para evitar assustá-lo.

– Emory ofereceu uma bolsa de estudos – acrescenta ele.

– Integral?

– Sim.

Isso é *fantástico*. Mais do que fantástico. É a melhor notícia da história e eu quero explodir e gritar de felicidade, mas alguma coisa paira nas entrelinhas, bem abaixo da frequência normal das palavras, e me diz para ficar *calma*.

– Não contei para ninguém ainda – diz ele.

Ah, Lukas.

Não sei o que tenho direito a dizer, mas não consigo segurar esse sentimento inquietante de felicidade. Então me levanto. Me sento no colo dele. Abraço seu pescoço. E, quando tenho certeza de que ele não vai sair correndo assim que eu abrir a boca, sussurro em seu ouvido:

– Estou *tão* feliz por você.

As palavras saem baixinhas, um tanto solenes, ainda que estejamos sozinhos.

Somos só nos dois. Você está seguro comigo.

Ele envolve minha cintura, as mãos espalmadas nos meus quadris. É só bem, bem depois que ouço Lukas murmurar:

– Eu adoraria passear por Amsterdã com você.

CAPÍTULO 49

Termino o trimestre de outono tirando apenas notas A e não, não me importo que as notas de redação e de alemão tenham um pequeno menos ao lado da letra. O mais que o Dr. Carlsen me deu em biologia computacional compensa pelo menos uma delas. Se não numericamente, pelo menos no meu coração.

– Isso vai arruinar sua média? – pergunta Maryam.

Dou o crédito a todo o meu trabalho com Sam quando respondo, despreocupada:

– Vai baixar só um décimo, tudo bem.

Estou de mal com Maryam, mais ainda que o normal, desde a noite em que voltei do Tennessee, quando ela chegou bêbada, flagrou Lukas e eu lavando a louça, ameaçou ligar para o senhorio se ouvisse qualquer barulho de sexo e depois se retirou para o quarto com o *meu* arroz frito.

– Desculpa por ela – falei para Lukas enquanto me arrumava para deitar, e entreguei a ele uma escova de dentes ainda fechada.

– Eu sou sueco. Lidamos bem com franqueza.

Eu tinha planos de fazer uma grande cena digna de filme pornô com muitos barulhos de sexo, só para irritá-la, mas caí no sono enquanto Lukas escovava os dentes e só acordei de manhã enquanto ele saía de baixo das cobertas.

– Treino – disse ele, dando um beijo no meu pescoço. – Pode voltar a dormir, Scarlett.

A próxima vez que o vejo é na reunião que temos com Zach para falar sobre o andamento da pesquisa. Chego dez minutos adiantada na biblioteca, mas me *atraso* para chegar à sala de estudos, porque Lukas me encontra no lobby, me pega pela mão e me arrasta até um dos banheiros individuais e passa uma quantidade de tempo pornográfica com a cabeça entre as minhas pernas. A língua no meu clitóris, o ombro sob a minha coxa e...

Ele não me deixa gozar.

– Por favor. – Estou ofegante. – *Por favor.*

Ele dá um último beijo de leve na minha boceta. Eu observo, horrorizada, enquanto ele se levanta e lambe os lábios. Gentilmente levanta a minha calça e seca uma lágrima solitária na minha bochecha.

– Vai na frente – diz ele.

Lukas dá um tapinha de leve na minha bunda, como se eu fosse um cachorrinho rebelde que precisa de orientação e ser tratado com uma mão firme, mas afetuosa. É muito condescendente. Eu *não* devia ficar excitada com isso.

– Mas eu quero...

– Não, Scarlett.

Ele nem soa particularmente autoritário, porque nem existe a necessidade. *Esse* é seu nível de confiança.

Engulo em seco. Depois pergunto, impertinente:

– Por que não vai você primeiro?

Ele aponta para a própria calça.

– Ah.

É impressionante como, para além disso, Lukas parece completamente impassível. Eu estou prestes a explodir em mil pedacinhos ou derreter numa poça no chão. O júri ainda está deliberando.

– Eu poderia entrar no próximo banheiro e gozar sozinha – ameaço, ressentida.

– Poderia. Mas não vai.

– Eu... Você não tem a menor ideia do que eu vou fazer.

O sorriso dele é... bem doce, na verdade. Também é doce a maneira como ele tira meu cabelo da testa e dá um beijo bem no meio dela.

– Você vai fazer o que estou mandando, e nós dois sabemos disso. Ou, pelo menos, *eu* sei.

Eu franzo a testa, e a única reação dele é alisar as pequenas rugas entre meus olhos com o polegar.

– Você é adorável, Scarlett. – Lukas levanta meu queixo. Outro beijo, agora na ponta do nariz. – Me faz querer te *destroçar*.

A hora seguinte na sala de estudos é insuportável. Tento não parecer nervosa, principalmente quando Zach me pergunta sobre meus planos para o feriado, se vou ficar na cidade, e diz *manda uma mensagem se quiser tomar um café*. As palavras dele pairam no ar, sem muito significado. Mostro minha rede neural, ainda me sentindo febril e ofegante.

– A precisão é trinta por cento acima da que eu consegui – diz Lukas, totalmente concentrado nos dados. – Scarlett, isso é uma obra-prima.

Ele parece impressionado e feliz com a existência do modelo que eu criei, enquanto eu me pergunto se a situação no banheiro aconteceu mesmo. Talvez eu tenha tido uma alucinação. Nunca estive prestes a gozar. Ele nunca soltou grunhidos abafados pela minha boceta. Os médicos já vão vir me buscar.

Mas a reunião termina – *Você tem meu telefone, não é, Scarlett? Tenho, Zach. Obrigada por tudo e boas festas* –, e Lukas vai direto para o banheiro. Vou logo atrás. Não espero nem a porta se fechar para começar a falar.

– Eu não consigo...

Ele me empurra e me pressiona contra a porta, o corpo quente no meu.

– Não sei por que fico tão excitado em ver que você é muito mais inteligente do que eu, mas toda vez que temos uma reunião do projeto eu tenho que ir para casa me masturbar até meu pau ficar em carne viva.

– Não sou tão inteligente...

– Cala *a porra* da boca, sua gênia linda e brilhante.

Ele me beija com força, primeiro na boca e depois mais embaixo, e deve saber que estou no limite, porque não enrola. Ele morde. Lambe. Chupa. Em menos de vinte segundos, sinto o orgasmo percorrer todo o meu corpo e abafo os gemidos com a minha própria mão.

– Obrigada – digo, sem fôlego, quando consigo voltar a falar. Ele enfia o rosto na minha barriga, um gesto delicado, delicioso. – Obrigada, eu...

Mas Lukas não terminou. Mal começou, na verdade. Ele enfia a boca na minha boceta e lambe, emitindo sons de aprovação. Começa de novo. Com os dedos em seus cabelos, eu tento afastá-lo, mas ele não cede, e eu gozo, gozo, até que começo a implorar para ele me dar um descanso. Ele responde apenas:

– Você aguenta mais um minutinho. Só mais um. Por mim.

Eu aguento, e a dor é a mais doce possível. Quando ele termina, espero que me vire de costas e empine a minha bunda. Em vez disso, ele permanece de joelhos, apoia a bochecha com barba por fazer no meu quadril, fica ali sentindo meu cheiro e começa a mexer o braço em movimentos ritmados.

Demoro um momento para entender o que está acontecendo.

– Eu... eu... Lukas?

Ele beija minha barriga e me encara, seus olhos de um azul infinito.

– Eu posso... – falo.

O braço dele não para de se mexer.

– Pode?

Normalmente, não funciona assim entre nós. Eu oferecendo. Ele perguntando. Eu gosto que ele simplesmente *tome*, e ele gosta de... me ver me contorcendo.

– Pode o quê, Scarlett?

Olho para ele, ainda aérea.

– Vamos lá, meu bem – diz Lukas. – Fala em voz alta.

Por que é tão estranho dizer?

– Eu posso... Eu *quero* te chupar – declaro.

Lukas pensa a respeito da oferta intrigante, mas não muito tentadora.

– Mas não é isso que *eu* quero.

Ainda assim, ele se levanta e me empurra para baixo, para que eu fique de joelhos. Abro a boca, disposta, ávida e...

Ele fecha minha boca com o polegar no meu queixo.

– Eu falei não – relembra Lukas, calmo, quase entediado, mas ergue meu rosto como se fosse algo lindo que ele quer memorizar, e continua se masturbando, o ritmo inalterado.

– Está gostoso assim – diz ele, a voz áspera, mas focada.

Suas bochechas estão vermelhas. O cabelo escuro, emoldurado pela lâmpada do teto. Vejo o movimento dos músculos, das veias e da tinta em seu braço forte.

– É igual a quando estou em casa me masturbando pensando em você. Não é? – Ele passa o dedo pela minha bochecha. – O que acontece o tempo inteiro.

As mãos dele diminuem o ritmo, como se Lukas quisesse se controlar, mas retomam a velocidade quando umedeço os lábios.

– Tudo bem por você? Todas as coisas vulgares que penso em fazer contigo enquanto me masturbo?

Eu faço que sim. Com o movimento, minha boca roça de leve a parte debaixo do pau dele, e sua respiração falha.

– Eu sabia que você não ia se importar. De ser meu brinquedinho precioso. Minha garota. Que eu posso usar como eu quiser. Que eu posso foder. Que eu posso destruir e depois consertar.

Faço que sim de novo, com vontade. Isso é *tudo* que eu quero. Que ele me diga o que fazer e tome conta de mim.

– Meu Deus. Eu nem acredito que você existe, Scarlett.

Ele desliza o polegar até o canto da minha boca para abri-la, e eu não ofereço nenhuma resistência. Quando a cabeça do seu pau entra na minha boca, pesada na minha língua, ele já está gozando. Lukas mantém os olhos abertos, ainda que seu corpo inteiro esteja tremendo e ele solte um grunhido do fundo do peito.

Eu engulo tudo que consigo. O que sobra, eu lambo dos dedos dele.

– Perfeita – diz ele repetidamente, beijando meu rosto, minhas pálpebras, minha boca.

O elogio é tão gostoso quanto os orgasmos.

CAPÍTULO 50

No meio de dezembro, o time de natação sai numa viagem de treino chique para o Havaí, com todas as despesas pagas. O time de saltos não vai e todo mundo solta resmungos recriminatórios como *cidadãos de segunda classe.*

– Reclamem menos comigo e mais com o departamento de esportes, ok? – diz o treinador Sima.

Quando Lukas volta, eu já estou em St. Louis.

Espero que tenha chegado bem em Estocolmo, digito. E então apago, porque... Não sei por quê. Mas, no dia seguinte, vejo três pontinhos ao lado do nome dele e imagino que talvez eu não seja a única que *não sabe*.

– Você está *chorando*? – pergunta Barb ao me buscar no aeroporto, olhando enquanto rolo no chão e Pipsqueak lambe meu rosto.

Estar com minha cachorrinha de novo cura meu ombro problemático, minha inabilidade congênita de comer espaguete sem colher, minha acne cística da quinta série.

– Nem vem – digo a Barb. – É só que...

– O quê?

Balanço a cabeça e enfio o rosto no pelo de Pip. Ela precisa desesperadamente de um banho.

– Ela é tão *linda*.

– Não dá para negar. No entanto, gostaria de destacar que *eu* não recebi um mísero abraço. Nem mesmo um aceno desanimado.

Levanto a cabeça, olho para ela, e meu peito fica um pouco mais quentinho. É bom estar em *casa*.

– Sei lá, Barb. Você não é tão bonitinha assim.

– O que toda mulher gosta de ouvir de sua filha adulta. – Ela me entrega a coleira e aponta para a saída. – Vamos embora. Temos que passar no Schnucks antes que as amebas alienígenas carnívoras cheguem lá com todo o seu horror cósmico.

– O quê?

– A multidão que vai ao supermercado antes das festas de fim de ano, Scar.

O Natal é tranquilo e preguiçoso, boa comida, filmes e sonecas, só nós três, do jeito que eu gosto. Milagrosamente, Barb não está de plantão. Pip ronca baixinho e peida alto. Estou feliz e contente, e talvez um pouco inconsequente, porque mando uma foto da mesa de Natal para Lukas com a legenda: Fika?

A resposta, como quase sempre, é instantânea: Isso é uma refeição.

SCARLETT: Como é que você sabe?
LUKAS: Não tem nenhum café à vista.

Coloco uma caneca do Pac-12 ao lado: Melhor assim?

LUKAS: Ainda é uma refeição. Com uma caneca vazia do lado.
SCARLETT: Você é o juiz da fika?
LUKAS: Diferente de você, eu falo sueco.
SCARLETT: Estou cansada dessas regras todas.

Dois minutos depois, recebo a notificação de uma mensagem no e-mail. Alguém me deu uma assinatura anual do Duolingo de presente. Lukas não deve saber meu nome do meio, porque escreveu *Scarlett Gnomo Vandermeer*.

O mais provável é que ele com certeza saiba que é Ann.

SCARLETT: Que passivo-agressivo!!!
LUKAS: Não tem nada de passivo nisso.

Eu quero perguntar como ele está. Se está congelando. Quantas horas – minutos, milissegundos – de luz do sol tem por lá. Mas meu surto de bravura se esvai e o *não saber* volta com tudo, então eu baixo o aplicativo e começo minha jornada no sueco.

Nos dias seguintes, porém, Lukas começa a me mandar fotos.

Jan, esquiando e sorrindo para a câmera.

Seus sobrinhos e sobrinhas fazendo bolo com uma linda mulher loira.

Um galho de árvore congelado.

O lago mais lindo que eu já vi, rodeado por árvores cobertas de neve que me lembram a tatuagem no braço de Lukas.

Respondo com alguns vislumbres do meu próprio cotidiano em casa: o Gateway Arch, no centro de St. Louis; a piscina onde eu costumava treinar; Pip de barriga para cima com a língua para fora; o sorrisinho malicioso de Cynthia, nossa vizinha idosa que veio tomar um chá e colocou um gole de uísque nas canecas.

Eu teria vergonha de compartilhar essas pequenas banalidades da minha vida com qualquer outra pessoa, com medo de revelar o quanto sou desinteressante. Mas minha relação sexual com Lukas é tão fundamentada na completa sinceridade a respeito dos nossos desejos e necessidades que isso acaba se transpondo para todas as nossas interações. Raramente tenho dúvidas a respeito do meu valor.

Se ele não gostasse de transar comigo, alteraria a lista.

Se ele não gostasse das minhas fotos, não me responderia.

Então aquilo continua. O rabo de um gato despontando em meio a cinco centímetros de neve, como se fosse uma barbatana de tubarão. O consultório de Barb no hospital, com seu jaleco pendurado na cadeira. Patinação no gelo. Uma rosquinha com massa folheada.

Às vezes, não dizemos nada. Às vezes, fazemos perguntas (Isso é um lobo? Ele estava na sua porta? Fomos para Gävleborg e o rastreamos. Oskar é profissional). Às vezes, eu dou risada da gente. Não deveríamos estar trocando nudes, ou então relatos detalhados de masturbação? Ele podia me dominar virtualmente. Ordenar que eu chupasse seu pau cibernético. Ainda assim, as únicas partes dos nossos corpos que cruzam o Atlântico são minhas covinhas, do dia em que Pipsqueak não parava de lamber meu rosto, e a mão dele, com seus dedos longos, segurando a vara de pescar no gelo.

Escrevo novas versões das minhas cartas de apresentação para a faculdade de medicina e fico seguindo Makayla, a minha favorita dos colegas de trabalho de Barb.

– Você devia estagiar aqui no ano que vem – sugere ela. – De repente na primavera? Seria ótimo para o seu processo de inscrição.

O inevitável acontece na loja de departamentos, dois dias antes da véspera de Ano-Novo. Eu e Barb estamos debatendo se seria imoral deixar passar uma promoção incrível que renderia pacotes de Biscoff para as próximas quatro gerações de Vandermeers (ou, como é mais provável, para nós duas ao longo da semana seguinte) quando alguém chama nossos nomes.

Levo um minuto para reconhecer o rosto da mãe de Josh, e mais outro para notar que ele está ao lado dela. Infelizmente, Barb e Juliet sempre se gostaram e, quando começam a conversar, Josh se aproxima de mim.

– Oi, Vandy.

– Oi.

Fico esperando que meu coração acelere, mas meu sistema nervoso simpático deve ter feito um intervalo para ir comer uma *fika*.

Usei a palavra corretamente, Lukas? Meu sorriso vira algo mais sincero.

Conversamos por alguns minutos. Sobre as aulas dele. As minhas. *Ainda está cursando pré-medicina? Eu mudei de faculdade quatro vezes. Toco baixo numa banda. É verdade que você vai para as Olimpíadas? Ah, campeonato mundial. Errei. Mas ainda é incrível.*

E então, do nada:

– Eu senti falta disso.

Fico atônita, tentando não pensar de quantas maneiras ele parece muito... frágil, agora que estou acostumada com Lukas. Não é uma comparação justa.

– É.

– Não sabia se você estava com raiva.

Podia ter perguntado, eu penso.

– A gente devia sair juntos qualquer dia. A Aurora não ia se importar e... eu gosto de você.

Alguma coisa desperta dentro de mim.

– Bela maneira de mostrar.

O olhar dele é confuso.

– Como assim?

– Você não agiu como alguém que gostava de mim.

– Vandy. – Ele tem a cara de pau de parecer magoado. – Se você acha que nosso término foi fácil para mim...

– Não dá para controlar por quem a gente se apaixona. Mas o que *dá* para fazer é decidir não terminar com a sua namorada no dia da final da liga universitária.

Ele suspira.

– Sinto muito por isso. Eu estava tão ocupado com... Nem pensei nisso. Eu nem lembrava que era naquele dia até que Jordan me contou que você tinha se machucado.

Jordan. Antiga colega de escola. Foi Josh quem continuou amigo dela – e de todos os outros – depois da separação.

– Então você sabia que eu tinha me machucado e nunca entrou em contato?

Acho que agora eu o atingi, porque seus olhos ficam arregalados, e o rosto, bem pálido. Meu Deus, que perda de tempo.

– Olha, a gente não se fala há um ano e meio. Eu não te conheço mais. E não ia ter dado certo mesmo. – Posso falar isso com toda a certeza agora. – Mas deixo uma reflexão para você: se nunca te ocorreu que você podia ter agido de um jeito menos egoísta, talvez você não seja o cara legal que pensa que é.

Depois, no carro, Barb não fala de Josh, mas pergunta se estou saindo com alguém.

– Tem um cara. – Tamborilo na base da janela. – Ele é...

Ótimo. Perfeito. Ex da minha amiga. Eu gosto dele. Ele gosta de mim também, tenho certeza. Não só pelo que fazemos. Talvez dê em alguma coisa. Mas e se não der? Eu devia perguntar a ele. Meu estômago dói só de pensar.

– É tudo desnecessariamente complicado.

– Parece uma premissa de comédia romântica.

Eu dou de ombros.

– Só estamos nos divertindo.

Ela arqueia as sobrancelhas.

– Ah, para com isso.

Ela arqueia *mais* as sobrancelhas.

– Você não presta – digo, rindo.

– Só espero que você esteja se divertindo consensualmente, com segurança e com contraceptividade.

– Você é médica. *Sabe* que essa palavra não existe.

– Tudo que sei é que eu seria a melhor vódrasta da história.

– Seria mesmo.

Ela foi, afinal, uma mãe excelente. Ocupada, com certeza. Meio distraída. Mas isso nunca importou. Depois do meu pai, o que eu precisava não era de alguém que fosse aos meus torneios, decorasse os nomes dos saltos e me levasse lanchinhos nutritivos. *A mãe da Vandy é meio ausente, não é?*, ouvi uma vez os outros pais entediados cochichando na arquibancada. Mas aquilo era uma idiotice. Barb estava lá quando eu precisava dela, sempre, sem eu nunca nem ter que pedir. Ela me colocava em primeiro lugar em tudo que era importante. Me mostrou que adultos podiam ser confiáveis, que nem sempre seriam assustadores e imprevisíveis. Eles podiam criar, proteger e ainda dar liberdade.

Bom, não é mãe dela de verdade. *Vandy a chama de Barb.*

Eu lembro quando tinha 8 anos e levei uma bronca do meu pai por apresentar Barb à minha professora como mamãe. Fui mandada para a cama sem jantar. Desci escondida para pegar um copo d'água. Ouvi a conversa na cozinha.

– ... não vejo qual é o problema, Alex! Estou comprometida com ela. Não vou a lugar nenhum. Se ela quiser me chamar de mãe...

Meu pai respondeu num tom de voz que fez meu estômago revirar e me deu arrepios. Me fez perder a fome. Subir de volta para o quarto e beber água nos copos de plástico que Barb comprara para eu usar quando escovava os dentes.

Ela é, sem dúvida alguma, a melhor coisa que já me aconteceu. Durante anos, eu me perguntei por que ela tinha mantido o sobrenome de casada depois do divórcio e, aos 18, percebi que não era por causa do meu pai – era por *minha* causa.

Eu me viro para ela e digo:

– Você pode dizer só *vó*, sabe?

– Hã?

– Se algum dia eu tiver um filho... o que, apenas para deixar claro, só aconteceria se ele crescesse por mitose das células retiradas da minha bochecha, porque eu me comporto com *muita contraceptividade*... o bebê não ia chamar você de "vó-drasta".

– Eu sei, meu bem. – Ela solta o volante e entrelaça os dedos aos meus. Barb e eu raramente fazemos isso. Temos um momento. – Eles iam ter que me chamar de Dra. Vandermeer, é claro.

Dou uma risada e solto a mão dela.

Naquela noite, assisto a um filme no computador e mando uma foto da tela para Lukas. Recebo a resposta quando os créditos finais começam a rolar – são onze da noite para mim, seis da manhã em Estocolmo. Sim, já consigo calcular a diferença de fuso facilmente.

LUKAS: Eu sabia que esse dia ia chegar.

Dou uma risada.

SCARLETT: "Isso" quer dizer eu vendo Midsommar?
LUKAS: Eu devia ter tomado medidas preventivas.
SCARLETT: Pergunta obrigatória: vocês realmente celebram o Midsommar?
LUKAS: Sim.
SCARLETT: E vocês...?
LUKAS: Se saímos pela cidade dançando em volta de um mastro, brincando de corrida do saco e comendo arenque em conserva? Sim.
SCARLETT: Interessante.
LUKAS: Pergunta logo sobre os rituais sexuais, Scarlett.
SCARLETT: Não quero ser culturalmente insensível, mas preciso saber se eles acontecem.
LUKAS: Você vai ficar muito decepcionada se eu disser que não?
SCARLETT: Bastante.

LUKAS: O problema é que, em geral, a gente celebra o Midsommar com a família. Irmãos. Pais. Avós.
SCARLETT: Isso é pervertido demais até para mim.
LUKAS: Imaginei. Você devia vir no próximo verão. Ver com seus próprios olhos.
SCARLETT: Você está me atraindo com a promessa de rituais sexuais depravados e, na verdade, está planejando me usar em rituais de sacrifício humano.
LUKAS: É um convite real. O ideal seria você vir quando Jan estivesse aqui.
SCARLETT: Por quê?
LUKAS: Ele não para de comentar o quanto você é incrível. Mostra vídeos dos seus saltos para todo Blomqvist num raio de trinta quilômetros.
SCARLETT: Você precisa fazer ele parar.
LUKAS: Por quê? Eu gosto de assistir você.

A velocidade dos meus batimentos cardíacos não está normal para uma pessoa que está deitada. Eu sou uma atleta no auge da condição física, caramba.

SCARLETT: Ele provavelmente acha que estamos namorando. A gente devia explicar.
LUKAS: Ou talvez a gente devesse começar a namorar.

Paro de respirar. Congelo. Ele acabou de...

LUKAS: Eu dei uma olhada. Esse ano, o Midsommar bate com a data do pré-olímpico dos Estados Unidos e, por mais que eu queira você na Suécia, quero mais que vá comigo para Melbourne.

Tento forçar meu coração a diminuir o ritmo, minha cabeça a parar de girar.

SCARLETT: Está otimista, hein?
LUKAS: Acabei de ver você saltar, Scarlett.
LUKAS: Vem depois do pré-olímpico. Fica aqui em casa. Você vai adorar o silêncio. E as trilhas.

Durmo com o celular nas mãos e sonho com o sol da meia-noite.

CAPÍTULO 51

Em janeiro, Lukas é aprovado na faculdade de medicina de Stanford.

Minha reação é... complicada, mas só porque ele me conta isso enquanto estamos transando.

Eu e ele fizemos algumas coisas irresponsáveis desde que demos início ao nosso acordo, mas essa supera todas. Acho que a culpa é do quanto andamos ocupados com viagens e torneios, e do fato de que durante o mês de janeiro nossos únicos encontros são quando nos cruzamos no corredor do Avery, o corredor sempre lotado ao lado da sala de fisioterapia.

Eu não digo oi.

Ele não sorri.

Mas seus dedos roçam de leve as costas da minha mão e, durantes os vinte minutos seguintes, sinto que o ar está mais rarefeito do que no planalto tibetano.

Ao longo dessas semanas, nossa interação mais íntima é a sacola plástica que encontro diante do meu armário, cheia daqueles doces verdes sobre os quais comentei antes do Natal.

Para uma fika de verdade, diz o bilhete. Eu os devoro, e penso nele a cada mordida.

No fim do mês, os times da Universidade do Arizona e da Arizona State vêm ao Avery para um torneio amistoso de quatro dias. A festa de encerramento é na casa de Kyle – que, nossa, que surpresa, também é a casa de Lukas.

– Eu tinha ouvido boatos – diz Victoria, caminhando pela calçada. – Mas não ousei acreditar. Achei que estava convalescente e imaginando coisas. Mas não... Scarlett Vandermeer de fato sai de casa. Estou chocada *e* satisfeita.

– A Vandy *gosta* de festas – diz Pen. – Ela só...

– Gosta mais da cama dela – concluo.

– Eu só vou dar uma passadinha – sussurra Pen no meu ouvido no minuto seguinte. – E aí vou fugir para a casa do Professor Gato.

Durante todo o mês de janeiro, os dois permaneceram inseparáveis. Eu até já o conheci, e Pen me apresentou como "uma das minhas melhores amigas", o que me deixou *muito* feliz. Nós almoçamos juntos, e eles não conseguiam tirar os olhos e as mãos um do outro. Enquanto isso, eu não conseguia parar de pensar em Lukas.

E se eu e ele realmente *começássemos a namorar?*

Isso seria contra o código das amigas?

Você ia se importar?

A maior parte dos convidados, e são *muitos* convidados, está do lado de fora, no jardim. Victoria some para flertar com um nadador montenegrino estranhamente parecido com o *Davi* de Michelangelo. Pen é a melhor amiga de todo mundo, e vai sendo absorvida por conversa atrás de conversa. Eu vago pela área, sou educada quando um saltador do Arizona puxa conversa comigo, mas estou procurando...

Lukas me vê pela janela e imediatamente abandona a conversa que estava tendo com Johan e um casal vestido com camisetas da Arizona State. Eu o encontro na cozinha e quero tanto tocá-lo que meus dedos formigam feito bolhas de champanhe.

Ele me encara como uma ave de rapina. Concentrado. Ávido.

O saltador do Arizona pede licença e se afasta.

– Não acredito que você permitiu essa festa – comento. – Quem é que vai limpar essa bagunça?

– Não sou eu. – Ele bebe o último gole da cerveja e coloca a garrafa na bancada. – Assinamos contratos bem detalhados.

– Você é o colega de casa mais chato do mundo, não é?

– Eu sou o colega de casa que estabelece as regras. – Ele se aproxima e fala: – Vamos lá para cima.

É o mais perto que já chegamos de sair de fininho, ainda que Lukas não seja o tipo de cara que anda de cabeça baixa. Cinco minutos depois, estou dentro do quarto e ele está dentro de mim.

– Porra, senti falta disso – diz ele.

Estou por cima, mas não tenho nenhuma dúvida sobre quem está no controle. Tenho que respirar fundo várias vezes, porque é a primeira vez que faço essa posição com Lukas. Ele leva minha mão até o meu ventre e a pressiona. Consigo sentir de leve o volume dele dentro de mim.

– Isso.

Ele beija meu ombro, e sinto seu pau se contrair, como se quisesse ir mais fundo.

– Um pouquinho mais – diz ele, movendo o quadril para cima, me puxando para baixo. – Só um pouco. Seja uma boa... porra, *sim*, é disso que estou falando.

Quando ele já entrou por completo, abro bem as pernas para dar espaço para o seu quadril. Sinto que estou sendo dividida no meio. Lukas emite um som gutural e satisfeito. Uma de suas mãos envolve minha cintura e a outra segura minha bunda, e então ele me movimenta – para cima e para baixo, o olhar entre o meu rosto e meus peitos balançando. Então ele me solta e diz:

– Para.

Eu paro. Ele está todo dentro de mim, e eu mal consigo respirar.

– Vem aqui.

Lukas me abraça. A mão espalmada nas minhas costas faz um carinho, um movimento vertical tranquilizador que me leva a um estado onírico, etéreo. Ele brinca com meus mamilos, beliscando com força até eu gemer, sentindo o limite perfeito de dor, um som que o faz ficar mais duro e me deixa mais molhada. Tento rebolar, mas ele não deixa.

– Nada disso.

É então que me dou conta do que ele está planejando. A espera pela frente. Eu solto um gemido, e Lukas estala a língua para me acalmar.

– Está tudo bem, Scarlett.

É a permissão de que preciso para enfiar o rosto no pescoço dele e reclamar. Dou uns beijos ali, lambo o suor salgado de sua pele, choramingo um "por favor", deixo cair algumas lágrimas patéticas, dou uma mordida forte em seu ombro, que ele mal percebe. Lukas me conforta durante o processo, carrasco e salvador, e quando já estou exausta, ele me pega em seus braços.

A música vibra através das paredes, se sobrepondo às conversas e risadas. Eu me sinto um objeto que foi criado para ele. Por ele. Será que eu existia antes da primeira vez que Lukas me comeu? Não tenho nenhuma memória disso. Eu existo quando não estamos juntos? Eu sou só um brinquedo. O favorito dele. Insubstituível.

E é aí que ele fala sobre a carta de aceitação de Stanford. Como mal podia esperar para me contar. Como a Suécia é escura nessa época do ano, mas todas as minhas mensagens tiveram o efeito de um raio de sol. Ele me conta o que vai me mostrar quando eu for visitá-lo, no verão, e que ele não quer mais ficar tanto tempo separado de mim como aconteceu nos últimos meses, porque...

– É cruel, Scarlett, saber que você existe, mas não poder te tocar, te comer, estar com você. Você entende, não é?

E depois de alguns minutos ou séculos fazendo tudo isso, Lukas finalmente se compadece de mim.

– Você é tão sensível... Se eu me mexer um pouquinho, você goza. Você gozaria para mim, não é?

Eu gozaria. Faço que sim.

Para mim, basta uma metida. Para ele, talvez mais duas. Nós dois gozamos em silêncio, agarrados um ao outro em meio a tremores, contrações e espasmos que nunca parecem terminar. Quando o suor dos nossos corpos já esfriou e eu voltei a respirar, digo:

– Lukas?

Ele assente com a cabeça no meu pescoço, como se não confiasse em suas cordas vocais.

– Às vezes eu tenho medo de que essa seja a melhor coisa que vai me acontecer. Pelo resto da vida.

Ele suspira e murmura alguma coisa em sueco que meu aplicativo do Duolingo ainda não me ensinou.

Lá embaixo, a festa continua.

◆◆◆

Acordo sozinha na cama de Lukas e ouço barulho no andar de baixo, como se alguém estivesse catando o lixo e lavando a louça.

Ai, merda.

O tempo está nublado, mas já é de manhã. Se os colegas de Lukas estiverem acordados, vai ser difícil sair sem ser vista. Impossível, já que não estou disposta a pular do segundo andar numa lixeira cheia de garrafas de cerveja.

Tomo banho rapidamente, visto a calça jeans e a blusa, e vou descendo do jeito mais discreto possível. Paro no corredor que dá na cozinha, ouço vozes e me pergunto se deveria voltar para o quarto de Lukas até a barra estar limpa.

– ... perguntou por você – diz Hasan.

– Ela tem meu celular – responde Lukas, despreocupado.

O barulho dos sacos de lixo para. Alguém fecha a torneira.

– Você me disse há uns meses que vocês dois tinham terminado, mas ontem à noite vi você subindo com a Vandy. Não tinha certeza se podia contar para a Pen ou...

– Pode. Pen sabe de tudo.

A porta do jardim se abre. Kyle entra murmurando alguma coisa sobre estar muito bêbado para lembrar quem jogou dardos na cerca, mas Hasan o ignora.

– Tudo bem, então se ela perguntar de novo...

– Do que vocês estão falando? – interrompe Kyle.

Hasan suspira.

– Do triângulo amoroso do Gringo com Pen e Vandy.

Kyle assobia.

– Cara, você está transando com a *Vandy*?

– Não tem nenhum segredo – diz Lukas, mais uma vez fingindo que Kyle não existe. – Pode responder sinceramente a qualquer coisa que Pen perguntar.

– Tudo bem – responde Hasan. – Isso é um baita alívio, porque sou péssimo mentiroso.

– Cara – resmunga Kyle. – Como foi que você conseguiu comer a Vandy?

Fico tensa. Espero a resposta de Lukas, mas é Hasan quem diz:

– Kyle, que tipo de pergunta é essa?

– Outros caras tentaram. Em vão. *Eu* tentei. Talvez eu não devesse ter desistido?

– Cara, você acabou de dizer que não devia ter respeitado quando ela disse não? – pergunta Hasan, abismado.

– Só estou dizendo que pensei que ela estava fora de alcance....

– Ela está – interrompe Lukas em seu tom de voz normal e tranquilo, mas com um leve toque de tensão. Eu me pergunto se Kyle percebe. – Para você – acrescenta ele, o que soa como uma pequena ameaça.

Mas Kyle ainda está bêbado.

– Estou impressionado. Ela é bonita pra caramba. Suas covinhas são bonitas. Aquele espacinho entre os dentes é bonito. Os pe...

Alguém coloca um copo na bancada. De um jeito não muito gentil.

– Pensa bem se quer terminar essa frase, Kyle.

Minhas bochechas estão em chamas. Há um momento de silêncio, no qual tenho certeza de que Kyle está vendo a vida inteira passar diante de seus olhos.

– Olha, quer saber? Não quero mesmo, não. – Ele pigarreia. – E a Pen? Pen é linda também. Sempre gostei dela. E se vocês não estão namorando...

– Fica à vontade.

– Entendi. Pen, liberado. Vandy, ameaça de morte.

– Sabe, Kyle – interrompe Hasan –, você não é obrigado a dar em cima de *todas* as mulheres que conhece. Elas terão vidas plenas e realizadas mesmo sem a sua presença tosca nelas.

Sinto que é agora ou nunca o momento de entrar na conversa, então chego à cozinha do jeito mais casual possível.

– Oi.

– Ah. – Kyle tem a decência de ficar um pouco corado. – Oi, Vandy...

Sorrio para ele. Com os lábios fechados, porque de repente fiquei com vergonha dos meus dentes, e usei aparelho durante muitos anos para sentir isso. *O dentista disse que o siso ia nascer e empurrar os dois da frente* está na ponta da minha língua.

Que se dane. Meus dentes são ótimos. *Bonitos*, até.

Lukas joga o copo de plástico que está em sua mão num saco de lixo, vem na minha direção, segura meu rosto e me dá um beijo.

É lento. Íntimo. E surpreendentemente público. Eu quase posso *ouvir* Hasan e Kyle desviando o olhar.

– Eu… hã, tenho que ir – digo, no fim.

– Eu te acompanho até em casa.

– Na verdade, vou parar num lugar antes. Prefiro ir sozinha.

É mentira, mas estou agitada. Ouvir pessoas falando sobre você é tipo ser pregada numa mesa de vivissecção enquanto os alunos de medicina fazem anotações sobre os seus órgãos. Preciso ficar sozinha um minutinho.

– Ainda assim, eu...

– E o negócio é o seguinte – digo, já andando de costas. – A ideia de você ajudar os dois a limpar, mesmo que não seja obrigado, só porque não vai sossegar enquanto a casa não voltar a seu estado asséptico? Eu acho meio excitante.

Hasan e Kyle caem na gargalhada. Eu aceno e me despeço. Quando abro a porta da frente e me viro, Lukas está me olhando com um sorriso estranho.

CAPÍTULO 52

Desejar uma diarreia explosiva para Carissa talvez tenha sido má ideia. Quando a seleção dos Estados Unidos se encontra em Houston, antes do campeonato mundial, eu sou tão abertamente ignorada pelo resto dos saltadores que quase fico esperando sofrer bullying na hora do recreio.

Bom, é isso.

Não vim aqui fazer amigos, eu acho. Nem para fazer inimigos, mas vou lidar com isso. **Sua amiga guarda rancor mesmo**, escrevo para Pen. Já estou ficando triste que nem Kyle nem nenhum outro nadador de Stanford tenha se classificado para o campeonato.

PENELOPE: Ah, você não tem ideia.
PENELOPE: Quer que eu faça uma conta falsa e acrescente na página dela da Wikipédia que Carissa tem fungo no pé?
SCARLETT: Deixa eu pensar um pouco.

A treinadora talvez também esteja contra mim. Mei Wang é lendária, e eu penso em implorar por um autógrafo na minha toalha, mas ela me olha de um jeito meio intenso demais, e seu aperto de mão quase causa uma fratura no meu metacarpo.

Nós viajamos com antecedência para nos recuperarmos do jet lag e termos um tempinho para treinar no local da competição. A seleção americana é gigantesca, com bem mais de vinte atletas, a maioria dos quais está me ignorando. Pelo menos a delegação da Suécia já está em Amsterdã, e eu mando mensagem para Lukas logo que consigo descolar o nariz da janela do ônibus e parar de me embasbacar com a bela arquitetura. A resposta dele é instantânea, como se a única coisa que ele faz da vida seja esperar com o celular na mão que *eu* entre em contato.

LUKAS: Qual é o hotel?
SCARLETT: Motel One. E o seu?
LUKAS: O mesmo.
SCARLETT: Está dividindo com quem?
LUKAS: Ninguém.

Ah, fala sério.

SCARLETT: O rei da Suécia mexeu uns pauzinhos?

Ele me manda a foto de um homem bonito, de meia-idade.

SCARLETT: Quem é esse?
LUKAS: O primeiro-ministro da Suécia.
SCARLETT: Ouvi dizer que ele é só um fantoche do rei. Enfim, eu estou dividindo com Akane.
LUKAS: 767
SCARLETT: 235843
LUKAS: ?
SCARLETT: Não estamos trocando números aleatórios?
LUKAS: É o meu quarto. Venha hoje à noite.

Akane é silenciosamente apavorante. Pequena e magra, com cabelos compridos e escuros, lábios grossos, mas que não sorriem. Ela tem 20 e muitos anos, um pouco velha para uma saltadora de plataforma e, principalmente, para ser tão boa. Tudo que eu sei é que ela treinou na Califórnia, tem um filho e cuida da própria vida. Estamos dividindo um quarto porque Emilee, a amiga com quem ela normalmente faz isso, não se classificou. Porque eu a superei no último instante.

Se um anjo da morte vingativo tiver que me esfaquear e enfiar meu corpo num saco plástico, que seja. Ainda assim, ao entrar com minha mala no quarto de hotel, não consigo evitar certa apreensão.

– Não me olha desse jeito – ordena ela, séria.

– De que... jeito?

– Como se estivesse com medo de eu arrancar sua cabeça enquanto dorme. Não é culpa sua ter saltado melhor que a Emilee.

– Tecnicamente, eu não...

– Você foi mais consistente.

Nunca me senti menos inclinada a contradizer alguém. Eu *realmente* respondo bem a pessoas com mão firme.

– Então você é a pária desse ano?

– Parece que sim. – Pigarreio. – Sempre tem uma?

– É um esporte pequeno. – Ela dá de ombros. – Todo mundo se conhece.

Eu suspiro.

– Eu meio que caí sem querer nessa condição de pária. Não sou muito boa nesses joguinhos.

Akane me examina com os olhos bem abertos e sérios, então diz:

– Então há esperança.

– Esperança?

– De que a gente se dê bem.

♦♦♦

A piscina é iluminada, quentinha e limpa – a tríade perfeita. Eu treino durante o tempo destinado aos Estados Unidos, satisfeita em perceber que consigo enxergar muito bem a água e que a plataforma não parece estranha sob meus pés. Algumas parecem, e me jogar delas a trinta quilômetros por hora é apavorante.

A treinadora Wang, que me mandou chamá-la de Mei, me aborda quando estou saindo.

– Vandermeer, vem cá.

Meu Deus, ela é intimidadora.

– Seu salto para a frente.

Ela levanta um tablet e me mostra meu salto mais recente. Não tinha ideia de que ela estava gravando. Eu realmente pensei que fosse ser ignorada e que ela se concentraria em atletas mais promissores.

– Está vendo como espalhou água?

Eu faço que sim ao ver o vídeo em câmera lenta. Não é um desastre, mas também não é digno do campeonato mundial.

– Você sai um pouco adiantada. É por isso. Olha aqui.

Ela me mostra o erro mais duas vezes. A cada uma, eu sinto mais vergonha, até que estou pronta para me jogar da janela e deixar os urubus se alimentarem do cadáver.

– Acho que consigo corrigir isso – respondo.

Amanhã vou fazer melhor.

Mas Mei me encara como se eu fosse uma espinha que acabou de nascer na ponta do seu nariz.

– Então por que está parada aí? Sobe lá. Vai consertar seu salto.

Eu me retraio e subo lá.

Subo de volta na plataforma.

E conserto o salto.

Repetimos o processo com outros três saltos. Ela me diz qual parte deles parece "mais feia que a fome", me dá correções precisas e me mostra todas as melhorias que posso alcançar com pequenos ajustes.

– Só esse carpado já vale uns seis pontos.

Eu assinto, impressionada.

– Sabe – diz ela. – Eu tinha te considerado fora do páreo.

– Eu... o quê?

– Eu me lembro de você no Nacional Júnior. Até pedi a uns olheiros para darem uma conferida em você. Mas aí você se machucou e achei que fosse ser o fim da sua carreira.

Os olhos dela me evisceram. Sou um salmão e ela está arrancando a minha espinha.

– Mas você não é ruim. Melhor ainda, é boa em seguir orientações. Onde está treinando?

– Stanford. Com...

– Sima. – Ela assente. – Ele é bom. Mas tem coisas que até um bom treinador deixa passar. Um segundo olhar é sempre útil.

Eu assinto, e ela volta a me encarar como se eu fosse uma verruga.

– Vai ficar aqui o dia inteiro? O horário de treino já acabou. Cai fora.

Juro a mim mesma que vou aprender a perceber logo quando estou sendo dispensada.

A mascote do evento é um cavalo-marinho horroroso com olhos azuis penetrantes. Entro procurando desesperadamente uma mesa de lanches e tentando evitar seu enorme focinho. Os atletas circulam em bandos, usando as cores de seus países, e eu me sinto estranha andando sozinha. Estou prestes a voltar para o hotel quando entro numa sala do tamanho de uma quadra de basquete, dividida em diversas áreas.

– Tem uma mesa para cada país – diz um voluntário antes de olhar para o crachá pendurado no meu pescoço. – Estados Unidos fica ali.

Olho para a nossa mesa, onde Carissa e Natalie comem iogurte. Não, obrigada.

– E a Suécia?

Fica no canto oposto. Vou caminhando e prestando atenção aos diferentes idiomas ao meu redor, até que encontro. Não parece haver nenhuma treta na delegação sueca: eles estão ao redor da mesa, jogando "bola" com algo que parece uma barrinha de proteína.

Vejo Lukas na mesma hora, ainda que todo mundo na delegação seja tão alto quanto ele. Seu cabelo está um pouco mais curto do que no dia em que saí da casa dele, na semana passada, mas Lukas continua o mesmo. Continua lindo. Continua me...

– Scarlett?

Um segundo depois, ele está na minha frente e estende a mão para me tocar, mas eu me pego recuando um pouco, apesar do calor no peito e do formigamento na garganta.

Não sei muito bem por quê. Talvez seja atordoante demais, e também cedo demais para ficar perto assim dele depois do vácuo de sua ausência.

Ele entende. Claro que entende, como sempre.

– Pensei que você fosse ficar descansando no hotel – diz ele.

Sua camisa de compressão azul e amarela ajuda a destacar seus olhos.

– Nossa treinadora não acredita em descanso. Ela deve estar se perguntando por que não estou correndo em volta da piscina.

Ele sorri, um sorriso largo e mais jovial que o normal, tão *feliz* em me ver que fico meio sem chão.

– Como é a sua piscina? – pergunto, para nos distrair.

– Só usei a de treino até agora, mas tudo bem. E a torre de saltos?

– É um problema, na verdade.

– Por quê?

– Estou procurando algo de que reclamar. Para já saber no que vou colocar a culpa, quando errar meus saltos. Mas não achei nada.

– Uma tragédia.

– Está vendo, você entende.

Ele me olha, sorrindo. Eu o olho, sorrindo. Talvez ninguém vá perceber um único abracinho. Um pequeno beijo. Um toque de mãos.

– Oi.

Um homem aparece ao lado de Lukas. Ele usa a mesma camisa, tem o tipo físico parecido, a pele marrom-escura. Tem um sorriso acolhedor.

– Seu cabelo não era ruivo da última vez que nos vimos? – me pergunta ele.

Sinto meu coração afundar.

– É outra pessoa, Ebbe – diz Lukas.

– Ai, *merda*.

– Essa é Scarlett Vandermeer. Scarlett, este é Ebbe Nilsson.

Ebbe balança a cabeça.

– *E* também sou um idiota.

– Não se preocupe – falo. – Eu e Pen somos parecidas mesmo.

– Isso deve ser mentira, mas agradeço. Estados Unidos, não é?

– Sim. Eu e Lukas estudamos na mesma faculdade. Nós...

Nós? Lukas me observa, achando graça, como se não se importasse se eu dissesse "estamos praticando BDSM juntos".

– Colaboramos num projeto de biologia – completo, baixinho. Parece coisa de feira de ciências da escola. – Eu estava procurando comida, na verdade. Onde foi que você pegou essa...

– Bola? – pergunta Ebbe.

– Exatamente.

– Vem comigo. – Lukas me segura pelo braço. – Te levo lá na mesa do bufê.

Estamos saindo quando alguém grita algo para ele e começa uma conversa em sueco que termina com risadas e um *Vi ses*. Isso apareceu no meu aplicativo, mas não me lembro do significado.

– O que ele disse? – pergunto.

Os colegas de time de Lukas parecem estar me analisando.

– Queriam saber se vou jantar com eles.

– E aí? O que você disse?

Com os dedos na base das minhas costas, ele vai me guiando. Meu mundo inteiro está ali naqueles cinco pontos de contato.

– Disse a eles que tinha coisa melhor para fazer.

♦♦♦

Dá para notar pelo modo como Lukas me toca que está ficando impaciente com os longos períodos que passamos separados.

É possível que eu também esteja, mas *ele* está no comando. *Ele* dita o ritmo. É *ele* que me come de pé, minha calça abaixada e minhas costas contra a parede assim que entramos no quarto. Não estou no meu momento mais lúcido, mas estimo que dure uns três minutos. Nós dois gozamos, mas ele não para. Quando sai de dentro de mim, é como se eu tivesse sido jogada dentro de um lago congelado. Ele então me vira de costas e me joga de cara na cama.

– Preciso de um minuto para...

– Não.

Ele me penetra de uma vez só. Estou muito molhada, mas é o Lukas, e não é fácil.

– Sou eu que digo do que você precisa, porra.

Ele está metendo há cerca de quinze segundos quando eu gozo de novo, uma onda de calor percorrendo meu corpo, minha boceta latejando em pequenos espasmos. Não consigo parar. Não consigo me controlar.

– Você foi *feita* para isso, não é?

Os dedos dele seguram minha nuca. Depois se enroscam várias vezes pelo meu cabelo, até que esteja todo enrolado em sua mão, e sinto os nós dos seus dedos no meu couro cabeludo a cada puxão.

– Uma coisa linda. Feita para mim.

Eu faço que sim e sinto minha pele repuxar. Lukas então mete mais fundo do que antes, mais fundo do que nunca, e aquele pontinho sensível que ele pressiona parece a origem de todas as dores e todos os prazeres.

– Shh. Você precisa ficar quieta – diz Lukas.

Percebo que estou fazendo barulhos ofegantes e descontrolados.

– Eu sei, meu bem – continua ele. – Estou bem aqui. Só respira, está bem?

Eu enfio o rosto no travesseiro. Tem cheiro de algodão, sabão em pó e Lukas.

– Seja uma boa garota e morda o travesseiro.

Depois, quando o sol já se pôs e as sombras tomam o quarto, eu me levanto daquele espaço entre os braços dele que já tem o formato do meu corpo e dou um beijo em sua têmpora suada. *Nojento*, digo a mim mesma, o gosto de sal na boca. Só que não é. Sou incapaz de considerar Lukas e seu corpo qualquer outra coisa além de *bom*.

– A gente devia parar de transar? – pergunto.

Ele parece confuso. E ofendido também.

– Assim... será que não interfere no nosso desempenho atlético?

– Isso é uma questão nos saltos?

– Não, mas eu não sou atleta de velocidade e resistência. *Você* é.

Ele faz um carinho gentil no meu cabelo. Seu toque é sempre exatamente o que eu preciso.

– Estamos aqui sem treinos, sem aulas e sem todas aquelas merdas que constantemente afastam você de mim. Vou aproveitar. E, se me custar uma prova, tudo bem.

Eu dou risada, mas sinto o coração inflar.

– Estou falando sério.

– Eu também. Estou fazendo uma escolha consciente. Além do mais, metade das pessoas aqui está transando. – A palma da mão dele está quentinha na minha bochecha fria. – Traga suas coisas para cá.

– O quê?

– Fica nesse quarto. Comigo.

– Eu... O meu é só dois andares abaixo.

– Muito longe.

– Por quê?

– Scarlett.

Ele me puxa para mais perto. Me dá um beijo lento, longo, como se fosse incapaz de se saciar disso, de *mim*.

– Você sabe por quê – afirma ele.

– Eu... realmente não sei.

Minhas bochechas estão em chamas, como sempre ficam quando tento mentir. Só que dessa vez não estou mentindo. Eu não *entendo*, e essa é a verdade.

Ele assente. Paciente. Gentil. Sério.

– Tudo bem. Estamos numa competição importante. Não vou te pedir para termos essa conversa agora.

Que conversa?

– Mas, se você estiver pronta, eu posso te dizer por que quero que fique aqui.

Meu coração bate muito forte. Desvio o olhar. Um gesto automático, como eu faria se um carro viesse a toda em minha direção na estrada.

– Vamos fazer o seguinte. – Lukas suspira, mas não parece frustrado. Passa o dedo pela minha bochecha. – Vamos aos poucos, um dia de cada vez. Você vai ser sempre bem-vinda se quiser ficar aqui comigo.

Ele me puxa para cima dele, meus pés sobre suas canelas, queixo em seu peito. Pele com pele, uma intimidade quase chocante, mesmo depois de todas as coisas indecentes que fizemos. Ele é firme, como se pudesse ser meu barco salva-vidas. Talvez já seja.

– Que horas é seu treino amanhã?

– De manhã cedo – respondo. – Por quê?

Os dedos dele escorregam até a minha lombar.

– Porque nós temos planos.

CAPÍTULO 53

Amsterdã é linda. A comida é boa. Os holandeses são legais, mesmo quando a gente não fala uma palavra da língua deles, e estamos tão imersos em conversas que nos perdemos pelas ruas. No fim do dia, subindo no elevador do hotel, eu não consigo lembrar sobre o que conversamos. Tudo. Nada. Os dois. Tudo que eu sei é que Lukas me pegou pela mão em algum momento depois do almoço e, horas depois, ainda estou segurando o dedo indicador dele. Que ele recebeu uma ligação do time perguntando se queria se juntar aos outros e respondeu que estava ocupado. Quando foi a última vez que passei um dia assim, completamente *desconectada* de tudo? Sem me preocupar com eventos, aulas, se Pipsqueak está com ranço de mim porque fui embora?

– Preciso da sua ajuda hoje à noite – diz ele.

Seus dedos se entrelaçam e brincam com os meus, relaxados, como se eu fosse uma extensão do seu corpo. Eu abro meu sorriso mais sedutor de "é assim que chamam agora?".

– Eu preciso mesmo de...

O elevador para. Uma mala gigantesca aparece, seguida de um homem alto de cabelo escuro que imediatamente dá um abraço em Lukas.

– Ei, companheiro!

Lukas ri.

– Só você para aparecer aqui um dia antes da classificatória.

Eu posso até não acompanhar as competições de natação, mas acompanho *Lukas* e reconheço esse cara. Callum Vardy. Australiano. Bem rápido no nado borboleta. Ele e Lukas parecem mais do que amigos circunstanciais.

– Sua família veio? – pergunta Callum.

– Nada. Eles vão para as Olimpíadas. As palavras exatas foram: "Não podemos ir assistir a todas essas competiçõezinhas."

– Meu Deus, igualzinho à minha. E você...

Callum se vira para mim. Seus olhos são ridículos, para falar a verdade. Tão verdes que talvez sejam os responsáveis pelo desmatamento do leste de Madagascar.

– Eu não sou Pen Ross – digo de uma vez.

– Eu sei, querida. – Ele parece achar graça. – Conheço Pen faz tempo.

Ele olha para Lukas, e então para nossas mãos unidas.

– Nós nos conhecemos... muito bem.

Ele e Pen transaram, é isso que ele quer dizer. Tenho certeza. Dou uma olhada para Lukas em busca de algum sinal de ciúme ou irritação. Só encontro diversão.

– Então...? – pergunta Callum.

Os olhos dele se revezam entre mim e Lukas, fazendo alguma pergunta que não sou capaz de decifrar. Lukas imediatamente balança a cabeça.

– Não.

– Tem certeza?

– Absoluta.

– O que posso fazer para te convencer?

Ele sorri.

– Nada mesmo.

– Que pena – diz Callum. O elevador apita, e a porta se abre. – Bom, eu fico aqui. Vamos tomar um drinque depois das finais, já que vocês são tão sem graça.

Ele desaparece no corredor, e eu passo o restante do tempo no elevador tentando formular uma pergunta adequada, mas não chego a lugar *nenhum*. Então Lukas me entrega um pote de creme de barbear e uma lâmina.

– Pode raspar as minhas costas?

– Tinha esquecido que vocês fazem isso!

– Só antes de competições importantes.

A ausência de pelos corporais e células mortas aparentemente pode cortar uns centésimos de segundo da prova.

– Quem faz isso para você normalmente?

– O Gösta raspa minhas costas e meu pescoço, e eu faço o mesmo para ele.

Eu o encaro, sem entender.

– Gustafsson? É da equipe de medley – explica Lukas.

– Tem algum jeito específico de fazer?

– Contanto que não arranque meu braço, duvido que você seja pior do que ele. Ou do que eu.

– Não dá para ser tão ruim em raspar pelos...

– É tranquilo barbear o rosto. Mas o resto... é cabelo pra caralho, Scarlett.

– Aaah. Pobrezinho desse bebê de 2,10 metros de altura.

– Eu não tenho 2 me...

– Hipérbole. Entra no chuveiro, Pé Grande – mando.

Ele levanta a sobrancelha, surpreso, mas eu não recuo.

– Estou falando sério, vou deixar você mais lisinho e macio que um lençol de seda de bordel do século XIX.

– Que imagem.

– O rei vai me nomear cavaleira do império sueco.

– Como eu já disse...

– Mas você precisa tomar banho primeiro. Abrir esses poros.

Lukas chega mais perto, alto como sempre, e me puxa para o chuveiro junto com ele.

Vinte minutos e algumas sacanagens depois, estou montada nos quadris dele, que está deitado de bruços numa toalha no chão do banheiro, e começo o longo processo de deixá-lo menos parecido com o Abominável Homem das Neves. É fascinante tê-lo assim à minha mercê, estranhamente passivo e relaxado. Cuidar *dele*, para variar.

– Suas coxas já estão mais lisas do que o processo eleitoral da Dinamarca. Gösta que se cuide.

– Você está arrasando nas referências.

– E na depilação também.

Trabalho em silêncio, pensando, remoendo. Então pergunto:

– Eles namoraram?

– Quem?

– Callum e Pen.

Lukas dá uma risada.

– Não.

– Vira, preciso fazer a frente das suas pernas... Obrigada. Então eles tiveram... um lance?

– Transaram, sim.

– Ah.

Mas quando foi? Essa linha do tempo não está fazendo sentido.

– Vocês já tiveram um relacionamento aberto?

– Não.

– Então quando foi que ela... – Deixo cair a lâmina. – Vocês três...?

– Isso.

– Ah... uau.

Lukas se apoia nos cotovelos, claramente achando graça do meu choque.

– Para alguém que aceitaria a ideia de ser amarrada e mantida dentro de um armário por um período indeterminado de tempo, você fica escandalizada muito fácil.

– Tem razão. Por que estou sendo puritana? – Massageio a têmpora. – Só estou surpresa.

– Por quê?

– Na lista, você disse que... não se interessava muito por ménages.

Ele se senta, um farfalhar de pele dourada e abdômen definido.

– Não me interesso.

– Pen se interessa?

Ele assente.

– Foi há alguns anos. Quando a gente só se via algumas poucas vezes por ano, foi mais difícil perceber, mas, quando fomos morar na mesma cidade, a gente se deu conta de que nossa vida sexual não era ótima. Então tentamos algumas coisas.

– Com Callum?

– Entre outros.

Outros.

– Quantos?

Lukas volta os olhos para o teto, concentrado, como se estivesse contando.

– Tantos assim, é?

Ele dá de ombros.

– Tenho muitas perguntas sobre a logística – falo.

– Sei.

– Todas inapropriadas. Não é da minha conta.

Ele sorri.

– Vamos a elas.

– Como vocês escolhiam...?

– No geral, era Pen que...

– Encabeçava o projeto? – completo.

Lukas bufa.

– Ela encontrava alguém. Perguntava se eu concordava. Me chamava quando estava tudo marcado. Teve um cara da turma dela. Tracy... Ele era do time de natação. Costas, sabe? Callum. E outros.

– Sempre homens?

Ele nega com a cabeça.

– Era bem equilibrado.

– Você já...?

Ele assente.

– E?

– Foi divertido. Bom, até. Embora eu não me sinta atraído por homens do mesmo jeito que por mulheres.

– Tragicamente hétero?

Uma risada suave.

– Por aí.

Encolho as pernas e apoio o queixo nos joelhos. *Como é que eu nunca soube disso?* Mas, pensando bem, quem ia me contar?

– Acho que preciso de uma lista das pessoas de Stanford que estão envolvidas nisso, senão vou ficar imaginando toda vez que conversar com alguém. As gêmeas. Billy, o cara da manutenção. Treinador Sima. Dra. Smith.

Lukas morde o interior da bochecha.

– Nenhum desses, Scarlett.

Eu suspiro.

– Sabe, eu queria ser mais como vocês dois – falo.

– Como assim?

– Vocês são... racionais. Não sentem ciúmes. Acho que eu não ia conseguir... compartilhar.

– Não é simples assim, Scarlett.

Eu dou de ombros e me obrigo a seguir em frente e não deixar a conversa ficar deprimente demais rápido demais.

– Acabou o intervalo – anuncio. – Antes que seus poros fechem, temos...

Ele segura meu pulso.

– Eu pedi você.

– O quê?

Ele abre e fecha a boca por alguns segundos.

– Pen escolheu todas as pessoas com quem transamos, e eu concordei. Mas, quando você entrou no time, pedi a ela para falar com você.

– Eu... – Minhas bochechas ardem, em chamas. – Por quê?

Mas eu me lembro de algo em que não pensava há meses. As palavras de Pen no churrasco do treinador Sima. *Eu sei que você acha ela gostosa. Você já disse isso.*

– Você é linda, mas não foi isso... Você parecia tão quieta e reservada. Temos esse ditado na Suécia: "É nas águas mais calmas..." Eu não conseguia parar de imaginar que você tinha algum segredo, alguma coisa que ninguém sabia e... – Uma risada sem som. – Eu tinha razão. Tinha mesmo. Era igual ao meu.

Lukas olha para o sol que se põe devagar.

– Então perguntei a Pen sobre você. Foi a primeira vez que fiz isso.

– E aí?

Estou surpresa que minhas cordas vocais ainda funcionem.

– Você tinha um namorado, e foi isso. Mas ela não esqueceu. Ela sabia que eu sentia atração por você e sempre me provocava com isso, do jeito dela. É o que ela faz com as pessoas que ama.

Eu me sinto meio entorpecida.

– Foi por isso que ela me jogou para cima de você no dia da festa do treinador Sima?

– Talvez. Ou talvez só estivesse bêbada.

Eu assinto, percebendo que não quero *mesmo* falar mais sobre isso.

– Temos que terminar a depilação. Tudo bem? – Me obrigo a abrir um sorriso. – Vou te deixar mais suave que um solo de saxofone.

Lukas murmura alguma coisa que soa como "Você precisa parar, Scarlett", mas, antes de se deitar de novo, ele me puxa e me beija.

Eu retribuo, e é diferente de todas as outras vezes.

CAPÍTULO 54

Não é um bom ano para os Estados Unidos nos saltos ornamentais. Hayden Bosko, nossa esperança no trampolim de três metros, deixa a esperança morrer ali pelo quarto salto e cai para o sexto lugar. Carissa e Natalie nem se classificam para a final do sincronizado. Peter Bryant esquece o conceito de entrada limpa enquanto está no ar, e Akane, nossa única medalha, arranja um bronze por muito pouco. E aí tem eu.

BARB: Você pode não estar no pódio, mas é oficialmente a nona melhor saltadora de plataforma do mundo. Isso não é bom?

A sensação *não* é boa, não quando meia dúzia de jornalistas esportivos que preferia estar cobrindo a NFL me pergunta:

– O que deu errado, Scarlett?

Tudo, eu quero gritar. Em vez disso, pigarreio e respondo:

– Foram vários pequenos errinhos que se acumularam.

É verdade. Não foi um terremoto, só alguns pequenos tremores. Eu sorrio e repito o que a assessora de imprensa nos ensinou.

– Estou muito feliz de estar aqui.

Mas *não* estou.

– Que perda de tempo – murmura Akane, no quarto.

– Odeio essa merda.

– Quer se juntar ao meu ritual de sensação de merda?

– Qual é?

Passamos uma hora assistindo a amadores errando saltos e, quando Akane dorme, vou para o andar de cima. Há nove meses eu nem tinha certeza de que ia saltar em competições de novo. Não tenho motivo para estar tão frustrada comigo mesma.

– Por que estou tão furiosa? – pergunto no segundo em que Lukas abre a porta, e entro esbarrando nele.

– O que aconteceu com suas costas?

– O quê... ah.

Ele deve ter visto os hematomas debaixo da minha regata.

– Nada – respondo. – Eu arrumei mal o sustentáculo e bati durante os preparativos.

– Que porra é essa, Scarlett?

Ele me vira para examinar os roxos.

– Está tudo bem. Foi durante o aquecimento, não é tão grave...

– Isso é grave.

– Foi na plataforma e... – Eu me viro, surpresa com a preocupação em seus olhos. – Eu devia estar feliz, não devia?

Sinto as bochechas molhadas, porque meus olhos idiotas estão vazando. Eu os seco.

– "Feliz só por estar aqui." Esse devia ser o meu lema.

Ele cruza os braços. Olha para mim e me examina por um longo tempo.

– Onde mais você se machucou?

– Só aí e na parte de trás das coxas, mas...

– Tira a roupa e deita na cama. De barriga pra baixo.

– Eu não...

– Scarlett.

Eu obedeço, os olhos bem fechados. Quando ele começa a passar um creme para aliviar os hematomas, as lágrimas caem de qualquer jeito.

– Você não precisa... Eu tenho isso no meu quarto também.

– Mas você não usou. Porque achou que não merecia.

Viro a cabeça.

– Como é que você...

– Eu te conheço, Scarlett. Vamos lá. Inspira. Expira.

Levo um tempinho para me acalmar.

– Eu costumava ficar triste quando perdia. Não estou entendendo de onde vem toda essa... essa *fúria*.

– Você estava em modo de sobrevivência. Só queria competir de novo. – As mãos dele são cálidas e gentis. – Agora você sabe do que é capaz e está com raiva porque seu desempenho não refletiu isso. É uma coisa boa... dentro dos limites.

Enfio a cara no travesseiro.

– Por que você parece feliz com isso? – pergunto.

– Eu gosto de te ver assim.

– Transformada na Morte, Destruidora de Mundos?

– É. Briguenta.

Ele dá um beijo no meu pescoço e fica ali, esfregando o nariz na base do meu cabelo.

– É saudável, Scarlett. Use a raiva com combustível.

Lukas tem razão. Ele sempre tem razão. Além do mais, ele ganhou medalha em todas as provas até agora, mas tem que tomar conta de mim, essa perdedora. Como é que ele não perde a paciência comigo?

Ele te disse para fazer isso, me lembra uma voz. Ele me pediu para procurá-lo quando estivesse desmoronando. E ele é tão *bom* em colar meus pedacinhos, me remendar como se eu fosse uma camiseta furada, me fazer voltar ao formato original. Ainda que seja impossível que ele se identifique com os meus piores dias.

– É estranho para você? Quando os outros perdem?

Lukas ri.

– Você acha que eu nunca perco?

– Eu *sei* que você não perde. Você tem 45 medalhas no armário. Entrou na faculdade de medicina. Tem vídeos seus editados por fãs na internet.

Ele bufa.

– Eu tentei treinar costas e borboleta de longa distância e nunca me qualifiquei para nada. Tive que vir fazer faculdade nos Estados Unidos porque o Instituto Karolinska não me aceitou. Tentei construir uma rede neural e a precisão foi péssima, se comparada com a sua. E, como você sabe, minha namorada de 7 anos terminou comigo porque não sou divertido.

Tento me virar, mas ele não deixa.

– Eu me divirto com você – protesto.

– Isso é porque você é um pequeno gnomo depravado. Aliás, é assim que vou salvar seu número nos meus contatos a partir de agora.

Dou uma risada.

– Não! Quer dizer, sim, mas também... Eu também me divirto com você quando não estamos...

– Transando?

– Satisfazendo nossas inclinações parafílicas. E me divirto quando estamos só passando tempo juntos. Talvez não signifique muito vindo de alguém que, segundo Dixon Ioannidis, do nono ano, tem menos personalidade que um fermento biológico, mas eu *gosto* de você. – De repente, me sinto corada. Falei demais. – Sinto muito que Pen tenha terminado com você.

– Eu não sinto nem um pouco, Scarlett.

Mais corada.

– Eu não sabia sobre o nado de costas – falo. – Nem sobre a faculdade. E seu modelo da rede não era tão ruim assim.

Ele desce as mãos até a parte de trás das minhas coxas.

– Agora você está mentindo.

– É. Era uma merda.

Lukas termina com uma risada e vai lavar as mãos. Quando volta, estou vestindo a regata.

– Talvez seja melhor assim – digo.

– O quê?

– O negócio do nado borboleta. Aquela braçada parece exigir muito esforço desnecessário.

Ele afasta meu cabelo do rosto e me pega no colo. Minha resposta é instintiva: envolvo a cintura dele com as pernas e seguro firme em seu pescoço enquanto Lukas nos carrega para a varanda. O sol acabou de se pôr, o ar está frio, mas ele coloca um cobertor nas minhas costas enquanto observamos o lindo horizonte. Parece algo saído de um conto de fadas.

– Nado borboleta não faz você ter muita vontade de bater as pernas? – pergunto.

– É ilegal.

– Eles te prenderiam?

– Executariam.

– Pesado. – Eu me recosto nele. – Qual é seu tipo de nado favorito?

– Livre.

No dorso da mão dele estão os restos dos modelos que venho desenhando todos os dias de manhã, antes de irmos para as piscinas, com beijos suaves e sussurros me chamando de *gnomo* ao pé do ouvido. Ele faz carinho nos meus braços, e eu esfrego o nariz em seu pescoço.

– Não dá para errar no livre. Você pode chegar ao fim da prova do jeito que quiser – explica ele.

– Sério? Até remando?

– Sem problemas.

– Estilo limpador de para-brisa?

– Vai demorar um pouco, mas sim.

– E se eu começar a nadar de costas?

– Tudo certo.

– Posso só esperar a corrente me levar.

– Também não tem problema.

– Cachorrinho?

– Claro.

– Posso nadar pelada?

– *Eu* ia gostar.

Abro um sorriso junto ao pescoço dele.

– Está vendo? É verdade.

– O quê?

– Eu me divirto. Com você. – Os braços dele me apertam um pouquinho mais forte, só por um segundo. – Posso contar um segredo?

– Claro. Você já sabe todos os meus.

– É que... Não quero te deixar constrangido. Não vou virar uma stalker nem nada assim, não se preocupa.

Ele dá uma risada baixa.

– Scarlett... você não tem ideia.

Isso é encorajador. Então eu tomo coragem e falo:

– Às vezes, eu acho que seria legal se a gente fosse para a mesma faculdade de medicina.

Lukas não diz nada. Só recua para me olhar nos olhos, e sob a luz que entra pela porta da varanda ele parece tão... sério, presente e concentrado no que acabei de falar que quase quero voltar atrás.

Mas eu continuo:

– A gente faria uma boa dupla. Para grupos de estudo e coisas assim. E nem estou falando do...

Sexo, eu não tenho coragem de dizer.

Embora... por que não? Eu e ele nos damos tão bem, e de tantas maneiras. Será que Pen ia se importar? Ela está com Theo. Lukas gosta de mim, talvez tanto quanto eu gosto dele. Sim, nós concordamos que seria *só sexo*, mas obviamente as coisas evoluíram. Ele falou em *namorar*. Existe algum motivo para não continuarmos juntos? A perspectiva de não tê-lo mais na minha vida me rasga de cima a baixo com tanta violência que a única pessoa que poderia me remendar é...

Lukas.

Por quem, acho, talvez eu esteja um pouquinho apaixonada.

Essa conclusão é um soco no estômago. Estou pronta para entrar em pânicos, mas Lukas interrompe esse processo com apenas uma palavra.

– É?

Ele soa hesitante, meio rouco. Como se as minhas palavras tivessem arranhado suas cordas vocais.

Mente, ordeno a mim mesma. *Retira o que disse*. Mas eu não consigo. E não *quero*.

– É.

E talvez esteja tudo bem. Porque ele me beija, um beijo interminável, macio e tão, *tão doce* que pareço estar flutuando. Pairando sobre a água. Correndo pela plataforma com a certeza de que há um salto bom ali, prestes a ser executado pelos meus músculos.

– Só que... – Ele se afasta, mais sob controle. – Você está no terceiro ano. Nesse cenário, eu estou à frente e você está me usando como tutor na maior cara de pau.

Dou um beijo no cantinho de sua boca.

– Em primeiro lugar, não preciso da tutoria de alguém cuja rede neural é tão precisa quanto o acaso.

– Pesado.

Ele sorri contra os meus lábios.

– E Pen me disse que você vai adiar a matrícula, então...

Eu paro. Lukas está balançando a cabeça.

– Não vou, não.

– Não vai?

Ele coloca uma mecha de cabelo atrás da minha orelha.

– Vou começar a faculdade de medicina agora no outono.

– Ah. Talvez eu tenha entendido errado.

– Tenho certeza de que ela disse isso mesmo, mas não tenho nenhuma intenção de adiar.

Eu assinto.

– Bom, você é muito bom em organização de tempo. O primeiro período de medicina é pesado, e você não vai ter muito tempo para ficar observando caribus ou fazendo outros passatempos suecos famosos, mas se tem alguém que pode conciliar a rotina de treinos com aulas de dissecção de cadáveres...

– Eu não vou.

– Lukas. – Seguro seu rosto com as mãos, sem querer partir seu coração. – Essa coisa com cadáveres é obrigatória nas faculdades de medicina dos Estados Unidos.

Ele dá uma risada.

– Não tenho nenhum problema com *a coisa com cadáveres*. É a natação que vou evitar.

Minha mão cai para o colo dele.

– O quê?

– Essas vão ser minhas últimas Olimpíadas.

– Está brincando, né?

Mas ele não está. Em seus olhos está o ar confiante de alguém em paz com suas escolhas.

– Você é um dos melhores nadadores do século. Todo mundo concorda.

– Hã, o século *acabou* de começar.

– Você tem diversos recordes *atuais*.

Lukas dá de ombros. O movimento vibra em meus ossos e tendões.

– Você provavelmente tem mais uma *década* pela frente.

– Uma década para quê?

– Para... ficar mais rápido. Vencer.

– E depois? Daqui a três, cinco, dez anos, as roupas serão mais tecnológicas, a nutrição vai ser melhor, o treinamento, mais inteligente. Um monte de garotos talentosos vai aparecer e arrasar a gente, e... – Ele balança a cabeça. Não está amargurado, apenas conformado. – Eu não consigo dar a mínima, Scarlett. A ideia de ser mais rápido do que os outros não me motiva a ficar nadando cem metros repetidamente, ou a ficar para sempre nesse debate sobre quantas vezes levantar a cabeça para respirar. Não tem objetivo.

– Mas... e a glória?

– O que tem?

– Sei lá. Você tem fãs. As pessoas te amam. O *rei* te ama!

– O rei é idoso e não tem menor ideia de quem eu sou, ainda bem. E tudo isso aí... não é o tipo de amor em que estou interessado, Scarlett – diz Lukas, olhando tão fundo nos meus olhos que quase poderia ser uma indireta, mas... não exatamente. – Ser respeitado como nadador é ótimo, mas não quero que isso seja toda a minha identidade, mais do que já é. Falo isso para Pen há anos. Ela acha que vou sentir falta da atenção e fazer igual ao Tom Brady, me aposentar e depois voltar a competir.

Eu não acho. Lukas é muito obstinado, sim, mas consigo vê-lo usando essa motivação em outras partes da vida.

– Você não vai – digo.

– O quê?

– Mudar de ideia.

– Também não acho que vou. Querer uma medalha de ouro, um recorde, é um ótimo sonho. Só não é mais o meu.

Inclino a cabeça para o lado.

– E qual é o seu sonho, então?

Ele abre um sorrisinho torto.

– Por um tempo, achei que precisava ter um objetivo absurdo, algo comparável às Olimpíadas, mas... – Ele para. Passa o polegar pelo meu lábio inferior. – Quero passar quatro anos na faculdade de medicina, mesmo sabendo que vai ser um inferno. Fazer especialização e residência. *Coisa com cadáveres*, com certeza. Quero viajar para lugares que não tenham a merda de uma piscina. Ver minha família mais de uma vez por ano. Dormir até tarde. Fazer trilhas. Ficar em casa no fim de semana e fazer quantidades moralmente absurdas de sexo com a pessoa por quem estou apaixonado. Baunilha, com fetiche, eu quero tudo. Quero adotar bichinhos com ela. Quero cuidar dela, vê-la passar frio na Suécia e me maravilhar todos os dias com o quanto ela é mais inteligente do que eu e... Scarlett. – Ele passa o dedo no meu olho. – Por que você está chorando?

É mentira. Eu quero negar, mas minhas bochechas estão quentes e vermelhas. Tem algo terrível e escaldante dentro de mim ameaçando explodir, e tudo que consigo fazer é esconder meu rosto no pescoço dele.

– Não sei.

Lukas apoia a mão na minha nuca.

– Tem certeza?

Não tenho, mas eu faço que sim. E ainda que, pelo suspiro que dá, ele já seja capaz de ver através das minhas meias verdades, Lukas me abraça como se nunca mais fosse soltar.

CAPÍTULO 55

Mei me puxa de lado antes do voo de volta, com um olhar sério. Eu me preparo para uma bronca sobre todas as maneiras como a decepcionei, mas ela me surpreende.

– Se eu fosse você, daqui até o pré-olímpico, faria o seguinte: pararia de perder tempo no trampolim.

Fico atônita.

– Eu... O quê?

– Sem ofensa. Na verdade, com ofensa. Interprete essa conversa como o choque de realidade que é. – Ela dá de ombros. – A não ser que os três reis magos venham te visitar trazendo presentes como ouro, incenso e um novo impulso maravilhoso, você não vai ganhar nada no trampolim de três metros. Na plataforma de dez metros? Quando você é boa, é *fantástica*. Mas comete erros demais, e só tem um jeito de superar isso.

Fico morrendo de medo que ela vá sugerir punições corporais, então a conclusão é quase meio sem graça.

– Treinar de um jeito mais inteligente. Ser mais seletiva. E você tem espaço para tirar alguns graus de dificuldade.

Franzo a testa.

– Meus graus de dificuldade já estão mais baixos do que antes da minha lesão...

– Adivinha? Seu corpo é diferente agora. Pare de viver no passado. Você é menos flexível, mas tem mais controle. O que precisa é de *consistência*.

Odeio que não haja nenhum botão mágico, nenhum truque, só trabalho duro mesmo. Ainda assim agradeço a Mei por tudo que ela fez, o que é muita coisa.

– E Vandy? – chama ela.

Eu me viro a caminho da saída.

– Me manda seus vídeos se precisar de algumas orientações. Adoro dizer às pessoas o que estão fazendo errado.

♦♦♦

Lukas ganha três ouros, uma prata e dois bronzes.

O aeroporto de Amsterdã está lotado, e ele engancha os dedos no passador da minha calça jeans para me manter o mais perto possível. Com mais amantes de esportes aquáticos do que o normal nos arredores, ele é reconhecido a cada dez passos. Por outros atletas, mas também por algumas famílias e por um grupo de americanas que o encara como se Lukas *fosse*, de fato, um modelo de cueca. Ele é simpático com as pessoas, mas dá para ver que odeia tudo isso, então, enquanto está no guichê da companhia aérea, eu compro para ele um chapéu laranja dos Países Baixos e os óculos escuros mais idiotas que encontro.

Dou uma risadinha quando ele me faz uma cara de *está de sacanagem comigo?*. Solto um assobio diante de sua expressão desafiadora enquanto ele coloca as duas peças, então tiro uma foto para salvar em seu contato no celular.

– Você salvou meu nome no seu celular como Lukas Penelope? – pergunta Lukas.

– Ah, é. Eu não tinha certeza de como se escrevia seu sobrenome. Tem um monte de Qs e Vs estranhos.

Ele me olha, impassível, e estende a mão, então entrego meu celular.

– Mas escreve seu nome, nada de gracinha – peço. – Maryam olha minhas notificações quando deixo o celular em algum lugar. Ela descobriu que Barb tinha terminado com o namorado antes de mim.

– O que seria gracinha?

– Sei lá. Deus do sexo. Mestre. Papai dominador.

Ele dá um sorrisinho.

– Não se pode esconder a verdade, Scarlett.

– Eu te odeio.

– Claro que odeia.

Um beijinho afetuoso na minha testa.

Minha passagem era na classe econômica, enquanto a Suécia gastou comprando uma daquelas seções um pouquinho mais chiques entre a primeira classe e os plebeus. Não sei como Lukas conseguiu isso, mas, quando embarcamos, estou milagrosamente sentada ao lado dele. Eu me recosto no ombro dele e fico alternando entre cochilar e assistir a *The Office* enquanto ele lê um livro em sueco. Sua mão nunca sai de cima da minha coxa.

– Fica lá em casa hoje à noite – pede ele quando pousamos.

Só que não é um pedido. Estamos exaustos, com jet lag, e ainda estou meio dolorida de ontem, mas faço que sim, e meu coração acelera diante do sorriso satisfeito dele.

Passamos os últimos dez dias juntos. Por que não mais um?

Quando chegamos à casa de Lukas, todas as luzes estão apagadas.

– Onde estão Hasan e Kyle?

Ele dá de ombros. Antes que consiga enfiar a chave na fechadura, a porta se abre.

– *Surpresa!*

A voz mais alta é a de Pen, mas todo o time de natação e de saltos está ali, aplaudindo e celebrando, dando um susto no meu cérebro ainda meio apagado. Alguém liga uma música alta, e balões azuis e amarelos caem perto dos meus pés. Os cartazes feitos à mão são um toque particularmente elegante.

PARABÉNS!

VAI SE FODER, GRINGO, DEVIA TER SIDO O TIME DOS EUA

PFV QUEBRE A PERNA ANTES DAS OLIMPÍADAS NÓS TE AMAMOS

E o meu favorito:

VOCÊS JÁ TÊM IKEA E SALÁRIOS DIGNOS

DEIXA ALGUMA COISA PRA GENTE

Lukas lê tudo com uma expressão fechada e então cruza os braços.

– Sério?

A julgar pelo estrondo das risadas, seu tom de voz sério é um sucesso. Pen dá uma risadinha e um beijo em sua bochecha, e eu sinto meu punho cerrar. Há muitos cumprimentos, tapinhas nas costas, muitos *parabéns, cara, irmão, parceiro*, um copo de alguma coisa colocado na mão dele. Antes de Hunter levá-lo para longe, Lukas se vira para mim com um olhar melancólico. Não consigo evitar um sorriso.

Se as pessoas acham estranho o fato de termos chegado juntos, ninguém diz nada. Talvez tenham presumido que eu sabia da surpresa. Talvez eu seja apenas invisível. Pen, as gêmeas e Victoria me dão abraços longos e afetuosos. A gente ficou em contato pelo grupo do time, mas eu não tinha percebido o quanto senti falta delas.

– A Europa foi legal? – pergunta Bree. – Tinha muitos castelos?

– Hum... não que eu tenha percebido.

– E sapateiros? Cavalos? Carruagens?

Victoria dá um tapinha nas costas dela.

– Meu bem, não é a Oregon Trail.

Mal consigo manter os olhos abertos. Saio vagando assim que tenho a chance, esbarrando em pessoas enchendo a cara de cerveja. Que dia da semana é hoje?

– Viu o Lukas? – pergunto a Hasan, que aponta para cima.

– No telefone com o pai.

Eu o encontro sentado na beira da cama, encerrando a ligação.

– Ei.

Estar com ele me ajuda até a respirar melhor.

– Ei. – Lukas me puxa pelo pulso para o meio de suas pernas. – Alguma ideia de como nos livramos deles?

– Hum. – Finjo pensar um pouco. Ele passa a mão pela parte de trás das minhas coxas. – Você tem uma carrocinha aí à mão?

– Não.

– Então eu não...

– Oi, vocês.

Nós nos viramos e encontramos Pen na porta. Instintivamente, tento me afastar de Lukas, mas ele me segura com mais força.

– Oi – diz ele, relaxado, como se a situação não fosse esquisita e não estivéssemos fazendo nada de errado.

E *não* estamos.

Mas é esquisito.

O olhar de Pen percorre os pontos onde nossos corpos se tocam, mas seu sorriso não entrega nada.

– Precisa de uma carona para casa? – pergunta ela.

Fico paralisada. Preciso? Achei que não precisasse, mas...

– Ela não precisa, Pen.

– Beleza. Luk, posso falar com você um minuto?

– Claro, o que foi?

– Só com você – acrescenta ela.

Ele semicerra os olhos, mas eu dou um passo para trás, firme.

– Vamos conversar amanhã – diz Lukas. Não é uma sugestão. – Scarlett e eu...

– Não tem problema – falo. – Preciso ir ao banheiro.

Eu sorrio e dou um abraço em Pen ao sair.

– Muito feliz por você estar de volta – sussurra ela.

– Eu também.

A porta se fecha, e eu digo a mim mesma que não há motivo para o enjoo que estou sentindo. Eles são amigos. Lukas já deixou claro que não está mais interessado nela romanticamente.

Vou abrindo caminho pela multidão, mas tem muito álcool rolando, e ninguém percebe minha presença. Estou quase apagando. Cambaleando. Quando fecho os olhos, ouço aves aquáticas grasnando no meu ouvido.

É meio ridículo ir embora de uma festa sem falar com ninguém, mas chamo um Uber. No banco de trás, pego o celular para mandar uma mensagem para Lukas, e é aí que sinto o chão sumir sob os meus pés.

Ele renomeou o contato para LUKAS SCARLETT.

CAPÍTULO 56

Estou em casa há cerca de uma hora, tomei banho, desfiz a mala e estou olhando com uma careta para a lista de tarefas que Maryam criou na minha ausência, na qual magicamente todas as atividades estão debaixo do *meu* nome, quando ouço uma batida à porta.

Lukas está parado no batente, as mãos nos bolsos da calça jeans, as olheiras cobrindo as sardas. Sério, cansado e silencioso.

Não sei o que dizer, então fico em silêncio.

Não há motivo para ele estar aqui.

Não há motivo para eu deixá-lo entrar.

Não há motivo para segurar sua mão e levá-lo para o quarto.

Não há motivo para nada disso, mas ainda assim eu me aninho na curva do seu pescoço e adormeço em poucos segundos com seu cheiro invadindo meus pulmões.

CAPÍTULO 57

Naquele trimestre de inverno, pego o mínimo possível de carga acadêmica para privilegiar os treinos e a temporada de campeonatos e viagens, que vão acontecer todos entre o fim de fevereiro e maio.

Pac-12.

O torneio da Zona E, classificatório para o campeonato universitário.

Se eu me classificar: liga universitária.

Eu deveria estar me sentindo atordoada, mas no primeiro treino depois de Amsterdã eu simplesmente... não estou.

– Não ganhei medalha, decepcionante – digo a Sam durante nossa sessão.

Já superei meu bloqueio e não existe uma razão específica para continuar na terapia, mas conversar com ela me ajuda a colocar tudo em perspectiva.

– Mas não vou deixar isso me definir. Estou animada para a temporada. Estou pronta para ser o melhor que conseguir.

Sam sorri, o que *nunca* vai deixar de ser bizarro.

– Estou muito feliz por você.

Mais tarde, no vestiário, Pen diz:

– Desculpa por sábado à noite. Me senti mal por expulsar você de lá. Eu só precisava falar com o Lukas.

– Está tudo bem? – pergunto, ainda que não tenha certeza de que quero saber.

Nós três, nossas posições nessa situação, a soma das nossas relações... Não quero sentir que estou num triângulo. Também não quero ficar de fora quando virar uma linha.

– É, eu só queria que ele soubesse... – Ela parece meio chateada, então me sento ao seu lado. – É o Theo. O Professor Gato.

– Ah.

– Ele terminou comigo, Vandy.

A voz dela falha um pouquinho no fim da frase. Eu a encaro, sem conseguir entender muito bem.

– Ele... O quê?

– Ele disse que... sei lá, que a gente precisava recuar um pouco, porque ele não tinha certeza de que ia funcionar, que às vezes ele me achava muito *nova* para ele e... – Os olhos delas brilham, cheio de lágrimas. – Enfim, está tudo bem.

Ela parece tudo, menos bem.

– Sinto muito, Pen.

– Eu não acredito que ele simplesmente decidiu que tinha terminado e foi embora, como se eu fosse uma aula de spinning. Nós passamos o Dia de Ação de Graças juntos. Eu conheci a irmã dele, os amigos, ele me deu um colar e... eu estava na casa dele todo fim de semana, Vandy. Fizemos tantas coisas, e agora...

Ela balança a cabeça em um gesto meio magoado e meio raivoso.

– Enfim. Terminou. Eu queria contar para o Lukas porque... bem. Ele ainda é meu amigo mais antigo.

Sinto meu coração pesado.

– E o que ele disse?

– Não muito. Disse que o Theo que estava perdendo. Me deu um tapinha nas costas. Disse que vou achar outra pessoa em breve. Legal, mas distante. Depois do Theo, eu tinha me esquecido de como ele é frio. Sinceramente, às vezes eu me pergunto como foi que Lukas e eu acabamos juntos, lá no começo.

Porque ele *não* é distante. Nem frio.

– Você já pensou que... – começo.

– O quê?

Meço bem as minhas palavras.

– Lukas me contou o que você fez por ele quando a mãe dele morreu. E ele te ajudou com a situação da Carissa.

– É...

– É possível que vocês tenham se unido por causa dos seus respectivos traumas e entrado numa relação romântica por conta disso, sem...?

Ela me encara durante muito tempo, e começo a me perguntar se fui longe demais. E talvez eu tenha ido mesmo, porque ela solta uma risadinha, ainda meio chorosa, e pergunta:

– Está dizendo que ele não me amava?

– Não. Eu sei que amava. E ainda gosta muito de você. Só fiquei pensando se...

Se ele não te amava do jeito que você queria ser amada.

Se isso era tão *doloroso que você decidiu dizer a si mesma que Lukas é simplesmente incapaz de ter sentimentos românticos profundos.*

Se talvez você só conheça algumas pequenas partes dele e ignore o resto completamente.

Se você ainda o vê como o garotinho de 15 anos que precisava de você quando perdeu a mãe e não vê que ele cresceu e virou uma pessoa diferente.

Se a relação de vocês não se baseia mais em proteção mútua.

– Se...? – pergunta ela.

– Se talvez passar para uma relação romântica não foi meio complexo para vocês.

– Assim... – Ela aperta os lábios e dá de ombros. – Eu conheço Lukas o suficiente para saber que não é o caso. Eu sei o que nós tivemos. Mas, de qualquer forma, acho que se conectar com alguém por causa dos seus traumas ainda é um jeito válido de se apaixonar e construir um futuro. Mais válido do que compartilhar os mesmos fetiches sexuais.

O tom de voz dela é gentil. E também um soco no estômago. Eu a encaro, tentando analisar o que acabou de falar e decifrar o que exatamente Pen quis dizer com isso, se seu objetivo foi me ofender.

– Eu... Como é que é?

– Ai, meu Deus.

Na mesma hora ela arregala os olhos e segura minha mão.

– Eu não quis dizer... Juro que não foi uma alfinetada! Há muitas maneiras válidas de se apaixonar, é isso. Me desculpa *mesmo.*

Eu assinto, aliviada. Pen acabou de levar um pé na bunda. Está emotiva. Eu *sei* que ela não quis me magoar.

Mas então ela acrescenta:

– Só estou me perguntando se cometi um erro, só isso.

– Um erro?

– Ao terminar com o Lukas. A gente passou por tanta coisa, e ele me *entende* e... – Ela inclina a cabeça para o lado. Seu olhar é quase suplicante. – Vocês dois estão... é basicamente sexo, certo? Não estão namorando oficialmente.

Seria uma mentira deslavada dizer que o que há entre mim e Lukas é *basicamente sexo.*

No entanto, por mais que me doa admitir:

– Não estamos namorando oficialmente.

Não que isso importe. Não preciso de um certificado carimbado para saber que Lukas gosta muito de mim e que temos uma relação sincera. O problema é que o alívio de Pen diante das minhas palavras é tão óbvio que não acho que ela conseguiria entender nada disso agora.

Ela está magoada. Eu sou sua amiga. Posso manter a verdade para mim mesma só mais um pouquinho. Priorizá-la, só por um tempo.

– Ele tem razão, aliás – digo, apertando a mão dela.

– Quem?

– Lukas. – Eu sorrio. – É Theo que está perdendo.

Ela deita a cabeça no meu ombro e eu faço o possível para rir e fazer piada enquanto seguimos para o treino fora d'água. Quando chegamos, eu me afasto e vou procurar os treinadores.

Vai ficar tudo bem, digo a mim mesma.

Pen está se sentindo rejeitada, talvez pela primeira vez na vida. Está frágil e precisa do apoio dos amigos. Ela não ama Lukas. Lukas não a ama. Esse relacionamento acabou.

Só não é uma boa hora para enfatizar isso.

E eu também tenho coisas mais importantes com que me preocupar.

– Treinador Sima?

Ele nem tira os olhos do papel que está lendo.

– Oi?

– Eu queria conversar sobre a possibilidade de fazer algumas mudanças nos meus treinos.

CAPÍTULO 58

– Você precisa ser sequestrada para ter síndrome de Estocolmo? – pergunto. – Não devia precisar se o cara por quem você se apaixonou *contra a sua vontade* é sueco.

Sam não parece impressionada com meu domínio dos conceitos da psicologia.

– Estar apaixonada pelo Lukas te deixa infeliz? – pergunta Sam.

– Não. Só... culpada.

– Por causa da Penelope?

O nome dela tem surgido muito nas minhas sessões de terapia.

– É.

– E o bem-estar da Penelope é importante para você?

– É claro. Ela é o mais próximo de uma melhor amiga que eu tenho desde... sempre.

– Mas ela te magoou. No outro dia.

– Foi sem querer. Ela só foi... descuidada. Porque estava magoada também.

Sam assente.

– É por causa dela que você está evitando o Lukas?

– Eu não estou...

– Quantas vezes vocês se encontraram desde que voltaram de Amsterdã?

Baixo a cabeça. Pouquíssimas, e apenas por minha causa. Na verdade, minhas desculpas são tão risíveis que eu *sei* que Lukas não acredita nelas. Grupo de estudo. Trabalho para entregar amanhã. Exausta.

> **LUKAS:** Só vem passar a noite aqui. Eu durmo melhor com você por perto.
>
> **SCARLETT:** Por quê?
>
> **LUKAS:** Porque eu sei que você está segura.
>
> **LUKAS:** E você é cheirosa.
>
> **LUKAS:** E macia.

Eu devia mudar o nome dele na minha agenda. Sei como se escreve Blomqvist e me dói ver o que ele escreveu, como garras de um filhotinho de gato apertando as partes mais frágeis do meu peito. Mas...

– Eu peguei a Pen soluçando no vestiário, hoje de manhã – digo, apenas.

– Isso é triste. Mas, como já conversamos, é muito improvável que o relacionamento dela com Lukas volte a existir, enquanto o *seu* relacionamento com Lukas...

– Eu *sei*. Mas é temporário. Ela está se sentindo sozinha, e a possibilidade de voltar com o Lukas é... uma ilusão à qual ela se apega. Não posso ficar passando tempo com ele na cara dela e acabar com essa esperança.

– Uma mentira desse tamanho é mesmo mais gentil que a verdade?

Eu respiro fundo e esfrego o rosto. Não vai durar muito. Pen vai se sentir melhor em breve. Só preciso esperar. Me enrolar feito um bicho-bola. Focar nos treinos. Exclusivamente nos saltos de dez metros.

O treinador relutou, de início, mas acabou cedendo, com a condição de que eu continuasse treinando o sincronizado no trampolim de três metros com Pen.

– Não precisa ser para sempre – falei para ele. – Mas Mei disse que...

– Por que é que estou me sentindo como um marido traído?

Tentei manter a expressão séria.

– Por que a Sra. Sima fugiu com o paisagista?

– Porque minha saltadora voltou para casa cheirando a outra treinadora!

– Isso não é verdade.

– Mei é sua favorita. Você é cadelinha dela.

Fiz uma careta.

– Seu filho te ensinou essa palavra?

– Não mude de assunto.

Mesmo que o treinador Sima saiba do que eu era capaz antes da minha lesão, Mei parece ter uma ideia melhor do que sou capaz de fazer *agora*. E funciona: repetições sem fim, correções constantes, ajustes infinitos. Se não estou melhor, pelo menos fico mais confiante, e o foco ajuda a abafar as vozes na minha cabeça.

– Ele voltou – avisa Maryam ao passar no meu quarto, no sábado seguinte.

Eu levanto os olhos do trabalho de neurobiologia.

– Quem?

– O participante de *Ilha do Amor*.

– O quê?

– O galã com sotaque.

Fico atônita.

– Lukas?

O "Isso" grave que vem de trás dela torce meu estômago como se ele fosse um pano de chão.

– Nunca sei se estou sendo elogiado – diz ele, fechando a porta. – Ou se ela está acabando comigo.

– Com Maryam? É sempre a segunda opção.

– Eu me apresento toda vez. Ela podia usar o meu nome.

– Não, não faz o tipo dela.

Ele para diante de mim, e fico sem fôlego. Mais ainda quando ele se abaixa para me beijar, uma das mãos no encosto da cadeira, a outra na mesa. Lukas é um cobertor de calor e conforto. Eu me inclino para os seus lábios, porque não consigo evitar, mas então pigarreio.

– Adoraria passar um tempo com você, mas preciso terminar meu exercício.

Ele assente, sempre compreensivo.

– Potencial de ação, sódio, amígdala.

– O quê?

– As respostas das três perguntas que faltam.

Ele cruza os braços e me encara, como se nunca, nem uma vez, tivesse caído na baboseira de alguém.

– O que está havendo, Scarlett?

– Nada. Por quê?

– Por quê? – Ele bufa, dando uma risada incrédula. – Você não é boa nisso, e eu também não.

– No quê?

– Em fazer joguinhos.

Ele tem razão. É por isso que gostamos do que gostamos, e também um do outro. Estrutura. Negociações. Acordos e previsibilidade.

– Eu só estou tentando adiantar os trabalhos. Estamos muito perto do Pac-12...

Ele segura meu queixo com o polegar e o indicador, como se eu fosse uma criança, e não tenho opção a não ser olhar em seus olhos. Não sei se aguento. É aquela pressão de novo. A ameaça constante de lágrimas.

– Eu saí daqui duas semanas atrás. Você estava feliz, exausta de tanto transar e já meio... – Lukas se interrompe, seu maxilar travado. – Você está bem?

Eu assinto, mas não consigo dizer nada.

– Ei – diz ele, o tom de voz mudando para uma preocupação genuína. – Não precisa fingir. Não precisa inventar desculpas. Sou eu.

É verdade. É o Lukas, e ele adora sinceridade. Posso vomitar qualquer coisa que esteja dentro da minha cabeça e ele vai aceitar. Isso não piora ainda mais as coisas?

Estou me sentindo sufocada. Não consigo respirar. Preciso desacelerar.

– Pen... não está muito bem – falo.

– Certo. Pen e seus malditos delírios.

O tom de voz dele me assusta... Frio. Raivoso. Uma máquina perigosa que ele poderia usar para arrancar meu coração do peito.

– Ela te pediu para se afastar? – pergunta ele.

– Não.

– Não. – A palavra sai da boca de Lukas antes mesmo de eu terminar de responder e, ao mesmo tempo, é dita sem nenhuma pressa. – A decisão é toda sua, então.

– Ela é minha amiga. – Esfrego as coxas. – Não acho que ela ia ficar bem se você e eu...

– Você e eu? – O sorriso dele é meio cruel. – Vamos lá, Scarlett. O que *você e eu* estamos fazendo? Está pronta para dizer, finalmente?

Baixo os olhos, na esperança de que as palavras saiam com facilidade se eu não encará-lo, mas não é o que acontece.

– Até ela melhorar, talvez a gente devesse se afastar. Ou focar mais na... parte física da nossa relação.

Lukas não responde por um longo tempo e, quanto desisto e levanto a cabeça, ele parece estar analisando e catalogando tudo que estou sentindo.

– Agora? – pergunta ele.

– O quê?

– Você quer que eu te coma e finja que você não é a pessoa de quem me sinto mais próximo no mundo inteiro *agora*, Scarlett? Ou outro dia?

Eu não sei o que me machuca mais: as palavras ou a frieza na voz dele.

– Eu... Se você quiser, agora, podemos...

– Eu quero.

Ele parece estar debochando, até tripudiando um pouco, mas seu toque é gentil quando ele me puxa da cadeira.

– Tenho permissão para te beijar? – Seu sorriso é amargo. – Ou isso seria injusto com a Pen?

Ele está irritado, e raiva não combina muito com essas dinâmicas de poder. Eu só preciso decidir se isso faz diferença para mim.

– É claro que você pode me beijar.

Mas ele não beija. Lukas me empurra na cama, de barriga para baixo, e sinto sua força vibrar por todo o meu corpo. E ainda nem começamos.

Ou melhor... *eu* não comecei. Lukas já baixou meu short até a curva da minha bunda. Não vesti calcinha depois do banho, e sinto sua pele quente contra a minha. Seus dedos agarram meu cabelo, e ele levanta a minha cabeça com a palma da outra mão diante da minha boca.

– Molha.

– Eu... O quê?

Ele puxa meu cabelo com mais força.

– Desde quando fazemos perguntas, Scarlett?

Ai, meu *Deus*.

– Eu... Desculpa – falo.

Um tapa forte na minha bunda.

– Se eu te disser para fazer uma coisa, você só faz, porra. Lambe.

Ele é bruto, o que confunde meu cérebro. Estou tão excitada que sinto a lubrificação entre as coxas. Abro a boca e passo a língua pela palma da mão dele.

– De novo.

Repito quatro ou cinco vezes. Quando ele considera sua mão molhada o suficiente, se afasta, e eu sinto o jeans grosso, os nós dos seus dedos roçando minha bunda, sua pele melada deslizando pela minha lombar. Ele só está se masturbando. Usando meu corpo... e quase nada.

Estou à disposição dele. Lukas poderia fazer comigo qualquer coisa pervertida que já tenha passado pela sua cabeça, e eu permitiria, mas ele não tira proveito. Está distante, como se eu fosse um quadro, nada mais do que uma foto que ele achou na internet, uma garota qualquer, sem rosto e sem nome, com quem ele não se importa e nunca vai se importar.

O grunhido quando ele goza é muito familiar, já está gravado no meu cérebro. Aperto as coxas, fecho os olhos e escondo o rosto no lençol.

Uma variação de peso, o colchão se movendo. *Ele está indo embora.* Sinto um peso no coração por uma série de razões que não tem nada a ver com o fato de que estou excitada e ele não vai me fazer gozar. Lukas então joga a camisa no chão, e sinto uma onda de alívio. Ele me dá um beijo demorado nas costas, um contraste total com o movimento das mãos na minha cintura enquanto me ajeita. Ele passa os dedos pelo gozo na base da minha coluna e pergunta:

– Sabe por que gosto de transar com você?

Balanço a cabeça.

– Você me deixaria fazer qualquer coisa, não é? Você confia em mim *a esse ponto*. Você é perfeita desse jeito.

É Lukas quem é perfeito. Quem sabe forçar meus limites, mas nunca cruzá-los. Sabe me machucar só o suficiente para dar prazer.

Talvez nós sejamos perfeitos um para o outro.

Mais válido do que compartilhar os mesmos fetiches...

– O que você diz se quiser que eu pare? – pergunta ele.

Mas estou distraída. A mão dele desliza pelas minhas costas, pelo meio da minha bunda, e espalha seu gozo pelo meu cu.

Minha respiração fica entrecortada e eu me contorço. Pensei que ele fosse me deixar assim, uma punição justa pelas minhas mentiras, mas em vez disso ele enfia um único dedo em mim, novo, estranho.

Fico tensa. Arfo de medo e avidez. Está tudo confuso e misturado no meu coração e no meu ventre. A penetração é agoniante, uma ardência perfeita.

– Lukas, eu...

Eu nunca fiz isso. Ele sabe.

– Scarlett. – Ele soa muito contrariado. – O. Que. Você. Diz?

– *Pare.*

Ele me recompensa como a *boa garota* que sou, o que faz minha boceta contrair.

Lukas é gentil, mas não muito. Lubrifica a cabeça do pau com o próprio sêmen, e demora tanto para se encaixar que eu já estou toda derretida, tremendo, agarrando os lençóis e me forçando a respirar para acomodá-lo.

– Tudo bem? – pergunta ele.

Eu faço que sim, atordoado. Ele não entrou todo. Sem um lubrificante de verdade, e até *com* um, não sei se ele conseguiria. Lukas abre a minha bunda, acaricia o ponto onde seu pau força a entrada e solta um grunhido rouco e surpreso, como se não estivesse esperando gostar *tanto*.

– Quero tirar uma foto disso.

Eu mexo os quadris, em busca de alguma coisa... não sei bem *o quê*. É demais. Não cabe. Eu estremeço. Lukas apoia a mão na lateral da minha cabeça, e eu viro o rosto em busca do seu toque, esfrego o nariz no seu pulso e dou um beijo em sua pele, porque... ele poderia me machucar *de verdade*. Me rasgar e me fazer sangrar. Esse pensamento é tão excitante quanto saber que ele ia preferir cortar o próprio braço a me fazer mal.

E é aí que mora meu amor por ele. Nesse espaço entre o que ele *poderia* fazer e o que ele *escolhe* fazer. Carinho, violência voraz, carinho voraz. Repetidamente, até que esteja tudo lindamente emaranhado.

– Mas não preciso de uma foto, porque nunca vou me esquecer disso.

Ele mete talvez uma fração de centímetro mais fundo. Minha respiração falha.

– Está tudo bem. Você está bem – diz Lukas, uma mão reconfortante nas minhas costas, acariciando para cima e para baixo.

De alguma maneira, as palavras dele se tornam reais.

– Mais um pouquinho. Você foi feita para eu te comer. Está demais?

Eu assinto.

– Mentirosa. – A risada dele é baixa e suave contra a minha pele. – Eu vou te dar mais. Já que você quer tanto.

Ele conhece meu corpo melhor do que eu. Sabe quando ficar parado. Quanto tempo demora para a dor passar. Reconhece todos os meus sinais.

Ele me conhece. Eu o conheço.

Do que compartilhar os mesmos fetiches...

Solto um único soluço patético. Um *me desculpa* falhado que não tem nada a ver com o que está acontecendo.

– Meu bem. – Mais um beijo. Na bochecha. – Tudo bem se quiser chorar. Dói, não é? Isso tudo dói muito, não?

Lukas fala como se eu estivesse cravando uma faca enferrujada nele, porque não tem nada a ver com seu pau penetrando minha bunda.

O que dói *de verdade* é afastá-lo de mim.

A varanda em Amsterdã.

O nome dele no meu celular.

A confissão do nosso encaixe.

– Lukas.

Sinto uma onda de desespero e calor dentro de mim.

– Meu bem. Estou aqui para te reerguer – sussurra ele. – Te foder em mil pedacinhos, e então colar tudo de volta. Você não *precisa* que eu faça isso, mas é o que você quer, não é? Que eu te conserte?

É uma verdade apavorante, mais ainda quando sinto seus lábios na minha orelha, o sussurro saindo de sua boca.

– Você quer gozar, meu bem?

Eu assinto. Estou quase lá e, no entanto, a milhares de quilômetros de distância.

– Eu poderia te fazer esperar. Eu poderia te obrigar a me dizer todas as coisas que você não consegue dizer. – Lukas enfia a mão entre o colchão e o meu quadril. – Mas não vou fazer isso. Sabe por quê?

Ele encontra meu clitóris inchado. Com os dois dedos, desenha círculos ao redor dele. Um toque que me dá arrepios.

– Porque eu já sei todas elas.

Uma explosão molhada no meu cérebro. Eu explodo ali mesmo, apertada entre a mão e o peito dele, apertando seu pau com tanta força que Lukas quase desliza para fora. O gemido dele vibra pelo meu corpo – *Isso, boa garota, tão linda* – e, quando já estou mole de novo, ele ordena:

– Fica quietinha enquanto eu termino, está bem?

Ele não consegue meter exatamente, mas se move devagar, como se não quisesse que acabasse. Eu fico deitada pacientemente, amando cada segundo – de ser dele, ser usada, ser desejada. É tudo uma vibração satisfeita e indiscernível reverberando pelo meu corpo. O prazer o deixa sem palavras, um monte de grunhidos sem som, palavras estrangeiras e o meu nome, mãos agarrando meus peitos, dentes no meu pescoço. Ele goza, e então ficamos parados, recuperando o fôlego.

Então Lukas ergue meus quadris, minhas pernas bem abertas sobre a cama. Sinto seu olhar em mim, analisando, memorizando, e estou prestes a pedir que ele pare quando de repente sua boca está *lá*, a língua preguiçosa cobrindo meu clitóris, mordidas doloridas na dobra entre a bunda e a coxa. Os orgasmos tomam meu corpo, e estou soluçando, engasgada com meus próprios gritos. É ele quem pressiona meu rosto no cobertor e me lembra de que tenho que ficar *quieta, por favor, Scarlett, só morde aqui* e *você está acabando comigo*, e então eu gozo de novo.

Estou fora do corpo. É a melhor e a pior que coisa já senti. Saio de órbita. Perfeito. *Perfeito*.

Depois, Lukas entra no banheiro, a porta aberta, sem nem se preocupar em acender a luz. Eu o observo, completamente mole, o suor nas minhas costas secando aos poucos. Quando ele volta para me limpar, pequenas lágrimas se formam nos meus olhos, e ele as seca com o polegar. Me coloca para dormir. Não se deita junto comigo.

Em vez disso, ele se agacha ao lado do meu travesseiro, segura minha mão contra os lábios e pergunta:

– Do que você está com medo, Scarlett?

Seus olhos parecem... tristes, talvez. Não tenho certeza. Há ruguinhas de emoção nos cantos.

– De tudo.

Ele respira fundo.

– Você é destemida quando se trata das coisas importantes. Tente se lembrar disso, está bem?

Eu não faço nenhuma promessa. Em vez disso, pego no sono. Adormeço e acordo várias vezes, mas Lukas fica ali, me observando, pelo que parece um longo tempo. Então me dá um beijo na testa, desliga a luz e sai.

Na semana seguinte, começa o Pac-12.

CAPÍTULO 59

Os torneios Pac-12 de natação e de saltos são eventos separados, um após o outro. Lukas e eu estamos fora da cidade em intervalos desencontrados: enquanto ele está voltando de avião de Seattle, eu estou esperando um dos treinadores assistentes me levar para o aeroporto, tentando decidir que esmalte colocar na mala, caso dê tempo de fazer as unhas.

No entanto...

– Acho que o voo dos rapazes acabou de pousar – diz Pen, muito animada, enquanto esperamos no aeroporto de San Francisco. – O portão fica a cinco minutos daqui... Será que vamos lá dar um oi?

– Vamos! – diz Bella.

– Claro – acrescenta Bree em um tom blasé.

Numa virada de acontecimentos que os roteiristas de comédias românticas jamais sonhariam em escrever, Bree e Dale terminaram por causa de um conflito ainda não revelado, enquanto Bella e Devin seguem namorando. Mais uma vez: tantas perguntas e nenhuma maneira de fazê-las educadamente.

O olhar de Pen encontra o meu em uma das muitas mensagens de *Acho que não podemos fofocar sobre isso agora, mas, nossa, vamos comentar cada detalhe mais tarde* que trocamos diariamente.

– Vamos lá.

– Será que levamos nossas bolsas? – pergunta Bree.

– Boa pergunta. – Pen se vira para mim. – Você se importa de ficar de olho nelas?

Balanço a cabeça, fingindo que isso não faz meu estômago afundar como se estivesse cheio de pedras. Quando as garotas voltam, não pergunto como foi nem quem encontraram.

♠♠♠

Parece até que é o primeiro torneio da minha carreira.

É estranho se sentir assim para alguém que voltou recentemente de um campeonato mundial, mas meu modo de pensar evoluiu mais nas últimas semanas do que nos três últimos anos. Novas escolhas, mais intencionais. Nada de mentalidade perfeito-ou-nada. Meu cérebro finalmente conseguiu se aquietar.

Quando comecei o ano acadêmico, meu sonho era me classificar para o torneio da liga universitária. *Se eu conseguir, terei me saído bem*, disse a mim mesma. *E se não conseguir, terei me saído mal.*

Acho que não acredito mais nisso. De fato, tenho certeza de que não preciso me classificar para nada para considerar esse ano um sucesso.

– A verdadeira conquista importante foi a saúde mental que conseguimos ao longo do caminho.

– O que disse, Vandy?

– Ah, nada. – Termino de aquecer os quadris e sorrio para Pen. – Pronta?

Ficamos em primeiro lugar na prova de salto sincronizado na plataforma.

– Esse é o melhor dia da minha vida – sussurra Pen quando subimos no pódio.

Não é difícil ouvi-la, mesmo com todos os aplausos. Ela chora. Eu choro. Tiramos um milhão de selfies. Choramos um pouco mais. Apertamos o treinador Sima num abraço gigante. Comemoramos com as gêmeas, que ganham o bronze no salto sincronizado no trampolim. Falamos com Victoria por chamada de vídeo e dizemos que é tudo graças aos treinamentos dela. Tomamos sorvete. Passamos na frente de uma loja que diz tatuagens temporárias de henna e...

– Não – digo.

– Temos que fazer.

– Não.

– Sim, Vandy.

– Não.

– É um sinal. É o destino. Deus, nossos ancestrais e Emily Dickinson querem isso de nós.

– Não podemos.

– Não apenas podemos como *devemos*.

Escolhemos duas saltadoras entrando na água lado a lado, com as palavras MIGAS DO SALTO embaixo, no meu ombro direito e no esquerdo de Pen. O funcionário, um adolescente que preferia estar jogando *Fortnite*, nos encara como se fôssemos as duas pessoas menos descoladas que ele já conheceu. Ele não está errado.

É só mais tarde, quando estamos escovando os dentes lado a lado, que percebo algo estranho.

– Pen?

– Oi?

– Aí está escrito *migas*?

– Sim, ué.... Ai, merda.

No dia seguinte, Pen ganha o ouro na plataforma e eu fico com o bronze. Damos entrevistas juntas na beira da piscina, nossas novas tatuagens de MAGAS DO SALTO bem à vista. Estou tão feliz que preciso de um minuto sozinha no banheiro para reaprender a respirar e voltar minhas bochechas para a posição normal, sem esse sorriso insustentável, grande demais.

Na semana seguinte, no torneio da Zona E, nós duas nos classificamos para a liga universitária.

CAPÍTULO 60

DESCONHECIDO: Vejo que está seguindo meus conselhos.

Fico olhando para a mensagem, tentando me lembrar do e-mail que Stanford manda todo trimestre para avisar: *Cuidado com golpes e e-mails falsos.*

DESCONHECIDO: É a Mei, aliás.

Eu dou uma risada. Salvo o contato dela.

SCARLETT: Estou. Muito obrigada.

Mordo o lábio e acrescento: Tudo bem se eu te mandar uns vídeos? Não estou muito feliz com meu salto em equilíbrio.

MEI: Achei que não ia pedir nunca.

💧💧💧

O campeonato masculino de natação e saltos na liga universitária não acontece junto com o feminino porque... não tenho ideia. Mas fico contente que daqui a duas semanas os homens vão viajar para Atlanta e, em três semanas, as mulheres... não vão.

Pela primeira vez, o torneio das mulheres vai ser no Avery.

– Sério, que *luxo*. – Pen suspira. – Nada de piscinas diferentes. Nada de jet lag.

– Nada de vestir meias de compressão para o voo.

Ela me analisa, os olhos semicerrados.

– Você usa meia de compressão?

– Você não usa?

– Quantos *anos* você tem?

– Cala a boca.

Pen balança a cabeça.

– Pelo menos já sei o que te dar de presente no próximo aniversário.

Os dias que antecedem o torneio da liga universitária são diferentes – há uma eletricidade, um centro de gravidade, pronto para sugar toda a energia acumulada ao longo da temporada. Saltadores normalmente não tiram folga antes de grandes campeonatos e, a não ser pela diminuição dos treinos de força, nossa rotina não muda. As gêmeas não se classificaram para nenhuma prova da liga, logo, para elas, a temporada já terminou e a presença no treino é opcional. Somos só Pen e eu e, ainda que já tenhamos entrado na água inúmeras vezes, algo na casa dos três dígitos, nossas tatuagens perseveram. Pelo menos dois jornalistas comentaram sobre elas. Em matérias escritas. Que podem ser lidas na internet. Por qualquer pessoa.

Eu rezo em silêncio para que as faculdades de medicina sejam ocupadas demais para jogar o nome dos candidatos no Google.

Há tantas festas que eu perco a conta. Mais de trinta nadadores se classificaram para o campeonato da liga, e estão todos naquele período de interrupção dos treinamentos antes da competição.

– Um nadador que não está treinando é um perigo – diz Pen, quando passa na minha casa para eu ajudá-la com sua aula de programação.

Ela anda com um humor bem melhor – por causa das nossas vitórias e porque o tempo realmente cura todas as feridas. Hoje de manhã, quando

Theo mandou uma mensagem para parabenizá-la, ela revirou os olhos e bloqueou o número dele.

– Um perigo? Por quê?

– Eles de repente ficam com tempo e energia sobrando. Lukas fica pirado. Anda para cima e para baixo. Fica olhando para a piscina por horas. Lava a mão o tempo inteiro. Acorda cada vez mais cedo. Sabe, ações bem normais de uma pessoa nem um pouco perturbada. – Ela dá de ombros. – Enfim, tenho que ir. Tem uma festa hoje à noite. Tô de olho num remador que vai estar lá.

Depois que ela vai embora, consigo me segurar por cerca de uma hora e meia. *Estou mandando mensagem para ver se Lukas está bem*, digo a mim mesma. Por causa do que Pen falou. Porque ele veio conferir se eu estava bem muitas vezes quando precisei dele. Além do mais, Pen parece já ter superado a ideia de voltar com Lukas.

A verdade é mais simples que isso: nós dois passamos as últimas duas semanas competindo fora da cidade e estou com saudade dele.

SCARLETT: Está sem treinar?

LUKAS: Estou. E odeio.

A resposta é instantânea, algo muito estranho para alguém que mal olha o celular quando estamos juntos. Talvez ele esteja entediado. Subindo pelas paredes. Ávido por uma distração.

Não consigo imaginar isso. Passo o dedo sobre sua foto. Países Baixos. Óculos escuros tapando as sardas. Aquela curva indulgente no canto da boca.

SCARLETT: Pérolas aos porcos.

LUKAS: Não tenho ideia do que isso significa. Mas não foi um elogio.

Eu me sinto quase bêbada. É impressionante a energia causada por duas mensagens depois de um longo período sem nada. Os caras de TI deviam armazenar essa energia para aquele negócio de mineração de criptomoedas.

SCARLETT: Quer companhia?

LUKAS: Não exatamente.
LUKAS: Mas adoraria ver você.

As demandas de energia para todas as usinas de dessalinização de água do mundo já podem ser atendidas.

SCARLETT: Onde?
LUKAS: Maples.

Penso no Maples como um ginásio de basquete, mas o que está rolando é um jogo de vôlei informal. Os dois times são mistos, três homens e três mulheres, sem juiz. Uns poucos espectadores estão espalhados pela arquibancada. Lukas está sentado ao lado de Johan, conversando com uma garota loira e alta vestindo o moletom do time de vôlei de Stanford.

Johan percebe minha presença primeiro e acena. Os outros se viram também: a garota, com uma expressão curiosa, e Lukas...

Lukas.

Paro ao seu lado, tentando não encará-lo como se ele fosse uma obra de arte de vanguarda.

– Jogo-treino?

– É mais diversão mesmo.

O sotaque da garota é tão leve quanto o de Lukas.

– Scarlett – diz ele –, essa é a Dora.

Nós apertamos as mãos. Ela sorri.

– Você é a saltadora, certo? Pré-medicina?

– Isso.

– É um prazer finalmente te conhecer. Ouvi muito sobre você.

– Ah. – Enfio as mãos nos bolsos de trás do short. – Eu também – digo, só para ser educada.

Ela e Johan dão risada.

– É muito gentil da sua parte – diz ela. – Mas duvido que Lukas fale muito de mim.

– Dora, talvez o Lukas esteja secretamente apaixonado por você esse tempo todo – sugere Johan, o que a faz rir ainda mais alto, e Lukas dá uma resposta bem-humorada em sueco, uma pequena conversa entre eles.

Quando Dora volta para a área do banco de reservas, fico me perguntando se fui chamada aqui para ser o alvo de alguma piada que nem consigo entender.

– Oi – diz Lukas, afastando sua garrafa de água para abrir espaço para mim.

– Oi.

Eu me sento, deixando alguns centímetros de distância entre nós, mas o braço dele serpenteia pelas minhas costas, segura minha cintura e me puxa para perto. Só então solta.

– Você parece... – Paro de falar. Pigarreio. – Menos inconsolável do que eu imaginava.

– Inconsolável?

– Pen disse que você fica doidinho com a interrupção dos treinos.

Ele me olha de um jeito estranho.

– Como assim?

– Lava as mãos cada vez mais. Acorda cedo vários dias.

– Eu lavo muito as mãos para evitar ficar doente... é o procedimento-padrão antes de grandes competições. E acordo cedo porque o campeonato vai ser na Costa Leste.

– Ah. E os supostos longos olhares para a piscina?

– Não sei. Você estava nela?

Sinto minhas bochechas corarem. Baixo a cabeça.

– Ainda não, né? – diz ele, enigmático. – Que pena.

– Parabéns pelo Pac-12 – digo às pressas.

Um assunto tão bom quanto qualquer outro.

– Para você também.

Eu sorrio. Ele também sorri.

– Você parecia feliz – diz Lukas. – Não tão ansiosa. Durante a competição, digo.

– Obrigada. Na verdade, eu saí um pouquinho adiantada num dos meus primeiros saltos, e em qualquer outro momento isso teria me desconcentrado completamente, mas dessa vez consegui organizar meu cérebro para... – Desvio o olhar. – Desculpa. Você não pediu um relato completo do meu estado mental.

– Scarlett. – Um peso no meu joelho. A mão dele, quente e áspera. – Eu pedi, sim. E foi legal ver você lá em cima.

É como se todo o conteúdo da minha caixa torácica estivesse sendo retorcido. Eu quase, *quase* coloco a mão sobre a dele, mas me impeço. Respiro fundo, discretamente.

– Então, desde quando vocês são fãs de vôlei? – pergunto.

– Desde que a festa em que a gente estava ficou muito chata – diz Johan, do outro lado de Lukas, que bebe um gole da garrafa de água e a oferece para mim.

Eu bebo, mesmo sem estar com sede.

Senti saudades dele.

Muitas.

– Está vendo aquele cara ali? – Lukas aponta para um homem alto de cabelo escuro, na quadra. – Ele que convidou a gente.

– E o jogo ainda tinha a vantagem de não estar acontecendo numa casa de fraternidade – acrescenta Johan.

O nome nas costas da camisa do cara que eles indicam é *Torvalds*.

– Outro sueco? – pergunto.

Lukas assente.

– Nos infiltramos em todos os esportes e setores do governo.

– Aham. Você e *Torvalds* são parentes? – pergunto, de brincadeira.

– Sim, ele é meu primo.

Arregalo os olhos.

– Sério?

– Não.

Eu bufo.

– Mas é *meu* primo – diz Johan.

– Espera aí. Sério?

Os dois dão uma risada da minha pobre alma americana ingênua. Eu mereço.

– Vocês têm um clube dos suecos? Onde falam uma língua secreta?

– Tipo sueco?

– É. E se encontram todo dia na hora da *fika*? Analisam os americanos para encontrar potenciais vítimas para o sacrifício humano do Midsommar?

Eles riem.

– Volto já – diz Lukas.

O jogo está no intervalo e ele vai até a lateral da quadra para falar com Torvalds, o Primo.

– Lukas tem razão sobre você – diz Johan.

Eu me viro para ele, assustada.

– Não sei o que ele disse, mas é mentira.

– Ele só disse que você é engraçada.

– Ah. Então talvez não seja mentira.

– E que você era muita areia para o caminhão dele.

Encaro Johan, que é todo fofinho, com carinha de bebê. Ele é o quê, só dois anos mais novo do que eu, no máximo? Tão inocente, porém.

– Quando ele disse isso?

– Quando eu perguntei se vocês estavam namorando, lá perto do Avery. Meses atrás.

O quê?

– Tem certeza de que...

– Vamos lá.

Olho para cima. Lukas está com a mão estendida para mim.

– Onde?

– Para casa.

Dou uma olhada para Johan. Será que devíamos deixá-lo aqui sozinho? Será que devíamos estar falando tão abertamente sobre... Bem, os suecos não se abalam facilmente.

– A minha ou a sua?

Lukas dá de ombros. Seguro a mão dele. Johan não parece surpreso com essa reviravolta nos acontecimentos e se despede com um aceno.

– Ele vai me odiar por estar te roubando? – pergunto.

– Nada. O namorado dele está jogando.

– Ah.

Saímos da quadra ainda de mãos dadas. Isso é... mais público do que tínhamos combinado. Mas, se Pen está numa festa com um remador, talvez esteja pronta para finalmente anunciarem o término. Além do mais, estamos só nós dois. Não consigo criar forças para me afastar, nem quando ele me encosta gentilmente no muro e me beija.

Lukas está com gosto de cerveja e dele mesmo. Tem menos cheiro de cloro e mais de sabonete. Seus ombros sob as minhas mãos, sua bochecha áspera contra a minha, é tudo tão ferozmente familiar que eu poderia estar subindo as escadas de uma plataforma de saltos.

– Sabe – diz ele, a boca ainda encostada à minha –, eu queria ficar com raiva de você. Prometi a mim mesmo que não ia ficar te procurando até que você estivesse pronta para ser honesta.

Não pergunto sobre o quê. Ia ser extremamente desonesto.

– Mas, porra, estou tão *feliz* em te ver, Scarlett. Não consigo ficar com raiva porque, toda vez que penso em você, é um lembrete de que você existe.

Não acho que ele esteja brincando, mas sorrio mesmo assim.

– Que bom que você não está com raiva – digo, puxando-o para baixo de novo e aprofundando o beijo até que sua língua esteja na minha boca e meu corpo todo arqueado.

O calor, o conforto e a alegria que surgem só de estar *perto* dele me atravessam e queimam minhas entranhas. Lukas tenta se afastar, mas não consigo soltá-lo, não depois de tanto tempo sem ele.

– Porra, Scarlett.

Ele geme, como se minha inabilidade de libertá-lo dos meus braços o deixasse fisicamente devastado.

– Aqui, não.

– Por quê? – pergunto.

E talvez não haja um bom motivo. Porque Lukas olha ao redor e encontra uma porta. É uma sala de reunião que cheira a limão e desinfetante. Há cadeiras e um quadro branco. Uma daquelas frases motivacionais insípidas que Stanford adora colar em todas as instalações esportivas, algo sobre dor, disciplina e arrependimento. Leio a primeira metade enquanto Lukas coloca uma cadeira debaixo da maçaneta da porta, mas ele já está me beijando de novo e me colocando sobre o móvel mais próximo.

Minha mão vai até o zíper da sua calça jeans.

– Você não pode só... Porra, eu não posso fazer isso – diz ele.

Consigo abrir um dos botões, mas Lukas me interrompe. Sou obrigada a erguer o olhar. Seus olhos estão sombrios, inflexíveis, de um azul meio desesperado.

– Isso é muito mais do que sexo – diz Lukas. – Foi desde a primeira vez, e agora com certeza é.

Eu o encaro, a respiração ofegante. Encontro alguma coisa no rosto dele que é um misto de súplica e determinação.

– Preciso que você admita, Scarlett. – A voz de Lukas é um rosnado grave e resoluto. – Preciso que *não* me deixe encarar isso sozinho.

Eu vou começar a chorar. As lágrimas estão na minha garganta, atrás dos olhos, uma ardência afiada, e preciso engoli-las para começar a dizer, meio trêmula:

– Desde o começo, eu...

É o suficiente para ele... e muda tudo. Os beijos urgentes e frenéticos se transformam em trajetos lentos e reverentes pelos meus ombros, bochechas, pálpebras, clavícula. Lukas segura meu seio e toca o mamilo. Diz meu nome repetidamente. Eu digo o dele. Ele puxa meu short e minha calcinha devagar, e não precisa conferir se estou pronta para recebê-lo.

Simplesmente funciona. Ele me penetra pouco a pouco, irresistível. É tão bom, tão absurdamente gostoso, que deixo as lágrimas rolarem. Ele as lambe e vai mais fundo, sons roucos saindo de sua boca. Botando e tirando, cheia e vazia, e é tão fácil. A gente vem se preparando para isso ao longo dos últimos oito meses. Toda vez que nos encontramos, transamos, conversamos, nos tocamos, olhamos, trocamos mensagens... Toda vez que eu pensei nele, tudo foi para chegar a este momento perfeito.

Numa sala multimídia de merda do Pavilhão Maples.

Solto uma risada silenciosa e meio chorosa. Lukas balança a cabeça e continua se movendo, devagar, gostoso, tão gostoso como sempre, talvez até melhor. Mas é diferente.

– Eu não dou conta de você – diz ele, antes de me beijar como quem *dá conta*, sim.

– Lukas.

Suspiro contra a camiseta dele. Meus braços o envolvem. Ele não está me prendendo. Isso é sexo baunilha. Estamos os dois fora de controle. Somos eu e ele, de repente *iguais*.

– Vai mais devagar – pede ele, em vez de me obrigar. – Só um pouquinho. Senão eu vou gozar e vai acabar, e eu não quero isso.

Nós paramos e nos beijamos, suave, de língua. Recomeçamos, e então sou eu quem vai...

– Um minutinho. Só um minutinho. Por favor.

Ele move os quadris. Para. Rimos com as bocas coladas. Nos afastamos, sem fôlego. Fazemos durar o máximo possível. Pressionando nossos corpos, nos agarrando, apertando, mas nunca com muita força. Ele suspira. Eu choro.

É tão gostoso. Ele e eu. Como uma coisa desconhecida. Nem mais nem menos... só algo inexplorado, mas, de repente, ao alcance.

– Quero fazer isso com você todos os dias e todas as noites pelo resto da minha vida.

Eu assinto, ainda cheia de lágrimas. *Eu também*, penso. *Eu também*.

– Me deixa dizer – pede ele. – Eu quero dizer. Só uma vez.

Eu sei do que ele está falando. Não vou aguentar. Enfio o rosto em seu pescoço e faço que não, porque *não consigo*.

– Scarlett – implora ele. – Me deixa te dizer, por favor.

Pen, eu penso. Tem a Pen. E todo o resto. O futuro. O passado. E se ele disser, e então eu perdê-lo? E se eu falhar nisso também? Como vou suportar? Lukas está tão fundo dentro de mim que meu corpo inteiro treme.

– Por favor – imploro. – Não fala nada.

– A questão é que... – Ele apoia a testa na minha. – Não sei se consigo mais segurar.

– Eu só... Eu...

Ele solta um grunhido frustrado, mas então diz:

– Calma. Está tudo bem, meu bem.

Lukas se move um pouco mais rápido, um pouco mais forte, me segurando pela nuca e guiando meu rosto para a base do pescoço, como se estivesse tentando me proteger de alguma coisa, e logo depois os espasmos começam, e meus gritos são abafados pelo corpo dele, e estou gozando como se uma barragem tivesse se rompido, e Lukas...

Ele diz.

Só não é em inglês. Frases lentas e musicais. Palavras que se repetem sem parar. Sou inundada por elas enquanto ele goza dentro de mim, seus ombros largos tremendo sob meus braços. E, ainda assim, eu tenho a prerrogativa de fingir que não entendo.

Choro assim mesmo. Depois, ele beija minhas bochechas para secar as lágrimas, e não está com raiva, nem impaciente, nem nada além de satisfeito.

– Desculpa – digo. – Eu só... Eu preciso... Preciso organizar algumas coisas. Garantir que a Pen está... antes de...

Ele assente.

– Eu sei.

Lukas sai de dentro de mim, e eu arfo com a sensação. Ele sorve o ar que sai da minha boca em um beijo.

– Tudo bem. Nós vamos resolver. Eu te...

Ele solta uma risadinha pesarosa, se controlando. Toca minha bochecha, então ajeita minhas roupas e espalha beijos pelo meu corpo como se fossem uma trilha de migalhas.

– Vou te levar em casa e...

Um zunido de vibração me assusta. Lukas termina de fechar meu short e procura o celular no bolso da calça jeans.

– Pen? – pergunta ele, com um leve tom de impaciência.

O celular não fez barulho, então ele deve ter desativado o contato de emergência.

Lukas fica tenso. Os soluços de Pen são tão altos que até eu consigo escutar, e ele diz coisas como *Fica calma* e *Onde você está?* e *Fala mais devagar.*

– Vamos lá – diz ele, após desligar, e me pega pela mão. – Temos que ir buscá-la.

CAPÍTULO 61

É uma configuração estranha, eu e Pen no banco de trás enquanto Lukas dirige. Eu teria feito uma piada sobre sua carreira como motorista de Uber, mas parece que humor ajudaria tanto nesta situação quanto dar carona para um mochileiro serial killer.

– Eu não fiz nada. – Os soluços dela já se acalmaram e passaram para fungadas. – Você acredita em mim, não é?

Eu aperto a mão dela com força.

– Sim, é claro.

Quanto mais penso sobre o ocorrido, mais certeza eu tenho. Pen não é boba e certamente não ia arriscar sua chance de competir na liga tomando substâncias proibidas.

– Quando você recebeu o RAA? – pergunta Lukas.

– O quê?

– O resultado positivo do antidoping – sussurro.

– Ah, certo. Desculpa, eu tomei um shot de tequila com o estômago vazio. Parece que um pedregulho caiu na minha cabeça. – Ela esfrega o rosto. – Há meia hora. Eu estava na festa com a Vic, mas não consegui encontrá-la, então peguei o celular para ligar para ela e... o diretor da atlética tinha mandado um e-mail para mim e para o treinador Sima. É da amostra do Pac-12. Não é nem um teste aleatório!

Lukas assente.

– Qual foi a última vez que você fez o teste, antes dessa?

– Cinco ou seis meses atrás? No campeonato nacional.

– E sua dieta não mudou? Nenhum medicamento novo? Vitaminas, suplementos?

Pen bufa.

– Lukas, você me conhece.

– Eu não sei quase nada sobre o seu cotidiano agora – diz ele, sem qualquer alteração no tom de voz, mas Pen fica abalada o bastante para soltar minha mão.

Ela se inclina para a frente e segura o encosto do banco dele.

– Meu cérebro não virou mingau no último ano. Eu sei como é fácil receber um positivo no doping. Jamais tomaria substâncias que não são reguladas sem consultar o médico do time.

Lukas faz que sim, sem ligar para a postura defensiva dela.

– E o teste deu positivo para quê?

– Eu nem... – Ela se recosta de volta, o braço tocando no meu. – Esteroides anabolizantes? Onde é que eu ia conseguir *essa* merda? Eles acham que estou fabricando metanfetamina na lavanderia?

– E foi na amostra A?

– Foi. Meu Deus. Eu nem sei.... O que acontece agora, Luk?

– Na época em que você fez o teste, eles ficaram com uma amostra B, certo?

– Isso.

É um processo com o qual todos os atletas de alto desempenho estão intimamente acostumados. Beber litros de água para fazer xixi na frente de uma moça que precisa me ver claramente enchendo o potinho de plástico já é parte da minha vida há tantos anos que nem ligo mais para o quanto é desagradável. Todas as vezes pedem que a gente encha dois potinhos. A amostra A é usada para o teste. A amostra B fica congelada. Se der positivo na A, a B é usada para o reteste, caso o atleta conteste o resultado.

Eu já ouvi falar de algumas pessoas que passaram por isso, mas é sempre um boato distante. Algum novato da corrida cross country. Uma saltadora que se formou antes de eu entrar no time. Amigos de conhecidos. Atletas famosos no noticiário. Isso aqui parece... estranho.

– O primeiro passo é pedir o reteste – diz Lukas com calma. – E talvez um advogado...

– *Um advogado?*

– Vou consultar umas pessoas. O que seu treinador disse?

– Ele não respondeu. Mesmo se a gente pedir o reteste, o campeonato da liga universitária já está chegando. Será que vai ser feito a tempo? Ou eu posso ser desclassificada e...

Pen desaba, lágrimas escorrendo pelo seu rosto, e eu a puxo para perto.

– Você tem uma janela de 24 horas para pedir o reteste, não é? – pergunta Lukas.

– Isso.

– Stanford vai cuidar disso ou nós temos que fazer?

– Eles vão pedir.

– Tudo bem.

Lukas assente, e o aperto no meu peito começa a afrouxar. O jeito como ele organiza as coisas – planos, cronogramas, lista de tarefas – me tranquiliza.

– Por enquanto, não se preocupe. Você não tomou esteroides, tem alguma outra coisa acontecendo, e vamos descobrir o que é. Se concentra agora em ficar sóbria. Dorme um pouco.

– Não vou conseguir dormir até resolver essa confusão. – Pen seca os olhos. – Como é que vou seguir vivendo enquanto espero? O que eu vou *fazer* se não puder saltar?

– Eu vou te levar para casa e...

Lukas para de falar quando meus olhos encontram os dele pelo retrovisor e eu balanço a cabeça. Só imagino o quanto Pen deve estar assustada. Nós, atletas, construímos toda a nossa identidade ao redor das competições, e eu sei por experiência própria o quanto é desestabilizador ser privado disso. Claramente já está mexendo com a cabeça de Pen, e eu não quero que ela lide com isso sozinha.

– Acho que você não devia ficar sozinha – digo. – Por que não fica comigo alguns dias?

Ela arregala os olhos.

– Sério?

– Claro. Podemos ver TV. Conversar.
– Mas sua cama não é de solteiro?
– Você pode dormir nela, eu durmo no sofá.
– Não quero te atrapalhar. Sua colega de apartamento não é uma escrota?
Eu faço uma careta.
– Ela tenta, sem dúvida.
– Não se preocupa, então. Luk, posso ficar com você? Hasan e Kyle não vão se importar.
Eu congelo. Lukas também. Nós nos olhamos de novo pelo retrovisor e o medo do que pode acontecer se Pen ficar sozinha me faz assentir rapidamente.
– Pode – responde ele, por fim.
Acho que não está muito feliz, mas Pen não percebe.
– Isso é um alívio. – Ela funga, ainda chorosa. – Luk, será que você tem...
Ele já está entregando uma caixa de lenços para Pen. Cinco minutos depois, os dois me deixam em casa.

💧💧💧

Victoria declara:
– Ah, sim, as três formas de tortura: arrancar as unhas, afogamento e esperar que o laboratório credenciado pela Agência Mundial Antidoping faça o que é pago para fazer.
O treinador Sima lança a ela um olhar de esguelha, mas Victoria não está mentindo. Os procedimentos do reteste são desesperadoramente demorados, mesmo tendo sido acelerados para dar uma chance justa a Pen no campeonato da liga.
O ânimo está no fundo do poço. Os dias se arrastam, pesados. Os treinadores assistentes cochicham entre si, param de falar quando chego perto. Flagro um dos atletas de polo aquático espiando o armário de Pen, esperando encontrar um pacote de seringas e ampolas de hormônios. Na terça-feira, depois que erro um salto para a frente com corrida e tenho uma pequena concussão, o treinador Sima me dá uma bronca enorme sobre ser irresponsável e depois se desculpa, meio mal-humorado, quando o médico me manda ir para casa descansar.

– Pen é uma heroína – digo a Bree na quinta-feira, observando Pen fazer um salto pontapé perfeito com duas piruetas e meia.

Ela está de cabeça erguida, continua vindo para o treino e dando o melhor de si.

– Nem fala. No lugar dela, eu estaria feito um inseto se afogando em uma poça.

Eu me coloco no lugar dela e concluo que jamais estaria tão funcional num momento como este.

Passamos boa parte do tempo juntas – treino, refeições, horas de estudo. No tempo que sobra, ela está com Lukas. Ele e eu concordamos que Pen precisa de nós e que não devemos deixá-la sozinha.

E ainda assim...

Ciúme é feio, lembro a mim mesma. A inveja, mais feia ainda. Ainda mais quando é direcionada a alguém que precisa de ajuda. Pen é minha amiga, e estou orgulhosa de Lukas por ser firme e confiável, por acompanhá-la ao laboratório e testemunhar a abertura da amostra B, por ouvir o advogado "explorando opções". Ele se certifica de que Pen está comendo, dormindo e se mantendo saudável. Se Lukas ficasse de má vontade para ajudar a ex em apuros, eu teria muito menos respeito por ele.

Ainda assim, sinto sua falta.

Quando trocamos mensagens, a maioria é sobre ela. **Ela está bem? Precisa de alguma coisa? Vou deixá-la no Avery. Beleza, já estou aqui.**

Quando ele viaja para o campeonato da liga universitária, na Geórgia, Pen volta para o apartamento dela e eu vou junto. Compartilhamos sua cama pequena e rimos da maneira como nos chutamos durante o sono. Evitamos olhar o e-mail compulsivamente. Assistimos ao chato do Lukas ganhar tudo.

– Só mais um dia no escritório – comento, observando-o sair da piscina e dar um aperto de mão e um meio abraço no cara da Universidade da Califórnia que ficou em segundo.

A água escorre pela tatuagem, pelo uniforme tecnológico. Ele se abaixa para ouvir o treinador Urso listar todas as coisas que fez de errado, mesmo depois de vencer a prova. Mal sorri. Quando sorri, não é *sincero*. Eu sei a diferença.

– Ele domina tanto o esporte, mas se importa tão pouco... – acrescento.

Pen franze o cenho.

– Ele faz tudo parecer facinho, mas quando era mais novo e estava tendo questões... Você não estava lá, mas eu vi o quanto aquilo ferrou com a cabeça dele. Ele se importa, *sim*.

Eu costumava achar que Pen conhecia todos os lados de Lukas e sabia de coisas que ele não mostrava para *mim*. Agora, entendo que a percepção que ela tem dele ficou emperrada no passado. Um garoto de 16 anos, e não o homem que ele se tornou.

Naquela noite, meu celular vibra. Tudo bem?

Pen está apagada do meu lado. Sim. Ela está dormindo.

LUKAS: E você?
SCARLETT: Não estou dormindo.
LUKAS: Mas está bem?
SCARLETT: Tô.

As sombras dos galhos de uma árvore riscam o teto.

SCARLETT: Lukas?
LUKAS: Oi?
SCARLETT: Parabéns por vencer sua última prova nos Estados Unidos.
LUKAS: Obrigado, Scarlett.

CAPÍTULO 62

O campus está tomado de atletas.

Durante alguns dias, a piscina de saltos – a *minha* piscina de saltos – fica inacessível para nós, locais, permitindo que os saltadores de outras faculdades se familiarizem com ela. Como dizem, cuidado com o que deseja: eu estava com *tanta* inveja dos nadadores e suas férias dos treinos, mas descubro que o ócio não combina comigo. Ainda tenho que ir ao Avery para os treinos fora d'água e leves sessões de fisioterapia.

É assim descubro que Lukas voltou. Eu o vejo em um dos escritórios conversando com os figurões da atlética que só aparecem quando ele ganha alguma coisa, e sinto o coração subir à boca. O beija-flor mais feliz do mundo.

Mais tarde. Mando mensagem para ele mais tarde. Eu me obrigo a ir embora, lembrar que ele está ocupado, mas, enquanto estou caminhando na direção do refeitório, ouço passos correndo atrás de mim. Alguém segura meu braço, e lá está ele.

Estou explodindo de...

Só pode ser amor. É efusivo, total e absoluto, pleno e feliz. Faminto. Denso. Ao mesmo tempo pesado e leve. Onipresente e dourado. Está *nele* e em *mim* e na miríade de pequenos fios que nos ligam.

Eu sorrio, feliz, e o gesto parece desorientá-lo. Lukas toca meu rosto e diz meu nome tão baixinho que eu mal escuto. Depois se afasta com uma expressão levemente contrariada.

– Quando você voltou?

– Hoje de manhã. – Ele chega mais perto, elevando-se sobre mim. – Precisamos conversar.

Eu franzo a testa.

– Ela está bem? Achei que estivesse com o treinador Sima.

– Quem?

– Pen.

– Não tem nada a ver com Pen. – Ele ainda está segurando meu braço. – Quero conversar porque você teve uma concussão e não me contou.

– Como você sabe disso?

Ele levanta a sobrancelha.

– Não foi nada de mais – explico. – Fui liberada no dia seguinte. E você estava arrasando lá na Costa Leste. Ganhando coisas. *Übermensching.*

– Você precisa me contar essas coisas.

– Que coisas?

– *Tudo*. Você precisa... – Ele respira fundo. Desvia o olhar, então se volta para mim. – Eu quero saber dessas coisas.

– Por quê?

– Porque tem a ver com *você.*

Mais uma onda de calor. Minha barriga é só calafrios.

– Estou bem – garanto.

Seguro a mão dele de leve, um pedido de desculpas silencioso, uma promessa de que *estou segura*, e ele solta um suspiro pesado. Olha para mim.

– Precisamos mesmo conversar, Scarlett.

Precisamos. Ainda.

– Não é uma boa hora – falo. – Ela precisa da gente mais do que...

Mais do que o quê? Mais do que eu preciso dele? Mais do que ele precisa de mim? Sou eu quem decide isso?

Não, a julgar pela força com que Lukas cerra o maxilar. Ele se abaixa para me beijar, um beijo curto, brusco, como se quisesse deixar uma marca. Mal sabe ele que já deixou.

– Assim que essa situação for resolvida – avisa.

Respiro fundo.

– Assim que essa situação for resolvida e o campeonato da liga terminar.

Na manhã seguinte, um dia antes de a competição começar, Pen recebe um e-mail do diretor da atlética de Stanford.

O primeiro resultado do laboratório foi um falso positivo.

♠♠♠

O torneio da liga não tem prova de nado sincronizado.

– Isso é uma merda – diz Pen. – Agora que pegamos o ritmo.

– Não é? – concordo, embora, na privacidade da minha cabeça, eu adore a ideia de só competir numa prova, a minha melhor, no último dia.

– Mas vou estar lá no segundo dia – comenta Pen. – Para ver a prova do trampolim.

– E segurar minha toalha?

– E mandar boas vibrações.

O Avery está um caos. Toda vez que começa uma prova, o tumulto se instaura na piscina de competição. Os ingressos estão esgotados, e o acesso às arquibancadas é proibido para quem não tem um. Para nos apoiar, a equipe masculina dá um jeito de assistir das laterais, da entrada dos vestiários, se amontoando, fazendo apostas e barulhos bombásticos quando acham que Stanford foi roubada em alguma pontuação.

– É porque eles ficaram em quarto no campeonato deles – informa Shannon.

Ela é uma das capitãs do time feminino de Stanford. Recebo muitos e-mails dela, mas não me lembro de já termos nos falado.

– Como eles conseguiram *não* ficar em primeiro tendo Blomqvist no time? Um grande mistério – continua ela.

– Quem ganhou?

Nossa, eu realmente devia me importar mais.

– O masculino? Foi a Califórnia. Mas as *nossas* maiores rivais são Texas e Virgínia. Você consegue saltar melhor que elas?

– Espero que sim.

A cara dela de *isso não basta* me lembra por que nunca nos demos bem.

– Tudo bem – diz ela. – Eu estou apostando na Penelope Ross.

Mas talvez não devesse, porque Pen não está se saindo muito bem no torneio. Durante as preliminares do trampolim, ela quase não se classifica por causa de um parafuso errado. Mais tarde, na final, mesmo sem zerar nenhum salto, seu desempenho é...

– Esse foi tão *bom* – comenta Rachel depois que Pen faz um duplo e meio mortal de costas em posição carpada que simplesmente... não foi bom.

Uma pessoa que não salta enxerga os saltos como eu enxergo vinhos: pode vir de uma caixinha ou do porão de um barão francês cuja família foi à falência. Eu não saberia discernir.

– Não foi ruim – diz Bree, batendo palmas.

Hasan franze a testa.

– Mas...?

– Faltou um pouco de altura – comenta ela.

Ela também deu uma hesitada na hora de pular. As notas aparecem no painel, e eu faço uma careta. Ela termina em quinto lugar, o que está abaixo das expectativas, levando em conta a medalha do ano passado.

– É o susto com o doping – justifica Pen mais tarde, quando estamos reunidos no escritório do treinador Sima. – Mexeu com a minha cabeça. Não consegui encontrar meu ritmo.

– Não importa – diz o treinador. – O que passou, passou. Não fique remoendo. Amanhã é a plataforma e você é favorita. Vamos em frente.

– Isso. Vamos em frente. – Ela suspira e se vira para mim. – Lukas está por aqui? Estava assistindo ao meu salto?

– Não sei.

Não tenho notícias dele desde antes da competição.

– Eu o vi nas provas de natação – diz Bella. – Acho que ele precisa ir assistir porque é um dos capitães.

No entanto... Na manhã seguinte, Pen e eu passamos pela classificatória para a plataforma sem nenhum problema. Quando volto para a final, no fim da tarde, Lukas está lá. Estou tão distraída com o celular que quase esbarro nele.

– O que está olhando aí?

– Barb me mandou um vídeo de Pipsqueak desejando boa sorte.

Mostro para ele. Tenho que dizer que ele parece ficar muito encantado.

– Você gosta de cachorros, certo? – pergunto.

– Isso é um fator determinante?

– Nunca tinha pensado a respeito do assunto, mas... é. É, sim.

– Eu adoro cachorros. Só não sei se Pipsqueak se encaixa nessa categoria.

Estou pensando se deixo ela morder a cara de Lukas em legítima defesa da honra quando Maryam me manda uma mensagem: Estou nas arquibancadas. Me procura. Eu olho para cima e procuro. Nenhum sinal dela. Tô zoando, ela manda um minuto depois, mas encontro outro rosto familiar.

– Lukas? – falo.

– Oi?

– Aquela ali...?

Ele segue meu olhar.

– É. Ela mesma.

– A Dra. Smith gosta de saltos ornamentais?

– Ela me perguntou uma vez a diferença entre saltos e natação, então eu duvido. Acho que só deve ter vindo te apoiar.

– Isso é muito... – Paro. Sinto que estou prestes a desmaiar. – Lukas?

– Ainda estou aqui.

– Você conhece o Dr. Carlsen?

– O cara da biologia computacional?

– Isso.

– Fiz a aula dele ano passado. Por quê?

Aponto para a arquibancada quando a Dra. Smith apoia a cabeça no ombro do Dr. Carlsen. Ele a abraça pela cintura e não parece muito entusiasmado de estar aqui. Por outro lado, isso talvez seja um avanço do estado de raiva silenciosa que é o seu padrão.

– Ela mencionou que tinha um marido – digo. – Será que ela... está traindo o cara abertamente?

– A Olive?

Eu assinto, completamente estupefata, mas a mente de Lukas não parece tão confusa quanto a minha. Na verdade, ele está contendo um sorriso.

– Scarlett, acho que o Dr. Carlsen é o marido.

Eu fico olhando, sem entender.

– Não.

– Sim.

– Não.

Ele arqueia as sobrancelhas.

– Sinceramente, eu acho que faz sentido – diz.

– Não.

– Eles se completam. E têm muitas publicações juntos.

– Não.

Lukas ri.

– Você está bem, meu bem?

– Nunca mais vou ficar bem.

– Do que vocês estão falando?

Eu me viro. Pen está atrás de nós, já tendo tomado sua chuveirada.

– Nada. É só porque a professora com quem estamos fazendo pesquisa...

– Você precisa ir para o chuveiro, Vandy – dispara Pen. – Já vai começar.

– Certo. Obrigada.

Saio dando mais uma olhada para Lukas e sinto seus olhos em mim enquanto me afasto.

A final começa dez minutos depois.

CAPÍTULO 63

É mais ou menos no terceiro salto que me dou conta de que estou fazendo a melhor competição da minha carreira. Surpreendentemente, isso tem pouco a ver com as notas.

Estou leve no ar. Meus membros se posicionam perfeitamente. Acima de tudo, consigo esvaziar a mente. Estou dez metros acima do mundo e ninguém mais existe. Sou eu e a água. A voz de Sam na minha cabeça me lembra: *Seu cérebro não é um músculo, mas às vezes dá para usá-lo como se fosse. Treine-o para a competição do mesmo jeito que você treina qualquer outra parte do corpo.*

Pen também está bem melhor do que ontem e passa tranquila por todos os seus saltos. Seu primeiro salto tem um grau de dificuldade mais alto do que eu jamais consegui fazer numa competição, e eu arfo quando ela o executa com erros mínimos. O segundo é um revirado – uma obra de arte, e fico tão feliz que vou lá abraçá-la. Estou tão animada por estarmos indo bem que só compreendo mesmo as implicações disso lá para o fim da quarta rodada.

Eu estou em primeiro. Pen está atrás de mim, com pouca diferença.

– Se alguma de vocês duas ferrar com o último salto... – ameaça o treinador Sima. – Eu juro que vendo as duas para o circo.

– Sem pressão – murmura Pen.

– Com pressão. Com muita pressão.

Mas isso não nos desanima. Pelo menos não a mim. Meu último salto é um duplo e meio mortal revirado na posição carpada, o mesmo salto que acabou com a minha vida há exatamente dois anos, e é...

Bom. Não é *perfeito*, mas é bom o suficiente. Sei disso assim que minhas mãos entram na água. Sei mesmo sem ler os números. É um tipo de conhecimento que vem de dentro e que não existia até alguns meses atrás.

Depois de mim, é a vez de Pen, e ela salta bem. As câmeras me seguem. As atletas ensaiam seus últimos saltos, recebem dicas de última hora dos treinadores, pulam para se manter aquecidas. Eu seco meu maiô, visto o casaco e fico olhando para a lista de nomes no painel. A competição não terminou ainda.

Chega uma notificação de mensagem no meu celular. Sorria.

É a Mei. Provavelmente mandou a mensagem para a pessoa erra...

MEI: Estou assistindo à transmissão e você precisa SORRIR.

SCARLETT: O quê?

MEI: Você acabou de ganhar a liga universitária.

Eu olho para o placar e ela está certa.

Eu vou terminar em primeiro.

Preciso de... um minuto.

Para compreender a enormidade disso.

Entro no prédio, passando pelo grupo de nadadores assistindo à competição. Estão olhando para cima, para a plataforma. Não prestam atenção em mim quando vou para o interior do Avery, até que viro num corredor, me jogo contra a parede e fecho os olhos com força até que pequenas explosões douradas aparecem.

Não consigo entender. A pessoa que eu era dois anos atrás. Como me sentia sozinha. Com medo de ser exagerada, com medo de não ser suficiente, de ser imperfeita. Cercada de *impossíveis*. E agora eu saltei e....

– Scarlett.

Eu pisco. Lukas está ali, sorrindo para mim. Um sorriso *de verdade*.

– Estou vendo que está chorando de novo – diz ele.

Não tinha nem percebido.

– Eu...

– Eu sei.

Ele se aproxima, as mãos nos meus ombros. Beija minhas bochechas molhadas.

– Está tudo bem – murmura ele. – Eu vou colar seus pedacinhos de volta.

Agarro a camisa dele com força.

– É só que... é muita coisa.

– Eu sei. – Mais um beijo, dessa vez nos lábios, gentil. – Scarlett. Você é brilhante. Você é perfeita. E eu te....

Uma voz indignada engole o restante das palavras dele.

– É *sério* isso?

CAPÍTULO 64

Lukas não se vira. Não vai embora. Não se afasta.

Sei que ele ouviu a pergunta de Victoria, mas não parece disposto a deixar que isso dite seus movimentos. Talvez seja uma declaração:

Não estamos fazendo nada de errado.

Estou feliz aqui, do jeito que estou.

Vá embora.

Eu respeito a postura, mas não tenho certeza de que é o melhor procedimento, então coloco a mão no peito dele para afastá-lo.

Não adianta nada. Lukas me beija mais uma vez, sem pressa, solta um suspiro exasperado e dá um passo para trás.

Quando finalmente me volto para olhá-la, vejo que Victoria está ao lado de Bree, de Bella e...

De Pen, é claro. Quatro pares de olhos arregalados e de queixos caídos, que vão de indignados a incrédulos, passando por arrasados.

– O que você está fazendo, Vandy? – pergunta Bree.

Parece que acabei de jogar o avô dela na frente de um trator.

Estou pensando em como responder quando Lukas diz:

– Conta para ela, Pen.

Mas Pen nem presta atenção. Está pálida e trêmula ao lado de Victoria, e me encara com uma expressão que não consigo muito bem decifrar, até que ela pergunta:

– Esse tempo todo você só queria ser *eu*?

Traição, é essa a expressão. E ela me olha como se eu fosse a culpada. De fazer isso com ela.

– Eu... O quê?

– Porque é o que parece, Vandy. – Lágrimas começam a rolar pelo rosto dela. – Você está na sua fase de *Mulher solteira procura*?

– Chega – diz Lukas. Ele está com a mão no meu ombro, quente e firme. – Pen, elas são colegas de time da Scarlett também. Se você não for contar o que está acontecendo, eu conto.

– *O que* está acontecendo? O namorado e a medalha de ouro que eram meus um ano atrás agora são dela. É isso.

Lukas solta o ar, impaciente. Tenho medo do que pode sair de sua boca. Do impacto que pode ter sobre ela.

– Sei que você está magoada, Pen – interrompo, mantendo a voz calma. – Mas você ganhou a medalha de prata. E Lukas...

– O que tem o Lukas? – pergunta Vic, chegando mais perto de Pen. – Porque, do meu ponto de vista, parece que ele podia ao menos ter terminado com a Pen antes...

– Pen e eu não estamos mais juntos – interrompe Lukas. – Há meses.

Ele se vira para Pen.

– Eu concordei com o que você pediu e mantive o término em segredo porque Scarlett já sabia, e ela era a única pessoa que importava. Mas agora chega.

– Acho que a gente não devia estar aqui, pessoal – murmura Bella.

Parece haver uma concordância geral, porque Vic dá um último aperto no braço de Pen, e as três vão embora.

– Você devia ir também, Pen – diz Lukas quando as outras já estão longe, seu tom ainda gentil. – Vamos conversar quando todo mundo estiver mais calmo.

– Você entende o quanto isso me magoa? – Ela treme e se abraça, ainda usando só a roupa de banho molhada e nada mais. – Ver você assim com a minha melhor amiga?

– Você não tem direito de reagir assim. Você sabe da gente há meses. Na verdade, foi você que nos juntou.

– Mas era só... Vocês estavam só transando, não era...

– Pen, quando você terminou comigo, deixei claro que considerava nosso compromisso acabado. Eu te disse que sempre te apoiaria como amigo, mas desde o início você soube que eu não ia tratar a relação com a Scarlett como um passatempo.

– Mas fui eu que terminei com você! Alguns meses atrás, nós ainda estávamos apaixonados, e agora... o quê, você está apaixonado por duas pessoas?

– Não, não estou.

A frase cai entre nós como um corpo na água. Uma entrada perfeita, sem esguichos nem barulho, apenas um silêncio terrível e ensurdecedor. E, quando afundou o bastante na cabeça de Pen, ela se vira para mim.

– Você... roubou tudo de mim. Obrigada, Vandy.

Eu balanço a cabeça. Ela está sendo injusta e irracional, e sei que eu deveria estar furiosa, mas é tão óbvio que Pen está com o coração partido que não consigo sentir raiva.

– Eu sei que é difícil de ouvir, mas... eu não tinha como roubar nem o título nem Lukas, porque eles não eram seus – falo, baixinho.

– Você precisa parar com isso, Pen. – Lukas aperta meu ombro. – Ela é sua amiga e você está magoando ela e a si mesma.

– Ela *era* minha amiga e... – Ela aponta para Lukas com dedos trêmulos. – Eu te *proíbo* de se apaixonar por ela.

– Pen, eu já me apaixonei.

– Ah, é? – Ela solta uma risada amarga e meio cruel. – Acho que a Vandy não recebeu o memorando, porque ela parece bem chocada com essa informação.

Lukas não olha para mim, mas engole em seco.

– Ela ainda não estava pronta para ouvir. E isso não é da sua conta.

– Como isso *não* é da minha conta? Você é meu namorado e meu melhor amigo!

De repente, a situação é demais para mim.

– Preciso que todo mundo pare um minuto e... – Seco as bochechas com as mãos, atordoada. – Pen, você... Sinto muito, mas você está sendo injusta. E, Lukas, eu...

Eu me viro e parto na direção do vestiário, rumo à saída mais próxima. Quando viro no corredor seguinte, Lukas já me alcançou. Ele para na minha frente, bloqueia meu caminho, segura meu rosto nas mãos.

– Scarlett. Não.

– Eu...

Estamos no mesmo lugar em que encontrei Pen e ele brigando, em setembro do ano passado, no começo do ano letivo. Isso tudo é uma piada cruel.

– Não posso ir para a cerimônia de premiação.

– Foda-se a cerimônia. Estou aqui. Fica comigo.

Balanço a cabeça. As lágrimas rolam.

– Eu devia ter contado para a Pen sobre a gente. Assim que as coisas começaram a mudar, eu devia...

– Scarlett, você mesma disse, Pen está sendo irracional. Porra, ela precisa se mancar.

– Mas eu não fui sincera. Sam disse... Eu devia ter sido sincera. Não fui, e agora ela está triste. Eu fiz isso com ela... e com você...

– Comigo? – Ele sorri. – O que você fez comigo? Você me faz feliz como eu nunca fui, Scarlett, só isso.

Ele inclina minha cabeça para cima até que nossas testas se toquem.

– Pen não está de coração partido. Ela não está apaixonada. Isso é só possessividade. Ela está reagindo desse jeito porque perdeu dois dos seus brinquedos favoritos e quer fazer mais gente sofrer com ela. E eu... estou há meses tentando te falar como me sinto. E sei que é difícil de ouvir, sei que essas coisas não são fáceis para você, mas agora já foi. Não precisa mais ficar com medo. Eu te amo. Estou apaixonado por você. E você está apaixonada por mim. Podemos falar agora.

– Lukas.

– Eu estou apaixonado por você há tanto tempo... E não vai passar. Sei disso.

– Lukas...

– Para mim, é isso. – Ele me dá um beijo na bochecha. – Lembra no outono? Quando eu agi feito um babaca, tentando provar para mim mesmo que conseguia existir sem você? Eu não consigo, Scarlett. Eu *não consigo* ficar sem você. E, pela primeira vez na vida, eu não ligo. Penso em você o tempo inteiro, quero fazer planos com você, quero falar sobre o futuro, e estou *feliz* com isso...

– *Pare.*

É a palavra. A nossa palavra. A que nunca usei. E Lukas a reconhece, porque imediatamente se empertiga.

Depois de um momento, ele me solta.

– Você disse que, se eu falasse *pare*, você ia parar. E estou te pedindo para parar agora. Eu... Isso é demais para mim. Ela é minha melhor amiga. E o meu time. E você é meu...

As palavras começam trêmulas e morrem na minha garganta. Não consigo nem pensar nelas.

– Estou te pedindo para me dar um minuto para entender a situação. Tudo bem?

Lukas me encara por um longo, longo tempo, sua necessidade de respeitar meus limites em guerra com sua necessidade de *mim*, a determinação em seus olhos incapaz de esconder a dor.

Talvez o coração dele esteja tão despedaçado quanto o meu.

– Você sabe, não é? – pergunta ele.

– O quê?

– Desde o primeiro momento, você detinha todo o poder. Desde o primeiro momento, eu estava na palma da sua mão.

Eu sabia, acho. Sem dúvida, agora eu sei.

– Sim.

Lukas sorri, mas o sorriso não chega aos olhos.

– Desde que você esteja ciente disso, Scarlett.

Não preciso fugir, porque é ele quem vai embora. Dá um beijo na minha testa e se vira, e então eu fico olhando enquanto ele se afasta e vira uma figura indistinta, borrada pelas minhas lágrimas.

CAPÍTULO 65

Eu não sou uma covarde.

Ou talvez eu seja.

Sou?

– Não estou dizendo que você é. Nem que não é – pondera Barb, comendo uma garfada do macarrão com queijo que eu fiz, como a ingrata que ela é. – É como Ludwig nos ensinou: algumas questões não precisam ser resolvidas, mas sim dissolvidas.

– Eu não me lembro de conhecer ninguém chamado Ludwig.

– Wittgenstein. Renomado filósofo austríaco.

Suspiro.

– Sabia que não eram só os ossos ocupando todo o espaço na sua cabeça.

– Talvez sejam aforismos. – Ela lambe o talher. – O ponto é o seguinte: Ludwig não ia querer que você ficasse se perguntando se fez a coisa certa ou não ao sair da Califórnia. Você devia simplesmente dissolver o problema e aceitar que fez o que precisava para ter paz de espírito.

– Tem certeza de que Ludwig ia querer isso mesmo?

– Claro. Ele me disse pessoalmente. Sempre ligou muito para o seu bem-estar.

– É verdade, né?

– Além do mais, você está fazendo o estágio aqui em St. Louis com Makayla.

É verdade, tecnicamente. Eu só não tinha planejado sair correndo da Califórnia no dia seguinte à final da liga universitária.

Num voo caríssimo, sem nenhuma necessidade.

Sem me despedir de ninguém.

Deixando comida na geladeira.

Já estou em casa há quase dez dias, e levei mais ou menos metade desse tempo para explicar para Barb por que apareci em sua porta sem avisar.

O resto do tempo passei tentando entender meus sentimentos.

– Você sempre foi devagar nessas coisas – comenta Barb, segurando a tigela de macarrão com queijo para o qual eu comprei um pecorino caríssimo. Usando o dinheiro *dela*. – Mas não tenha pressa. Não é como se tivesse um rapaz sueco bonitão que foi aceito na faculdade de medicina de Stanford esperando por você.

– Meus sentimentos por Lukas são... Esse não é o problema.

– Qual é o problema, então?

Certo. Qual é o problema?

– Você acha que... Acha que um relacionamento que começou tão bagunçado, cheio de idas e vindas, e magoando outras pessoas, pode ter um futuro feliz?

Barb sorri.

– Acho que é igual para todos os relacionamentos.

– Como assim?

– Você só descobre se tentar.

Alguns dias atrás, comecei a receber as primeiras mensagens hesitantes das minhas companheiras de time. Você está bem? (Bella) Se precisar de alguém pra conversar, por favor, saiba que estou aqui (Bree) Ei... o que eu disse foi péssimo. Eu não tinha todas as informações, não tinha nenhuma, na verdade, e ainda assim decidi abrir a boca. Me desculpa (Victoria). Sem contar a constante troca de e-mails com o treinador Sima:

> Meu cardiologista me orientou a não me envolver em nenhum drama, e sei que a temporada já terminou e não tenho direito

de exigir nada de você. No entanto, estou te enviando uma foto minha recebendo sua medalha de ouro. Por favor, venha pegá-la quando puder.

Estou orgulhoso de você.

As coisas que estavam no seu armário agora estão numa caixa no meu escritório.

PS: Stanford ficou em segundo.

E:

Eu entendo que esse seja um momento delicado para você, mas não posso deixar de enfatizar a importância de se inscrever para o pré-olímpico. Você já está classificada. Precisa fazer isso o mais rápido possível.

E:

Espero que tenha tirado uma (merecida) folga, mas é melhor que já tenha voltado a treinar a esta altura.

Ele tem sorte, porque eu estou de fato treinando, embora isso tenha pouco a ver com o pré-olímpico e tudo a ver com o fato de que saltar voltou a ser meu porto seguro. Passo longos dias fazendo o estágio no hospital, depois vou para o clube da minha escola de ensino médio e treino sozinha. Sem objetivo, só pela sensação.

– É realmente incrível o quanto você melhorou – diz o treinador Kumar. – Um trabalho muito bom, no geral.

Ainda assim, conforme os dias passam e tenho mais tempo para pensar, não estou certa de que isso seja verdade. Eu me tornei uma saltadora melhor, sem dúvida. Mas e o resto?

A lesão que descrevi, e que quase deu fim à minha carreira, escrevo no zilionésimo rascunho da minha carta de apresentação para a faculdade, *influenciou muito minha decisão de me tornar cirurgiã ortopédica, mas não tanto quanto a minha madrasta. Ela é a pessoa que mais me inspirou em toda a vida, a pessoa que me resgatou de uma situação abusiva quando teria sido muito mais fácil apenas resgatar a si mesma. Graças a ela, eu sei o que é coragem e...*

Tudo bem, a última frase precisa de ajustes. Se eu fosse corajosa, estaria com Lukas, não é? Se eu fosse corajosa, voltaria para a Califórnia e confrontaria Pen.

Num impulso, abro um documento do Word em branco.

Querida Pen,

Eu devia ter sido mais transparente a respeito dos meus sentimentos pelo Lukas e, por isso, eu sinto muito. Mas você também fez merda. Entendo que estava magoada, mas talvez não devesse ter feito uma cena e roubado meu momento da medalha de ouro, principalmente depois do que aconteceu comigo na minha última final. Talvez o que você disse sobre Lukas e eu nos conectarmos pelo sexo tenha sido ofensivo. Talvez você não devesse ter tratado Lukas e me tratado como brinquedos. Talvez você não tenha o direito de nos incentivar a ficar juntos e depois nos separar. Talvez você não possa ser o centro do universo de todo mundo. Talvez eu queira que Lukas seja o centro do meu.

Mas não envio. Fico ruminando ao longo do dia seguinte e, no meio de um salto em equilíbrio, meus sentimentos finalmente se organizam.

Sinto raiva e decepção por Pen, pelo modo como agiu.

E por Lukas...

No vestiário, abro o contato dele para... não tenho certeza. Ligar. Mandar uma mensagem. Mandar um meme de *fiz besteira*. Então vejo a localização debaixo do nome dele.

– Merda – digo.

Quase imediatamente, tenho uma ideia.

Ligo para Barb.

– Oi?

– Primeira pergunta: tudo bem eu tirar uma folga do estágio?

– Hum... claro? Você já fez muito mais do que o esperado, então não acho que Makayla vá reclamar. Além do mais, você é uma nepo baby.

– Eu prefiro "artista com legado". Segunda pergunta: posso pegar um dinheiro emprestado?

– Emprestado? Significa que vai pagar de volta?

– Provavelmente não.

– Humm. Eu *quero* dizer sim, mas sinto que seria inteligente da minha parte perguntar primeiro: quanto dinheiro?

– Não tenho certeza. O suficiente para comprar um voo para a Suécia.

Ela solta um barulho tão alto e triunfante que preciso afastar o celular da orelha.

– Scarlett, meu bem, *finalmente*. Mi conta do banco es su conta do banco. Mas tenha juízo.

Saio do clube buscando voos no Google sem muito juízo (desculpa, Barb), tentando entender qual é o horário mais cedo que consigo partir se passar em casa para pegar meu passaporte e umas calcinhas limpas, até que alguém segura meu braço e me para na rua.

– Vandy?

Quando levanto a cabeça, é Penelope Ross.

CAPÍTULO 66

– Sei que você não me deve nada – diz ela assim que nos sentamos no parque em frente ao clube.

Nenhum dos bancos está livre o suficiente de cocô de pássaro para os nossos altos padrões, então rezamos para as deusas do limite de peso e nos sentamos nos balanços, como fizemos no verão passado, na casa do treinador Sima, onde tudo começou. Pen está de cabeça baixa, olhando para o buraco que seu pé vai cavando na areia.

– Maryam disse que você não estava na Califórnia. Aí lembrei que nós ainda estávamos compartilhando localização e... – Ela dá de ombros. – Eu podia ter ligado. Mas decidi que um comportamento tão horroroso quanto o meu pedia um gesto grandioso.

Eu me considero uma pessoa legal, mas não estou nem tentada a contestar essa afirmação.

– Você não precisa aceitar minhas desculpas. Eu só queria olhar nos seus olhos ao dizer... – Ela parece perceber que, na verdade, não está me olhando nos olhos, então levanta a cabeça. – Sinto muito, Vandy. Eu fiz uma merda das grandes dessa vez. E não tem desculpa.

Eu examino seu rosto querido e familiar. Ela parece cansada. Angustiada.

Sob o céu cinza deste dia nublado, seu cabelo parece mais desbotado que o normal.

– Eu nunca tentei roubar nada de você – falo.

– Meu Deus... eu sei. – Pen faz uma careta, como se a memória de suas palavras fosse dolorosa. – Eu sei, Vandy. Eu *conheço* você. E, mesmo que estivesse tentando, nem o Luk nem o título eram *meus*. As coisas que eu falei... Eu perdi a cabeça. Posso te contar o que estava sentindo, mas não quero que pense que estou tentando justificar meu comportamento...

– Conta. Porque eu venho tentando entender o que fiz para merecer ser tratada daquela maneira e...

– Nada.

Pen estende a mão para segurar a minha, mas desvia o olhar quando eu instintivamente me retraio.

– Eu sabia que você e Luk estavam saindo, mas... por anos tive que arrancar qualquer informação pessoal dele com um pé de cabra, e você não é o tipo de pessoa que faz isso. Então pensei que vocês teriam só uma relação casual e mais nada. E, sinceramente, enquanto eu estava com o Theo, mal pensei em vocês, o que... não é o comportamento de uma pessoa apaixonada.

Ela esfrega a testa.

– E eu e você fomos nos aproximando, e eu me senti muito sortuda. Quando você ganhou o Nacional de Inverno, fiquei feliz de verdade. Mas aí você foi pra Amsterdã, e Carissa tirou fotos de você e Luk juntos e mandou para mim.

– Carissa?

– Parece que ela manteve meu número salvo todos esses anos.

– Meu Deus.

– Planejando usar para o mal, com certeza. Ela pensou que tinha flagrado Lukas me traindo com a minha amiga e me mandou quase um ensaio fotográfico de vocês turistando. Ele e eu... Nós dois percebemos anos atrás que tínhamos pouca coisa em comum. Lukas continuou comigo por gratidão por eu tê-lo ajudado a superar a perda da mãe. E acho que nunca admiti isso para mim mesma até semana passada, mas eu continuei com ele porque ser a namorada de Lukas Blomqvist equivalia a mandar um grande dedo do meio para todo mundo que fez bullying e me atormentou na escola.

Pen balança a cabeça, como se estivesse constrangida.

– Então, quando Carissa me mandou aquelas fotos, eu disse a mim mesma que não me importava, mas o modo como ele olhava para você... Acho que Lukas nunca quis nada nem ninguém como quer você. E isso me magoou, porque eu fiquei com ele por anos. E aí o Theo terminou comigo, e veio aquele falso positivo... Eu percebi o quanto estava *sozinha*. Você e Lukas me apoiaram muito, mas, quando fiquei na casa dele, Lukas dormiu no sofá todas as noites, e dava para notar que ele queria *você* por perto. Só se interessava pelas conversas quando você era citada. Ele me levava para o treino só para encontrar um lugarzinho escondido e ficar olhando você saltar. Nunca foi assim com a gente. Comecei a questionar a porra da minha vida inteira. E aí... Bom, aí veio o campeonato, eu era a favorita, mas *você* ganhou. E Lukas estava comemorando com você, parecendo tão apaixonado.

"Eu estava sofrendo e precisava que alguém fosse o vilão da história. Mas depois botei a cabeça no lugar. Você não estava lá para eu pedir desculpas, então comecei com o Lukas... Ele colocou todas as cartas na mesa. Tudo que eu já deveria saber sobre ele, sobre mim, sobre *nós*, ele me ajudou a ver com clareza. Como nós compartilhávamos tão pouco. Nós éramos superunidos aos 16 anos... mas não quando ele se mudou para os Estados Unidos, nem agora como adultos. Só quando éramos *crianças*. Eu nunca liguei muito para os sonhos dele e... seguimos em uma amizade codependente, mas nossa relação romântica já tinha morrido há muito tempo, mesmo que a gente tenha demorado para admitir. Lukas era confiável, e eu sabia que sempre poderia contar com ele. Ele era..."

Pen solta uma risada.

– Ele era meu tapete de proteção. E, quando vi vocês se beijando, senti que você estava puxando esse de baixo de mim. E doeu cinco vezes mais porque era *você*, e eu nunca tive uma amiga como você.

Eu bufo.

– Pen, você tem um monte de amigos. *Todo mundo* te adora.

– E são todos ótimos. Mas com você... sempre foi tão fácil. Você nunca me julgou nem me fez sentir nada menos do que aceita. E, quando percebi que ia perder os dois, você *e* Lukas, eu explodi. Agi como se Lukas fosse um sanduíche roubado por uma gaivota e...

– Está dizendo que eu sou a gaivota?

– Acho que sim, é.

Tento reprimir um sorriso.

– Uau. Obrigada.

– Melhor do que o que *eu* sou.

– O quê?

– A merda da vilã da história.

Eu respiro fundo. Dessa vez, estendo a mão para segurar a dela – fria, áspera, muito magra.

– Acho que nada é simples assim. Foram só... escolhas que fizemos. E as consequências. – Dou de ombros. – Eu também errei. Podia ter te contado que estava me apaixonando por ele.

– E eu provavelmente ainda teria sido uma escrota. – Ela se levanta com um sorriso pesaroso. – Eu vim aqui para pedir desculpas. O que eu disse foi cruel, e era mentira. Roubei a alegria da sua primeira medalha de ouro. Quero compensar, mas não sei como. Se não quiser mais ser minha amiga, vai ser justo. Se quiser que eu lute por essa amizade, é justo também. E eu vou lutar, acredite. Se quiser um tempo para pensar... sem pressa.

Eu assinto.

– Obrigada.

A sensação em minha barriga é leve. Pela primeira vez em muitos dias não vou ser tragada por areia movediça.

– Obrigada por me dizer tudo isso – falo.

– Obrigada por ouvir, Vandy.

Observo-a se afastando e, quando já está a alguns metros de distância, me lembro de uma coisa.

– Na verdade...

Pen se vira.

– Você já está voltando para a Califórnia? – pergunto.

Ela assente.

Abro o sorriso que estava segurando.

– Estou indo para o aeroporto também se quiser uma carona.

CAPÍTULO 67

Jan é meu cúmplice e estou orgulhosa de mim mesma por tê-lo recrutado. A princípio, só queria pegar o endereço, mas então descobri que ele estava visitando Estocolmo, logo se tornou meu conspirador.

– Eu reservei um hotel – digo quando ele me busca no aeroporto.

Ele olha para o meu rosto. Depois para minha mochila. Depois para o rosto de novo.

– Você viaja com bem pouca coisa.

– Talvez ele esteja irritado comigo – explico. – A última vez que nos falamos foi complicada. Não vou ficar se ele não me quiser.

Jan ri e coloca minha bolsa na mala, balançando a cabeça como se eu estivesse lhe alertando sobre teorias da conspiração e controle da mente.

Todo mundo ao meu redor fala daquele mesmo jeito bonito e melódico que eu passei a associar com a língua sueca. As cores parecem mais vibrantes do que em casa, embora talvez seja só porque sei que Lukas está por perto. E porque já passam das dez da noite e o sol ainda está no céu.

– Não se põe nunca – diz Jan.

É começo de junho, igualzinho a como vi em *Midsommar*, e...

Espera aí.

– Nada de sacrifícios humanos, certo?

– Do que você está... Ah, aquele filme? – Ele suspira. – Ari Aster foi longe demais. E Ingmar Bergman também já está por um fio. Enfim, como você quer fazer?

– Como assim?

– Você disse que queria um gesto grandioso. Qual é seu plano?

– Ah. Bom, acho que pensei que atravessar um oceano e mais um bom pedaço de terra, num lugar em que os banheiros são buracos no chão e a água é servida sem gelo já fosse meio que... bastar?

Jan não está impressionado.

– Mas o que você vai fazer quando encontrar Lukas?

– Ah.

Será que já pensei nisso? Não. Sim. Vou dizer a ele que eu...

– Você trouxe flores?

– Eu... acho que é ilegal? Ecossistemas frágeis e tal.

– Então vai pedir Lukas em casamento?

– O quê? Eu tenho *21 anos.*

Jan dá de ombros.

– Quando a gente sabe, sabe. Aprendeu alguma coreografia complicada do TikTok?

– Ele ia gostar disso?

– Quem não ia?

– Claramente eu não me planejei muito bem.

– Bom, é melhor resolver rápido – diz ele, parando na entrada de uma casa vermelha de dois andares. O telhado é inclinado e o verde das árvores ao redor é tão brilhante que quase parece um desenho animado. – Porque nós chegamos.

– Seu pai está em casa?

– Está, e muito animado com a sua vinda, aliás.

– Ai, meu Deus. Você *contou* para ele?

– Claro.

Cubro o rosto. Rezo para o estofado do assento do carro me engolir como uma jiboia e me livrar dessa humilhação.

– Ele está muito feliz. Falei que você é inteligente e gosta de natureza. Ele está contente que você seja a primeira namorada do Lukas.

– Eu não sou namorada dele, e Lukas namorou Pen por *sete anos*.

Jan dá de ombros.

– Meu pai nunca a conheceu, então acha que Lukas a inventou.

Isso tudo é um grande erro.

– Já são quase onze horas. Lukas costuma estar acordado a esta hora?

– Normalmente, não.

Droga.

– Será que eu devia ir para o hotel e voltar amanhã?

– Bom, *normalmente* ele não está acordado, mas é óbvio que hoje está.

Jan tira as chaves da ignição e aponta para a casa, e quando olho naquela direção...

Lukas está recostado na balaustrada da varanda, os braços cruzados. Está, como sempre, descalço, mas usa uma calça jeans e camiseta. *Não* está de pijama. Não parece alguém que acabou de sair da cama. Aliás, a curva em seus lábios não tem qualquer sinal de surpresa.

Ele estava me esperando.

– Você contou para ele – acuso.

– Claro que não – garante Jan, calmo como sempre. – Acredite, eu não ia querer ficar mal com minha futura cunhada já no começo do relacionamento.

Ele sai do carro e, a não ser que eu roube esse veículo e dirija de volta para o aeroporto, não tenho alternativa a não ser fazer o mesmo. Depois de alguns passos, porém, eu congelo, porque Lukas está vindo em nossa direção, aquele sorrisinho meio convencido e meio satisfeito ainda em seu belo rosto.

Ele diz algo em sueco para Jan, que começa com *tack* (obrigado) e contém a palavra *gnomo*, mas, apesar da minha dedicação às lições do Duolingo, não consigo entender mais nada. Jan aperta o ombro dele ao passar, depois se vira para mim antes de entrar em casa.

– Scarlett. *Lycka till!*

Boa sorte.

– Obrigada – respondo, a voz baixa demais para alcançá-lo. – Vou precisar.

– Não vai, não – diz Lukas, que claramente está se divertindo. – O que foi que eu te falei?

– Muitas coisas. – Por motivos que provavelmente só Sam poderia listar, eu já estou chorando. Algumas poucas lágrimas grossas. – De qual exatamente você está falando?

Ele balança a cabeça, seca minhas bochechas com os dedos, e sinto meu coração se encher tanto, tão rápido, que poderia sair flutuando.

– Na palma da sua mão, Scarlett. Desde o primeiro momento.

Fecho os olhos diante da dor agridoce que habita essas palavras. Preciso me acalmar. Coisas a dizer. Pazes a fazer.

– Como você sabia que eu estava vindo? – pergunto. – Pen te contou?

– Você nunca parou de compartilhar sua localização comigo.

– Eu sei. Mas ainda assim você teria que *conferir* onde eu estava para... Ah.

– Eu não consigo dormir se não souber onde você está. – Ele dá de ombros, feliz. Sem nenhuma vergonha. – E durante o dia... eu me sinto melhor se estiver de olho em você. Controle, sabe? – Lukas dá um beijo de leve no meu cabelo e murmura: – Eu pediria desculpas, mas talvez você deva se acostumar com o meu jeito.

Minha risada sai embargada. Sem fôlego.

– Então você simplesmente... sabe de tudo?

– De *tudo*, não. – Ele dá um passo para trás. Até o azul dos seus olhos está mais vívido. – Sei que você veio aqui para me ver... embora por um momento eu tenha considerado que talvez você só estivesse com vontade de comer um *dammsugare*. O resto eu imagino. Que você está com medo, por exemplo?

– Está mais para apavorada – sussurro. Outra lágrima cai pelo meu queixo. – Isso é tão confuso.

– Se apaixonar?

Eu faço que sim.

– E aconteceu tão...

Profunda, desesperada e rapidamente. É pura violência.

– A maior perda de controle de todas, não é?

Eu respiro fundo.

– Mas já fizemos isso antes – explica ele, paciente, quase distante. – Você já abriu mão do controle. Confiou em mim para assumir as rédeas.

– E você nunca abusou desse poder.

– E nem vou. O que mais? – Ele tamborila no braço. – Imagino que você queira que a gente fique junto?

Faço que sim de novo.

– Isso vai exigir algumas conversas. Eu preciso fazer planos para o meu futuro. Você precisa fazer para o seu. Vamos fazer isso juntos, está bem?

Tudo parece tão simples quando ele fala... O alfabeto. A aritmética mais básica. Nós dois, apaixonados.

– E a faculdade de medicina? – pergunto, tentando não fungar.

– Tem algumas maneiras de lidar com isso.

É bem óbvio que Lukas já pensou a respeito do assunto. Bastante.

– Posso ver se as faculdades que me aceitaram topam adiar a oferta por um ano. Assim, podemos escolher um lugar onde nós dois...

– Lukas, não. Você não pode desperdiçar um ano só por...

– Scarlett. – Ele segura meu queixo. Gentil mas firme. – O único tempo desperdiçado é o que passamos separados.

Acho que meu coração vai sair pela boca.

– Eu também posso manter meu compromisso com Stanford, se você estiver interessada em continuar na Califórnia – continua ele, seu tom casual. – Ficaríamos juntos ano que vem, enquanto você termina a graduação. E eu não tenho a menor dúvida de que você vai entrar para medicina no ano seguinte.

– Eu só... Não posso te pedir para tomar suas decisões de vida baseadas em mim.

– Tudo bem, porque você não está me pedindo nada. Scarlett, para mim, é isso. Eu estou dentro.

– Mas e se a gente começar a namorar e não funcionar?

Lukas parece achar a pergunta hilária.

– A gente já está namorando há quase um ano, mesmo sem chamar assim. Nós *funcionamos* juntos, em todos os sentidos. A não ser pelo caos em que você vive, mas provavelmente posso treinar você para melhorar nisso. Punições. Reforço positivo. – Ele afasta meu cabelo do rosto. – Você responde bem a esse tipo de coisa.

– Mas e se...

– Scarlett – interrompe ele, um pouco menos contido. – Me escuta. Nos últimos anos, eu fiz todo o possível para ser feliz com outra pessoa e *não* consegui. – Lukas desliza a mão pelo meu braço, devagar. Entrelaça os dedos aos meus. – E aí passei os últimos meses tentando não me apaixonar por você, e a falha foi épica. – Ele balança a cabeça. – É isso. Não vou mais fingir. Chega de mentiras.

Eu franzo a testa.

– Você mentiu para mim?

– Por omissão.

– O que você não me contou?

– Quando eu me apaixonei por você. Como percebi logo no início. A enormidade disso.

Fecho os olhos, tão assoberbada, tão *preenchida* por Lukas, que até olhar para ele parece demais.

– Achei que você estaria com raiva de mim. Por ter sido covarde naquele dia da final da liga.

– É difícil ficar com raiva quando suas ações magoaram tanto a você quanto a mim.

Desvio o olhar. Pigarreio.

– Bom, eu... Acho que já falamos sobre muita coisa, mas ainda preciso dizer o que vim aqui dizer. Que é... em primeiro lugar, obrigada. Por essas últimas semanas. Por me dar o espaço de que eu precisava para entender tudo e me recuperar. Achei que foi muito legal da sua parte respeitar os meus desejos e...

Ele estremece.

– O que foi?

– Não fique *tão* agradecida assim.

Lukas me puxa para perto. Braços fortes. Sua mão grande sobre a minha lombar. Lábios na minha têmpora, e seu cheiro envolvendo tudo.

– Eu tenho uma passagem pra St. Louis para daqui a dois dias – diz ele. – Vamos ter que mudar essa data, não é?

Enfio o rosto naquele calor familiar do pescoço dele. Sinto sua pulsação ritmada contra a minha bochecha.

– O pré-olímpico dos Estados Unidos é na semana que vem – digo.

Ele assente.

– Nós vamos? A decisão é sua.

Esse *nós*.

– Acho que eu quero, sim.

Passo os braços ao redor do pescoço dele.

– Seria legal me classificar. Eu poderia ir para Melbourne com você.

– Acho que você devia ir, classificada ou não. – Ele desliza a mão pelas minhas costas. – Não quero passar mais tempo longe de você nesse verão, não mesmo.

Não há nenhum espaço entre nós. Nenhum ar entre a pressão quente em meu estômago e os músculos dele se movendo sob minhas mãos.

– Eu não posso ser como a Pen – falo.

– Você nunca foi.

– O que estou dizendo é que não acho que conseguiria namorar à distância. E... eu sou apegada. Não conseguiria ficar com outras pessoas, nem lidar com um relacionamento aberto, ou dar um tempo...

– Ótimo. Porque sei que você acha que sou incapaz de sentir ciúmes, e talvez eu também achasse isso. Mas se você me pedisse alguma dessas coisas... ia me deixar arrasado, Scarlett. Ia acabar comigo. Mas se fosse uma condição não negociável para ficar com você... ainda não tenho certeza de que eu conseguiria dizer não.

A barba dele roça minha bochecha.

– Me desculpe por não ter conseguido dizer antes – falo –, mas...

– Mas?

Eu respiro fundo. Me viro até que minha boca esteja colada na orelha dele. Dou um beijo logo abaixo e digo:

– Eu te amo. Tanto, tanto. Todas as coisas que você mencionou na varanda, em Amsterdã... Eu também quero. Com você. Pelos próximos milhões de anos.

– Milhões? Hipérbole?

– Dessa vez, não.

O sorriso dele é fácil. Rápido. Enorme. Eu não vejo, mas sinto na minha pele.

– Uau.

Eu me afasto, confusa.

– Uau?

Eu acabei de dizer que o amo e ele...

– Sabe como chamamos isso?

Eu balanço a cabeça. Ele me segura pela cintura e me levanta no ar, e desta vez eu é que abaixo a cabeça para beijá-lo. Antes que eu consiga, porém, Lukas sussurra nos meus lábios:

– É um milagre de Midsommar.

EPÍLOGO

ALGUNS ANOS DEPOIS
Dr. Lukas Blomqvist, ph.D.

Ele não a vê há dois dias. Olhá-la de relance do outro lado do refeitório do hospital não conta. Nem acordar com ela em seus braços, os olhos fechados e a respiração suave, exausta demais para despertar enquanto ele se arruma para o plantão.

Às vezes, quando ela está dormindo profundamente, uma pequena ruga de preocupação aparece em sua testa. Lukas é fisicamente incapaz de sair da cama enquanto não usa os lábios para desfazê-la.

Ele costumava querer provar para si mesmo que seria capaz de viver sem ela.

Já desistiu disso. Agora ele só quer *ela*.

♦♦♦

SCARLETT: Odeio ossos.

LUKAS: Também odeio ossos.

SCARLETT: Por que você odeia ossos? Você não devia odiar cérebros?

LUKAS: Ossos roubam você de mim. Cérebros me mantêm entretido quando você não está por perto.

♦♦♦

Carl XVI Gustaf começa a se esfregar nas pernas dele assim que Lukas entra na cozinha, então ele dá uma olhada no quadro magnético da geladeira.

Katten åt, está escrito. *O gato comeu.*

Ele cruza os braços.

– Eu sei que ela já te deu comida.

Miau.

– Ela me falou. Escreveu bem ali no quadro.

Miau.

– Eu não sou ela. Você não vai me manipular.

Miau.

Ele suspira e abre o armário dos petiscos.

♦♦♦

Ele o encontra no trabalho, durante as rondas, enquanto procura uma caneta nos bolsos do jaleco branco.

O bilhete diz:

Quando você abrir isso, provavelmente estarei pensando em você.

♦♦♦

De vez em quando, alguém comenta sobre o seu passado.

– Não sente mesmo falta de nadar?

– Não muito, não.

– Interessante. Sabe, tem uma residente da ortopedia aqui que também foi para as Olimpíadas, um tempo atrás. Acho que... Paris, eu diria?

Melbourne, corrige Lukas mentalmente.

– Saltos ornamentais, acho. Aquele em dupla? Ela e a parceira ganharam medalha de bronze.

Prata.

– Conhece ela?

Lukas sorri.

– Sei quem é, sim.

⧫⧫⧫

Eles comparam as escalas assim que as recebem. Alguns meses são melhores do que outros.

SCARLETT: Quantas vezes acha que vamos nos ver no ano que vem?

LUKAS: Pelo menos uma.

SCARLETT: Certo, o casamento.

LUKAS: Duas, se conseguirmos ir ao jantar de ensaio e nenhum de nós tiver que mandar um substituto.

SCARLETT: Parece improvável. Você deve acreditar em contos de fada.

LUKAS: Se gnomos existem, tudo pode acontecer.

⧫⧫⧫

– Esse é o Lukas, noivo da minha melhor amiga – diz Pen.

Ele não consegue evitar um sorriso.

– O que foi? – pergunta ela.

– O jeito como você me apresentou.

Não como ex. Não como *amigo*. Pen parece se dar conta disso também e arregala os olhos.

– Ai, merda. Desculpa. Eu juro que eu te amo e tudo mais.

– E tudo mais.

– Fala sério. Você sabe que eu me jogaria na frente de um ônibus por você.

– Não se jogaria nada.

– Bom... talvez na frente de um triciclo.
– Melhor.
– Mas eu *com certeza* me jogaria na frente de um ônibus pela Scarlett.
Ele entende perfeitamente.

♦♦♦

Ele está ouvindo uma palestra sobre ependimomas quando o celular vibra.

SCARLETT: Premissa: amo ser médica.
SCARLETT: Amo a coisa com cadáveres.
SCARLETT: Mas...
SCARLETT: Mal posso esperar pelo ano que vem, quando vamos estar um pouco menos ocupados e vamos poder, sabe...
SCARLETT: Nos ver.

Scarlett, pensa ele. *Você não tem ideia.*

♦♦♦

Ele se deita na cama depois das três da manhã. Normalmente, espera seu corpo esquentar um pouco antes de puxá-la para perto, mas, quando é ela quem rola para os braços dele, tudo vale.

– Ai, meu Deus – murmura ela contra seu peito. – Você *existe* mesmo. Achei que eu tivesse inventado um noivo sueco.

Ele sorri com o rosto no cabelo dela, o coração cheio, enorme.
– Volta a dormir.
– Nããão. Não quero.
– Por quê?
– Porque não.
– Por que não?
– Você não vai estar aqui quando eu acordar.
Ele sorri contra a têmpora dela.
– Meu bem.
– O quê?

– Lembra que eu cobri o plantão do Art na semana passada?

– Ah, não. Vai cobrir outro?

– Não. Art vai cobrir o meu. Amanhã.

– O quê? – Ela afasta o rosto. Seus olhos escuros e cansados se abrem. – Não pode ser.

– Pode.

– *Com certeza* você está de sobreaviso.

– Não estou.

– É impossível. Confere de novo.

Ele dá um beijo na testa dela.

– Dorme. Eu *vou* estar aqui quando você acordar.

– Mas... o que vamos fazer com tanto tempo juntos?

– Eu tinha expectativas de dormir até mais tarde. Depois transar feito loucos. Depois talvez uma folguinha na piscina? Depois voltamos para casa para mais loucuras.

– Ai, meu Deus, Lukas. O que é que nós somos... um *casal*?

– Não vamos nos precipitar.

No minuto seguinte, ela já caiu no sono. O universo inteiro está ali, nos braços dele.

AGRADECIMENTOS

Como sempre, é preciso uma metrópole inteira! Agradecimentos infinitos a minha terapeuta – e por terapeuta quero dizer a minha agente, Thao Le (você sabe o que faz); a minha editora, Sarah Blumenstock, e a minhas editoras-babás Liz Sellers e Cindy Hwang, que me deixaram escrever o livro que eu queria (diferente daquele que eu tinha, cof, *prometido*; um obrigada especial para Sarah, que aturou anos de perturbações diárias a respeito de pintura trilateral; me dói dizer isso, mas bloquear meu número quando você tirou um ano sabático foi a coisa certa a fazer); a minha editora de produção, Jennifer Myers, a minha editora-executiva, Christine Legon, e a minha preparadora de texto, que foram todas certamente obrigadas a ler mais cenas de sexo do que pretendiam quando começaram a trabalhar no mercado editorial; a meu time de marketing e assessoria de imprensa (Brigdet O'Toole, Kim-Salina I, Tara O'Connor e Kristin Cipolla), que precisa lidar com uma autora cada vez mais difícil de divulgar e publicar; a minha ilustradora de capas, Lilithsaur, a minha designer de capa, Vikki Chu, e a meu diagramador, Daniel Brount, por fazerem meu livro pervertido ficar tão lindo.

Obrigada as minhas editoras estrangeiras, e em especial a Aufbau (Rollberto Rolando, Sara, Astrid, Andrea, Martina, Sophia e o funcionário honorário da Aufbau, Aleks; por favor, notem que eu *não* agradeço a Stefanie por mentir para mim sobre a qualidade do inglês de uma pessoa) e a Sphere (Molly, Clara, Lucie, Briony, Lucy), por me receberem de forma tão acolhedora e me ajudarem a entrar em contato com os leitores maravilhosos da Alemanha e do Reino Unido, além de me alimentarem com kebab e chá.

Como sempre, obrigada a Jen pela inestimável primeira leitura. A meus amigos, família e a todos os colegas autores que tive o privilégio de conhecer durante essa jornada: amo vocês. A todos os livreiros, bibliotecários e leitores: não sei se mereço vocês, mas saibam que sou muito, muito grata.

CONHEÇA OS LIVROS DE ALI HAZELWOOD

A hipótese do amor
A razão do amor
Odeio te amar
Amor, teoricamente
Xeque-mate
Noiva
Não é amor
No fundo é amor